# 러시아 대표단편문학선
# 아름답고 광포한 이 세상에서

세계단편문학선집02

세계단편문학선집 02

# 러시아 대표단편문학선
# 아름답고 광포한 이 세상에서

안드레이 플라토노프 외 지음 | 최병근 옮김

스페이드 여왕 · 알렉산드르 푸시킨
코 · 니콜라이 고골
사랑스러운 여인 · 안톤 체호프
추운 가을 · 이반 부닌
석류석 팔찌 · 알렉산드르 쿠프린
심연 · 레오니드 안드레예프
망아지 · 미하일 숄로호프
눈(雪) · 콘스탄친 파우스토프스키
아름답고 광포한 이 세상에서 · 안드레이 플라토노프
귀향 · 안드레이 플라토노프

Aleksandr Pushkin
Nikolai Gogol
Anton Chekhov
Ivan Bunin
Aleksandr Kyprin
Leonid Andreev
Mikhail Sholokhov
Konstantin Paustovsky
Andrey Platonov

씨네스트

| 옮긴이의 말 |

　얼마 전 2013년 노벨문학상 수상자가 발표되었다. 캐나다 여성작가 앨리스 먼로가 그 영광의 주인공이었는데, 특이한 것은 그녀가 단편소설 작가로는 처음으로 노벨상을 받았다는 점이다. 그리고 언론은 그녀를 "캐나다의 체호프"라고 평했다. 이러한 평가는 먼로와 체호프의 작품세계가 유사하다는 점 외에도, 단편소설 분야에서 역대 최고의 작가가 안톤 체호프라는 사실을 의미하기도 한다. 일반인들은 러시아문학하면 보통 〈안나 카레니나〉나 〈카라마조프의 형제들〉같은 장편소설을 떠올린다. 실제로 근대문학의 총아였던 소설, 그 가운데서도 장편이라는 소설의 형식을 그 어느 나라보다 탁월하게(길고 심오하게!) 완성시킨 나라는 아마도 러시아일 것이다. 그러나 러시아는 톨스토이와 도스토예프스키의 나라이자, 동시에 체호프의 나라이기도 하다. 즉, 러시아는 나름의 단편소설의 전통과 역사를 발전시키며 푸시킨, 고골, 체호프, 부닌, 파우스토프스키 등과 같은 수많은 단편소설의 거장들을 배출해냈다.
　이 책은 러시아문학을 대표할 수 있는 유명한 단편소설들을 선정하여 대학의 전공자들은 물론, 일반인들도 쉽고 유익하게 읽을 수 있도록 우리말로 옮겨놓은 단편모음집이다. 총 10편의 작품을 선정하였는데, 이때 개

별 작품이 가지고 있는 인지도나 문학사적 위상은 물론, 수년간의 대학교 수업에서 확인할 수 있었던 독자(대학생들)의 반응 또한 고려하였다. 예를 들어, 이반 부닌의 수많은 단편 가운데 〈추운 가을〉을 작가의 대표작으로 선정한 이유는 이 작품에 대한 학생들의 반응이 남달랐기 때문이다. 아무튼 러시아의 근현대를 통틀어 훌륭한 단편소설을 많이 남긴 작가들을 간추린 다음, 그 작가들의 작품 가운데 대표작 한 편씩을 번역하였는데, 플라토노프의 작품만 유독 두 편을 수록한 이유는 이 작가에 대한 옮긴이의 특별한 애정 때문이었다.

이 책에 수록된 작품은 작품의 발표 연도가 아닌 작가의 주요 활동시기를 기준으로 배열하였다. 시기는 19세기부터 시작하여, 이 시기를 대표하는 작가와 작품으로는 푸시킨의 〈스페이드 여왕〉과 고골의 〈코〉를 선정했다. 1834년에 발표된 〈스페이드 여왕〉은 당대 러시아 귀족들의 대표적인 유흥문화였던 카드놀이를 소재로 리얼리즘적 묘사에 망령의 출현이라는 신비적인 요소가 가미된 작품으로, 인간 삶의 물신화와 필연과 우연의 문제 등 교훈적이고 철학적인 주제를 함축하고 있는 푸시킨의 수작이다. 그 외의 푸시킨 작품 가운데서는 단편소설 모음집인 〈벨킨 이야기〉(그 가운데서도 특히 〈역참지기〉와 〈눈보라〉)와 경장편 소설인 〈대위의 딸〉을 읽어보기를 추천한다.

〈코〉(1836년 발표작)는 이렇게 기발한 내용의 소설이 또 있을까, 라는 생각이 들 정도로 고골의 작품뿐 아니라, 러시아문학 전체에서도 가장 독특한 작품이라고 평가할 수 있다. 사람 코의 분실 사건이라는 다소 황당하고 기괴스러운 소재와 반전의 플롯 속에는 관료제의 폐해 속에서 물화되어 가는 러시아 사회에 일침을 가하려했던 고골의 풍자와 해학의 정신이 엿보인다. 고골의 〈코〉에 매료된 독자들이라면, 비슷한 주제와 스타일의 작품인 단편 〈외투〉와 희곡 〈검찰관〉을 추가로 읽어보기를 권한다.

사실 이 책에는 19세기 후반기 단편소설들이 빠져있는 것이 아쉬운 점인데, 작품의 수를 어쨌든 한정해야하는 편집상의 이유와 더불어, 러시아에서 19세기 후반은 앞서 애기한 것처럼 '장편소설의 시대'였다는 또 다른 이유가 있었다. 그럼에도 불구하고 굳이 19세기 후반을 대표할 수 있는 단편소설 작가를 소개하라면, 투르게네프와 레스코프를 우선 거명할 수 있겠다. 이 작가들의 작품은 국내에 적잖이 소개되어 있으니, 관심 있는 독자들은 찾아 읽어보기 바란다.

세기말(정확히는 19세기 말에서 20세기 초인 이 시기를 러시아 문학사에서는 '은세기'라는 별칭으로 부르기도 한다.)을 대표하는 작가들 중에서는 체호프, 부닌, 쿠프린, 안드레예프, 이렇게 네 명의 작가를 선정해 대표작 한 편씩을 번역해 수록했다. 체호프에 대해서는 위에서도 잠시 언급했지만, 그는 러시아 단편문학사에서 특별한 위치를 차지하고 있다. 18~19세기를 거쳐 발전해가던 러시아의 단편소설은 그에 의해 완성되었다고 할 수 있으며, 이후 20세기와 현재까지의 러시아 단편소설은 체호프의 계승과 발전이라고 해도 과언이 아니기 때문이다. 우리나라에서 체호프는 〈벚꽃동산〉의 작가로, 그러니까 희곡작가로 더 유명하지만, 사실 러시아에서는 단편소설 작가로 더 인정받고 있는 것이 사실이다. 한편, 이 책을 구상하면서 체호프의 많은 유명 단편들 가운데 어느 작품을 대표작으로 선정할지가 꽤나 어려운 일이었는데, 역자의 개인적인 선호도를 고려하여 〈사랑스러운 여인〉(1899년)을 체호프의 대표작으로 선정했다.

러시아 최초의 노벨문학상 수상 작가인 이반 부닌의 〈추운 가을〉(1944년)이라는 작품은 길이에 있어 이 책에 수록된 작품들 가운데 가장 짧은 작품이며, 작가의 다른 수많은 단편소설들 가운데에서도 가장 짧은 작품에

속한다. 그러나 주인공의 순수하고 애절한 사랑의 감정에서 느껴지는 감동의 진폭은 그 어느 작품보다도 넓고 크다. 부닌이라는 작가는 국내 독자들에게는 여전히 낯선 이름일 수 있을 텐데, '사랑의 백과사전'이라고도 불리는 부닌의 소설을 추가적으로 읽고 싶다면, 〈파리에서〉, 〈가벼운 숨결〉, 〈아들〉, 〈형제〉 등과 같은 작품을 추천한다.

레오니드 안드레예프는 최근 들어 우리나라에 가장 활발히 번역돼 소개되는 러시아작가라고 할 수 있을 것 같다. 우리나라에 러시아문학 작품이 그리 많이 소개되지는 않는 상황을 고려한다면, 안드레예프의 번역서가 2010년 이후에만 4~5권정도 출간된 것은 조금 이례적인 일이라고 할 수 있다. 이 책에서는 최근의 안드레예프 번역작업에서 빠져있는 작품인 〈심연〉(1882년)을 선정해 번역하였다. 이 소설은(작가의 대표적인 희곡 작품의 제목이기도 한) '인간의 삶'과 인간의 정신적 본질에 대한 집요한 탐색을 추구하는 작가 안드레예프의 면모를 잘 보여주는 작품이다.

20세기 현대문학의 경우에는 시기적으로 2차 대전 종전 직후에 발표된 작품까지만 수록했다. 대략 20세기 전반기에 해당하는 이 시기를 대표하는 작가로는 숄로호프, 파우스토프스키, 그리고 플라토노프를 선정했다. 노벨문학상 수상자이기도 한 숄로호프의 대표작은 장편소설 〈고요한 돈 강〉이지만(1985년도에 국내에 처음 번역될 때 7권으로 출간되었던) 이 방대한 작품을 특히나, 일반 독자가 완독하려고 시도하는 경우는 드물 것이다. 그런데 숄로호프의 작품 가운데는 이 〈고요한 돈 강〉과 주제와 내용이 비슷한, 그래서 어느 정도 〈고요한 돈 강〉을 대체할 수 있는 〈돈 강 이야기〉라는 단편소설집이 있는데, 이 책에 수록된 〈망아지〉(1926년)는 여기에 포함되어 있는 작품이다. 기타 숄로호프의 단편소설 중에서는 추가로 〈배냇점〉, 〈타인의 피〉 같은 작품을 일독해보길 권한다. 파우스토프스키는 러시아에서 이른바, '서정적 단편소설'의 대가로 인정되고 있다. 이반 부닌에게서 시작된 서정소설의 전통은 파우스토프스키를 거쳐 1960~70년대 러시아 소설의 한 흐름을 형성하게 되는데, 〈눈〉(1943년)은 그의 대표작 가운데 하나이다.

역자는 이 책의 말미를 장식하는 작가로 안드레이 플라토노프를 선택했다. 그는 불가코프, 파스테르나크와 더불어 20세기 러시아 현대문학을 대표하는 최고의 작가이지만, 그의 대표작인 〈체벤구르〉나 〈코틀로반〉 같은 중·장편의 소설들은 작품의 난해함으로 인해 일반 독자들의 '접근'이 쉽지 않은 작가이기도 하다. 하지만 그의 단편들은, 특히 작가의 창작 후기에 쓰인 단편소설들(예를 들면, 이 책에 수록한 〈아름답고 광포한 이 세상에서〉(1941년)와 〈귀향〉(1946년))은 푸시킨의 간결함과 정확함과 같은 러시아문학의 전통을 잇고 있는 작품으로써 독자들에게 재미와 감동을 동시에 선사해주는 빼어난 작품이라고 할 수 있다.

모쪼록 이 책이 러시아 단편문학의 시대별 흐름을 조망하고 짧은 시간에 러시아 근현대 주요 작가들의 작품을 두루 접할 수 있는 기회를 제공할 수 있기를 바랄 뿐이며, 대학에서 러시아문학 관련 수업의 보조교재로도 활용될 수 있길 기대할 따름이다.

2013. 10. 12
옮긴이 최병근

| 차례 |

- 옮긴이의 말 / 최병근 ·········································· 4

- 스페이드의 여왕 / 알렉산드르 푸시킨 ···················· 11
- 코 / 니콜라이 고골 ············································ 49
- 사랑스러운 여인 / 안톤 체호프 ···························· 83
- 추운 가을 / 이반 부닌 ········································ 101
- 석류석 팔찌 / 알렉산드르 쿠프린 ·························· 107
- 심연 / 레오니드 안드레예프 ································ 172
- 망아지 / 미하일 숄로호프 ··································· 192
- 눈(雪) / 콘스탄친 파우스토프스키 ························ 201
- 아름답고 광포한 이 세상에서 / 안드레이 플라토노프 ··· 213
- 귀향 / 안드레이 플라토노프 ································ 233


- 작가소개 ························································· 269
- 러시아문학 사조 개관 ········································ 282

# 스페이드의 여왕

알렉산드르 푸시킨

1

궂은 날이면
그들은 자주 모였다.
오십에서
백으로
판돈은 두 배가 되기도 했다, "하느님 용서하소서!"
이긴 사람들은
백묵으로 표시를 하였다,
궂은 날이면
그들은 그렇게 시간을 보냈다.

어느 날 기마근위대원 나루모프의 집에서 카드 게임이 있었다. 긴 겨울밤은 한순간에 지나갔다. 저녁을 먹기 위해서 앉은 것이 새벽 다섯 시였다. 돈을 딴 사람들은 먹성 좋게 먹었으며, 나머지 사람들은 씁쓸한 마음에 빈 접시만 쳐다보고 있었다. 하지만 샴페인이 나오자 대화가 다시 활기를 띠었으며 모두가 대화에 참여하였다.

"어땠어, 수린?"

집주인이 물었다.

"항상 그렇듯이 다 잃었어. 오늘은 운이 너무 없었어. 콜만 하고 배팅은

하지도 않았는데 그냥 몽땅 잃고 말았어."

"자네 한번도 흥분하지 않았다는 거야? 그래서 한번도 배팅을 하지 않았다는 거지? 자네의 심지 굳은 마음이 나를 놀라게 하는군."

"게르만은 정말 대단했어!"

젊은 공병을 가리키며 손님 중 한 명이 말했다.

"저 친구는 평생 한 번도 도박을 한 적이 없고, 배팅이라는 것을 해본 적도 없어. 그런데도 이렇게 새벽 다섯 시까지 우리와 함께 앉아서 우리가 하는 게임을 보고 있었어!"

"나도 게임을 정말 하고 싶어."

게르만이 말했다.

"하지만 여유자금을 벌자고 생활비를 희생시킬 수 없었을 뿐이야."

"게르만은 독일인이야. 그렇기 때문에 계산적인 것 뿐이야."

톰스키가 말을 받았다.

"내가 이해할 수 없는 사람이 있다면 우리 할머니인 안나 페도토브나 백작 부인이야."

"뭐라고? 무슨 말이야?" 손님들이 수군거렸다.

"무엇 때문에 우리 할머니가 도박을 하지 않는지 난 이해할 수 없어."

톰스키가 계속해서 말했다.

"팔십 먹은 노인네가 도박을 하지 않는 게 그게 뭐 놀랄 만한 일이야?"

나루모프가 말했다.

"그러니까 자네들은 우리 할머니에 대해서 아무것도 모른다는 말이군?"

"몰라! 전혀 모른다고!"

"그렇다면 한번 들어봐. 우선 우리 할머니는 지금으로부터 육십 년 전에 파리를 자주 다녔는데 그곳에서 인기가 대단하셨다는 것을 알아야 하네. 모스크바의 비너스를 보려고 사람들이 몰려 다녔어. 리슐리외도 할머니의 비위를 맞추려고 안달을 했고, 할머니의 호언장담에 따르면 당신이 너무 차갑게 대해서 그가 거의 자살할 마음을 가졌다고 해.

당시에는 부인들 사이에서 파라온이라는 게임을 했다네. 할머니가 한번은 궁정에서 오를레앙 공에게 무척 많은 액수의 빚을 졌다네. 집에 돌아온 할머니는 얼굴에 붙인 점들을 떼고 페티코트를 벗으면서 할아버지에게 도박빚을 졌으니 갚으라고 명령을 했네.

돌아가신 할아버지는 할머니에게는 일종의 집사와 같은 존재였지. 할아버지는 할머니를 너무 무서워했어. 그런 할아버지도 할머니가 잃은 돈의 양을 듣고는 화를 내시며 계산서들을 가지고 와서 할머니가 반 년 동안 50만 루블을 썼고, 파리 근교의 영지와 모스크바 근교의 영지도 그리고 사라토프에 있는 영지도 이미 모두 팔아버렸다는 사실을 알렸네. 빚진 돈을 갚을 수 없다고 했어. 할머니는 할아버지의 따귀를 때리고 용서를 하지 못하겠다는 표시로 방에서 혼자 잠을 청했네.

다음날 할머니는 집안에서의 그런 처벌이 남편의 마음을 돌려주었기를 바라면서 남편을 불러 오라고 명령했지. 그러나 할아버지는 전혀 흔들림이 없었어. 평생 처음으로 할머니는 할아버지와 의논을 하기도 하고 설명을 하기도 했지. 공작과 마차꾼 사이에 차이가 있듯이 빚이 모두 똑같은 것이 아니라고 조심스럽게 이야기하면서 할아버지의 마음을 움직이려고 했네. 그런데 결과는 반대였지. 할아버지는 반란을 했던 것이지. 그 이상도 그이하도 아니었어. 할머니는 어떻게 해야 할지 몰랐지.

할머니는 한마디로 매우 유명한 사람과 친분을 가지고 있었네. 자네들도 아마 놀라운 사건들을 많이 남겼던 생제르맹 백작에 대해서 들었을 거야. 그는 자기가 영원한 방랑자 아스페르스이자, 불사약과 현자의 돌을 발명해낸 사람이라고 이야기를 하고 있었네. 사람들은 그를 사기꾼이라고 비웃었지만 카사노바의 일기에는 그가 스파이였다고 적혀 있네. 생제르맹은 수상한 정체에도 불구하고 겉으로 보기에는 매우 점잖아 보였으며, 사교계에서도 인기가 많았지. 할머니는 지금까지도 그를 미치도록 사랑하고 있다네. 그 사람에 대해서 나쁜 말이라도 하면 화를 내고 야단을 치지. 할머니는 생제르맹이 많은 돈을 가지고 있다는 것을 알고 있었네. 할머니는 그에게 부탁해보기로 했지. 그래서 그에게 편지를 써서 당장 자기에게 와 달라고 부탁했네.

늙은 기인은 한 걸음에 달려와서 몹시 슬퍼하고 있는 할머니를 만났네. 할머니는 세상에서 가장 우울한 표현을 쓰며 남편의 무자비함을 그에게 말해주었지. 그리고 그녀의 마지막 희망은 오직 그의 우정과 호의에 달려 있다고 말했다네.

생제르맹은 잠시 생각에 잠겼네.

'저는 당신에게 그 돈을 드릴 수 있습니다. 하지만 그렇게 되면 제게 돈을 갚을 때까지 당신의 마음이 또 편하지 않을 것입니다. 당신을 또 다른 고통으로 괴롭게 만들 수 없습니다. 다른 방법이 있습니다. 다시 도박을 해서 그 돈을 따는 것이지요.' 생제르맹이 말했어.

'하지만 전 돈이 한푼도 없습니다.' 할머니가 말했어.

'돈은 필요 없습니다. 자, 제 말을 잘 들어보세요.' 생제르맹이 말했어.

그는 할머니에게 비밀을 알려주었네. 그 비밀은 우리 중 누구라도 비싼 값을 치르고라도 사고 싶은 것이야."

젊은 도박꾼들은 두 배로 집중하며 귀를 기울였다. 톰스키는 파이프 담배를 한 모금 빨고 난 후 숨을 멈추었다가 다시 이야기를 시작했다.

"바로 그날 저녁 할머니는 베르사이유 궁에서 황후가 벌인 카드 판에 나타났네. 오를레앙 공이 딜러 역할을 하고 있었지. 할머니는 빚을 갚지 못해서 미안하다고 살짝 사과를 하고 적당한 거짓말로 그와 함께 게임을 시작했지. 할머니는 카드 세 장을 골라, 연달아 돈을 걸었고, 세 장 모두 할머니가 이겼어. 그래서 잃었던 돈을 완전히 만회했지."

"우연이었겠지." 손님들 중 한 명이 말했다.

"꾸며낸 이야기야." 게르만이 말을 받았다.

"표시를 한 카드였지?" 또 다른 사람이 끼어들었다.

"그렇지 않아." 톰스키가 점잖게 말했다.

"어떻게 그럴 수가 있지? 그렇게 연달아 카드 3장을 맞히는 할머니가 있는데 자네는 여태 그 비법을 전수 받지 못했나?" 나루모프가 말했다.

"그래, 나도 화가 나."

톰스키가 대답했다.

"할머니에겐 우리 아버지를 포함해서 아들이 넷 있었네. 네 아들 모두 도박을 아주 좋아했지만 아무에게도 비밀을 알려주지 않았네. 그것이 우리를 위해서 나쁜 일이 아니었음에도 말이야. 하나 분명한 것은 작은아버지 이반 일리치 백작이 해 준 이야기가 있네. 그것은 다름이 아니라 수백만 루블을 탕진하고 가난하게 죽은 그 차플리츠키 이야기라네. 차플리츠키가 젊었을 때 약 삼십만 루블의 돈을 잃고 실의에 빠져 있었다네. 젊은 사람들의 경솔한 행동에 항상 엄격하셨던 할머니는 무엇 때문인지 차플리츠키를 불쌍하게 여겼어. 할머니는 그에게 연달아 돈을 걸라며 카드 세 장을 알려주었고, 대신 다시는 도박을 하지 않겠다는 서약을 받았다네. 차플리츠키는 도박에서 자신을 이겼던 사람에게 가서 게임을 하자고 제안했지. 차플리츠카는 첫 번째 카드에 오만 루블을 걸고 깨끗하게 이겼지. 그리고 돈을 두 배로 올렸고, 두 배에 다시 두 배를 올렸지. 그래서 잃은 돈을 다 찾고도 더 땄지……."

그때 시간이 너무 늦었다. 벌써 여섯시 십오분 전이었다.
실제로 날이 밝아오고 있었다. 젊은이들은 자기 잔을 들고 안에 있던 내용물들을 마저 마시고 사방으로 흩어졌다.

2

"Il paraît que monsieur est décidément pour les suivantes."<br>
" Que voulez-vous, madame? Elles sont plus fraîches."*<br>
– 한담

늙은 백작 부인인 OOO는 옷방의 거울 앞에 앉아 있었다. 하녀 세 명이 그녀를 에워싸고 있었다. 한 하녀는 연지 통을, 다른 하녀는 핀 통을, 세 번째 하녀는 불타는 듯한 색깔의 리본이 달린 위가 높다란 모자를 들고 있었다. 백작 부인은 이미 오래 전에 시들어버린 미모에 대한 아쉬움 같은 것은 전혀 없었지만, 젊었을 때의 습관은 그대로 간직하고 있어, 70년대의 유행을 엄격하게 준수했으며, 마치 60년 전처럼 오랫동안, 열심히 옷치장을 했다. 창가에는 그녀의 양녀인 젊은 여인이 뜨개질을 하고 있었다.

"안녕하세요, grand'maman(할머니)!" 젊은 장교가 들어오며 말했다.
"Bon jour madmoiselle Lise(안녕하세요, 리자 양) 부탁드릴게 있어요,

---

\* "당신들은 하녀를 더 좋아하는 것이 분명해요."
"부인, 저들이 더 어린 것을 어쩌겠소?"

grand'maman(할머니)."

"무슨 일이냐 Paul(폴)?"

"제 친구 한 명을 소개해 드리고 싶어요. 금요일 무도회 전에 할머니께 인사를 드리려고 합니다."

"그냥 무도회장으로 바로 데리고 오거라. 거기서 보자. 너 어제 OOO에 갔었지?"

"그럼요, 아주 즐거웠습니다. 새벽 5시까지 춤을 추었어요. 옐레츠카야가 너무 이뻤어요!"

"애야, 걔가 뭐 이쁘다고 그러냐? 그 애의 할머니인 다리야 페트로브나 공작부인도 그랬던가? 그나저나, 다리야 페트로브나 공작부인도 이젠 많이 늙었겠구나, 그렇지?"

"무슨 말씀이세요? 공작부인이 돌아가신지 벌써 칠 년이 흘렀어요."

톰스키가 아무 생각없이 대답했다.

아가씨가 고개를 들어 그에게 눈짓을 했다. 톰스키는 사람들이 백작 부인에게 연배의 사람들의 죽음을 비밀로 하고 있었다는 것을 생각해내고는 입술을 꼭 깨물었다. 하지만 백작 부인은 처음 듣는 이 소식을 놀라워하지 않았다.

"죽었다고!" 그녀가 말했다.

"난 모르고 있었네! 우리는 함께 궁정 여관(女官)으로 봉해졌었지. 우리가 인사를 드렸을 때 황후께서는……"

그리고 백작 부인은 백 번은 했을 이야기를 손자에게 또 늘어놓았다.

"자, Paul(폴). 내가 일어설 수 있도록 도와주렴. 리자, 내 담뱃갑은 어디 있지?" 그녀가 말했다.

그리고 백작 부인은 화장을 마치기 위해서 하녀들과 함께 병풍 뒤로 갔다. 톰스키는 아가씨와 단 둘이 남았다.

"누구를 소개하려고요?" 조용히 리자베타 이바노브나가 물었다.

"나루모프요. 혹시 아세요?"

"아니요! 군인인가요? 아니면 관료인가요?"

"군인이요."

"공병인가요?"

"아니요! 기병이에요. 왜 그가 공병이라고 생각한 건가요?"

아가씨는 웃었다. 그리고 아무 말도 하지 않았다.

"폴!" 병풍 뒤에서 백작 부인이 소리쳤다.

"새로 나온 소설책 좀 갖다 줄래! 요즘 소설은 말고 말이야."

"무슨 말씀이세요, grand'maman(할머니)?"

"그러니까, 주인공이 아버지나 어머니를 죽이지 않고 물에 빠진 시체가 등장하지 않는 소설 말이다. 나는 물에 빠진 사람이 너무 무섭다."

"그런 소설은 요새 없어요. 러시아 소설은 어때요?"

"러시아 소설도 있단 말이냐? 그렇다면 좀 보내줘 봐라."

"할머니, 죄송해요, 제가 좀 서둘러야 할 것 같아요. 미안해요, 리자베타 이바노브나! 그런데 왜 나루모프가 공병이라고 생각했죠?"

톰스키는 의상실에 나갔다.

리자베타 이바노브나가 혼자 남게 되었다. 그녀는 일손을 놓고 창밖을 바라보았다. 금방 거리의 한쪽 모퉁이의 집에서 젊은 장교가 나타났다. 그녀의 뺨이 붉어졌다. 그녀는 다시 일을 하기 시작했고, 수놓던 천 위로 고개를 숙였다. 그때 성장을 한 백작 부인이 들어왔다.

"리자, 마차를 준비시켜라. 산책하러 가자." 그녀가 말했다.

리자는 자수틀에서 몸을 일으키고 일감을 정리했다.

"뭐 하는 게냐, 내 말이 안들려! 빨리 마차를 준비시키라고!" 백작 부인이 소리쳤다.

"예, 지금이요."

아가씨는 조용히 대답하고 현관으로 달려갔다.

하인이 들어와서 파벨 알렉산드로비치 공작이 보낸 책들을 백작 부인에게 전했다.

"왔구나!, 고맙다고 전해라. 리자, 리자! 근데 넌 어딜 간 거냐?"

"옷 갈아 입으려고요."

"아직 시간이 있다. 이리와 여기 앉거라. 자, 첫 번째 책을 펼쳐서 소리 내서 읽어봐라."

아가씨는 책을 들고서 몇 줄을 읽었다.

"더 크게, 무슨 일이 있는거냐? 왜 목소리가 잠겨있냐? 잠깐만. 의자를 좀 더 내게 가까이 놓고 앉거라. 더 가까이, 자!"

리자베타 이바노브나는 두 쪽을 더 읽었다. 백작 부인은 하품을 했다.

"그 책은 집어치워라. 헛소리만 쓰여 있구나. 파벨 공작에게 돌려줘라. 감사하다고 전하고 말이야. 근데 마차는 어디 있냐?"

"마차는 준비되었어요."

리자베타 이바노브나가 거리를 내다보며 말했다.

"넌 왜 아직 옷을 안 갈아 입었냐? 항상 너를 기다리게 만드는구나! 정말 짜증나는구나."

리자는 자신의 방으로 달려갔다. 2분도 지나지 않아서 백작 부인은 있는 힘을 다해서 종을 울리기 시작했다. 하녀 세 명이 문 하나로 달려 들어왔고, 하인은 다른 문으로 들어왔다.

"죄다 귀가 먹었나, 빨리빨리 오지 못하고! 리자베타 이바노브나에게 전해라, 내가 기다리고 있다고."

리자베타 이바노브나가 간소한 겉옷을 두르고 모자를 쓰고 들어왔다.

"드디어 오셨군! 뭘 그렇게 차려 입은 게냐? 뭣 때문에? 누구를 홀리려고? 날씨는 어떤가? 바람이 좀 부는 것 같던데."

"전혀, 바람이 없습니다. 마님, 아주 평온합니다!"

하인이 대답했다.

"너희는 항상 제 멋대로 말을 하지! 환기창을 열어봐, 자, 봐, 바람이 불지! 게다가 차갑기까지 해. 마차를 도로 집어 넣어라! 리자, 가지 말자. 옷을 차려 입을 필요가 없었구나."

'이게 내 삶이야!' 리자베타 이바노브나가 생각했다.

실제로 리자베타 이바노브나는 매우 불행한 존재였다. 단테가 그랬듯이 남의 빵을 먹는 것은 고통스러운 일이며, 남의 집 현관의 계단을 딛고 사는 것은 힘든 일이다. 신분 높은 노파의 가난한 양녀만큼 얹혀사는 서러움을 아는 사람이 있겠는가! 백작 부인이 악독한 영혼의 소유자는 물론 아니었다. 그러나 사교계의 응석받이로 자란 여자들이 그렇듯이 변덕스러웠으며, 자신의 시대에는 모든 것을 사랑했지만, 지금 현재는 왠지 낯설어 하는 모든 노인네들이 그러하듯이, 그녀는 인색했으며 차가운 이기주의에 빠져 있었다. 백작 부인은 사교계에서 일어나고 있는 모든 허접한 일들에 관여했다. 구식으로 화장과 몸치장을 하고 무거운 몸을 이끌고 무도장마다 찾아가서는, 그곳에 꼭 필요한 괴상한 장식물처럼 한쪽 구석에 앉아 있었다. 손님들은 무도회에 도착을 하자마자, 정해진 의례인양 그녀에게 다가가 허리 굽혀 인사를 했지만, 그 뒤에는 아무도 그녀에게 신경을 쓰지 않았다. 그녀는 예의를 엄격하게 지킨다며, 얼굴도 기억하지 못하면서도 도시의 모든 사람들을 자기 집으로 초대했다. 그리고 그녀의 많은 하인과 하녀들은 죽어가는 노파에게서 도둑질을 하여서 실컷 먹고 살이 쪄서 그녀 집 현관방이나 하녀방에서 늙어가고 있었다. 리자베타 이바노브나는 집안의 희생자였다. 차를 따르면 설탕을 낭비하지 말라는 주의를 듣는다. 소리를 내서 책을 읽을 때는 작가의 실수도 모두 그녀가 책임져야 했다. 그녀는 백작 부인이 산책할 때에는 동반을 하며 날씨에 대한 책임도 도로의 포장상태에 대한 책임도 져야 했다. 그녀에게 급여가 책정되어 있기는 했지만 한 번도 받아본 적이 없었다. 하지만 그녀는 흔히 이야기하듯 최상류층의 사람들처럼 옷을 입어야 했다. 사교계에서의 역할은 비참했다. 사람들은 모두 그녀를 알아봤지만 어느 누구도 아는 척을 하지 않았다. 무도회에서 그녀가 춤을 출 수 있을 때는 짝이 모자라는 경우뿐이었다. 부인들은 옷매무새를 만지려고 의상실을 갈 때마다 그녀를 데리고 갔다. 그녀는 자존심이 강했고, 자신의 처지를 잘 알고 있었기에 초조한 마음으로 구원자를 기다리며 주위를 살펴보고 있었다. 하지만 젊은이들은 천박한 허영심에 빠져 계산적이었으며, 리자베타 이바노브나보다도 훨씬 차갑고 뻔뻔스러운 신붓감들만 쫓아다니며 그녀에게는 관심을 주지 않았다. 화려하지만 지루한 응접실을 몰래 빠져나와 자신의 초라한 방으로 가서 울었던 날이 몇 날 며칠이었던가! 그녀의 방에는 벽지를 바른 병풍, 서랍장, 작은 경대, 페인트칠을 한 침대가 놓여 있었고, 청동 촛대에는 양초가 희미하게 타고 있었다.

어느 날, 그러니까 이 소설 초반에 묘사했던 저녁이 있었던 이틀 후이자, 위에서 우리가 방금 이야기하다가 멈춘 장면으로부터 일주일 전에 이 일은 일어났다. 어느 날 리자베타 이바노브나는 무심코 거리를 내다보았는데, 한 젊은 공병 장교가 꼼짝 않고 서서 그녀의 창문을 바라보고 있었다. 그녀는 고개를 숙이고 하던 일을 다시 했다. 그리고 오 분쯤 뒤에 다시 창밖을 내다보니, 그 장교는 계속해서 그 자리에 서 있었다. 지나가는 장교들에게 애교를 부리는 법이 없었던 그녀는 고개를 숙인 채 두 시간가량 일을 했다. 이때 식사를 하라는 기별을 받고, 그녀는 자리에서 일어나 자수를 정리하기 시작했다. 그러다 우연히 거리를 내다보니, 그 장교가 다시 눈에 보였다. 그녀에게 이 일은 상당히 이상스럽게 생각되었다. 식사를 마치고 그녀는 조금 불안한 마음으로 창가로 다가갔다. 그러나 장교는 이미 그 자리에 없었다. 그리고 그녀는 그 장교를 잊어버렸다.

이틀쯤 뒤에, 그녀는 백작 부인과 함께 마차를 타러 나가다가, 또 다시 그를 보았다. 그는 바로 현관 근처에서 비버털로 만든 옷깃을 세워 얼굴을 가리고 서 있었다. 모자 아래에서 그의 두 눈이 반짝였다. 리자베타 이바노브나는 왜 그런지 모르지만 온몸에 전율을 느끼면서 마차에 올라탔다.

집으로 돌아와서 그녀는 창가로 달려갔다. 장교는 그녀에게로 두 눈을 향한 채 여전히 그 자리에 서 있었다. 그녀는 창가에서 물러섰다. 호기심으로 마음은 괴로웠고, 처음 느껴보는 감정으로 가슴이 두근거렸다.

그때 이후로 젊은이는 늘 정해진 시간에 하루도 빠짐없이 그녀의 창가에 나타났다. 그와 그녀 사이에는 무언의 약속이 형성되었다. 그녀는 일을 하려고 앉아 있다가 그가 오는 것이 느껴지면 고개를 들었다. 날이 갈수록 그를 바라보는 시간은 점점 늘어났고, 젊은이도 그런 그녀의 시선에 고마움을 표시하는 듯 했다. 그녀의 젊고 날카로운 눈은 둘의 시선이 마주쳤을 때 창백한 그의 얼굴에 살짝 번진 홍조를 볼 수 있었다. 일주일이 지나서 그녀가 그에게 미소를 지어 보였다.

톰스키가 백작 부인에게 자기 친구를 인사시킨다고 했을 때 가엾은 아가씨의 가슴은 뛰고 있었다. 그러나 나루모프가 공병이 아니라 기병이라는 사실을 알게 되었을 때 그녀는 조심성 없는 질문으로 경솔한 톰스키에게 자신의 비밀을 들켜버린 것은 아닌지 속상했다.

　게르만은 러시아로 귀화한 독일인의 아들이었는데, 그의 아버지는 유산을 조금밖에 남기지 않았다. 하지만 그는 자신의 자립성을 굳건하게 지키기를 희망했다. 그래서 게르만은 그 돈의 이자도 건드리지 않고 자신의 급료만으로 살아가며, 조금의 사치도 허용하지 않았다. 게다가 그는 내성적이며 공명심이 강해, 그의 동료들은 그의 지나친 검소함을 비웃어줄 기회를 쉽게 가지지 못했다. 그는 강한 열정과 불같은 상상력을 가지고 있었지만 그의 확고한 신념은 또래의 젊은이들이 쉽게 빠지는 경솔한 행동을 하지 않았다. 그렇기 때문에 그는 마음속으로는 좋아했지만, 한 번도 도박을 하지 않았다. 왜냐하면 여유자금을 벌자고 생활비를 희생시킬 수 없기 때문이다. 그는 그렇게 자주 말했다. 하지만 며칠 밤을 새우며 도박판에 앉아 열병 같은 전율을 느끼며 도박의 승패를 지켜보곤 했다.

　카드 세 장에 대한 이야기는 그의 상상력을 강하게 자극했고 밤새도록 그의 머릿속에서 떠나지 않았다. 다음날 저녁 페테르부르크 거리를 거닐면서 그는 생각했다.

　'만약에 늙은 백작 부인이 내게 그 비밀을 가르쳐준다면! 내게 확실한 세 장의 카드 패를 알려준다면! 나의 행운을 한 번 시험해보지 않을 이유가 있을까? 그녀에게 문안을 드리고, 선처를 부탁해볼까? 좋아, 그녀의 젊은 애인이라도 되는 거야. 그런데 이게 다 시간이 필요한데, 백작 부인은 이미 여든 일곱 살이니 일주일, 아니 이틀 후에 죽을지도 모르는데! 그런데 정말일까? 그 이야기가 정말일까? 아니야, 절약, 절제, 근면, 바로 이것이 내 재산을 세 배, 일곱 배로 만들어 줄 나만의 카드 세 장이야!'

　게르만은 이런 생각을 하며 걷다가 페테르부르크의 주도로(主道路) 가운데 하나에 위치한 한 고풍스러운 건물 앞에 멈추어 섰다. 거리는 마차로 붐볐으며 사륜마차들이 불이 환하게 켜진 문 안으로 미끄러지며 들어갔다. 젊은 미녀의 날씬한 다리와 기병들의 쩔렁거리는 장화, 줄무늬 양말, 외교관 구두를 신은 발들이 계속해서 마차에서 내려섰다. 털 코트와 망토를 걸친 사람들이 몸집이 큰 문지기 옆을 스쳐 지나갔다. 게르만은 걸음을 멈췄다.

"여기가 누구 집인가?"

그는 모퉁이의 파수꾼에게 물었다.

"OOO 백작 부인 댁입니다."

파수꾼이 대답했다.

게르만은 부르르 몸을 떨었다. 놀라운 그 이야기가 다시 머릿속에 떠올랐다. 그는 집주인과 집주인의 기적 같은 능력에 대해 생각하면서 집 주위를 배회하다, 밤이 늦어서야 자신의 초라한 숙소로 돌아왔다. 하지만 오래도록 잠을 이루지 못했다. 그리고 잠이 들었을 때에는 카드와 초록색 도박용 테이블, 돈다발, 금화들이 꿈에 나타났다. 그는 차례로 카드를 걸었고 거는 돈을 계속해서 두 배로 올렸으며 계속 이겨서 금화와 지폐를 주머니에 쑤셔 넣었다. 아침 늦게 잠자리에서 일어난 그는 엄청난 재산을 잃어버린 아쉬움에 한숨을 내쉬었다. 그리고는 다시 도시를 배회하다 다시 OOO 백작 부인의 집 앞에서 멈추어 섰다. 알 수 없는 힘이 자신을 이 집으로 끌고 오는 것 같았다. 그는 멈추어 서서 집의 창문들을 바라보았다. 창문 하나에서 책을 읽는지, 일을 하는지 고개를 숙인 검은 머리카락의 머리가 보였다. 이 사람이 고개를 들었을 때 게르만의 눈에 생기 있는 얼굴과 까만 두 눈이 보였다. 이 순간이 그의 운명을 결정해버렸다.

3

> Vous m'écrivez, mon ange, des lettres de quatre
> pages plus vite que je ne puis les lire.*
> – 어느 서신 교환 중에서

　리자베타가 외투와 모자를 벗자마자 백작 부인은 다시 그녀에게 사람을 시켜 마차를 준비시키라고 명령했다. 그들은 마차를 타기 위해서 걸어갔다. 두 명의 하인이 노파를 부축해서 좁은 마차 문 안으로 들여 놓았을 때 리자베타 이바노브나는 마차 바퀴 바로 옆에 서 있는 바로 그 공병 장교를 발견했다. 그는 그녀의 손을 잡았다. 그녀는 너무 놀라서 아무 것도 기억할 수 없었다. 젊은이는 사라졌다. 그리고 편지가 그녀의 손에 쥐어져 있었다. 그녀는 편지를 장갑 안으로 숨겼다. 마차를 타고 가는 동안 그녀는 아무것도 듣지도 보지도 못했다. 마차에 타면 백작 부인이 늘 하는 질문이 있었다. 우리가 마주친 사람이 누구냐, 이 다리 이름이 뭐냐, 저 간판에 뭐라고 써있냐 하는 것 등이었다. 리자베타는 아무렇게나 대답을 했고 질문에 맞지도 않았다. 그러자 백작 부인이 마침내 화를 내며 말했다.
　"이봐 아가씨, 무슨 일이 있는 거야? 도대체 정신을 어디다 두고 있는 거야? 내 말이 안 들리는 거야, 아니면 내 말을 못 알아듣는 거야? 다행히 난 아직 말을 더듬지도 않고, 정신도 말짱하다고!"
　리자베타 이바노브나는 그녀의 말을 전혀 듣고 있지 않았다. 집으로 돌아오자 리자베타 이바노브나는 자기 방으로 달려갔고 장갑에서 편지를 꺼냈다. 편지는 봉해져 있지 않았다. 리자베타 이바노브나는 편지를 읽었

---

\* 나의 천사여, 그대는 또 넉 장이나 되는 편지를 보내셨군요.
　내가 지난번 편지를 다 읽기도 전에.

다. 편지에는 사랑을 고백하는 내용이 담겨있었다. 그 내용은 부드럽고 공손하였으며 단어 하나하나가 모두 독일 소설에서 가져온 것이었다. 리자베타 이바노브나는 독일어를 읽을 줄 몰랐지만 편지의 내용이 무척 만족스러웠다.

하지만 그녀가 받은 편지는 그녀를 몹시 불안하게 만들었다. 그녀는 인생에 있어서 처음으로 젊은 남자와 비밀스러운 관계를 갖게 된 것이었다. 그의 용기있는 행동이 그녀를 놀라게 만들었다. 그녀는 자신이 조심스럽게 행동하지 않은 것을 책망하며 어떻게 해야 할지 몰라 했다. '더 이상 창가에 앉지 말고 무관심하게 대하면 젊은 장교의 계속 따라다니려는 마음이 사그라질까? 답장을 써 보낼까? 차갑고 냉정하게 답할까?' 그녀에게는 의논할 여자친구도 가정교사도 없었다. 리자베타 이바노브나는 답장을 쓰기로 결정했다.

그녀는 책상에 앉아서 펜과 종이를 꺼냈다. 그리고 생각에 잠겼다. 그녀는 몇 번 편지를 쓰기 시작했지만 모두 찢어버렸다. 어떤 것은 표현이 너무나 너그러웠고 어떤 것은 너무나 차가웠다. 마침내 그녀는 마음에 드는 몇 줄을 쓰는데 성공했다. 〈저는 당신이 순수한 의도를 가지고 있으며 경솔한 행동으로 저를 모욕할 생각은 없었다고 확신합니다. 하지만 우리의 만남은 그런 식으로 시작되어서는 안 됩니다. 당신의 편지를 돌려보냅니다. 그리고 앞으로는 당신의 부당한 결례 때문에 제가 유감스러워할 일이 없기를 바랍니다.〉

다음 날 걸어오고 있는 게르만을 본 리자베타 이바노브나는 자수틀을 내려놓고 거실로 나가서 환기창을 열었다. 그리고 젊은 장교의 민첩성을 기대하며 바깥으로 편지를 던졌다. 게르만은 달려와서 편지를 집어들고는 과자 가게로 들어갔다. 봉인을 뜯자, 자신의 편지와 리자베타 이바노브나의 답장이 나왔다. 바로 그가 기다리던 바였다. 그는 생각에 깊이 잠겨서 집으로 돌아왔다.

사흘이 지난 뒤, 옷가게에서 일하는 눈치 빠른 아가씨가 리자베타 이바노브나에게 쪽지를 가져왔다. 처음에 리자베타 이바노브나는 외상대금을 지급하라고 하는 독촉장일까봐 불안한 마음으로 그것을 펼쳐보았다. 하지만 그녀는 금세 게르만의 필체를 알아볼 수 있었다.

"이봐요, 아가씨, 실수를 하셨네요. 이건 제게 보내는 것이 아니에요."
그녀가 말했다.

"아니에요. 당신한테 온 게 맞아요! 한번 읽어보세요."
당찬 표정의 아가씨가 교활한 미소를 감추지 않은 채 대답했다.

리자베타 이바노브나는 서둘러 편지를 읽어 내려갔다. 게르만이 만나기를 요청했다.

"그럴 리가 없어요! 이 편지는 확실히 내게 보낸 게 아니에요."
리자베타 이바노브나는 성급한 요청과 그가 사용한 방법에 놀라서 말했다.

그러고는 편지를 갈기갈기 찢어버렸다.

"당신에게 온 편지가 아니라면, 그걸 왜 찢어버리시죠? 내가 그걸 보낸 사람에게 돌려주어야 할지도 모르는데."
아가씨가 말했다.

"아가씨, 앞으로 이런 쪽지는 내게 가져 오지 말아 주세요, 부탁해요. 그리고 당신을 보낸 사람에게는 좀 전해주세요, 창피한 줄 알라고."
리자베타 이바노브나가 아가씨의 말에 화를 내며 말했다.

그러나 게르만은 거기서 그만두지 않았다. 리자베타 이바노브나는 이런저런 방법으로 매일 그로부터 편지를 받았다. 그 편지들은 이제는 독일어를 옮긴 글들이 아니었다. 게르만은 영감을 받아 자신의 말로 정열적으로 글을 썼다. 그 속에는 그의 꺾이지 않는 욕망과 자유로운 상상력이 풍부하게 나타났다. 리자베타 이바노브나는 점차 그것들을 되돌려 보내지 않게 되고 편지에 답장을 쓰기 시작했다. 그리고 그녀의 편지는 시간이 갈수록 더욱 길어지고 상냥해졌다. 마침내 다음과 같은 내용이 적힌 편지를 창문을 통해서 그에게 던졌다.

오늘 ○○○ 공사의 집에서 무도회가 있습니다. 백작 부인은 그곳에 갈 거예요. 우리는 두 시 정도까지 거기서 머물 겁니다. 당신과 제가 단 둘이서 만날 수 있는 기회입니다. 백작 부인이 떠나고 나면, 하인들은 제각기 흩어질 테고, 현관에는 문지기만 남아있을 텐데, 그 사람도 보통 자기 방으로 들어갑니다. 열한 시 삼십 분에 오세요. 오셔서 곧장 계단으로 올라가세요. 혹시 현관에서 누구를 만나게 되면 백작 부인이 집에 계시냐고 물어보세요. 그러면 아니라고 할 거예요. 그러면 할 수 없이 당신은 집으로 돌아가야 할 거예요. 하지만 당신은 아무도 만날 일이 없을 거예요. 하녀들은 모두 한 방에 모여 있을 겁니다. 현관에서 왼쪽으로 돌아 곧장 가시면 백작 부인의 침실이 나옵니다. 침실에 있는 병풍 뒤에 조그만 문 두 개가 있을 거예요. 오른쪽 문은 백작 부인이 한 번도 들어간 적이 없는 서재로 들어가는 문이고, 왼쪽 문은 복도로 나가게 되어 있는데, 거기에 좁은 나선형 계단이 있을 거예요. 그 계단을 따라 올라가시면 제 방이 있습니다.

게르만은 약속된 시간을 기다리며 호랑이처럼 부르르 몸을 떨었다. 밤 열 시에 그는 이미 백작 부인 집 앞에 서 있었다. 매우 궂은 날씨였다. 바람이 불고 함박눈이 펑펑 내렸다. 가로등 불빛은 희미했고, 거리는 텅 비어 있었다. 가끔씩 늦게 돌아가는 손님이 없나 두리번거리며, 마부가 늙다리 말을 몰고 어슬렁어슬렁 지나갈 뿐이었다. 게르만은 프록코트 하나만을 입고 서 있었다. 하지만 바람도 눈발도 느껴지지 않았다. 드디어 백작 부인의 마차가 준비되었다. 게르만은 하인들이 담비털 외투로 감싼, 등이 굽은 노파를 부축해서 나오는 것을 보았다. 그리고 그 뒤를 얇은 외투를 걸치고 머리에는 싱싱한 꽃을 꽂은 그녀의 양녀가 뒤따르는 것을 보았다. 마차는 폭신한 눈길을 서서히 미끄러져 나갔다. 문지기는 문을 닫았다. 창문의 불들이 꺼졌다. 게르만은 적막해진 집 주위를 배회하기 시작했다. 그는 가로등으로 다가가서 시계를 쳐다봤다. 열한 시 이십 분이었다. 그는 시계바늘에 눈을 고정한 채 남은 시간을 가로등 아래에 서 있었다. 열한 시 삼십 분 정각이 되자 그는 백작 부인 집 현관을 거쳐, 불을 환하게 밝힌 입구 안쪽 홀로 들어갔다. 문지기는 없었다. 게르만은 계단을 뛰어 올라가 현관방 문을 열었다. 등잔불 아래에서 하인 한 명이 다 낡아빠진 지저분한 의자 몇 개를 놓고 그 위에서 잠을 자고 있었다. 게르만은 가볍고도 확신에 찬 걸음으로 그의 옆을 지나갔다. 홀과 응접실은 어두컴컴했다. 현관방의 등불이 그곳을 희미하게 비추고 있었다. 게르만은 침실로 들어갔다. 오래된 성화들로 꽉 채워진 성상갑(聖像匣) 앞에서 금빛 현수등이 타오르고 있었다. 비단의 빛이 많이 바래진 안락의자들과 푹신한 쿠션이 놓여 있는, 이제는 금도금이 다 벗겨진 소파들이 중국산 벽지를 바른 벽 근처에서 볼품없는 대칭을 이루며 놓여 있었다. 벽에는 파리에서 마담 르브룅이 그린 초상화 두 점이 걸려 있었다. 그중 하나에는 얼굴이 불그스름한 살이 찐 마흔 살 가량의 남자가 별로 장식된 연녹색 제복을 입고 있었다. 다른 그림에는 머리를 관자놀이부터 빗어 올려 화장분을 뿌리고 장미꽃을 꽂은 매부리코의 젊은 미녀가 그려져 있었다. 방의 구석구석에는 자기로 만든 목동상(牧童像), 유명한 르루아 탁상시계, 보석 상자들, 룰렛, 부채 등과 지난 세기 말 몽골피에르 형제의 열기구와 메스머의 자력설이 발명되던 시절에 만들어진 다양한 부인용 노리개들이 함께 놓여 있었다. 게르만은 병풍 뒤로 들어갔다. 거기에는 작은 철제 침대 하나가 놓여 있었다. 오른쪽에는 서재로 들어가는 문이 있었고, 왼쪽 문은 복도로 연결돼 있었다. 왼쪽 문을 열어보니, 가련한 양녀의 방으로 올라가는 좁은 나선형 계단이 보였다. 하지만 그는 뒤를 돌아, 어두운 서재로 들어갔다.

시간은 천천히 흘러갔다. 모든 것이 조용했다. 응접실에서는 열두 시를 알리는 시계소리가 들렸다. 이 방 저 방의 시계들이 하나둘씩 열두 시를 알렸다. 그리고 다시 조용해졌다. 게르만은 차가운 벽난로에 기대고 서 있었다. 그의 마음은 평온했다. 그의 심장도 마치 어떤 위험한 일을 하지만 반드시 해야 하는 일을 하는 사람의 심장처럼 규칙적으로 고동쳤다. 시계는 한 시 그리고, 두 시를 알렸다. 그때 멀리서 마차가 덜컹거리는 소리가 들렸고, 그는 자기도 모르게 흥분에 휩싸였다. 마차가 다가와서 멈춰 섰고, 내려진 발판이 삐걱거리는 소리가 들렸다. 집안이 분주해지기 시작했다. 사람들이 뛰어다녔고, 이런저런 목소리가 들렸으며 집이 환하게 밝아졌다. 침실로 세 명의 늙은 하녀들이 뛰어 들어왔고, 이어서 거의 인사불성이 된 백작 부인이 들어와 볼테르식 안락의자에 털썩 주저앉았다. 게르만은 문틈으로 이 광경을 보고 있었다. 리자베타 이바노브나가 그의 곁을 지나갔다. 게르만은 계단을 밟고 올라가는 그녀의 서두르는 발걸음 소리를 들었다. 그의 심장에서 뭔가 양심의 가책 같은 것이 느껴지는 듯 했으나, 금세 잠잠해졌다. 그는 돌처럼 굳은 채 꼼짝 않고 있었다.

백작 부인이 거울 앞에서 옷을 벗기 시작했다. 하녀들이 장미꽃으로 치장한 모자를 벗기고, 그녀의 바싹 붙게 자른 백발의 머리에서 화장분을 칠한 가발을 벗겨냈다. 그녀의 주위에 머리핀들이 마치 비 오듯 떨어졌다. 은실로 수놓은 노란 드레스는 그녀의 부어오른 발 아래로 흘러내렸다. 게르만은 그녀의 역겨운 몸단장의 비밀을 목격하고 말았다. 이제 백작 부인은 잠옷과 나이트캡만 쓴 상태가 되었다. 그런데 이런 복장이 그녀의 나이에 더 잘 어울리고 그녀를 덜 끔찍하고 흉측스럽게 보이게 했다.

모든 노인들이 그렇듯이 백작 부인도 불면증에 시달리고 있었다. 옷을 갈아입은 그녀는 창가에 있는 볼테르식 안락의자에 앉은 다음, 하녀들을 내보냈다. 하녀들이 촛불을 가지고 나가자, 방안은 다시 현수등 불빛만 아른거렸다. 불빛 때문에 온통 노랗게 보이는 백작 부인은 오른쪽에서 왼쪽으로 몸을 흔들며, 축 늘어진 입술로 뭔가를 중얼거렸다. 흐릿한 그녀의 두 눈은 그녀가 아무런 생각도 하지 않고 있다는 것을 보여주었다. 그녀를 보고 있으면 이 늙은 노파의 움직임이 그녀의 의지가 아닌, 어떤 숨겨진 전류의 작용 때문이라는 생각이 들기도 했다.

그런데 갑자기 이 창백했던 얼굴이 알 수 없는 표정으로 변했다. 뭔가 중얼대던 그녀의 입술이 닫히고, 눈빛이 밝게 살아났다. 백작 부인 앞에 낯선 남자가 서 있었던 것이다.

"놀라지 마십시오, 제발 놀라지 마십시오!"

그가 작지만 명료한 어조로 말했다.

"당신을 해칠 생각은 없습니다. 당신께 한 가지 호의를 청하고자 왔을 뿐입니다."

노파는 그의 말이 들리지 않는다는 듯 말없이 그를 바라보기만 했다. 게르만은 그녀가 귀가 먹었다고 생각하고 귀 가까이에다 대고 다시 한 번 말했다. 노파는 여전히 말이 없었다. 게르만이 말을 이었다.

"당신은 제 인생에 행복을 가져다줄 수 있습니다. 이 일이 당신에겐 그리 어렵지 않을 겁니다. 저는 당신이 세 장의 카드를 연달아 알아맞힐 수 있다는 사실을 알고 있습니다."

게르만은 말을 멈췄다. 백작 부인은 그가 요구하는 게 무엇인지 이해한 것 같았다. 그리고 대답할 말을 찾고 있는 것 같았다.

"그건 농담이었소. 맹세컨대, 그건 농담이었소!"

"이런 일로는 농담을 하지 않는 법입니다. 차플리츠키를 기억해보세요. 당신이 도와줘 노름에서 잃었던 돈을 되찾지 않았습니까."

백작 부인은 당황한 듯 보였다. 그녀의 표정에서는 커다란 심적 동요를 느낄 수 있었지만, 이내 그녀는 이전의 무표정한 상태로 돌아왔다.

"제게 승리를 확신할 수 있는 세 장의 카드를 알려주실 수 있겠습니까?"

백작 부인은 아무 말이 없었다. 게르만이 계속 말했다.

"당신이 누구를 위해 비밀을 지킬 필요가 있는 거죠? 손자들이요? 손자들은 부자니까, 그것이 없어도 상관없습니다. 그들은 돈의 가치도 모르죠. 낭비벽이 심한 사람들에게는 당신의 카드 세 장은 도움이 되지 않습니다. 아버지의 유산을 지킬 능력이 없는 사람은, 결국 가난 속에서 죽고 말 것입니다. 그 어떤 악마가 도와준다 해도 말이죠. 저는 그런 사람이 아닙니다. 저는 돈의 가치를 알고 있습니다. 당신의 세 장의 카드를 제가 헛되게 낭비하지 않을 것 입니다. 자! 어서요!"

그는 말을 멈추고 몸을 떨면서 그녀의 대답을 기다렸다. 백작 부인은 아무런 말이 없었다. 게르만이 무릎을 꿇더니, 말했다.

"만약 당신의 심장이 사랑의 감정을 단 한 번이라도 느낀 적이 있다면, 그래서 당신이 그 사랑의 환희를 기억하고 있다면, 당신이 갓 태어난 아들의 울음소리에 한 번만이라도 미소를 지은 적이 있다면, 당신의 마음속에 인간적인 그 무엇이 숨쉬고 있다면, 아내로서, 연인으로서, 어머니로서 느끼는 그 감정과, 그리고 인생에 존재하는 모든 신성한 것에 의지해 당신께 호소합니다. 제발, 제 부탁을 거절하지 말아주십시오! 당신의 비밀을 제게 알려주십시오! 그 비밀이 당신에게 왜 필요한가요? 어쩌면 그 비밀은 무서운 죄악과, 영원한 행복의 파멸, 그리고 악마와의 계약과도 연관되어 있을지도 모릅니다……. 생각해보세요, 당신은 늙었고, 살 날도 많지 않습니다. 저의 영혼으로 당신의 죄악도 짊어질 준비가 되어 있습니다. 다만 당신의 비밀을 제게 알려주세요. 생각해보세요, 한 인간의 행복이 당신의 손에 달려있습니다. 저 뿐만이 아니라 제 아이들, 손자들 그 자손들까지도 당신을 기억하고 성인처럼 당신을 축복할 것입니다……."

노파는 한마디도 하지 않았다.

게르만은 일어섰다.

"이런 늙은 마녀 같으니!"

그는 이를 갈면서 말했다.

"그렇다면 네가 대답을 하도록 만들고 말테다!"

이 말과 함께 그는 주머니에서 권총을 꺼냈다.

권총을 보자 백작 부인은 두 번째로 강한 느낌을 드러냈다. 그녀는 고개를 젓고, 총알을 막으려는 듯 손을 들어올렸다……. 그러다가는 뒤로 벌렁 자빠졌고……, 꼼짝도 하지 않았다.

"장난 그만 치시오. 자, 마지막으로 묻겠소. 내게 당신의 세 장의 카드를 알려줄 거요? 말거요?"

게르만이 그녀의 손을 잡으며 말했다.

백작 부인은 대답하지 않았다. 게르만은 그녀가 죽었다는 것을 깨달았다.

스페이드의 여왕 33

4

7 Mai 18**
Homme sans mœurs et sans religion!*
– 어느 서신 교환 중에서

리자베타 이바노브나는 자신의 방에 앉아서 깊은 생각에 잠겨 있었다. 그녀는 아직도 무도회 복장을 그대로 입고 있었다. 집으로 돌아온 그녀는 잠에 취한 채 억지로 시중을 들어주러 온 하녀를 서둘러 돌려보냈다. 옷은 혼자서 갈아입겠다고 말 한 뒤, 그녀는 떨리는 심정으로 자기 방으로 들어갔다. 그곳에서 게르만을 만나고 싶은 생각과 만나지 않았으면 하는 생각이 동시에 들었다. 첫눈에 그녀는 그가 없음을 확인하고, 그들의 만남을 방해한 장애물을 만들어준 운명에 감사했다. 그녀는 옷도 벗지 않은 채 앉아서, 그토록 짧은 시간에 그녀를 그렇게 깊숙이 끌어들인 상황들을 떠올리기 시작했다. 그녀가 이 청년을 창문을 통해 맨 처음으로 본 지 3주도 지나지 않아, 그녀는 그와 편지를 주고받았고, 그는 그녀에게서 한밤의 밀회 약속을 받아냈다! 그녀는 그가 보낸 몇몇 편지에 적힌 서명을 통해서 그의 이름을 알고 있을 뿐, 그와 말을 해 본 적도, 그의 목소리를 들어본 적도, 그에 대한 이야기를 들어본 적도 없었다, 바로 오늘 저녁까지도. 그런데 이상한 일이 벌어졌다! 오늘 저녁 무도회에서 톰스키는 평소와는 달리 그에게 애교를 부리지 않는 공작 영애 폴리나 OOO에게 화가 났다. 그래서 복수를 할 양으로 그녀에게 무관심한 태도를 보이고, 대신 리자베타 이바노브나에게 춤을 청한 다음, 계속해서 그녀와 마주르카를 추었다. 춤

---

* 18**년 5월 7일
 도덕적 양심도 신앙심도 없는 인간 같으니!

을 추는 내내 그는 그녀가 공병 장교에게 너무 열성을 보인다며 놀려댔고, 자신이 그녀가 상상하는 것 이상으로 많은 것을 알고 있다고 확언을 했다. 실제로 그의 몇몇 농담은 리자베타 이바노브나로 하여금 정말로 그가 모든 비밀을 알고 있다는 생각이 들게 만들었다.

"그걸 다 누구한테서 들었나요?" 그녀가 웃으면서 물었다.

"당신도 아는 그 인물의 친구한테서요. 아주 대단한 친구죠." 톰스키가 대답했다.

"그 대단한 사람이 도대체 누구죠?"

"게르만이라고 합니다."

리자베타 이바노브나는 아무 말도 하지 않았지만, 그녀의 손과 발이 얼음장처럼 차가와졌다.

"이 게르만이란 친구는 정말 낭만적으로 생겼죠. 나폴레옹의 얼굴과 메피스토펠레스의 영혼을 가졌다고나 할까요. 내 생각에 그 친구는 양심을 거스르는, 최소한 세 가지의 악행을 저지른 것 같아요. 그런데 왜 그렇게 얼굴이 창백하신 거죠?"

"아, 머리가 좀 아파서요…… 당신에게 뭐라고 하던가요, 게르만이란 분이. 아니, 이름이 뭐라고 했죠?"

"게르만은 자기 친구에 대해 상당히 불만스러워하고 있어요. 그 친구가 자기라면 전혀 다르게 행동했을 거라고 얘기한 때문이죠. 내 짐작에는 게르만 자신이 당신에게 속셈이 있는 것 같던데요. 그자가 최소한 친구의 사랑 타령을 꽤나 관심 있게 들어주고 있던 걸로 봐서도 그렇고."

"그렇다면 그분이 저를 어디서 봤을까요?"

"교회에서나, 아니면…… 산책할 때였겠죠! 그거야 어떻게 알겠어요! 어쩌면 당신이 자고 있을 때, 당신 방에서? 그 사람한테서 무슨 일이 생길지는……"

이때 세 명의 귀부인이 그들에게 다가와 'oubli ou regret?'*라고 묻는 바람에, 고통스러울 정도로 리자베타 이바노브나의 흥미를 끌었던 대화가 갑자기 끊어졌다.

톰스키가 선택한 아가씨는 바로 공작 영애 폴리나 OOO였다. 춤을 추는 동안 그녀는 자신의 잘못을 해명할 수 있었다. 그들은 춤이 끝났음에도 한 바퀴 더 원을 그렸고, 그녀는 자신의 의자 앞으로 돌아와서도 또 한 차례 턴을 돌았다. 자기 자리로 돌아온 톰스키는 이제 더 이상 게르만도 리자베타 이바노브나에 대해서도 생각하지 않았다. 하지만 그녀는 어떻게든 끊겨진 대화를 다시 시작해보려고 했지만, 마주르카는 끝나 버렸고, 늙은 백작 부인은 곧바로 무도회장을 떠났다.

사실 톰스키가 한 말은 마주르카를 추며 떠들어댄 수다에 불과했지만, 그 말들은 몽상가적인 처녀의 머릿속에 깊게 새겨졌다. 톰스키가 이야기해준 게르만의 모습은 그녀 자신이 상상했던 것과 유사했으며, 그의 얼굴이 범속한 인상임에도 불구하고, 최근의 소설들 덕분인지, 그녀를 위협하면서도 마음을 사로잡았다. 그녀는 아무 것도 걸치지 않은 두 팔로 팔짱을 끼고 아직 꽃 장식이 된 머리를 가슴위로 숙인 채 앉아 있었다. 그때 갑자기 문이 열렸다. 그리고 게르만이 들어왔다. 그녀는 부르르 몸을 떨었다.

"아니 어디에 계셨어요?" 그녀가 겁에 질린 작은 목소리로 물었다.

"백작 부인의 침실에 있었습니다. 지금 막 거기서 오는 길입니다. 백작 부인이 돌아가셨습니다." 게르만이 대답했다.

"오, 맙소사!…… 무슨 말씀을 하시는 거예요?"

"그리고 제가 아마도 그녀의 죽음의 원인이 된 것 같습니다." 게르만이

---

* '망각이예요, 후회예요?', 무도회장에서 여자가 남자 파트너를 선택하기 위해 물어보는 말.

계속 말했다.

리자베타 이바노브나는 그를 쳐다보았다. '그 친구는 양심을 거스르는, 최소한 세 가지의 악행을 저지른 것 같아요'라고 한 톰스키의 말소리가 그녀의 머릿속에 울려 퍼졌다. 게르만은 그녀 옆의 창턱에 걸터앉아, 모든 사실을 털어놓았다. 리자베타 이바노브나는 공포에 질려 그의 이야기를 들었다. 그러니까 그 열정적인 편지들, 불꽃처럼 격렬했던 애원, 그 대담하고 끈질긴 구애 등등…… 이 모든 것들이 사랑이 아니었던 것이다! 돈, 다름 아닌 바로 이것이 그의 영혼이 갈구했던 것이었다. 그의 욕망을 채워주고 그를 행복하게 해줄 수 있는 것은 그녀가 아니었다! 이 가련한 양녀는 자신의 늙은 은인을 살해한 강도의 눈먼 공범자에 다름 아니었다! 그녀는 때늦은 고통스러운 참회의 심정으로 서럽게 울기 시작했다. 게르만은 아무 말없이 그녀를 바라보았다. 그의 마음도 고통스러웠지만, 불쌍한 처녀의 눈물에도, 슬픔에 잠긴 그녀의 놀랄 만큼 매력적인 모습에도 그의 냉혹한 영혼은 흔들리지 않았다. 죽은 노파를 생각하면서도 그는 양심의 가책을 느끼지 않았다. 오직 하나의 사실만이, 부자가 될 수 있는 비밀을 이제는 영원히 잃어버렸다는 그 사실만이 그에게 공포심을 불러일으켰다.

"당신은 괴물 같아요!"

마침내 리자베타 이바노브나가 입을 열었다.

"그녀를 죽이려고 한 건 아니었소. 권총은 장전돼 있지 않았으니까요."

게르만이 대답했다.

그리고 그들은 침묵했다.

아침이 밝아오고 있었다. 리자베타 이바노브나는 거의 다 타버린 촛불을 껐다. 어슴푸레한 햇살이 그녀의 방을 비추었다. 그녀는 두 눈에 고인 눈물을 닦아내며 게르만을 올려다봤다. 그는 팔짱을 끼고 무섭게 얼굴을 찡그리고 창턱에 앉아있었는데, 그의 이런 자세는 놀랄 만큼 나폴레옹의 모습을 떠오르게 만들었다. 이런 유사함 때문에 리자베타 이바노브나는 깜작 놀라기까지 했다.

"집에서는 어떻게 나가실 건가요?"

마침내 리자베타 이바노브나가 말했다.

"당신을 비밀 계단으로 안내하고 싶지만 거기를 가려면 침실을 지나가야 하는데, 전 좀 무서워서요."

"비밀 계단을 어떻게 찾는지만 이야기해주시면, 혼자서 나가겠습니다."

리자베타 이바노브나는 일어나 서랍장에서 열쇠를 꺼내 게르만에게 주면서, 필요한 사항을 자세히 알려주었다.

게르만은 그녀의 차갑고 냉담한 손을 한 번 꽉 쥐고, 고개 숙인 머리에 입을 맞춘 다음, 방을 나갔다.

그는 나선형 계단을 따라 내려가 백작 부인의 침실로 다시 들어갔다. 죽은 노파는 돌처럼 굳은 채 앉아 있었는데, 얼굴은 아주 평온한 표정이었다. 게르만은 그녀 앞에 걸음을 멈추고 서서, 마치 무서운 진실을 확인하려는 듯 한참 동안 그녀를 바라보다, 마침내 서재로 들어갔다. 그는 벽지를 더듬어 문을 찾아낸 다음, 묘한 흥분을 느끼며 어두운 계단을 따라 내려갔다. 그는 생각했다.

'바로 이 계단을 따라, 아마도 한 육십 여 년 전쯤, 바로 이 침실로, 바로 이 시간에, 수놓은 멋진 카프탄을 입고 머리를 단정하게 빗어 넘긴 젊은 청년이 자신의 삼각형 신사모를 가슴에 꼭 품은 채 몰래 들어왔을 거야. 그 청년은 이미 오래 전에 무덤 속에서 한줌 흙으로 변해버렸겠지만, 그 청년의 이제는 너무 늙어버린 애인의 심장은 오늘에서야 그 고동을 멈추고 말았지…….'

게르만은 계단 아래에서 문을 찾아, 같은 열쇠로 문을 열었다. 그러자 밖으로 나가는 통로가 나왔다.

5

그날 밤, 죽은 폰 V000 남작부인이 내게 나타났다.
온통 하얗게 옷을 차려 입은 그녀가 내게 말했다.
"안녕하세요, 참사관님!"
– 스웨덴보리

그 운명의 밤 이후 사흘 뒤, 아침 아홉 시에 게르만은 OOO 수도원으로 향했다. 그곳에서는 죽은 백작 부인의 장례식이 거행될 예정이었다. 그가 후회하거나 뉘우치는 것은 아니었지만, '네가 노파를 죽였어!' 라고 계속해서 들려오는 양심의 목소리까지 완전히 잠재울 수는 없었다. 그는 진정한 신앙보다는 미신을 더 많이 믿고 있었다. 그렇기 때문에 죽은 백작 부인이 자신의 인생에 나쁜 영향을 미칠 수도 있다고 믿고 있었다. 그래서 용서를 구하기 위해서 그녀의 장례식에 참석하기로 결심한 것이다.

교회는 사람들도 가득 차 있었다. 게르만은 간신히 사람들 사이를 비집고 들어갔다. 관은 벨벳 캐너피가 드리워진 값비싼 관대(棺臺) 위에 놓여 있었다. 그 안에는 레이스 모자를 쓰고 하얀 새틴 드레스를 입은 고인이 두 손을 가슴에 모은 채 누워 있었다. 주위에는 그녀의 가내 하인들이 서 있었다. 하인들은 어깨에 문장 리본이 달린 검은색 카프탄을 입고 손에는 촛불을 들고 서 있었다. 친인척들인 자식들, 손자들 그리고 증손자들도 검정색 상복을 입고 서있었지만, 아무도 울지 않았다. 눈물을 흘렸다면 체면치레 때문이었을 것이다. 백작 부인은 너무 늙어서 그녀의 죽음에 아무도 놀라는 사람은 없었다. 친척들은 오래전부터 그녀를 이미 세상을 다 산 사람 취급하고 있었다. 젊은 주교가 조문을 읽었다. 그는 소박하고 감동적인 표현으로 오랜 세월동안 조용하고 겸허하게 기독교적 임종을 준비했던 참 신앙인의 평화로운 영면을 알렸다. 연사가 "경건한 명상 속에서 한밤중에 올 남편을 기다리던 그녀를 죽음의 천사가 데려갔습니다."라고 말했다. 장례식은 고인에게 애도의 예를 표하는 것으로 마무리 되었다. 먼저 유족들이 고인과 작별인사를 했고, 그 다음으로는 아주 오랜 세월동안 그녀와 유흥의 시간을 함께 보냈던 많은 사람들이 그녀와 마지막 작별인사를 하기 위해 관 쪽으로 다가갔다. 그들의 뒤를 이어 하인들 모두가 참배를 했고, 마지막으로는 고인과 같은 연배의 늙은 하녀 한 명이 관으로 다가갔다. 두 명의 젊은 하녀가 그녀를 부축해 주었다. 그녀는 바닥까지 허리를 굽힐 힘조차 없었는지, 주인마님의 차가운 손에 입을 맞추고는 몇 방울의 눈물을 흘렸다. 게르만은 그녀 다음에 관으로 다가갔다. 그는 땅에 닿도록 절을 한 다음, 전나무 잎사귀가 흩어져 있는 차가운 바닥에 잠시 엎드려 있었다. 그러고는 일어나서, 고인처럼 창백해진 표정으로 관대 계단을 올라가 고개를 숙였다······. 바로 이 순간 죽은 노파가 윙크를 하며 비웃는 표정으로 그를 쳐다보는 것 같았다. 게르만은 황급히 뒤로 물러서다 발을 헛디뎌서 뒤로 벌렁 나자빠지고 말았다. 사람들이 그를 일으켜 세웠다. 그런데 바로 그 순간에 기절해 쓰러진 리자베타 이바노브나가 현관 쪽으로 실려 나갔다. 이 사건은 침울했던 장례식의 엄숙한 분위기를 잠시 흐려놓았다. 조문객들 사이에 웅성거리는 소리가 들렸다. 고인의 가까운 친척인 깡마른 체구의 궁정시종이 자기 곁에 서 있는 영국인의 귀에 대고, 젊은 장교가 그녀의 사생아라고 속삭였다. 그러자 영국인은 냉소적으로 "오, 그래요?"라고 대답했다.

하루 종일 게르만은 극도로 마음이 혼란스러웠다. 그는 외딴 선술집에서 식사를 하면서 마음의 동요를 좀 가라앉힐 요량으로, 평소와는 달리 많은 양의 술을 마셨다. 그러나 술은 그의 상상력을 더 자극했다. 집으로 돌아온 그는 옷도 벗지 않고 침대에 몸을 던지자마자 깊이 잠이 들었다.

그가 잠에서 깼을 때는 이미 한밤중이었다. 달빛이 그의 방안을 비추고 있었다. 시계를 쳐다보니, 세 시 십오 분 전이었다. 잠은 더 이상 오지 않았다. 그는 침대에 걸터앉아 늙은 백작 부인의 장례식에 대해 생각했다.

그때 누군가가 밖에서 창문을 통해 그의 모습을 한번 쳐다보더니, 금세 사라져버렸다. 게르만은 여기에 아무런 주의도 기울이지 않았다. 잠시 후, 현관방 문이 열리는 소리가 들렸다. 게르만은 자기의 당번병이 밤에 놀러나갔다가, 평소처럼 술에 취해 돌아온 것이려니 생각했다. 그러나 그의 귀에 낯선 발자국 소리를 들렸다. 누군가가 실내화를 조심조심 끌며 걸어오고 있었다. 문이 열리고 하얀 드레스를 입은 여자가 들어왔다. 게르만은 그녀가 자신의 늙은 유모라고 생각했고, 이런 시간에 무엇 때문에 그녀가 여기에 왔는지 의아하게 생각했다. 그러나 흰 옷을 입은 여인은 미끄러지듯 갑자기 그의 앞으로 다가왔고, 게르만은 그녀가 백작 부인이라는 사실을 깨달았다!

"나는 내 의지와는 상관없이 자네에게 왔네."

단호한 목소리로 그녀가 말했다.

"너의 요청을 들어주라는 명령을 받았기 때문이야. 3, 7, 에이스에 차례로 걸면 승리할 수 있을 거야. 단, 하루에 한 장 이상의 카드에 돈을 걸면 안 되고, 이후로는 다시는 노름을 해서는 안 된다는 조건이야. 그리고 자네가 나의 양녀 리자베타 이바노브나와 결혼을 한다면 내 죽음에 대한 죄를 용서해주겠네."

이 말과 함께 그녀는 조용히 돌아서서 문 쪽으로 걸어가더니 실내화를 끌면서 사라졌다. 게르만은 현관문이 쾅 소리를 내며 닫히는 소리를 들었다. 그리고 또다시 누군가가 창문을 넘겨다보는 것이 보였다.

게르만은 한동안 정신을 차릴 수가 없었다. 그는 옆방으로 가봤다. 당번병은 바닥에 잠들어 있었고, 게르만은 억지로 그를 깨웠다. 그러나 당번병은 평소처럼 잔뜩 취해 있어서, 그에게서 뭔가를 물어본다는 것은 불가능했다. 현관문은 잠겨 있었다. 게르만은 자기 방으로 돌아와 촛불을 켜고 자기가 본 환영을 기록해 두었다.

6

"잠깐!"
"자네가 어떻게 내게 '잠깐'이라고 말할 수 있나?"
"각하, 저는 돈을 걸려고 '잠깐만요'라고 말했습니다."

물질세계에서 두 개의 물체가 동시에 한 자리를 차지할 수 없는 것처럼, 정신세계에서도 두 개의 고정 관념이 동시에 존재할 수는 없다. 3, 7, 에이스, 이것들이 곧 게르만의 머릿속에서 죽은 노파의 모습을 덮어 버렸다. 3, 7, 에이스에 대한 생각이 그의 머리를 떠나지 않았고 이 단어들이 입술에서 계속 맴돌았다. 젊은 아가씨를 보면 그는 "정말 잘 빠졌군! 꼭 하트의 3자 같아."라고 말하곤 했다. 사람들이 몇 시냐고 물어보면 그는 "7

시 5분 전입니다."*라고 대답했다. 배가 나온 남자들은 모두 그에게 에이스를 연상시켰다. 3, 7, 에이스는 다양한 형태를 취하면서 꿈속까지 그를 따라다녔다. 3자는 그의 앞에서 화려한 그랜디플로라 장미처럼 꽃을 피웠고, 7자는 고딕양식의 대문으로, 에이스는 거대한 거미가 되어 나타났다. 그의 모든 생각은 한 가지 생각에, 즉 자신이 값비싼 대가를 치르고 얻은 비밀을 어떻게 사용할 것인가 하는 생각에 집중되어 있었다. 그는 퇴직하고 여행을 갈까 하는 생각도 해보았다. 그는 파리의 공공 도박장에 가서 매혹적인 행운의 여신을 상대로 일확천금을 노려볼까도 생각했지만, 우연한 기회가 그의 이러한 수고를 덜어주었다.

모스크바에는 부유한 도박꾼들의 모임이 있었다. 이 모임의 대표는 저 유명한 체칼린스키였다. 그는 평생을 카드놀음을 하면서, 이기면 어음으로도 받고, 지면 현금을 지불하면서도 한때 수백만 루블을 벌었던 사람이다. 오랜 세월의 경험 때문에 그는 동료들로부터 신임을 얻었고, 집안의 개방적인 분위기와 최고의 요리사, 친절함과 쾌활함 덕분에 만인의 존경을 받았다. 그가 페테르부르크에 나타나자, 젊은이들은 무도회는 잊어버리고 그에게로 몰려들었다. 이들은 아가씨들 꽁무니나 따라다니는 것보다는 파라온 게임의 유혹을 선호했던 것이다. 나루모프가 게르만을 그에게 데리고 갔다.

그들은 정중한 태도의 하인들로 붐비는 호화스러운 방을 여러 개 지나갔다. 몇 명의 장군들과 참사관들이 휘스트 게임을 하고 있었다. 젊은이들은 비단천 소파에 편한 자세로 앉아 아이스크림을 먹거나 파이프 담배를 피우고 있었다. 응접실에서는 집주인이 긴 탁자를 앞에 두고 앉아 딜러

---

* 이때 7자를 'Semerka'라는 카드놀이에서 쓰는 단어를 사용하고 있다.

가 되어 카드 패를 돌리고 있었고, 그 주위에는 20명 가량의 도박꾼들이 빽빽이 모여 있었다. 체칼린스키는 예순 살쯤 되어 보였는데, 매우 점잖은 외모를 가지고 있었다. 머리는 은발로 덮여 있었고, 통통하고 생기 있는 얼굴에서는 선한 품성이 느껴졌으며, 두 눈은 언제나 웃음을 지으며 반짝거리고 있었다. 나루모프는 그에게 게르만을 인사시켰다. 체칼린스키는 다정하게 악수를 하며 격식에 구애받지 말라고 부탁한 뒤, 다시 카드를 돌렸다.

한 판은 오랫동안 계속되었다. 탁자 위에는 서른 장이 넘는 카드가 쌓여있었다.

체칼린스키는 카드 한 묶음을 다 돌리고 나면 도박꾼들에게 정리할 시간을 주기 위해 잠시 게임을 멈췄고, 자신이 잃은 액수를 기록하거나 노름꾼들의 요구가 있으면 이를 정중하게 들어주기도 하고, 누군가 무심코 접어놓은 카드 귀퉁이를 정성들여 펴기도 했다. 드디어 한 판이 끝났다. 체칼린스키는 카드를 섞은 다음, 다음 판을 돌릴 준비를 마쳤다.

"저도 돈을 걸어도 될까요?"

게르만이 이제 막 돈을 건 뚱뚱한 신사 뒤에서 손을 내밀며 말했다. 체칼린스키는 미소를 짓고는 정중한 동의의 표시로 말없이 고개를 끄덕였다. 나루모프는 웃으며 게르만이 오랜 금욕생활에서 벗어난 것을 축하했으며 운 좋은 출발이 되길 빌어 주었다.

"자, 걸었습니다!"

자신의 카드에다 백묵으로 엄청난 액수를 기입한 다음, 게르만이 말했다.

"얼마죠? 죄송하지만, 잘 보이지가 않는군요." 물주가 눈을 가늘게 뜨면서 물었다.

"4만 7천 루블입니다." 게르만이 대답했다.

이 말에 모든 사람이 순식간에 고개를 돌려 게르만에게 시선을 집중했다. '이 친구가 미쳤군!' 나루모프는 생각했다.

"한 가지 말씀드리고 싶은 것은, 당신이 건 돈의 액수가 너무 큰 것 같습니다. 아직까지 한 번에 2백 75 루블 이상을 건 사람은 없었습니다."

체칼린스키가 변함없이 미소를 지으며 말했다.

"그래서요? 제 카드를 받으실 건가요, 말 건가요?"

게르만이 항의하는 투로 말했다.

체칼린스키가 이번에도 정중한 동의의 표시로 고개를 끄덕거린 다음, 말했다.

"단, 당신께 한 가지 말씀 드려야 할 것은, 제가 동료 간의 신뢰를 워낙 중요하게 생각하는지라, 현금을 걸지 않으면 패를 나눠드릴 수가 없습니다. 물론, 저의 입장에서야 선생님의 말로 충분하지만, 게임의 규칙과 계산을 위해서, 카드 위에 현금을 올려주시기 바랍니다."

게르만은 주머니에서 은행권을 꺼내 체칼린스키에게 건네주었다. 체칼린스키는 돈을 대충 살펴보고 게르만의 카드 위에 올려놓았다.

그가 카드를 나누기 시작했다. 오른쪽에는 9가, 왼쪽에는 3이 나왔다.

"내가 이겼소!"

게르만이 자신의 카드를 보여주며 말했다.

노름꾼들 사이에서 웅성거리는 소리가 들렸다. 체칼린스키는 얼굴을 찌푸렸지만 곧 미소를 되찾았다.

"돈을 지금 받으시겠습니까?"

그가 게르만에게 물었다.

"네, 그렇게 해주시면 감사하겠습니다."

체칼린스키가 주머니에서 몇 장의 은행권을 꺼내 계산을 했다. 게르만은 돈을 받아 들고는 탁자에서 물러났다. 나루모프는 정신을 차릴 수가 없었다. 게르만은 레몬에이드 한 잔을 마신 다음 집으로 향했다.

다음날 저녁, 그는 다시 체칼린스키 집에 나타났다.

주인은 카드 패를 돌리는 중이었다. 게르만이 탁자로 다가가자, 노름꾼들이 즉시 그에게 자리를 양보했다. 체칼린스키가 상냥하게 그에게 인사했다.

새 판이 시작되자 게르만은 카드를 골라 탁자 위에 놓고, 그 위에 자기 돈 4만 7천 루블과 어제 딴 돈을 함께 올려놓았다.

체칼린스키가 카드를 돌리기 시작했다. 잭이 오른쪽에, 왼쪽에는 7이 나왔다.

게르만이 7자 카드를 뒤집었다.

모두들 와 하고 탄성을 질렀다. 체칼린스키는 당황한 기색이 역력했다. 그는 9만 4천 루블을 세어서 게르만에게 주었다. 게르만은 무심한 표정으로 돈을 받아들고는 즉시 자리를 떴다.

다음날 저녁, 게르만이 또다시 노름판에 나타났다. 모두가 그를 기다리고 있었다. 장군들과 참사관들도 이 범상치 않은 게임을 관람하려고 자기들이 하던 휘스트 게임을 잠시 중단시켰다. 젊은 장교들도 앉아있던 소파에서 자리를 박차고 일어났고, 하인들도 전부 응접실로 몰려들었다. 모두들 게르만을 에워쌌다. 다른 노름꾼들은 자기 카드에는 돈을 걸지 않은 채, 이 게임이 어떻게 끝날지 초조하게 기다렸다. 게르만은 얼굴색은 창백했지만 여전히 미소를 짓고 있는 체칼린스키를 상대로 혼자만 돈을 걸 마음의 준비를 한 채, 탁자 앞에 서있었다. 그들은 각자가 카드 한 벌의 봉인을 뜯었다. 체칼린스키가 카드를 섞었다. 게르만은 카드를 골라, 탁자 위에 놓고 카드 위에 은행권 다발을 쌓아올렸다. 이것은 마치 결투와도 같았다. 주위에는 깊은 침묵이 감돌았다.

체칼린스키가 카드를 나누기 시작했다. 그의 두 손이 떨리고 있었다. 오른쪽에는 퀸이, 왼쪽에는 에이스가 나왔다.

"에이스가 이겼소!"

게르만이 이렇게 말한 다음, 자신의 카드를 뒤집어 보였다.

"당신의 퀸이 졌습니다."

체칼린스키가 상냥하게 말했다.

게르만은 온몸을 부르르 떨었다. 실제로 그의 눈앞에는 에이스가 아니라 스페이드 여왕이 놓여있었다. 그는 자신의 눈을 믿을 수가 없었다. 어떻게 하다 자기가 카드를 잘못 뽑았는지도 이해할 수 없었다.

바로 그때 스페이드 여왕이 눈을 가늘게 뜨고 비웃는 것 같았다. 너무나 비슷한 모습에 그는 깜작 놀랐다.

"노파다!" 그가 공포에 떨며 소리를 질렀다.

체칼린스키는 상대가 잃은 돈을 자기 쪽으로 끌어당겼다. 게르만은 꼼짝 않고 서있었다. 잠시 후 그가 테이블에서 물러나자 사람들이 시끄럽게 떠들기 시작했다.

"아주 멋지게 걸었는데!"

노름꾼들이 말했다. 체칼린스키는 다시 카드를 섞었고 게임은 다음 판으로 넘어갔다.

결말

게르만은 미쳐버렸다. 그는 오부호프 병원 17호실에 입원해 있는데,

아무런 질문에도 대답하지 않고, 오직 "3, 7, 에이스! 3, 7, 퀸!" 소리만 엄청나게 빠른 속도로 중얼거리고 있다.

    리자베타 이바노브나는 아주 착한 청년과 결혼했다. 이 청년은 어느 관청에서 근무하는데, 상당한 재산도 보유하고 있고, 예전에 그의 아버지가 늙은 백작 부인의 집사였다고 한다. 리자베타 이바노브나는 가난한 친척의 여자아이를 양녀로 키우고 있다.

    톰스키는 대위로 진급했고 공작 영애 폴리나와 결혼했다.

# 코

니콜라이 고골

1

3월 25일, 페테르부르크에서 평범하지 않은 이상한 사건이 발생했다. 보즈네센스키 대로에 살고 있는 이발사 이반 야코블레비치(그의 성(姓)은 확인할 수가 없었다. 얼굴에 거품을 잔뜩 칠한 신사의 모습이 '피도 뽑아 드립니다'라는 문구와 함께 그려진 이발소 간판에도 더이상의 문구는 없었다.)는 빵 굽는 냄새를 맡으며 아침 일찍 일어났다. 침대에서 몸을 일으킨 그는 커피를 아주 좋아하는 비대한 몸집의 아내가 오븐에서 갓 구워진 빵을 꺼내고 있는 것을 보았다.

"프라스코비야 오시포브나, 오늘은 커피를 마시고 싶은 생각이 없구려." 이반 야코블레비치가 말했다.

"대신 따끈한 양파빵을 먹었으면 하는데……."

(그러니까 이반 야코블레비치는 둘 다 먹고 싶었지만 두 가지를 한꺼번에 달라고 하는 것은 불가능하다는 것을 잘 알고 있었다. 왜냐하면 프라스코비야 오시포브나는 그런 변덕을 아주 싫어했기 때문이다.) '바보 같으니, 빵이나 먹으라고 하지. 잘 됐어, 그러면 커피 한 잔은 남으니까.' 아내는 속으로 이렇게 생각하고, 빵 하나를 식탁 위로 던져주었다.

코 49

이반 야코블레비치는 예의를 갖추기 위해서 셔츠 위에 모닝코트를 걸친 다음 식탁 앞에 앉았다. 그런 다음 빵 위에 소금을 뿌리고, 양파 두 알을 준비한 다음, 나이프를 손에 들었다. 그리고 의미심장한 표정을 지으며 빵을 자르기 시작했다. 빵을 두 조각으로 자른 후 가운데를 들여다보던 그는 무언가 하얀 물체를 발견하고 깜짝 놀랐다. 이반 야코블레비치는 그것을 나이프로 조심스럽게 파낸 다음 손가락으로 만져봤다.

"딱딱한데! 이게 뭐지?"

그는 혼잣말로 중얼거렸다.

그는 손가락을 넣어서 그것을 끄집어냈다. 그건 코였다! 이반 야코블레비치는 맥이 쪽 빠졌다. 그는 눈을 비비고 다시 만져보기 시작했다. 코였다, 틀림없이 코였다! 게다가 낯익은 누군가의 코와 비슷하다는 생각이 들었다. 이반 야코블레비치의 얼굴에는 공포의 빛이 떠올랐다. 그런데 그가 느낀 공포심은 그의 아내가 터트린 분노에 비하면 아무것도 아니었다.

"이게 어디서 났어요, 이 짐승 같으니라고, 누구 코를 잘라 버린 거야?"

그녀가 화를 내며 소리쳤다.

"사기꾼! 주정뱅이! 내가 직접 당신을 경찰에 신고하고 말 거요. 이런 날강도 같으니! 내가 벌써 세 사람한테나 들었다고, 당신이 면도할 때 하도 코를 세게 잡아당겨서 코가 겨우 떨어져나갈 지경이라고 하더군요."

어쨌든 이반 야코블레비치는 아주 난감한 상황에 처하고 말았다. 이 코가 다름 아닌, 바로 매주 수요일과 일요일에 자기가 면도를 해주는 8등관 코발료프의 코라는 것을 알게 되었기 때문이다.

"잠깐만, 프라스코비야 오시포브나! 내가 이걸 천조각에 싸서 한쪽에 놔둘게. 잠시 거기에 놔두면, 내가 나중에 치울 테니까."

"듣기 싫어요! 잘린 사람 코를 집안에 놔두자고요? 이 매정한 인간아!

가죽띠에 면도칼이나 갈 줄 알았지, 곧 빚 독촉이 쏟아질 판인데, 갚을 능력은 없고. 이런 바보, 멍청이 같으니! 당신 대신 나더러 경찰서에 가보라는 거예요? 몹쓸 인간, 이런 머저리 같으니! 어서 내다 버려요! 버리라고요! 어디로든 가져다가 버려요, 내 눈 앞에서 안보이게 하란 말이에요!"

이반 야코블레비치는 완전히 넋이 나간 채로 서 있었다. 그는 생각하고 생각했지만 무엇을 생각해야 할지 생각이 나지 않았다.

"제기랄, 도대체 어떻게 해야 할지 모르겠군." 그는 귀 뒤를 손으로 긁적거리면서 말했다.

"내가 어제 술이 취해서 집으로 왔는지 어땠는지도 기억이 나지 않는군. 모든 정황으로 보건대, 이 일은 도저히 있을 수 없는 일이야. 빵은 굽는 게 당연하지만 코는 그럴 수가 없는데…… 도대체가 알 수가 없군!"

이반 야코블레비치는 입을 다물었다. 경찰이 그의 집에서 코를 찾아내서 그에게 죄를 물을 것이라는 생각 때문에 그는 정신이 아득해졌다. 벌써 경찰의 은실로 멋지게 장식한 붉은 옷깃과 장검이 보이는 것 같았다. 그는 온몸을 부르르 떨었다. 마침내 그는 낡아빠진 외투와 부츠를 꺼내, 이 너절한 것들을 몸에 걸쳤다. 그리고 프라스코비야 오시포브나의 지긋지긋한 훈시를 계속 들으며 코를 천조각에 싸서는 집밖으로 나왔다.

그는 코를 어디에단가 슬쩍 집어넣고 싶었다. 아니면 어느 집 대문 아래 갖다놓던가, 그것도 아니면 그냥 우연히 떨어진 것처럼 하고 싶었다. 그래서 골목으로 들어갔다. 그런데 불행하게도 거기서 아는 사람을 만났다. 그 사람이 질문을 늘어놓기 시작했다. "어디 가는 길인가?", "누가 이렇게 일찍 면도를 하겠다는 건가?" 그러는 바람에 이반 야코블레비치는 기회를 놓치고 말았다. 그 다음 번에는 그가 손에서 막 코를 떨어뜨렸을 때였다. 멀리서 초소근무경관이 미늘창으로 가리키며 말했다. "이봐, 뭘 떨어트린 거야, 어서 줍게!" 이반 야코블레비치는 할 수 없이 코를 집어 들어 주머니 속에 감췄다. 그는 절망감에 사로잡혔는데, 게다가 거리에는 사람들이 점점 더 많아졌고, 상점들은 문을 열고 노점상들은 판을 펼치기 시작했다.

궁리 끝에 그는 이사키예프스키 다리로 가기로 결심했다. 코를 네바 강에 던져버릴 기회가 한 번은 오지 않을까 하는 생각에서였다……. 그런데 제가 조금 실수를 한 것은, 여러모로 존경받을만한 인물인 이반 야코블레비치에 대해서 지금껏 한 마디도 하지 않았다는 것이다.

이반 야코블레비치는 러시아의 성실한 장인(匠人)들이 모두 그렇듯 엄청난 술고래였다. 그는 매일같이 다른 사람의 얼굴을 면도해주면서도 정작 자신의 수염은 한 번도 깎은 적이 없었다. 이반 야코블레비치의 모닝코트(이반 야코블레비치는 결코 프록코트를 입지 않았다)는 얼룩무늬였다. 원래 검은색이었던 옷이 누런 갈색과 회색 얼룩으로 뒤덮였기 때문이다. 옷깃은 번들거렸고, 세 개의 단추 대신 그 자리에는 실밥만 남아 있었다. 이반 야코블레비치는 대단한 냉소주의자였다. 8등관 코발료프가 면도를 하면서, "이봐, 이반 야코블레비치, 자네 손에서는 왜 항상 냄새가 나는가?" 하고 물어보면, 이반 야코블레비치는 "손에서 왜 냄새가 나는 걸까요?"라고 대답하고, "모르겠네만, 아무튼 냄새가 나긴 나." 하고 8등관이 말하곤 했다. 그러면 이반 야코블레비치는 코담배를 한 번 들이키고는, 그의 뺨에, 코밑에, 귀 뒤에, 턱에, 그러니까 한마디로 자기가 하고 싶은 대로 맘대로 비누칠을 해댔다.

바로 이 존경스러운 시민이 이미 이사키예프스키 다리에 도착해 있었다. 그는 먼저 주위를 살폈다. 그 다음 난간 위로 몸을 숙이고, 물고기가 많이 있는지 보는 척 다리 아래를 내려다봤다. 그리고 코를 싼 천조각을 슬쩍 내버렸다. 그는 단박에 십년 묵은 체증이 가시는 것 같은 느낌을 받았고, 웃음이 절로 나왔다. 그래서 관료 집으로 면도를 하러 가는 대신 펀치주스나 한 잔 마실 생각으로 '음식과 차'라고 쓰인 간판이 걸린 건물로 걸음을 옮겼다. 그런데 바로 그 순간, 수염을 덥수룩하게 기른 점잖은 외모의 파출소장이, 삼각모에 장검을 찬 복장으로 다리 끝에 서있는 것이 눈에 띄었다. 그는 온몸이 굳어졌다. 그 순간 파출소장이 손가락을 까딱이며 말했다.

"어이, 이리와 보게!"

경찰복장을 알아본 이반 야코블레비치는 멀찌감치에서부터 모자를 벗어 들고, 재빠르게 달려가서는 말했다.

"각하, 건강하시기를 기원합니다!"

"아니, 각하고 뭐고는 됐고, 자네, 다리 위에 서서 뭔 짓을 했나?"

"예, 나리, 면도를 해주러 가던 길에, 강 물살이 센지 어떤지 잠깐 내려다 봤습니다."

"거짓말, 거짓말이야! 그런 식으로 넘어갈 순 없지, 솔직히 대답해봐!"

"나리, 일주일에 두 번, 아니 세 번이라도 무조건 면도를 해드리겠습니다."

"아니, 이 친구가, 그런 건 다 필요 없다니까! 이미 세 명의 이발사가 내 면도를 해주고 있어. 그것도 대단한 영광으로 생각하면서 말이야. 그러니까 이제 얘기해 보시지, 저기서 무슨 짓을 했지?"

이반 야코블레비치는 얼굴이 하얗게 변했다……. 그런데 이 사건은 여기서부터 완전히 안개 속에 묻혀버려 그 후로 무슨 일이 일어났는지 전혀 알려진 바가 없는 상태이다.

## 2

    8등관 코발료프는 일찍 잠에서 깨어나서 항상 그렇듯이 입술을 떨면서 "브르르르" 하고 소리를 내었다. 자신도 왜 그렇게 하는지 설명을 하지 못했다. 코발료프는 기지개를 켜고 적당한 크기의 탁상용 거울을 가져오라고 명령했다. 그는 어제 저녁에 코에 나기 시작한 뾰루지를 볼 요량이었다. 그런데 놀랍게도 코가 있어야 할 자리에 평평하기만 하였다. 놀란 코발료프는 물을 달라고 했다. 그리고 수건으로 눈을 닦았다. 정말로 코가 없었다! 그는 손으로 여기저기를 만져보았다. 지금 자고 있는 것은 아닌가? 꿈은 아닌 것 같았다. 8등관 코발료프는 침대에서 벌떡 일어나 몸을 마구 흔들어 보았다. 코는 없었다! 그는 옷을 가져오라고 했다. 그리고 경찰서장에게 달려갔다.
    여기서 8등관 코발료프가 어떤 사람인지 독자들이 알 수 있도록 그에 대해서 몇 가지 이야기를 해주겠다. 일정한 학위를 가져야 하는 8등관이라는 칭호는 카프카즈에서 받는 칭호 8등관과 비교할 수 없다. 이 두 가지는 전혀 다른 것이다. 학위가 있는 8등관은…… 러시아는 이상한 사람들이 많아서 8등관 중 어느 한 사람에 대해서 이야기를 할려고 하면 리가에서 캄차트카까지 흩어져 있는 모든 8등관들이 자신에 대해서 이야기를 하는 줄 안다. 관리들이 이런 식으로 생각하는 것은 당연하다. 코발료프는 카프카즈에서 8등관이 되었다. 그는 8등관이 된 지 이제 겨우 2년이 지난 터라 자신의 계급을 한 시도 잊은 적이 없다. 하지만 그는 자신의 고귀함과 풍모를 더욱 돋보이게 하기 위하여 자신을 8등관이라고 부르지 않고 소령이라고 불렀다. 그는 거리에서 셔츠의 가슴받이를 파는 아낙을 보면 "이봐요, 사랑스러운 사람, 우리집에 한 번 놀러와요, 우리집은 사도바야 거리에 있어. 그곳에 와서 코발료프 소령이 어디 사느냐고 물어보면 돼." 라고 말하기도 했다. 만약 매력적인 여자를 만나게 된다면 비밀스런 지시를 하듯 "이봐, 예쁜 아가씨, 코발료프 소령의 집이 어디냐고 묻고 찾아와!"라고 말한다. 그러므로 우리는 앞으로 8등관 대신 소령이라고 그를 부르자.

코발료프 소령은 평상시에는 매일 네프스키 대로를 산책하였다. 그의 셔츠 가슴받이의 깃은 항상 티없이 깨끗했고 풀을 먹여 빳빳했다. 그의 구레나룻은 지금은 현이나 군의 측량기사, 건축가, 연대 군의관이나 다양한 업무를 보는 경찰들에게서 볼 수 있으며 볼이 통통하고 붉은 빛을 띠고 있는 사람이나 카드놀이 보스톤을 매우 좋아하는 사람한테서 볼 수 있는 것이다.

이들의 구레나룻은 볼 중간에서 시작되어서 코까지 가는 것이 보통이다. 소령 코발료프는 수요일, 목요일, 월요일 등의 글자가 새겨져 있고 문장이 그려진 루비로 만든 인장을 많이 가지고 다녔다. 소령 코발료프는 자신의 관등에 맞는 자리를 얻기 위해서 페테르부르크에 왔다. 잘 되면 부지사 자리를 얻을 수도 있을 것이고, 그게 안 되면 한 관청의 집행관 자리를 얻을 생각이었다. 소령 코발료프는 결혼에 관심이 없는 것은 아니다. 다만 20만 루블 정도 지참금을 가지고 오면 생각해볼 것이다. 그런 정도이니 이제 독자 여러분들이 나쁘지 않고 적당하게 생긴 코가 있어야 할 자리에 평평하고 밋밋한 피부만 있는 얼굴을 본 소령의 상황이 어떨지 알 수 있을 것이다.

불행하게도 거리에는 마차가 한 대도 보이지 않았다. 할 수 없이 그는 망토로 몸을 감싸고 코피가 나는 사람이 그러듯 얼굴을 손수건으로 감싼 채 걸어갔다.

'어쩌면 내가 착각을 하고 있는 것일지도 몰라. 코가 없어졌다는 게 도대체 말이 되냐고.'

이렇게 생각한 그는 거울을 한번 쳐다볼 요량으로 과자점으로 들어갔다. 다행히 과자점에는 아무도 없었다. 잠이 덜 깬 점원 아이들이 바닥을 쓸고 의자를 정리하고 피로그*를 나르고 있었다. 커피의 얼룩이 묻어 있는 전 날 신문이 탁자와 의자에 어지럽게 놓여 있었다.

'다행히 아무도 없네. 이제 볼 수 있겠다.'

그는 조심스럽게 거울로 다가가 얼굴을 보았다.

'정말 얼굴이 가관이군! 코 있는 자리에 뭐 다른 것이 있다면 그래도 괜찮겠는데.'

그는 침을 뱉으며 말했다.

울분으로 입술을 깨물며 그는 과자점에서 나와서 평소와는 다르게 아무도 보지 않고 미소도 짓지 않겠다고 결심했다. 갑자기 그는 어떤 집의 문 앞에서 굳은 듯 서버렸다. 그의 눈앞에서 설명을 할 수 없는 일이 벌어지고 있었다. 현관 앞에서 마차가 멈추어 섰고, 문이 활짝 열렸다. 마차에서 한 신사가 몸을 숙인 채 폴짝 뛰어내렸다. 그리고 계단을 올라갔다. 바로 그 신사가 자신의 코라는 사실을 알게 된 코발료프는 공포와 경악에 사로잡혔다. 이 이상한 광경을 본 코발료프는 세상이 거꾸로 뒤집어지는 듯한 느낌을 받았다. 그는 간신히 서 있었다. 하지만 그 신사가 마차로 다시 돌아올 때까지 기다리겠다는 생각은 할 수 있었다. 정말로 2분 정도 후에 코가 건물에서 나왔다. 그는 커다란 깃을 세운 금실로 제봉된 제복을 입고 영양 가죽으로 만든 바지를 입고 있었으며, 허리에는 장검을 차고 있었다. 깃털로 장식되어진 모자를 보건대 그는 5등 문관인 것 같았다. 모든 정황

* 러시아식 튀김만두 또는 케이크

으로 보건대 그는 누군가를 방문할 목적으로 어딘가를 가고 있는 것 같았다. 그는 양쪽을 한 번 살펴본 뒤 마부에게 소리쳤다.
"이리 와!"
그리고 마차에 앉고 떠났다.
불쌍한 코발료프는 거의 미칠 지경이었다. 그는 이런 이상한 사건에 대해서 생각을 한 적도 들어 본 적도 없었다. 어제만 해도 자신의 얼굴에 붙어 있어서 어디를 갈 수 없었던 코가 제복을 입고 있다니! 그는 마차를 따라 달려갔다. 마차는 다행스럽게도 멀리 가지 않고 카잔 성당 앞에서 멈추어 섰다.
그는 눈구멍을 두 개 뚫은 곳으로 눈을 드러내고 웃으면서 늘어서있는 거지 노파들을 헤치고 서둘러 성당 안으로 들어갔다. 성당 안에는 기도하는 사람들이 많지 않았으며, 그들도 대부분 입구 쪽에 서 있었다. 코발료프는 성당에 들어서면서 신자라면 누구나 해야 하는 기도를 잊을 정도로 혼란스러운 상태였다. 그는 성당 안 구석구석을 살피며 그를 찾았다. 그리고 마침내 한쪽 구석에 서있는 그를 찾아냈다. 코는 커다란 옷깃을 세워서 얼굴을 숨기고 있었지만 매우 경건한 자세를 유지하고 있었다.
'어떻게 다가가지?' 코발료프가 생각했다.
'제복과 모자를 보니 5등관인 것 같은데. 이런 젠장 도대체 어떻게 해야 하지?'
코발료프는 코 근처로 가서 기침을 했다. 하지만 코는 자세를 전혀 바꾸지 않고 경건한 태도를 그대로 유지하였다.
"선생님…… 선생님!"
코발료프는 있는 힘을 다해서 말했다.
"무슨 일이죠?" 코가 고개를 돌리며 대답했다.

"이상한 일이 있어서요, 선생님…… 그러니까…… 당신은 당신이 어디에 있어야 하는지 잘 알 겁니다. 그리고 만약 제가 이렇게 싱당에서 당신을 본다면. 당신은……."

"죄송하지만 당신이 말하고자 하는 것을 잘 모르겠네요. 설명을 잘 해보세요."

'어떻게 설명해야 하지?'

코발료프는 생각을 잠시 한 후 숨을 크게 몰아쉰 다음 이야기를 시작했다.

"물론 저는 그러니까, 소령입니다. 코 없이 다닌다는 것은 말도 안 되는 일이라고 당신도 생각할 것입니다. 그러니까 예를 들어서 바스크레센스키 다리 위에서 깨끗하게 닦은 오렌지를 파는 아줌마에게는 코가 없을 수도 있습니다. 하지만 현 지사를 할 수도 있는 사람이…… 더구나 5등관 부인인 체흐타료바 같은 부인을 포함해서 시내의 모든 부인들하고 친분이 있는 사람이 그렇다는 것은 전혀 다른 이야기입니다. 잘 생각해보세요…… 저는 잘 모르겠습니다만(이때 코발료프 소령은 어깨를 으쓱했다.) 죄송합니다…… 만약 이 문제를 의무와 명예의 관점에서 살펴본다면…… 당신도 이해를 하실 수 있을 것입니다……."

"도대체 뭔 말인지 전혀 모르겠군요. 좀 더 쉽게 설명해봐요."

코가 대답했다.

"각하…… 당신의 말이 어떤 의미인지 제가 모르겠네요…… 그러니까 이렇게 모든 게 분명한데…… 아니면 당신이 원하시는 게…… 당신은 제 코가 맞잖아요!"

코는 소령을 쳐다보고 눈썹을 찡그렸다.

"선생, 무언가 오해를 하시는 것 같군요. 저는 접니다. 게다가 당신과 나는 그 어떤 관계로 연결되어 있지도 않습니다. 당신 제복의 단추로 보건대 당신은 전혀 다른 관청에서 일을 하고 있는 것 같은데요."

이렇게 말하고 코는 고개를 돌린 후 기도를 계속했다.

코발료프는 무엇을 해야 할지 아니 무슨 생각을 해야 할지도 모를 정도로 매우 당황했다. 이때 어느 부인의 옷이 스치는 소리가 경쾌하게 들려왔다. 온통 레이스로 장식한 옷을 입은 중년 부인과 날씬한 허리를 가지고 있으며 잘 어울리는 흰 드레스를 입고 케이크 같은 가벼운 밝은 노란색의 모자를 쓴 부인이 다가왔다. 그들 뒤로는 기다란 구레나룻을 기르고 열두 겹은 되어 보이는 옷깃을 세운 키가 큰 하인이 멈추어 서서 담뱃갑의 뚜껑을 열었다.

코발료프는 그들에게 가까이 다가가서 주위를 보며 얼굴에 미소를 띠고 셔츠의 가슴받이의 깃을 앞으로 빼고 금줄에 매달아 놓은 인장을 만져주었다. 그는 손가락이 거의 투명해 보이는 흰 손을 이마에 대고 기도를 하고 있는 봄꽃 같은 여인에게 관심을 보였다. 모자 아래에서 그녀의 둥글고 새하얗게 빛나는 턱 그리고 봄에 가장 먼저 피는 장미를 닮은 볼을 본 코발료프의 미소는 계속되었다. 그런데 갑자기 불에 댄 듯 깜짝 놀라서 물러섰다. 코가 있어야 할 지라에 아무것도 없다는 것을 기억했던 것이다. 그러자 눈에 눈물이 고였다. 그는 제복을 입은 신사에게 직접 그가 5등관 행세를 하는 것이며 그는 사기꾼이고 비열한이며 단지 코일 뿐이라는 것을 이야기하려고 돌아섰다. 그러나 이미 코는 없었다. 아마도 그는 누군가를 방문하러 간 것임에 틀림없다.

코발료프는 절망에 빠졌다. 그는 뒤로 물러나서 기둥 아래에 잠시 서서 사방을 자세히 살펴보았다. 코발료프는 코가 금실로 제봉한 제복을 입고 있었다는 것을 분명히 기억하고 있었다. 하지만 그의 외투가 어떤 모습이었는지, 마차와 말이 무슨 색이었는지, 하인이 있었는지, 있었다면 어떤 옷을 입고 있었는지 전혀 기억이 나지 않았다. 게다가 많은 수의 마차들이 빠른 속도로 오가고 있어서 도저히 구별해 낼 수 없었다. 설사 어떤 마차인지 알아내더라도 그 마차를 세울 방법이 없었다. 날씨는 화창하고 맑은 날씨였다. 네프스키 대로는 사람들로 꽉 들어차 있었다. 폴리체이스키 다리에서부터 아니치카나 다리까지 인도 위에 마치 꽃들을 뿌려놓은 듯 부인들이 많았다. 저쪽에서 코발료프가 잘 아는 7등관이 걸어가고 있었다. 그는 그를 중령이라고 부르곤 했는데 특히 다른 사람들이 있으면 더욱 더 그렇게 했다. 저기에 상원 분과장인 야르이핀이 보였다. 그는 여덟 명이 하는 보스톤 카드놀이에서 항상 돈을 잃어주는 코발료프의 절친한 친구이다. 그리고 저기에는 다른 소령이 있다. 그도 카프카즈에서 8등관을 얻었다. 그가 자기에게 오라고 손짓하고 있었다.

"이런, 젠장. 어이, 마부, 경찰청장 댁으로 바로 가게."

코발료프가 말했다.

코발료프는 몸을 떨면서 앉아있었다. 그는 마부에게 소리쳤다.

"전속력으로 달려!"

"경찰청장님 집에 계신가?" 현관으로 들어서면서 그가 말했다.

"아니요, 방금 나가셨습니다." 문지기가 대답했다.

"아이쿠!"

"예, 하지만 그렇게 오래되지 않았습니다. 한 1분만 먼저 오셨다면 뵐 수 있었을 겁니다."

문지기가 말을 덧붙였다.

코발료프는 얼굴에서 손수건을 떼지 않고 앉아서 마부에게 실망에 빠진 목소리로 말했다.

"출발하자!"

"어디로 갈까요?"

마부가 말했다.

"그냥 곧장 가."

"곧장이라뇨? 여긴 삼거리예요. 오른쪽 아니면 왼쪽으로 갈까요?"

이 질문은 코발료프를 다시 생각에 잠기도록 만들었다. 지금 상황을 고려한다면 분명 경찰청으로 가야 한다. 이 문제가 경찰과 직접적으로는 연관이 없겠지만 다른 관청에서보다 일처리를 빨리 해줄 것이기 때문이다. 코가 자신이 근무하고 있다고 이야기를 한 관청을 찾아 항의를 하는 것은 아마도 쓸모없는 일일 것이다. 왜냐하면 이미 말한 것을 보건대 양심이 전혀 없는 이 인간은 마찬가지로 코발료프를 한 번도 본 적이 없다고 이야기를 할 것이 뻔하기 때문이다. 그래서 이미 경찰청으로 가자고 이야기를 했지만 머릿속에는 첫 대면에서 그렇게 양심 없이 굴었던 코가 시간을 끌게 되면 도시를 빠져나갈 수 있다는 생각이 들었다. 그렇게 된다면 지금까지 찾아 놓은 것이 헛수고가 될 것이고 어쩌면 매듭을 풀기 위해서 한 달이 더 걸릴지도 모른다. 이런 저런 생각을 하던 중에 갑자기 하느님의 계시를 받듯 좋은 생각이 떠올랐다. 그는 곧장 신문사로 가서 사건의 내용을 상세하게 알리는 광고를 내기로 결정했다. 그래서 사람들이 코를 발견하게 되면 그에게 코를 데려오거나 아니면 최소한 어디에 있는지 위치를 가리켜 줄 수 있도록 만들 생각이었다. 그는 마부에게 신문사로 가자고 말했다. 그리고 가는 내내 "더 빨리 가, 이 바보야, 빨리 가란 말이야, 이 사기꾼아!"라고 말을 하면서 주먹으로 마부의 등을 두들겼다. "아이고 나으리!"라고 말하며 마부는 고개를 흔들면서 몰티즈 개처럼 긴 털이 난 말을 채찍으로 때렸다. 마침내 마차가 멈춰 섰다. 코발료프는 낡은 연미복을 입고 안경을 낀 백발의 관리가 책상에 앉아 펜을 이빨로 물어뜯으며 동전을 세고 있는 작은 사무실로 숨을 헐떡이며 뛰어 들어갔다.

"누가 광고 접수를 하나요? 아, 안녕하세요!" 코발료프는 소리쳤다.

"안녕하세요." 백발의 관리가 잠시 눈을 들었다가 놓여 있는 동전 다발로 고개를 숙이며 말했다.

"광고를 내고 싶습니다."

"잠시만 기다려 주십시오." 관리는 한 손으로 종이에 숫자를 쓰고 왼손 손가락으로 주판알 두 개를 올리면서 말했다. 소매에 금줄이 달린 옷을 입은 것으로 보아 어느 귀족집의 하인처럼 보이는 사내가 손에 광고 문구를 적은 종이를 들고 책상 옆에 서서 자신의 사교성을 보여주면서 점잖게 쪽지를 읽고 있었다.

"나리 믿으시겠어요. 강아지는 8루블도 안 하는 것입니다. 그러니까 저 같으면 8루블이라도 안 사겠다는 말이죠. 그런데 백작 부인께서 아끼는 개입니다. 너무 아껴서 글쎄 강아지를 찾으면 100 루블을 준다고 광고를 하라는 것입니다. 글쎄, 이게 말이나 되는 겁니까, 물론 나리와 제가 취미가 다르듯이 사람마다 다 제각각이죠. 사냥꾼들은 사냥개나 푸들을 사려고 오백 루블 또는 천 루블도 마다하지 않더라고요. 만약에 개만 훌륭하다면 말입니다."

몸집이 커다란 관리는 진지한 표정으로 그의 이야기를 들으며 동시에 쪽지에 글자 수가 몇 개인지 세고 있었다. 어떤 광고 문구에는 술을 마시지 않는 마부를 구한다는 것도 있었고, 또 다른 문구에는 1814년에 파리에서 가져온 얼마 사용하지 않은 중고 마차를 판다는 내용이 적혀 있기도 했다. 그리고 또 세탁하는 방법을 배웠고 다른 일도 잘 한다는 열아홉 살 처녀가 하녀 자리를 구하고, 스프링이 하나 없는 튼튼한 사륜마차, 생후

17년밖에 안 된 회색 반점이 있는 젊고 활기찬 말, 런던에서 새로 들여온 순무 씨와 홍무 씨를 팔고 있으며, 말 두 마리를 넣을 수 있는 마구간과 멋진 자작나무와 전나무 정원을 만들 수 있는 공간이 있는 다양한 설비를 갖춘 별장을 팔고 있으며, 낡은 구두밑창을 사고 싶은 사람은 매일 8시에서 아침 3시까지 방문하라는 문구도 있었다. 이런 사람들로 가득 찬 방은 작았다. 그래서 그곳의 공기는 끔찍하게 답답하였다. 하지만 8등관 코발료프는 손수건으로 가리고 있었기 때문에 그리고 신 이외에는 어디에 있는지 아무도 모르는 코 자체가 없기 때문에 냄새도 느낄 수 없었다.

"저기요, 말씀 좀 드릴게요…… 아주 중요한 일이라서."

결국 참지 못하고 코발료프가 말했다.

"잠시만, 잠시만! 이 루블 사십 코페이카! 잠시만! 일 루블 육십사 코페이카!" 백발의 신사가 노파와 문지기에게 쪽지를 던지며 말했다.

"무슨 일로 오셨죠?" 마침내 그가 코발료프에게 말을 걸었다.

"그러니까 말입니다, 속임수 아니 사기 사건입니다. 저는 지금도 무슨 일이 일어났는지 모르겠습니다. 단지 이렇게 써 주십시오. 그러니까 그 사기꾼을 제게 데리고 오면 충분한 보상을 해주겠다고 말입니다."

"당신의 이름을 말씀해주세요."

"아니 이름이라고요? 알려드릴 수 없습니다. 저를 아는 사람이 너무 많아요. 5등관 사모님 체흐타료바, 참모장교 사모님 팔라게야 그리고리예브나 포드토치나가 이 사실을 알게 된다면…… 오 하느님 맙소사! 그냥 8등관이라고만 써주세요. 아니면 영관급 인물이라고 쓰던가요."

"그럼 도망간 사람은 당신의 하인인가요?"

"하인이냐고요? 하인이 그럴 수 없죠! 나한테서 달아난 것은 코요."

"음, 정말 요상한 이름이군요. 그러니까 그 코라는 분이 당신 돈을 훔쳐

갔다는 것입니까?"

"코는 그러니까. 그런 말이 아니라. 진짜 내 코가 어딘가로 사라졌단 말입니다. 악마가 제게 장난을 치고 있는 것이죠."

"어떻게 그런 일이? 잘 이해할 수 없는데요."

"그래요, 저도 그게 어떻게 일어났는지 말씀드릴 수 없습니다. 중요한 것은 그 코가 마차를 타고 도시 이곳저곳을 돌아다니며 5등관 행세를 한다는 것입니다. 그러니까 그 놈을 잡으면 바로 제게 끌고 와달라는 광고를 실어 달라는 것입니다. 당신도 생각해보세요, 몸에서 가장 눈에 띄는 부분이 없다면 어떻게 살 수 있겠습니까? 만약 새끼발가락이라면 말이 틀리죠. 새끼발가락이야 없다고 해도 신발을 신으면 아무도 모를 테니까 말입니다. 그런데 저는 목요일마다 5등관 사모님 체흐타료바와 참모장교 사모님 팔라게야 그리고리예브나 포드토치나를 찾아뵙습니다. 참모장교에게는 아리따운 딸이 있는데 저는 그 딸과도 아주 친하게 지내고 있지요. 그런데 이제 어떻게 해야 한단 말입니까…… 이제는 그 사람들 앞에 나설 수가 없습니다."

관리는 입술을 꼭 다물고 생각에 잠겼다.

"안 되겠습니다. 그런 광고를 신문에 실을 수는 없습니다."

아무 말 없이 오랫동안 생각에 잠겨 있던 관리가 마침내 말했다.

"안 된다고요? 왜죠?"

"그러니까 말입니다. 신문의 평판이 떨어지게 되기 때문이죠. 만약 코가 없어졌다는 등 모든 것을 써준다면 사람들이 우리 신문은 말도 안 되는 거짓 소문을 쓴다고 욕을 하게 됩니다."

"이게 왜 말이 안 된다는 것입니까? 이건 다 사실이라고요."

"그건 당신 생각이고요. 지난주에는 이런 경우가 있었습니다. 당신처럼 한 관리가 와서 2루블 73코페이카 어치의 광고를 신청했지요. 검은 털이 난 푸들이 없어졌다는 이야기였어요. 내용에 뭐 특별한 것이 없어 보였습니다. 그런데 그게 욕설이었다는 것입니다. 푸들은 어떤 관청인지 그 관청의 회계사를 빗대어서 한 말이었답니다."

"아니, 나는 푸들이 아니라 코, 내 코를 찾아달라는 광고입니다. 그러니까 내 자신에 대해 광고를 해달라는 거죠."

"안 됩니다. 그런 광고는 실을 수 없습니다."

"그러면 내 코는 이제 영원히 찾지 못하게 된단 말입니다!"

"만약 코가 없어졌다면 그건 의사에게 가야합니다. 어떤 코가 되었든 마음에 드는 코를 고르면 붙여주는 사람이 있다는데 거기를 가보던가요. 그래요, 당신은 정말 농담을 아주 잘하는 쾌활한 성격을 가지고 있군요. 인정합니다."

"맹세코 신께 맹세코 모든 게 사실입니다! 할 수 없군요. 그렇다면 당신께 보여드리겠습니다."

"뭐 그런 수고를! 정 그러시고 싶다면, 보는 것도 나쁘지 않겠죠."

관리는 코담배의 냄새를 맡으며 호기심을 보이며 말했다.

8등관은 얼굴에서 손수건을 풀었다.

"정말이군요! 코가 있어야 할 자리가 마치 금방 구운 팬케익처럼 평평하군요. 어떻게 이렇게 만질만질할 수 있죠?" 관리가 말했다.

"이래도 저와 언쟁을 하시겠습니까? 광고를 실어야 하는 이유를 아시겠죠? 그렇게 해주신다면 제가 특별히 당신께 감사를 드리겠습니다. 이 기회를 통해서 당신을 알게 된 것을 기쁘게 생각합니다……."

소령은 이런 식으로 조금은 아첨을 떨어야겠다고 생각한 듯 하다.

"광고를 싣는 것이 뭐 대단한 일이겠어요."

관리가 말했다.

"하지만 저는 광고가 당신에게 도움이 될지 의심스럽습니다. 그래도 원하신다면, 글을 잘 쓰는 사람에게 이 일을 아주 희한한 사건처럼 글을 써달라고 해서, 젊은이들에게 도움을 줄 겸(이때 관리는 코를 문질렀다.), 아니면 그냥 재미 삼아 잡지 〈북방의 꿀벌〉(여기서 그는 코담배를 다시 한번 맡았다.)에 실어보면 어떨까요?"

8등관은 완전히 실망에 빠졌다. 고개를 숙인 그는 공연 소식을 알리고 있는 신문 하단을 보게 되었다. 그곳에서 아름다운 여배우의 이름을 보고는 얼굴에 미소를 띨 준비를 하며 파란색 지폐가 있는지 알아보려고 손을 주머니에 넣었다. 왜냐하면 코발료프의 생각에 참모장교쯤 되면 VIP석에 앉아야 하기 때문이다. 하지만 코에 대한 생각이 모든 것을 망쳐 버렸다.

관리도 개인적으로는 코발료프의 난감한 상황을 이해하는 것 같았다. 그의 고통을 조금이라도 덜어줄 요량으로 자신의 입장을 점잖게 몇 마디로 이야기해주었다.

"사실 당신에게 그런 일이 일어난 것을 매우 유감스럽게 생각합니다. 자 코담배를 한 번 맡아보세요. 머리 아픈 것이 싹 가십니다. 게다가 치질에도 아주 특효입니다."

이렇게 말하면서 관리는 모자를 쓴 여인의 초상화가 그려진 담배갑의 뚜껑을 익숙한 솜씨로 열고 코발료프에게 내밀었다.

이러한 생각 없는 행동에 코발료프의 인내심이 폭발하고 말았다.

"제게 왜 이런 장난을 치시는지 모르겠네요."

그는 화가 나서 말했다.

"뭐로 냄새를 맡으라는 거죠? 정말로 당신은 바로 그 냄새를 맡아야 할 그것이 제게 없다는 것이 안 보인다는 말인가요? 당신의 그 담배는 악마나 가져가라고 해요! 당신의 그 싸구려 베레진스키가 아니라 최고급 담배를 제게 가져온다고 해도 저는 담배라면 쳐다보기도 싫어요."

이렇게 말하고 그는 화를 깊이 삭이면서 신문사를 나와서 단 것을 너무 너무 좋아하는 경찰서장에게로 향했다. 그의 집 현관과 식당에는 상인들이 친분의 표시로 보내준 설탕 덩어리들이 이곳저곳에 쌓여 있었다. 코발료프가 도착하였을 때 하녀가 경찰서장의 장화를 벗기고 있었다. 장검과 모든 군 장식은 이미 한쪽 끝에 가지런히 걸려 있었으며 위엄을 나타내던 삼각모자는 그의 세 살짜리 아들이 가지고 놀고 있었다. 전쟁터와 같았던 시끄러운 삶을 끝내고 평화로움을 느낄 준비를 하고 있었다.

그가 기지개를 켠 후 "나 두 시간만 잘게!"라고 이야기한 그 순간 코발료프가 그를 찾아온 것이다. 그렇기 때문에 8등관의 방문은 시간을 잘 못 맞춘 것임에 틀림이 없다. 코발료프가 몇 파운드의 차와 옷감을 가지고 들어왔다고 하더라도 이 순간 경찰서장은 기뻐하지 않았을 것이다. 경찰서장은 예술과 제조업을 장려하는 사람이지만 무엇보다도 국가가 인정한 은행권을 선호하였다. 그는 항상 "이것보다 더 좋은 것은 없어. 먹을 것을 달라고 하지도 않고, 장소를 많이 차지하는 것도 아니고 주머니에 넣고 다닐 수도 있고 떨어뜨려도 깨질 염려가 없잖아."라고 말했다.

서장은 건성으로 코발료프를 맞이하면서 식사를 막 마친 다음에는 바로 사건을 살펴보는 것이 아니며, 배불리 식사를 한 후에는 조금 쉬게끔 인간의 본성이 만들어졌고(이 이야기를 들은 8등관은 경찰서장이 옛 현인들의 격언도 잘 알고 있음을 보았다.), 제대로 된 사람이라면 코가 없어지지 않을 뿐더러 최근 들어서 소령들이 돌아다니면서 여기저기 참견을 한다고 말했다.

한마디로 정확한 지적이었다! 여기서 우리는 코발료프가 아주 잘 삐치는 사람이라는 것을 말할 필요가 있겠다. 그는 자신에게 어떤 말을 하더라도 다 용서할 수 있지만 관등이나 칭호에 관한 이야기는 절대로 용서할 수 없었다. 그는 희곡에서조차 위관에 대한 풍자는 그럴 수 있지만 영관에 대한 풍자는 있을 수 없다고 생각하는 사람이었다. 서장의 뜻밖의 홀대에 혼란스러워진 그는 머리를 흔들며 자신의 품위에 맞게 약간 팔을 벌리고 이야기를 했다.

"당신에게 이런 식으로 모욕적인 대접을 받으니 더 할 말이 없군요."

그리고 밖으로 나왔다.

그는 힘이 빠져서 무거운 걸음으로 간신히 집으로 돌아왔다. 이미 노을이 지고 있었다. 코를 찾는 일에 이렇게 실패하고 돌아온 집은 슬프고도 매우 더럽게 느껴졌다. 현관으로 들어선 그는 가죽소파에 등을 대고 누워서 천장의 한 곳을 향해서 계속 침을 뱉고 있는 자신의 하인 이반을 보았다. 인간이 그런 평온한 모습을 하고 있다는 것이 코발료프를 화나게 만들었다. 그는 모자로 하인의 이마를 때렸다.

"이, 돼지새끼야, 맨날 쓸데없는 짓만 하고 있냐!"

이반은 벌떡 일어나서 그의 망토를 벗겨주기 위해서 재빨리 움직였다.

자신의 방으로 들어온 소령은 피곤하고 절망스러웠다. 그는 소파에 몸을 던졌다. 그리고 몇 번 한숨을 쉬더니 마침내 말을 했다.

"오, 신이시여! 신이시여! 왜 내게 이런 불행을 주시는 건가요? 팔이나 다리가 하나 없어도 이보다는 나을 것이고, 귀가 없어져도 사람들은 눈치를 채지 못할 것입니다. 하지만 모두 코가 있는데 코가 없는 인간이라니 도대체 말이 되는 겁니까? 새는 새가 아니며, 인간은 인간이 아닌게 되는 거죠. 차라리 창문으로 뛰어내리라는 말인가요! 전쟁을 하다가 아니면 결투를 하다가 잘렸다면 할 말이라도 있는데 돈 받고 판 것도 아닌데 아무 이유 없이 코가 사라지다니…… 이건 말도 안 됩니다. 있을 수 없는 일이예요!"

그는 잠시 생각을 한 후 말을 계속 하였다.

"코가 없어졌다는 것을 믿을 수 없어. 아무리 생각해도 있을 수 없는 일이야. 이건 꿈이거나 아니면 그냥 졸고 있는 거야. 어쩌면 면도를 한 후 세수를 하고 마신 것이 물이 아니라 보드카였던 거야. 그걸 실수로 마신 거지. 이반, 이 바보 같은 이반이 물 대신 보드카를 준 거야."

정말로 자신이 취했는지 안 취했는지 확인하기 위해서 코발료프는 너무 아파서 신음을 할 정도로 세게 자기를 꼬집었다. 그 고통은 코발료프가 꿈을 꾸고 있지 않다는 것을 알려주었다. 그는 거울로 살며시 다가가서 혹시 코가 제자리에 붙어있지 않을까 기대를 하며 살짝 눈을 떠서 바라보았다가 뒤로 물러서면서 "명예훼손 감이군!"이라고 말했다.

정말로 이해할 수 없는 일이었다. 단추, 은수저, 시계 또는 그 비슷한 물건들은 사라질 수 있다. 하지만 코가 사라지다니! 그것도 어떤 사람에게! 그리고 자기 집 침실에서! 코발료프 소령은 전체 상황을 곰곰이 다시 생각해보았다. 그리고 이 사건의 범인은 딸을 자신에게 시집보내고 싶어 하는 참모장교 사모님 포드토치나와 깊은 연관이 있을 것이라는 생각이 들었다. 사실 소령 자신도 그 딸을 쫓아다녔지만 확답을 계속 피하고 있었다. 참모장교 사모님이 딸을 코발료프에게 시집보내겠다고 직접 이야기를 했을 때에도 자기는 아직 결혼하기에는 젊으며 5년 정도 근무를 한 후 마흔 둘이 되면 그때 생각해보자고 이야기를 했다. 그래서 참모장교 사모님이 화가 나서 요술할멈을 시켜서 이런 식으로 만든 것이다. 그렇지 않고는 코가 없어질 이유를 도저히 찾을 수 없다. 아무도 방에 들어온 사람은 없었고, 이발사 이반 야코블레비치는 수요일에 면도를 하러 왔었지만 수요일과 목요일에 코는 제자리에 그대로 붙어 있었다. 코발료프는 똑똑하게 그것을 기억하고 있다. 게다가 잘못해서 코가 잘렸다면 고통을 느꼈을 것이다! 게다가 이렇게 빨리 상처가 아물고 코가 있던 자리가 마치 팬케이크처럼 이렇게 반반할 수가 없다. 그래서 그는 참모장교 사모님을 고소를 할 것인지 아니면 직접 찾아가서 해명을 요구할 것인지를 고민했다. 그때 문틈으로 들어오는 불빛이 그의 생각을 방해했다. 이반이 현관에서 초를 켠 것 같았다. 초를 든 이반이 방을 환하게 밝히며 바로 들어왔다. 그 순간 코발료프는 멍청한 인간이 주인의 이런 이상한 모습을 멍청하게 바라보지 않도록 어제만 해도 코가 있었던 자리를 손수건으로 황급히 가렸다.

이반이 자신이 일하는 방으로 가기도 전에 현관에서 낯선 사람의 목소리가 들려왔다.

"여기에 8등관 코발료프가 사나요?"

"들어오시오, 코발료프 소령이 여기 있소!" 황급히 자리에서 일어나서 문을 열면서 코발료프가 말했다.

너무 밝지도 어둡지도 않은 구레나룻을 기르고 살이 쪘다 싶을 정도의 볼을 가진 멋진 경찰관 한 명이 들어왔다. 그는 이 이야기의 초반에 이사키예프 다리 반대편에 서 있던 바로 그 파출소장이었다.

"혹시 코를 잃어버리지 않으셨나요?"

"네, 그렇습니다."

"그것을 찾았습니다."

"뭐라고요?"

코발료프 소령이 소리쳤다. 그는 너무 기뻐서 말이 나오지 않았다. 코발료프는 자기 옆에 서있는 파출소장의 두꺼운 입술과 볼을 바라보았다. 입술과 볼에는 흔들리는 촛불이 밝게 빛나고 있었다.

"어떻게 찾았죠?"

"뜻밖의 일이었습니다. 그냥 길에서 우연히 그를 잡은 거죠. 그는 리가로 가기 위해서 역마차를 타고 있었습니다. 어떤 관리의 이름으로 여권도 만들었구요. 처음에는 저도 그를 그냥 평범한 신사라고 생각할 정도였습니다. 그런데 다행스럽게도 제겐 안경이 있었습니다. 저는 근시라서 당신이 제 앞에 바로 서 있더라도 얼굴은 볼 수 있지만 코나 수염은 전혀 분간할 수 없거든요. 장모, 그러니까 내 아내의 어머니도 아무것도 보지 못하죠."

코발료프는 가만히 있을 수 없었다.

"그는 지금 어디에 있나요? 당장 가보겠습니다."

"걱정마세요. 당신에게 필요할 거라고 생각하고 가지고 왔습니다. 이상한 것은 이 일을 꾸민 자는 보즈네센스키 거리에 살고 있는 사기꾼 이발사입니다. 그는 지금 경찰서에 잡혀 있죠. 오래전부터 저는 그의 주폭과 절도를 의심하여 눈여겨보고 있었죠. 그제 그가 가판대에서 단추 한 다스를 훔쳤죠. 당신 코는 예전과 똑같은 상태입니다."

파출소장은 주머니에서 종이에 싸여있는 코를 꺼냈다.

"제 것이 맞습니다! 제 것이에요. 차라도 한 잔 대접하고 싶습니다."

코발료프가 말했다.

"저도 기쁨을 같이 나누고 싶지만 시간이 없습니다. 교도소에 들려야 하거든요. 요즘 물가가 정말 많이 올랐더군요. 저는 장모, 그러니까 제 아내의 어머니와 그리고 아이들 이렇게 다 같이 살고 있습니다. 큰놈에게는 기대를 많이 합니다. 아주 똑똑한 아이죠. 그런데 교육을 시키는데 돈이 많이 들어요."

코발료프는 무슨 말인지 금방 알아듣고 책상 위에 있는 10루블 짜리 지폐를 집어서 파출소장의 손에 쥐어주었다. 파출소장은 허리를 굽혀 인사를 한 후 밖으로 나갔다. 가로수 길로 마차를 끌고 나온 어리석은 농부에게 뭐라고 야단을 치는 파출소장의 목소리가 금방 들렸다.

8등관은 파출소장이 나가고 난 뒤에도 얼마 동안 정신을 차릴 수 없었다. 몇 분이 지나서야 간신히 모든 감각이 돌아오는 것을 느꼈다. 생각하지도 못한 기쁨이 그를 아무 생각 못하도록 만들었다. 그는 다시 찾은 코를 조심스럽게 잡아 오목하게 만든 손바닥 위에 올려놓고 다시 한 번 뚫어져라 코를 바라보았다.

"그래, 내 코야!"

코발료프 소령이 말했다.

"어제 왼쪽에 생겼던 뾰루지도 그대로네."

소령은 너무 기쁜 나머지 웃음을 터뜨릴 지경이었다.

그러나 세상에는 오래 가는 것은 없는 법, 기쁨도 그 순간이 흐르면 생기를 잃는다. 그리고 또 시간이 조금 지나면 더 약해져서 마침내는 평상시와 전혀 다를 게 없게 된다. 마치 돌이 물에 떨어져 생긴 파문이 결국은 잔잔해지는 것처럼 말이다. 코발료프는 생각을 하다가 문제가 아직 다 해결되지 않았다는 것을 알게 되었다. 코를 찾았지만 그것을 제자리에 붙여 놓아야 하기 때문이다.

"코가 붙지 않으면 어떻게 하지?"

자기 자신에게 묻는 이 질문에 소령은 창백해졌다.

갑작스러운 엄청난 공포에 싸인 그는 책상으로 달려가 코가 삐뚤게 달리지 않도록 조심하기 위해서 거울을 옮겼다. 손이 떨렸다. 조심스럽게 그리고 세심하게 그는 코를 있었던 자리에 놓았다. 맙소사! 코는 붙지 않았다! 그는 코를 입으로 가져가서 입김을 불어서 따뜻하게 만들었다. 그리고 다시 두 볼 사이의 평평한 장소에 놓았다. 하지만 코는 그 자리에 붙어 있지 않았다.

"자, 자 이 멍청아, 가만히 있으란 말이야!"

그가 코에게 말했다.

그러나 코는 나무토막 같아서 마치 코르크 병마개가 책상에 떨어질 때 나는 소리처럼 이상한 소리를 내면서 책상으로 떨어졌다. 소령의 얼굴이 있는 대로 일그러졌다.

"정말 안 붙는단 말이야?"

그는 기겁을 하며 말했다. 계속해서 코를 제자리에 올려놓았지만 계속해서 실패를 하고 말았다.

그는 소리를 쳐서 이반을 불렀다. 그리고 로얄 층에 살고 있는 의사에게 보냈다. 의사는 잘 생긴 남자로 멋있고 검은 윤기가 흐르는 구레나룻을 가지고 있으며 젊고 생기발랄한 아내가 있었다. 의사는 아침마다 신선한 사과를 먹었고, 매일 아침 한 시간의 사분의 삼을 다섯 가지 칫솔로 양치질을 해서 항상 입의 청결을 유지하였다. 곧바로 의사가 나타났다. 불행이 언제부터 시작되었는지를 물어본 뒤 그는 코발료프 소령의 턱을 들어 올렸다. 그리고 엄지손가락으로 전에 코가 있었던 곳을 툭 치는 바람에 소령의 머리가 뒤로 제껴져서 뒤통수가 벽에 가서 부딪쳤다. 의사는 아무 일 아니라고 이야기했다. 그리고 벽에서 조금 떨어지라고 충고했다. 그리고 코발료프에게 고개를 오른쪽으로 돌려 보라고 했다. 그리고 코가 있던 자리를 만지면서 이야기를 했다. "음!" 그러고는 코발료프에게 왼쪽으로 돌리라고 했다. 그리고 이야기를 했다. "음!" 그리고 마지막으로 엄지손가락으로 툭 쳤다. 코발료프는 이빨 검사를 받는 말처럼 고개를 쑥 잡아 뽑았다. 그렇게 한 뒤 의사는 고개를 흔들더니 말했다.

"아니, 안 됩니다. 더 나빠질 수 있으니 그냥 그대로 두는 것이 더 나을 것 같습니다. 물론 억지로 하면 할 수 있겠죠. 제가 당장 붙여드릴 수도 있습니다. 하지만 제 생각엔 더 나빠질 수도 있습니다."

"훌륭하군요. 코 없이 지내라 이 말이군요!" 코발료프가 말했다.

"지금보다 더 나빠질 수가 있다는 건가요! 코 없이 살아본 적이 없다면 말을 하지 마세요! 이런 얼굴로 도대체 어디를 다닐 수 있단 말입니까? 저는 많은 사람들을 알고 있습니다. 5등관 사모님 체흐타료바, 참모장교 사모님 포드토치나…… 뭐, 이번 일로 포드토치나 사모님하고는 경찰서에서 볼 수도 있겠죠. 그건 그렇고 어떻게 좀 해주세요, 제발 부탁입니다."

코발료프가 간절하게 부탁했다.

"코를 붙일 방법이 전혀 없다는 건가요? 보기 안 좋아도 괜찮아요. 붙어만 있게 해주세요. 여차하면 손으로 붙잡으면 되잖아요. 코를 위해서는 춤도 추지 않겠습니다. 왕진비도, 제가 낼 수 있는 한……."

"믿으실지 모르겠지만 저는 결코 돈 때문에 병을 고치는 사람이 아닙니다." 의사는 크지도 작지도 않은 하지만 매우 다정하고 사람을 끌어당기는 듯한 목소리로 말했다.

"그건 제 삶의 원칙과 인술이라는 것에 반하는 것입니다. 예, 저는 왕진비를 받습니다. 그건 제가 거절하면 마음이 상하실까봐 받는 것일 뿐입니다. 당연히 당신에게 코를 붙여 드릴 수 있습니다. 하지만 제 명예를 걸고 분명히 말하지만 당신이 제 말에 귀를 기울이지 않는다면 나중에 더 나쁜 결과를 초래할 수 있습니다. 그냥 자연스럽게 놔두는 것이 좋습니다. 찬물로 자주 씻으십시오. 그러면 코가 없어도 있는 것처럼 건강하게 지내실 수 있을 것입니다. 코는 알콜이 담긴 병에 넣어 두세요. 거기다 독한 보드카 두 스푼과 끓인 다음에 식힌 식초를 넣으면 더 좋습니다. 그러면 당신은 그것으로 많은 돈을 벌 수 있을 것입니다. 가격이 비싸지 않다면 제가 살 용의도 있습니다."

"아니오, 안 됩니다. 팔 수 없어요! 파느니 차라리 버리겠어요."

코발료프가 화가 나서 소리쳤다.

"실례했습니다! 전 당신께 도움을 주려고 했을 뿐입니다. 할 수 없죠! 최소한 제가 노력했다는 것만 알아주세요."

의사는 작별 인사를 하며 말했다.

이렇게 말하고 의사는 마음 좋은 사람처럼 행동하며 방에서 나갔다. 코발료프는 그의 얼굴을 볼 수 없었다. 다만 검은 연미복 소매 끝으로 나온 눈처럼 흰 셔츠의 소맷자락만이 멍한 두 눈에 들어왔을 뿐이다.

다음날 그는 소송을 제기하기 전에 참모장교 사모님께 편지를 쓰기로 결심했다. 그녀가 분쟁없이 해결할 마음이 있는지를 알아보기 위해서였다. 편지의 내용은 다음과 같았다.

친애하는 알렉산드라 그리고리예브나!

당신의 이상한 행동을 이해할 수 없습니다. 그런 식으로 행동을 해도 당신의 딸과 결혼시키려는 당신에게 유리하게 작용하지 않을 것입니다. 내 코에 관한 사건에서 다른 사람이 아닌 당신이 중요한 역할을 수행하고 있다는 것을 이미 저는 잘 알고 있습니다. 코가 갑자기 자기 자리를 떠나고 도망가고 관리로 변장한 뒤 마침내 본 모습으로 돌아온 것은 당신과 당신을 도우려는 사람의 요술이라는 것 외에는 달리 설명할 수 없기 때문입니다. 만약 오늘 당장 그 코가 자신의 자리를 찾지 않는다면 법의 보호를 요청할 수밖에 없음을 아시기 바랍니다.

그럼에도 불구하고 저는 당신에 대해 최고의 존경을 표합니다. 머리 숙여 인사드립니다.

플라톤 코발료프 드림

존경하는 플라톤 쿠지미치!

당신의 편지는 저를 아주 놀라게 했습니다. 저는 솔직히 무엇을 기대했던 것은 아닙니다. 게다가 당신의 비난을 받으리라고는 더더욱 상상도 하지 못했습니다. 우선 당신께 말씀드리고 싶은 것은 당신이 말씀하신 그 관리를 변장한 모습으로도 또는 원래의 모습으로도 우리집에 한 번도 들인 적이 없다는 것입니다. 사실 저희 집에 오셨던 분은 필립 이바노비치 포탄치코프입니다. 물론 그가 제 딸에게 청혼을 하려고 방법을 찾고 있었고, 학자적인 풍모나 행동을 지니고 있습니다. 하지만 저는 그 사람이 일말의 희망을 가질 어떠한 행동도 하지 않았습니다. 당신은 그리고 무슨 코 이야기를 하셨더군요. 만약 당신이 그런 표현을 써서 당신을 홀로 남게 만든다, 즉 공식적으로 당신을 거절할 것이라고 생각하고 그런 식으로 당신이 말씀하신 거라면 그건 저를 당황하게 만듭니다. 당신이 알다시피 저는 그것과는 정반대의 입장을 가지고 있으니까요. 만약 당신이 정식으로 제 딸에게 청혼을 하신다면 저는 지금 당장이라도 당신을 사위로 맞을 준비가 되어 있습니다. 그건 늘 제가 바라던 바이니까요. 계속 인사를 나누며 살기를 바랍니다.

알렉산드라 포드토치나 드림

"그렇군. 사모님이 한 일이 아니군, 아무렴 그래야지. 나쁜 짓을 한 사람이 이런 식으로 편지를 쓰지는 않아."

코발료프는 편지를 읽은 후 이렇게 말했다.

8등관은 카프카즈에서 여러 차례 사건 조사를 위해서 파견되었던 경험이 있어서 이쪽 일을 잘 아는 편이었다.

"도대체 어떻게, 무엇 때문에 이런 일이 일어난 걸까? 미치고 환장하겠네."

고개를 숙이고 그가 말했다.

한편 이 이상한 사건에 대한 소문은 항상 그렇듯이 부풀려져서 수도 전체에 퍼졌다. 이 무렵 사람들은 모두 신기한 것만을 쫓아 다녔다. 얼마 전에는 자기력 테스트가 사람들의 마음을 사로잡았다. 코뉴센나야 거리의 춤추는 의자의 소문도 바로 얼마 전부터 시작된 것이다. 그렇기 때문에 8등관 코발료프의 코가 오후 세 시가 되면 네프스키 거리를 산책하고 다닌다는 이야기가 나돌기 시작한 것은 별로 놀라운 일도 아니다. 관심을 갖게 된 사람들은 하루가 다르게 불어나기 시작했다. 누군가가 코가 〈윤케르〉 상점에 나타났다는 이야기를 했고 사람들은 〈윤케르〉 상점 주위에 모여들기 시작했고 노점상도 생겨서 경찰이 동원되어야만 했다. 전에 극장 앞에서 다양한 과자를 팔던 구레나룻을 기르고 덩치가 큰 사람은 튼튼하게 생긴 멋진 나무 의자를 만들어서 모여든 호기심 많은 사람들에게서 한 번 앉는데 80코페이카를 받는 장사를 하고 있었다. 무공이 많은 한 대령은 일부러 집에서 일찍 나와서 어렵게 군중들 틈을 뚫고 들어갔지만 코와는 전혀 상관없는 평범한 털 스웨터와 이미 십 년은 넘게 걸려 있는 조끼를 걸친 짧은 턱수염의 신사가 스타킹을 고쳐 신는 아가씨를 나무 뒤에서 살펴보고 있는 그림만을 볼 수 있었다.

"이런 있을 수도 없는 바보 같은 일이 어떻게 사람들을 현혹시키는 걸까?"

인파를 빠져나온 대령은 화가 나서 말했다.

그후 코발료프 소령의 코가 네프스키 대로가 아닌 타브리치스키 정원에서 마치 오래전부터 그랬던 것처럼 산책을 하고 있다는 소문이 돌았다. 게다가 호스로우 미르자가 그곳에 있을 때 이 이상한 자연현상에 매우 놀랐다고 했다. 외과 전공 의대생 몇 명이 그곳으로 갔으며, 한 유명한 귀부인은 이 놀라운 현상을 자신의 아이들이 볼 수 있게 해줄 것을 그리고 가능하면 젊은이들에게 교훈적인 설명도 함께 해주길 바란다고 공원 관리인에게 친필 편지를 보내기도 했다.

이런 모든 사건은 부인들을 웃게 만드는 것을 좋아하지만 더 이상 할 이야기가 없어서 고민하고 있던 사람들을 기쁘게 만들었다. 다만 존경을 받고 훌륭한 생각을 가진 사람들 몇몇만이 매우 불쾌하게 생각하고 있었다. 한 신사는 오늘날과 같은 계몽의 시대에 그런 말도 안 되는 소문이 나돌게 되었는지 이해할 수 없었다. 그리고 어째서 정부가 이런 일에 관심을 갖지 않는지 놀라워했다. 이 신사는 자신의 일상적인 부부싸움을 포함한 모든 일에 정부가 개입해야 한다고 생각하는 사람들 중의 한 명임에 틀림없다. 이런 일이 일어난 후…… 하지만 여기서 모든 사건이 다시 미궁 속으로 빠져들고 나중에 어떻게 일이 진행되었는지 전혀 알려지지 않았다.

3

세상에는 말도 안 되는 일이 일어나기도 한다. 때로는 일어나리라고 전혀 생각하지 못했던 일들도 일어난다. 5등관 행세를 하면서 돌아다니며 도시를 발칵 뒤집어 놓았던 코가 아무 일도 없었다는 듯이 어느 날 갑자기 자신의 자리에, 그러니까 코발료프 소령의 두 뺨 사이에 꼼짝 않고 붙어 있었다. 이 일은 4월 7일에 있었던 일이다. 잠에서 깬 뒤 그는 무의식중에 거울을 보았다. "코다! 잡아라, 코야! 앗싸!" 코발료프가 말했다. 그 순간 방으로 들어온 이반이 아니었다면 기쁨에 겨워 맨발로 방안을 뛰어 돌아다녔을 것이다. 그는 이반에게 세수물을 가져오라고 명령했다. 그리고 세수를 한 후에 다시 한 번 거울을 보았다. "코다!" 수건으로 얼굴을 닦은 후 그는 다시 한번 거울을 보았다. "코다!"

"이반, 잘 봐, 코에 뭐가 난 것 같아."

그는 말을 하면서 '이반이 〈나리 뾰루지는 있는데 코는 없습니다〉라고 이야기를 한다면 어떡하지?' 하고 생각했다.

하지만 이반이 말했다.

"괜찮아요, 뾰루지 같은 것은 없어요. 코는 아주 깨끗해요!"

"다행이다." 소령이 손가락으로 코를 튕기며 혼잣말로 말했다. 바로 그때 문에 서 있는 이발사 이반 야코블레비치를 보았다. 살로\*를 훔쳐 먹었다가 얻어맞은 고양이처럼 잔뜩 겁을 먹고 서 있었다.

"어서 말해 봐, 손은 깨끗하지?"

그가 다가오기도 전에 코발료프가 소리쳤다.

"깨끗합니다."

"거짓말!"

"신께 맹세하건대 깨끗합니다, 나리."

"그래, 그럼 알았어."

코발료프가 의자에 앉았다. 이반 야코블레비치는 소령에게 보자기를 씌우고 붓질을 하여 그의 수염과 뺨을 순식간에 상인들의 명명일에 먹는 크림처럼 만들어 버렸다.

"이런!" 이반 야코블레비치는 코를 보고 혼잣말을 했다. 그리고 고개를 옆으로 돌려서 코를 옆에서 바라보았다. "아하, 생각한 대로군." 그는 한참동안 코를 쳐다보았다. 그리고 마침내 할 수 있는 한 가장 조심스럽게

---

\* 소금에 저린 돼지 비계

코 79

코끝을 잡기 위해서 두 손가락을 치켜들었다. 이것이 바로 이반 야코블레비치의 방식이었다.

"어어, 조심하라고!"

코발료프가 소리쳤다.

이반 야코블레비치는 갑자기 맥이 풀어져서 손을 늘어뜨렸다. 그는 당황하여 어떻게 해야 할지 몰라 했다. 이런 당혹스러움을 처음 느꼈다. 그는 조심스럽게 면도칼을 소령의 수염에 갖다 댔다. 비록 후각기관을 잡지 않고 면도를 하는 것이 불편하고 어려운 일이었지만 털이 많이 난 엄지손가락으로 볼과 아래턱을 눌러서 고정시키며 마침내 모든 어려움을 극복하고 면도를 하는 데 성공하였다.

모든 준비를 마친 코발료프는 서둘러 순식간에 옷을 차려 입고 마차를 잡아타고 과자점으로 직행했다. 과자점으로 들어서며 그는 큰 소리로 말했다. "얘야, 코코아 한 잔!" 그리고 자신은 거울로 다가갔다. 코가 있었다. 그는 명랑하게 뒤를 돌아보았다. 그리고 비아냥거리는 표정으로 약간 눈을 찡그리고 두 명의 군인을 쳐다보았다. 군인 중 한 명의 코는 조끼에 달린 단추만 하였다. 과자점을 나온 그는 부지사 자리 또는 최소한 회계 감사관 자리를 얻을 생각으로 드나들던 관청의 사무실로 향했다. 접견실을 지나면서 그는 거울을 보았다. 코가 있었다. 다음에 그는 다른 8등관 또는 냉소가인 소령을 찾아갔다. 코발료프는 잔소리가 섞인 이러저러한 그의 지적질에 대해서 항상 "내가 아는 한 자네는 말만 그렇게 할 뿐이지."라고 대답을 한다.

'만약 나를 보고 소령도 아무런 반응을 보이지 않는다면 모든 것이 제자리를 찾았다는 이야기일 거야.'

코발료프는 길을 가면서 생각했다. 그리고 8등관은 아무런 반응을 보이지 않았다. "좋아, 좋아!" 코발료프는 마음속으로 생각했다. 길에서 딸과 함께 있는 참모장교 사모님 포드토치나를 만나서 다정스럽게 인사를 나누었다. 자신에게 아무런 문제도 없다는 것을 확인하게 된 코발료프는 기쁨에 환호를 하였다. 그는 그들과 아주 오랫동안 이야기를 나누었다. 그리고 일부러 코담배를 꺼내서 자신의 두 개의 콧구멍으로 오랫동안 냄새를 맡았다. 그는 속으로 "당신들 여자들은 닭대가리야. 어쨌든 난 당신 딸과 결혼할 생각이 없어. 난 par amour(사랑만) 할 거야. 미안하지만 말이야." 이때 이후로 코발료프 소령은 아무 일 없었다는 듯이 네프스키 대로와 극장 등 모든 곳을 돌아 다녔다. 코도 언제 그랬냐는 듯이 다른 곳으로 갈 생각 없이 소령의 얼굴에 꼭 붙어 있었다. 그 이후로 기분이 좋아진 코발료프 소령은 싱글거리면서 아리따운 여자들을 쫓아 다녔다. 그리고 한번은 훈장에 달 리본을 사기 위해서 고스틴느이 드보르의 한 가게 앞에 멈추어 서기도 했다. 하지만 한번도 훈장을 받아본 적이 없는 그가 왜 훈장용 리본을 샀는지 이유를 알 수 없었다.

광대한 러시아의 북쪽 수도에서 바로 이러한 일이 발생했다. 이제 와서 생각해보면 정말 믿을 수 없는 것뿐이다. 코의 초자연적인 분리와 5등관의 모습으로 곳곳에 출현한 것은 물론이고 어떻게 코발료프는 신문에 코에 관한 광고를 낼 수 없다는 것을 이해하지 못했을까? 광고비가 비싸기 때문에 그렇다고 한다면 그건 난센스이다. 게다가 나는 돈이나 좋아하는 속물이 아니다. 그것은 창피하고 어색하고 불쾌한 일이다. 그리고 또 어떻게 구운 빵 속에 코가 들어가 있을 수 있을까? 그리고 이반 야코블레비치는 또 어째서……. 아니, 이건 절대로 이해하지 못할 일이다, 정말로 이해 못할 일이다! 그 중에서도 가장 이상하고 가장 이해하기 힘든 것은 어떻게 작가가 이런 말도 안 되는 이야기를 생각해냈냐는 것이다. 솔직히 말해서 이것은 사람의 힘으로는……. 아니, 아니, 절대로 이해할 수 없다. 첫째로, 나라에게 전혀 도움이 되지 않으며, 둘째로, 이익이 없으며, 여하튼 난 정말 왜 그래야만 했는지 알 수가 없다…….

하지만 모든 것을 고려한다면 첫 번째 것도, 두 번째 것도 그리고 그 이외의 것들도 모두 일어날 수 있는 일이다. 상식에 어긋나는 것이 일어나지 않는 곳이 있단 말인가? 여기에 나온 것들을 모두 생각해보면 무언가 이야기를 하고자 하는 것이 있다. 누가 뭐라고 이야기를 해도 비슷한 일들이 이 세상에 일어나고 있다. 아주 드물지만 분명 일어나고 있다.

# 사랑스러운 여인

안톤 체호프

퇴직한 8등관 플레먀니코프의 딸 올렌카는 집 정원으로 향하는 현관에 앉아서 무언가 골똘히 생각하고 있었다. 날씨는 덥고, 파리들은 귀찮게 달라붙었다. 곧 저녁이 온다고 생각하니 기분이 좋았다. 동쪽에서 어두운 비구름이 몰려오고 아주 가끔씩 습한 기운이 느껴졌다.

정원 한 가운데 서 있던 쿠킨도 하늘을 바라봤다. 올렌카의 집 별채에서 세를 살고 있는 그는 〈티볼리〉 유원지의 운영자이자 주인이었다.

"또! 또 비가 오려는 거야? 매일 비야, 매일 비. 마치 일부러 그러는 것처럼 말이야! 목을 조여 오고 있어. 파산이야. 매일 손해가 이만저만이 아니야!"

그는 두 손을 꼭 쥐더니 올렌카를 향해 말을 이었다.

"이런 것이 바로 우리의 삶이죠, 올가 세묘노브나. 정말 울고 싶을 뿐입니다. 어떻게 하면 더 나아질까 생각하느라 밤잠을 설치고, 정말 열심히 일을 하고 있죠. 그런데 그러면 뭐하나요? 첫째로, 대중들은 무식해서 야만스럽기까지 하죠. 우리는 매일 최고의 오페레타, 최고의 연극 그리고 최고의 시낭송회를 준비합니다. 그런데 사람들은 그것들을 보고 싶어하지도 않는 것 같아요. 무슨 이야기를 하는지 이해나 할까요? 사람들에게 필요한 것은 쇼입니다! 사람들은 싸구려 문화를 좋아하죠! 둘째로, 날씨를 좀 보세요. 거의 매일 저녁에 비가 오고 있어요. 오월 십 일부터 비가오기 시작하더니 오월과 유월 계속되었죠, 한마디로 미치고 팔짝 뛸 일이죠. 사람들이 오지 않으니 임대료는 뭐로 내죠? 배우들 급료는 뭘로 준단 말이죠?"

다음날도 저녁때가 가까이 오자 먹구름이 다시 몰려오기 시작했다. 쿠킨은 신경질적으로 웃으면서 말했다.

"뭐, 어쩌겠어. 올 테면 와라, 그래서 유원지를 다 삼켜 버려. 나도 삼키고. 행복이라는 것은 이 세상에서도 그리고 저 세상에서도 내겐 없는 게 뻔 해. 배우들이 날 고소할거야. 그까짓 재판, 뭐 어때, 날 시베리아로 유형을 보내려면 보내라지. 단두대도 상관없어! 하—하—하!"

그 다음날도 마찬가지였다.

올렌카는 말없이 쿠킨의 이야기를 들었다. 그녀의 눈에 가끔씩 눈물이 보였다. 결국 쿠킨의 불행이 그녀의 마음을 움직였고, 그녀는 그를 사랑하게 되었다. 그는 키가 작았으며 노란색이 나는 얼굴을 가진 비쩍 마른 사람이었으며, 짧은 구레나룻을 잘 정돈하고 있었다. 말을 할 때는 입을 실룩거리면서 가는 테너로 이야기를 하였다. 그리고 그의 얼굴에는 항상 슬픔이 드리워져 있었다. 이 모든 것에도 불구하고 그는 그녀의 깊숙한 마음을 사로잡았다. 올렌카는 항상 누군가를 사랑하고 있었다, 사랑이 없었다면 그녀는 견디지 못하였을 것이다. 예전에는 아버지를 사랑했다. 아버지는 지금 병원에 입원해 계시며 어두운 방의 소파에 앉아서 힘겹게 숨을 쉬고 있다. 한때는 고모를 몹시 좋아했다. 하지만 브랸스크에 사는 고모는 이 년에 한 번 정도만 올 뿐이었다. 그 전에 김나지움을 다닐 때에는 프랑스어를 가르치는 남자 선생님을 사랑했다.

올렌카는 조용하고, 마음씨가 착하며, 동정심이 많으며 온화하고 따뜻한 눈을 가진 매우 건강한 아가씨이다. 무언가 기분 좋은 이야기를 들을 때의 그녀의 통통한 장밋빛 볼과 검은 점이 있는 부드럽고 하얀 목을 그리고 착하고 순박한 미소를 보면서 남자들은 "음, 괜찮은 여자야······."라고 생각하며 마찬가지로 미소를 지었다. 여자들도 그녀와 대화를 하는 도중에 참지 못하고 만족한 나머지 그녀의 손을 잡으면서 이야기한다.

"사랑스러운 아가씨!"

아버지의 유언장에 올렌카에게 유언한다고 쓰여 있는 그녀가 태어나서 지금까지 살고 있는 집은 〈티볼리〉 유원지에서 그리 멀지 않은 시 외곽 지역의 '집시 마을'이었다. 저녁과 밤이 되면 유원지에서 음악소리와 폭죽소리가 들려왔으며 그녀에게는 마치 이것이 쿠킨이 자신의 운명과 싸우면서 그 적인 무심한 대중들에게 한 방 먹이고 있는 소리처럼 들렸다. 그녀의 심장은 뭉클해지고 잠은 어디론가 달아나 버렸다. 새벽녘에 쿠킨이 집으로 돌아오면 올렌카는 자기 침실의 창문을 가만히 두들긴 후 그에게 커튼 사이로 얼굴과 한쪽 어깨만을 보여주면서 부드럽게 미소를 지었다.

그는 청혼을 했고, 그들은 결혼을 했다. 그리고 그가 그녀의 목과 통통하고 건강해 보이는 어깨를 보았을 때 손을 꼭 쥐면서 중얼거렸다.

"사랑스러운 사람!"

그는 행복했다. 하지만 결혼식 날도 그 다음 날도 비가 왔기 때문에 그의 얼굴에서는 절망의 빛이 사라지지 않았다.

결혼 후 둘은 잘 살았다. 그녀는 매표소에 앉아 있기도 하고 유원지를 살펴보기도 했으며, 비용을 기록하고, 급료를 주기도 했다. 그녀의 장밋빛 뺨과 사랑스럽고 착하고 밝게 빛나는 미소는 매표소에서도 무대 뒤에서도 식당에서도 볼 수 있었다. 그녀는 이제 자신의 지인들에게 세상에서 가장 중요하고 필요한 것이 바로 극장이며 바로 그곳에서 진정한 위안을 느끼며 오직 극장에서만 교육을 받고 교양을 쌓을 수 있다고 이야기했다.

"하지만 사람들이 이것을 이해할까요? 그들에게는 쇼가 필요할 뿐이죠! 어제 우리는 〈다시 보는 파우스트〉를 올렸는데 객석이 거의 텅 비어 있었어요. 만약에 내가 바니치카하고 쇼 같은 것을 보여주었다면 아마도 객석이 꽉 찼을 거예요. 내일 우리는 〈지옥의 오르페우스〉를 공연할 예정이에요. 꼭 보러 오세요."

그녀가 말했다.

그녀는 극장과 배우에 대해서 쿠킨이 이야기하는 것과 똑같은 이야기를 했다. 그녀는 쿠킨이 그러듯이 사람들이 예술에 대해서 무관심하며 무식하다고 비난하였다. 또 배우들이 연습을 할 때 끼어들어서 그들을 방해하기도 하고, 음악가들의 사생활에도 참견을 하였다. 그리고 지역 신문이 극장에 대해서 비판하는 시각을 보이면 그녀는 울음을 터뜨렸고, 신문사로 찾아가서 따졌다.

배우들은 그녀를 좋아했고, 그녀를 '나와 바니치카' 또는 '사랑스러운 여자'라고 불렀다. 그녀는 배우들을 불쌍히 여겨서 크지 않은 돈을 꾸어주기도 했다. 돈을 갚지 않는 경우도 있었다. 그러면 그녀는 혼자서 조용히 눈물을 삼키고 남편에게는 이야기하지 않았다.

겨울에도 두 사람은 잘 살았다. 시내에 있는 극장을 겨울 내내 빌려 우크라이나 극단이나 지역 마술 애호가들에게 단기 임대를 주었다. 올렌카는 더욱 뚱뚱해졌고, 행복감에 환하게 밝은 모습이었다. 쿠킨은 더 마르고 얼굴이 더 누렇게 떴다. 겨울 내내 그렇게 나쁜 편이 아니었는데도 그는 엄청난 손해를 보았다고 투덜거렸다. 그는 밤마다 기침을 했다. 그녀는 산딸기와 보리수 꽃으로 즙을 만들어 마시게 했으며, 오드콜로뉴로 몸을 닦아주고, 자신의 따뜻한 숄로 감싸주었다.

"당신 왜 이렇게 약한 거예요! 당신은 왜 이렇게 사람이 좋기만 한가요!" 그녀는 남편의 머리를 쓰다듬으며 정말 솔직하게 말했다.

사순절 기간에 그는 단원을 모집하기 위해서 모스크바로 갔다. 그녀는 남편 없이 잠을 이룰 수가 없었다. 그녀는 밤새도록 창가에 앉아서 별들을 바라보았다. 이때 그녀는 자신을 닭과 비유하였다. 수탉이 없을 때 암탉은 밤새도록 잠을 못 이루고 불안해하는데 자신이 그것을 닮았다는 것이다. 쿠킨의 모스크바 출장이 길어졌다. 그는 부활절이나 집으로 돌아올 수 있을 거라고 편지를 썼다. 그리고 편지에 〈티볼리〉에 대한 지시사항들을 써놓았다. 수난주간이 시작되는 월요일 밤 늦은 저녁 갑자기 문을 두드리는 소리가 들렸다. 누군가가 문밖에서 마치 물통을 두들기듯 '탕! 탕! 탕!' 소리를 내었다. 잠이 덜 깬 하녀가 물웅덩이를 첨벙대며 문을 열어 주러 맨발로 달려갔다.

"문좀 열어주세요, 제발이요! 전보입니다."

누군가 문 밖에서 낮은 베이스 톤으로 말했다.

올렌카는 전에도 남편에게서 전보를 받은 적이 있었다. 그런데 이번에는 무엇 때문인지 소름이 돋는 느낌이 들었다. 떨리는 손으로 그녀는 전보를 펼치고 다음과 같은 글을 읽었다.

"이반 페트로비치 오늘 급사 급바람 장래식 화요일 예정"

이렇게 전보에는 '장래식'이라고 잘못 쓰인 말과 의미를 알 수 없는 '급바람'이라는 말이 써 있었다. 서명을 한 사람은 오페레타 극단의 연출가였다.

"여보! 내사랑 바니치카, 여보! 나는 왜 당신을 만난 걸까요? 왜 당신을 알게 되고 사랑하게 된 걸까요? 당신은 왜 불쌍하고 불행한 올렌까를 이렇게 두고 떠나신 건가요?"

쿠킨의 장례식은 모스크바에 있는 바간코프 공동묘지에서 화요일에 치러졌다. 올렌카는 수요일 집으로 돌아왔고 집 안으로 들어서면서 침대에 쓰러져 옆집 정원에서도 들릴 만큼 큰 소리로 엉엉 울기 시작했다.

"사랑스러운 여자, 사랑스러운 여자 올가 세묘노브나가 슬프게 울고 있네요." 이웃 사람들이 십자가를 그으며 말했다.

세 달이 지난 어느날 슬픔에 빠진 올렌카가 미사를 마치고 돌아오고 있었다. 이웃인 바실리 안드레이치 푸스토발로프가 교회에서부터 그녀와 함께 집으로 향하게 되었다. 그는 상인 바바카예프의 목재 창고를 관리하고 있었다. 그는 밀짚모자를 쓰고 금줄이 달린 조끼를 입고 있었다. 그는 상인이라기 보다는 지주에 더 가까워 보였다.

"모든 것은 자신만의 법칙을 가지고 있죠, 올가 세묘노브나. 그리고 우리 주변의 가까운 사람이 죽는다는 것은 그렇게 하는 것이 신의 뜻이라는 것이죠. 그런 경우에도 우리는 정신을 바짝 차리고 슬픔을 견뎌내야 합니다." 그가 점잖게 다른 사람에게 위로가 되는 목소리로 말했다.

그는 올렌카를 대문까지 바래다주고 인사를 한 다음 계속해서 걸어갔다. 이 일이 있은 후에 올렌카의 귀에는 하루 종일 그의 위로의 목소리가 들렸다. 그리고 그녀가 눈을 감을라치면 그의 까만 턱수염이 눈에 아른거렸다. 그녀는 그를 마음에 쏙 들어 했다. 그리고 아마도 그녀도 그의 마음을 움직인 것 같았다. 왜냐하면 며칠이 지난 후 커피 한 잔을 얻어 마시겠다고 올렌카도 잘 알지 못하는 한 중년의 부인이 와서는 의자에 앉자마자 푸스토발로프에 대해서 이야기를 하면서 그가 마음씨가 좋으며 신사적인 사람이기 때문에 그에게 시집가는 사람은 좋을 것이라고 한참 떠들고 갔기 때문이다. 그리고 삼 일이 지난 후 푸스토발로프 자신이 직접 올렌카를 찾아왔다. 그는 잠시 동안, 십 분 정도, 앉아 있었는데 거의 말을 하지 않았다. 하지만 올렌카가 그를 사랑하는데에는 충분한 시간이었다. 올렌카는 밤새도록 잠 못 이루고 가슴을 태울 정도로 그를 사랑하게 되었다. 날이 새자마자 올렌카는 그 중년부인을 모셔오라고 했다. 중년부인은 두 사람의 중매를 섰고, 결국 둘은 결혼하게 되었다.

결혼을 한 푸스토발로프와 올렌카는 행복하게 살았다. 보통 푸스토발로프는 점심때까지 목재 창고에 앉아 있었다. 그리고 그 다음에 일을 보기 위해서 나가면 올렌카가 그를 대신해서 저녁때까지 사무실에 앉아서 계산을 하기도 하고 물건을 내주기도 했다.

"요즘 목재 값이 매년 이십 퍼센트씩 오르고 있어요."

그녀가 목재를 사러 온 손님과 지인들에게 말을 했다.

"예전에는 우리도 이 지방의 목재만을 취급했죠. 하지만 요즘은 바시치카가 모길레프 주까지 나무를 구하러 갑니다. 너무 멀어서 운송비가 비싸요!"

그녀는 이렇게 말을 한 후 경악스럽다는 듯 두 손으로 양 볼을 감쌌다.

"운송비가 너무 비싸요!"

그녀는 자신이 이미 아주 오래전에 목재를 취급하기 시작한 것 같고, 인생에 있어서 가장 중요하고 필요한 것이 목재이며, 빔, 둥근 목재, 판자, 각재, 손도끼, 마차, 슬래브 등의 단어를 태어날 때부터 들어온 것 같은 생각이 들었다. 밤에 잠을 잘 때 그녀는 판자가 산더미처럼 쌓여있고, 도시 밖 어디론가 멀리 나무를 운반해가는 마차의 긴행렬이 보이기도 했으며, 한 연대 쯤 되어 보이는 군인들이 길이 12미터는 되는 커다란 통나무를 들고 목재 저장 창고로 행진하는 꿈을 꾸기도 했다. 또 어떤 때는 통나무, 빔, 판자가 바짝 마른 나무들이 서로 부딪히며 내는 듯한 커다란 소리를 내며 무너져 내렸다가는 다시 저절로 쌓아 올려지는 꿈을 꾸기도 했다. 올렌카는 꿈속에서 소리를 지르고 푸스토발로프가 그녀에게 부드럽게 말했다.

"올렌카, 왜 그래? 십자가를 그어!"

남편이 어떤 생각을 하면 그녀도 똑같은 생각을 하고 있었다. 예를 들어서 방 안이 덥다거나 일이 잘 안된다고 남편이 생각하면 어느새 그녀도 똑같은 생각을 하고 있었다. 남편은 취미생활이라는 것을 전혀 몰랐다. 공휴일에는 집에서 하루 종일 있었다. 그녀도 또한 마찬가지였다.

"하루 종일 집하고 사무실에만 있는 거예요, 그러지 말고 극장이나 서커스라도 좀 보러 다녀요, 사랑스러운 사람." 지인들은 그렇게 이야기를 했다.

"저와 바시치카는 극장갈 시간이 없어요. 우리는 일하는 사람이에요, 쓸데없는 것에 시간을 낭비할 수 없어요. 극장에 가면 뭐가 도움이 되나요?"

그녀는 단호한 목소리로 대답했다.

토요일마다 푸스토발로프와 그녀는 저녁기도를 갔으며, 공휴일에는 아침 미사를 갔다. 그리고 교회에서 집으로 돌아오면서 둘은 유순해진 얼굴로 나란히 함께 걸었다. 두 사람한테서는 좋은 냄새가 났으며, 그녀의 비단 드레스에서 들려오는 사그락거리는 소리는 듣기가 좋았다. 집에서는 버터를 바른 빵에 여러 가지 잼을 발라 차와 함께 먹었다. 그 다음에는 파이를 먹었다.

매일 정오에 정원과 대문 밖 거리에서는 보르쉬*와 양고기 또는 오리고기 굽는 냄새가 풍겨 나왔고, 사순절 기간에는 생선 냄새가 났으므로 그 옆을 지나게 되면 먹고 싶다는 느낌이 들게 만들었다. 사무실에는 항상 사모바르의 물이 끓고 있었고, 손님들에게 따뜻한 차와 베이글을 대접했다. 일주일에 한 번씩 부부는 공중목욕탕에 갔으며 돌아올 때는 얼굴이 빨개진 두 사람이 나란히 걸어서 집으로 왔다.

올렌카는 지인을 만나면 이렇게 이야기를 해주었다.

---

\* 양배추 스프

"덕분에 저희는 잘 살고 있어요. 저와 바시치카처럼 다른 사람들도 행복하게 살게 해달라고 기도하고 있어요."

푸스토발로프가 목재를 사러 모길레프 주에 가 있는 동안 그녀는 너무나 외롭고 적적했기 때문에 잠도 자지 못하고 눈물만 흘렸다. 저녁때에는 그녀의 집 별채에 세 들어 사는 젊은 스미르닌이 가끔 놀러오기도 했다. 스미르닌은 군 수의사였다. 그는 올렌카에게 이런저런 이야기를 해주기도 하고 카드놀이를 같이 하기도 했다. 그녀가 잠시 기뻐할 수 있는 시간이었다. 가장 관심이 있었던 이야기는 스미르닌의 가족사였다. 그는 결혼을 했고 아들이 있었다. 하지만 부인과는 이혼을 했다. 왜냐하면 아내가 외도를 했기 때문이었다. 지금 그는 그녀를 증오했다. 하지만 아들 양육비로 매달 그녀에게 40루블을 보내준다. 이것을 듣고 있던 올렌카는 한숨을 푹 쉬고는 머리를 절레절레 흔들었다. 그녀는 그가 너무 불쌍했다.

"신께서 당신을 구원해주실 겁니다."

그에게 인사를 하며 층계까지 촛불을 켜고 배웅을 하면서 그녀가 말했다.

"이렇게 같이 시간을 보내주어서 고마워요. 주님께서 당신에게 건강을 성모마리아께서도……."

그녀의 말투는 남편을 닮아서 침착하고 위엄이 있어 보였다. 수의사가 현관 아래쪽으로 이미 사라졌을 때 그녀는 그를 불러 세우더니 말을 했다.

"블라디미르 플라토느이치! 아내와 화해를 하십시오. 아들을 위해서 그녀를 용서해주세요. 아이도 다 이해를 합니다."

푸스토발로프가 집에 돌아오자마자 그녀는 남편에게 수의사의 불행한 가정사 이야기를 해주었고 두 사람은 함께 한숨을 내쉬고 머리를 흔들면서 아빠를 보고 싶어 하는 아들을 불쌍하게 여겼다. 무슨 생각이 들었는지 두 사람은 똑같이 성상 앞에서 큰절을 하고 기도를 하였다, 자기들도 아기를 하나 낳게 해달라고.

 푸스토발로프 부부는 조용하고 착하게 그리고 서로 사랑하면서 육 년을 함께 살았다. 그런데 어느 겨울날 바실리 안드레이치가 창고에 있다가 뜨거운 차 한 잔을 마신 후 모자도 쓰지 않고 집을 나섰다가 감기에 걸렸다. 유명한 의사를 불러서 진찰을 시켰지만 병세는 좋아지지 않았다. 그는 네 달 동안 앓아누웠다가 그만 죽어버리고 말았다. 올렌카는 다시 과부가 되었다.

 "왜 나만 홀로 두고 떠나셨나요, 사랑하는 당신!"
 남편을 묻은 후 그녀가 통곡을 하였다.
 "어떻게 당신 없이 지내나요, 저는 왜 이렇게 불행한가요? 여러분, 저는 완전히 혼자 남게 되었습니다……."

 그녀는 상장(喪章)을 단 검은 옷을 입고 다녔다. 그리고 평생 동안 모자도 장갑도 끼지 않겠다고 맹세했다. 교회나 남편의 무덤에 갈 때를 제외하고는 집에서 나오는 일이 거의 없었다. 그녀는 마치 수녀처럼 집에서 살았다. 푸스토발로프가 죽고 난 후 육 개월이 지나고 올렌카는 상장을 옷에서 떼었다. 그리고 창문에 있던 덧문을 열기 시작했다. 아침이면 가끔 하녀를 데리고 시장에 가기도 했다. 하지만 그녀가 집에서 현재 어떻게 살고 있는지 무엇을 하면서 시간을 보내는지 사람들은 추측만 할 뿐이었다. 그녀가 정원에 앉아서 수의사와 함께 차를 마셨고, 그가 그녀에게 신문을 읽어주었다는 등의 이야기를 우체국에서 그녀를 만난 한 지인이 이야기를 해주었다.

 "우리 시에는 가축 관리가 잘 안 되고 있어요, 그래서 그것이 병의 원인이 됩니다. 우유에서도 병이 생기고, 말이나 소들도 사람에게 무서운 질병을 옮깁니다. 사람들의 건강만큼 가축들의 건강도 살펴보아야 합니다."

라고 올렌카가 말했다고 한다.

올렌카는 수의사의 생각을 반복하였으며, 현재 모든 것에 대한 그녀의 생각은 정확하게 그의 생각과 같았다. 올렌카는 누군가를 사랑하지 않고 일 년을 넘길 수 없는 여자라는 것이 분명해졌다. 그녀는 자신의 새로운 행복을 자신의 집 별채에서 찾았다. 다른 사람 같았다면 이 같은 일에 대해서 왈가왈부했을 것이다. 하지만 올렌카에 대해서는 어느 누구도 나쁘게 생각하지 않았다. 왜냐하면 그녀의 삶 속에서 충분히 그녀를 이해할 수 있기 때문이다. 올렌카와 수의사는 자신들의 관계에 변화가 있다는 것을 다른 사람들 어느 누구에게도 이야기를 하지 않았다. 가능하면 감추려고 노력했다. 하지만 그건 불가능한 일이었다. 올렌카에게 비밀이란 없기 때문이다. 같은 연대에 근무하는 동료들이 수의사 집에 놀러왔을 때 올렌카가 차와 저녁을 대접하면서 뿔난 가축들의 페스트에 대해서, 결핵에 대해서, 시내의 도살장에 대해서 이야기를 시작하자 수의사는 기겁을 하여서 얼굴이 하얗게 되었다. 그리고 손님들이 각자의 집으로 돌아갔을 때 그는 그녀의 손을 잡고 화가 나서 씩씩거리며 말했다.

"제가 당신이 잘 알지도 못하는 이야기는 하지 말라고 부탁했잖아요! 우리 수의사들끼리 이야기를 할 때 제발 방해하지 마세요. 하나도 재미가 없거든요!"

그러자 그녀는 그를 똑바로 바라보며 놀라서 불안한 표정으로 물었다.

"볼로치카, 그럼 난 무슨 이야기를 하죠?"

그리고 그녀는 눈에 눈물을 글썽이며 그를 껴안으며 화내지 말라고 애원했다. 그리고 둘은 다시 행복해졌다.

하지만 그 행복도 오랫동안 지속되지 않았다. 수의사가 연대와 함께 떠났다. 영원히 떠났다. 왜냐하면 연대를 시베리아 어딘가로 이동시키게 되었기 때문이다. 그래서 올렌카는 혼자가 되었다.

이제 그녀는 정말 혼자였다. 아버지는 오래전에 돌아가셨고, 그의 의자도 다리 하나가 부러진 채 다락에서 먼지가 쌓이고 있었다. 그녀는 살이 빠져서 특유의 매력을 잃어버렸다. 거리에서 마주치는 사람들도 이제는 예전처럼 그녀를 보지도, 미소를 보내지도 않았다. 좋은 시절은 모두 지나갔다. 이제 생각하기도 싫은 새로운 미지의 새로운 삶이 시작되었다. 저녁때가 되면 올렌카는 현관에 앉아 있었다. 그렇게 앉아 있는 그녀에게 〈티볼리〉유원지에서 들리는 음악 소리와 폭죽 소리가 들렸다. 하지만 이제 이것은 그녀에게 어떠한 감흥도 불러오지 않았다. 그녀는 텅 비어 있는 자신의 정원을 바라보았다. 아무것도 생각하지 않았다. 아무것도 원하지 않았다. 그리고 밤이 오면 그녀는 잠을 자러 갔다. 꿈속에서 그녀는 자신의 텅빈 정원을 보았다. 먹는 것도 마시는 것도 그녀는 살기 위해서 억지로 먹었다.

그러나 무엇보다도 나쁜 징조는 그녀에게 아무런 의견도 없다는 것이다. 그녀는 자신 주위에 있는 모든 것을 보고 있으며, 주위에서 무슨 일이 벌어지고 있는지 다 이해할 수 있었다. 하지만 그녀는 아무런 의견도 내놓을 수가 없었으며, 무엇을 이야기해야 할지 알지 못했다. 아무런 의견도 없다는 것은 얼마나 무서운 일인가! 예를 들어서 병이 하나 있거나, 비가 오고 있거나, 한 남자가 수레를 타고 가고 있다고 해도 이것들이 왜 존재하는지, 그것들의 의미가 무엇인지 설명을 할 수 없다면, 천 루블을 주고 설명하라고 해도 그럴 수 없다면 얼마나 불행한 일일까! 올렌카가 쿠킨이나 푸스토발로프 그리고 수의사와 함께 있었다면 모든 것을 설명을 할 수 있고 자신의 의견을 어떻게든 이야기했을 것이다. 그런데 지금 그녀의 머리와 심장은 정원처럼 그렇게 비어 있었다. 마치 쓴 약초를 먹은 듯 기분 나쁘고 괴로운 일이다!

　도시는 사방으로 조금씩 그 영역을 넓혀갔다. '집시 마을'은 더이상 마을이 아니라 도시의 한 거리가 되었다. 〈티볼리〉 유원지가 있던 곳과 목재 창고가 있던 곳에는 집들이 이미 많이 들어서서 거리를 형성하였다. 시간은 왜 이렇게 빨리 가는지! 올렌카의 집은 색이 바랬고, 지붕은 녹이 슬었다. 헛간은 한쪽으로 기울었으며 정원에는 잡초와 가시나무가 무성했다. 올렌카도 나이가 들었고, 매력을 잃었다. 여름에는 늘 현관에 앉아 있었다. 그녀의 머리는 마찬가지로 아무런 생각도 하지 않고 있었으며, 따분해하고 있었으며 고통스러워하고 있었다. 겨울에 그녀는 창가에 앉아서 눈을 바라보았다. 봄이 오고 바람이 교회의 종소리를 실어오면 갑자기 과거에 대한 추억이 되살아나고 가슴이 저려오고 눈에서 눈물이 콸콸 쏟아졌다. 하지만 이것도 잠시 뿐 다시 머리가 텅비게 된다. 무엇 때문에 사는지 알 수 없었다. 검은 고양이 브르이스카가 애교를 부리며 작은 소리로 야옹거렸다. 하지만 고양이의 애교도 올렌카의 마음을 움직이지 못했다. 그녀에게 필요한 것은 어떤 것일까? 그녀에게는 그녀를 완전히 사로잡을, 모든 영혼과 이성 그리고 그녀의 생각을 사로잡을, 삶의 지표를 줄, 그녀의 열정을 불태울 그런 사랑이 필요하다. 그녀는 검은 고양이 브르이스카를 떼어 내기 위해서 다리를 털며 짜증 섞인 목소리로 말했다.

　"저리가, 저리가란 말이야……. 거긴 아무 것도 없어!"

　그렇게 하루 이틀, 1년, 2년이 흘러갔다. 기쁨도 어떠한 의견도 없었다. 하녀 마브라가 하는 말이면 충분하였다.

　무더운 7월 어느 날 저녁 무렵에 거리에 가축 떼가 지나가고 정원 안이 먼지구름으로 가득 찼을 때 갑자기 누군가가 문을 두드렸다. 올렌카는 직접 문을 열어주러 나갔다. 그리고 문 밖을 본 순간 그대로 굳어버렸다. 문

밖에는 희끗한 머리의 수의사 스미르닌이 관청에서 일하는 사람들의 제복을 입고 서 있었다. 갑자기 그녀에게 모든 것이 기억나기 시작했다. 그녀는 참지 못하고 울기 시작했다. 그녀는 한 마디의 말도 않고 고개를 스미르닌의 가슴에 묻었다. 그리고 너무나 흥분하였으므로 어떻게 둘이서 집 안으로 들어왔고, 어떻게 차를 준비했는지 기억이 나지 않았다.

"사랑하는 당신, 블라디미르 플라토느이치! 어떻게 돌아오신 거죠?"

기쁨에 몸을 떨면서 그녀가 속삭이듯 말했다.

"여기서 죽을 때까지 살고 싶어요."

그가 말했다.

"퇴역을 하고 이제 정착해서 살고 싶어요. 내 의지에 따른 행복을 찾고 싶은 거죠. 그리고 아들도 이제 학교에 보내야 하고요, 많이 컸거든요. 저는 그러니까 아내와 화해를 했습니다."

"아내는 어디에 있나요?" 올렌카가 물었다.

"아내는 아들과 함께 호텔에 있어요. 저는 이렇게 살 집을 찾으려고 돌아다니고 있고요."

"맙소사, 우리집으로 오시면 되잖아요! 아파트가 아니라서 그래요? 맙소사, 세는 안 받을테니 걱정 말아요. 저기서 살아요, 저는 저기 별채면 충분해요. 맙소사, 너무 기뻐요!"

올렌카가 흥분을 하며 눈물을 흘렸다.

다음날 사람들이 올렌카의 집 지붕에 페인트칠을 하고 벽도 하얗게 칠을 했다. 올렌카는 양손을 허리에 대고 가슴을 쭉 펴고서 정원을 돌아다니며 지시를 내렸다. 그녀의 얼굴에는 이전에 보았던 미소가 빛났으며, 마치 오랜 잠에서 깨어난 듯 그녀는 생기 있게 살아났다. 수의사의 아내가 왔다. 그녀는 말랐으며 머리를 짧게 자른 예쁘지 않으며 성질을 잘 부릴 것 같은 얼굴을 하고 있었다. 그녀 옆에 소년이 있었다. 사샤였다. 나이에 비해서 작았다(아이는 벌써 열 살이 넘었다). 통통하고 밝은 회색 눈을 가지고 있었으며 양 볼에 보조개가 있었다. 막 아이가 정원으로 들어왔을 때 고양이가 뛰어갔고, 동시에 아이의 밝고 기쁜 웃음소리가 들렸다.

"아줌마, 이거 아줌마네 고양이예요?"

그가 올렌카에게 물었다.

"고양이가 새끼를 낳으면 부탁이에요, 한 마리만 주세요. 엄마가 쥐를 너무 무서워해요."

올렌카는 아이와 약속을 하고 차를 마시게 했다. 그녀의 가슴 속 심장이 갑자기 따뜻하고 달콤한 느낌이 들었다. 아이가 그녀의 친아들처럼 느껴졌다. 저녁때가 되었을 때 아이는 책상에 앉아서 복습을 하고 있었다. 그녀는 감동과 동정을 갖고 아이를 바라보며 중얼거렸다.

"예쁜 것…… 어떻게 저렇게 똑똑하고 깔끔하게 생겼을까?"

"섬은 사면이 물로 이루어진 육지의 일종이다."

"섬은 사면이 물로 이루어진……." 올렌카가 따라했다. 이것이 바로 오랜 시간 동안 침묵하고 멍하게 지낸 후 그녀가 낸 첫 번째 생각이었다.

이제 그녀는 자신의 생각을 가지고 있었다. 그녀는 사샤의 부모와 함께 식사를 하면서 김나지움에서 배우는 요즘 아이들의 공부가 너무 어렵다고 하면서 그래도 전통적인 김나지움이 직업 학교보도 훨씬 낫다고 했다. 왜냐하면 김나지움에서는 모든 가능성을 열어 놓고 있기 때문이다. 의사가 되고 싶으면 의사 공부를 하고 기술자가 되고 싶으면 기술자 공부를 하면 되니까 말이다.

사샤는 김나지움을 다니기 시작했다. 그의 어머니는 하리코프의 언니에게 갔다. 그리고 돌아오지 않았다. 그의 아버지는 매일 가축들을 검사하러 어딘가로 다녔다. 그래서 삼 일씩 집에 들어오지 않는 경우도 많았다. 올렌카는 사샤가 버려졌다고 생각되었다. 그래서 아이가 배고파서 죽을 수도 있다고 생각하였다. 그래서 그녀는 아이를 자신이 살고 있는 별채의 작은 방에서 살게 했다.

사샤가 올렌카의 별채에 살기 시작한 지 벌써 반 년이 지났다. 매일 아침 올렌카는 사샤의 방에 들어갔다. 사샤는 손을 볼에 대고 죽은 듯이 곤하게 자고 있었다. 아이가 가엾어서 깨우고 싶지 않았다.

"사센카, 일어나거라, 애야! 김나지움에 가야지."

그녀가 애처롭게 말했다.

아이는 벌떡 일어나서 옷을 입고, 신께 기도를 한 후 차를 마시기 위해서 식탁에 앉았다. 차 세 잔을 마시면서 두 개의 커다란 베이글을 먹고 버터를 바른 바게트 한 조각을 먹었다. 아이는 아직 잠에서 덜 깬 상태였기에 별로 기분이 좋지 않았다.

"애야, 사센카, 너 우화를 제대로 외우지 못했더구나. 걱정이구나, 노력을 좀 하거라. 애야, 공부를 열심히 하고 선생님 말씀 잘 듣고……."

올렌카가 마치 어디 먼 길을 떠나는 사람을 배웅하듯 말을 했다.

"냐둬요. 제발 부탁이에요!" 사샤가 말했다.

잠시 후 키가 작은 사샤는 커다란 모자에 가방을 등에 지고 김나지움으로 가기 위해 거리로 나섰다. 아이 뒤를 올렌카가 살며시 쫓아갔다.

"사센카!" 그녀가 불렀다.

아이가 고개를 돌렸고 그녀는 아이의 손에 대추나 카라멜을 쥐어주었다. 김나지움이 있는 거리로 들어서기 위해서 코너를 돌면 아이는 자기 뒤를 키가 크고 뚱뚱한 여자가 쫓아오는 것이 창피하게 느껴져서 뒤를 보면서 말했다.

"아줌마, 이제 집으로 가세요. 저 혼자 갈 수 있어요!"

올렌카는 멈추어 서서 아이가 김나지움의 교문 안으로 들어가서 사라질 때까지 멈추어 서서 꼼짝 않고 아이의 뒤를 바라보고 서있었다. 그녀가 얼마나 아이를 사랑하는지! 이전에 그녀가 맺었던 인연들은 지금과 같이 이렇게 깊게 맺어진 적이 없었다. 그녀의 모성애는 점점 더 활활 타올랐다. 그녀에게는 완전히 남인 아이를 위해서, 아이의 볼에 있는 보조개를 위해서, 아이가 쓰고 있는 모자를 위해서 뭐든지 기쁜 마음으로 줄 준비가 되어 있었다. 왜냐고? 누가 그 이유를 알겠는가?

사샤를 김나지움에 바래다주고 집으로 돌아오는 그녀는 차분하고, 만족스러워하며 사랑에 겨워했다. 지난 반 년 동안 더 젊어진 그녀의 얼굴에는 웃음꽃이 피었으며 빛이 났다. 길에서 그녀와 마주친 사람들은 만족스러움을 느끼며 그녀에게 말했다.

"안녕하세요, 사랑스러운 부인, 올가 세묘노브나! 어떻게 지내시나요, 사랑스러운 부인!"

"어려워요 이제 김나지움에서 입학해서 공부를 시작했어요. 그런데 어제는 글쎄 1학년에게 우화를 외워오라고 시켰어요. 그리고 라틴어를 번역하라고 하고요. 그리고 또⋯⋯ 어린 아이에게⋯⋯."

그리고 그녀는 선생님들에 대해서, 수업에 대해서, 학생들에 대해서 이야기를 시작한다, 사샤가 이야기해준 대로 똑같이.

두 시가 넘으면 함께 식사를 하고 저녁에는 함께 복습과 예습을 한다. 아이를 침대에 재우면서 그녀는 오랫동안 성호를 긋고 작은 목소리로 기도를 한다. 그리고 잠자리에 누워서 사샤가 대학을 마치고 의사나 기술자가 되는 알 수 없는 먼 미래에 대해서 생각을 한다. 커다란 집, 말, 포장마차, 결혼도 하고 아이도 낳고⋯⋯ 그녀는 잠이 든다. 이 모든 것을 생각하면 그녀의 감은 눈으로부터 눈물이 흘러 뺨을 타고 내려간다. 검은 고양이가 그녀 옆구리에 누워서 가릉가릉 거렸다.

"가릉…… 가릉…… 가릉…… ."

갑자기 대문 두드리는 소리가 들렸다. 올렌카는 잠에서 깨어났지만 너무 놀라서 숨을 쉴 수 없었다. 심장이 터질 듯이 요동쳤다. 삼십 초 정도가 흘렀다. 그리고 다시 문 두드리는 소리가 들렸다.

"이건 하리코프에서 온 전보야. 엄마가 사샤를 하리코프로 데려가고 싶은 거야…… 오, 맙소사!" 그녀는 온 몸을 덜덜 떨면서 생각했다.

그녀는 절망에 빠졌다. 머리, 발, 손이 얼음장처럼 차가워졌고 이 세상에 자기보다 더 불행한 사람은 없을 것이라고 생각되었다. 일 분이 더 흘렀다. 그리고 목소리가 들렸다. 이건 수의사가 술집에서 집으로 돌아오는 소리였다.

"하느님 감사합니다."

그녀가 생각했다.

심장을 옭아맸던 무게가 점차 약해지고, 마침내 가벼워졌다. 그녀는 누워서 옆방에서 곤하게 자고 있는 사샤를 생각했다. 사샤는 가끔씩 잠꼬대를 했다.

"하지 마! 저리 가! 때리지 마!"

# 추운 가을

이반 부닌

그해 6월, 그는 우리 영지를 방문했다. 우린 항상 그를 가족처럼 대했다. 돌아가신 그의 아버지는 우리 아버지의 친구이자 이웃이었다. 6월 15일 사라예보에서 페르디난트가 암살당했다. 16일 아침, 우체국에서 신문이 배달됐다. 아버지가 모스크바 석간신문을 들고 서재에서 나와 식당으로 달려왔다. 그 사람과 엄마, 그리고 나는 아직 차를 마시며 식당에 앉아 있었는데, 아버지가 말했다.

"여러분, 큰 일 났소, 전쟁이야! 사라예보에서 황태자가 암살됐다는데, 곧 전쟁이 날 거요!"

성 베드로제에 우리집에 많은 사람들이 왔다. 이 날은 아버지의 명명일이었다. 식사를 하는 자리에서 그는 나의 약혼자로 공포되었다. 그런데, 7월 19일, 독일이 러시아에 전쟁을 선포했고…….

9월에 그는 전선으로 떠나기에 앞서 작별 인사를 하려고 잠깐, 하루 일정으로 우리집에 왔다. 그때는 모두들 전쟁이 곧 끝날 것이라고 생각했고, 우리 결혼은 봄으로 미뤄졌다. 그렇게 우리의 작별의 저녁 시간이 찾아왔다. 저녁 식사 후에 평소처럼 사모바르를 가져왔고, 사모바르의 김으로 뿌예진 창을 바라보며 아버지가 말씀하셨다.

"너무 때 이른 추운 가을이야!"

그날 저녁 우리는 조용히 앉아, 아주 가끔씩 별 의미 없는 이야기들만 나눴다. 자신들의 은밀한 생각과 감정은 감춘 채, 지나치리만큼 차분한 이야기들이었다. 아버지는 일부러 아무렇지 않다는 듯 가을에 대해 이야기하셨다. 나는 발코니 문으로 다가가 손수건으로 유리를 닦았다. 뜰에, 검은 하늘 위에는 깨끗한 얼음 같은 별들이 선명하고 날카롭게 빛나고 있었다. 아버지는 안락의자에 몸을 기댄 채 식탁 위에 걸린 등불을 바라보며 담배를 피우고 계셨고, 엄마는 안경을 쓰고 등불 아래서 조그만 실크 주머니 하나를 열심히 꿰매고 계셨다. 우리는 모두 가슴이 아팠고 괴롭다는 것을 알고 있었다. 아버지가 물었다.

"그러니까 자네는 어쨌든 내일 아침에 떠나겠다는 거지. 아침 식사 전에?"

"네, 허락하신다면, 아침에 떠나야겠습니다. 정말 안타깝지만, 제가 아직 집안일을 다 처리하지 못했거든요." 그가 대답했다.

아버지가 가볍게 한숨을 내쉬었다.

"정 그렇다면, 자네가 원하는 대로 하게. 그럼 나와 자네 장모는 이만 자리 가야겠네. 우리는 내일 꼭 자네를 배웅했으면 하니까······."

엄마는 일어나서 미래의 사위에게 성호를 그어주었다. 그는 고개를 숙여 엄마의 손에 입을 맞추고, 그 다음 아버지의 손에도 입을 맞췄다. 우리는 둘만 남게 된 다음에도, 식당에 조금 더 앉아 있었다. 나는 카드 점이나 쳐볼까 하는 생각이 들었다. 그는 묵묵히 이리저리 걸어 다니다가 물었다.

"잠깐 산책이나 할까?"

내 마음은 점점 더 무거워졌지만, 나는 아무렇지 않다는 듯 대답했다.

"좋아······."

현관에서 옷을 입으면서도 그는 계속 무언가를 생각했는데, 결국 생각이 났는지, 다정한 미소를 지으며 페트의 시 한 구절을 낭독했다.

"얼마나 추운 가을인가! 자신의 숄이나 카포트*를 걸쳐라."

"난 카포트가 없는데, 그 다음은 뭐야?" 내가 말했다.

"생각이 안 나. 아마도 이런 것 같은데……. 보라! 어두워지는 소나무 숲 사이로 불이 일어서는 듯하네."

"무슨 불?"

"물론 달이 뜨는 걸 의미하지. 이 시에는 어느 시골 가을의 매력이 풍기는 것 같아. '숄이나 카포트를 걸쳐라.' 우리 할아버지와 할머니 시대는……. 오, 하느님, 세상에 이럴 수가!"

"왜 그래?"

"아무것도 아니야, 그냥 우울해서…… 우울하면서도 좋기도 해서. 정말, 정말, 너를 사랑해……."

우리는 옷을 입고 식당을 지나 테라스로 나가 뜰로 내려갔다. 처음에는 너무 어두워서 나는 그의 소매를 붙들었다. 잠시 후, 밝아지는 하늘 사이로 검은 나뭇가지와 그 사이로 광물질처럼 반짝이는 별들이 나타났다. 그는 걸음을 멈추고, 집 쪽으로 몸을 돌렸다.

"저기 좀 봐, 집의 창문들이 가을의 느낌으로 빛나는 게 얼마나 멋진지! 난 살아서 돌아올 거야. 그리고 이 저녁을 영원히 기억할거야."

나는 집을 바라봤다. 그는 스위스제 숄을 걸치고 있는 나를 안아 주었다. 나는 솜털 스카프를 벗고, 그가 키스를 할 수 있게 고개를 살짝 뒤로 젖혔다. 키스를 하고 나서 그는 내 얼굴을 바라봤다.

"당신 눈이 반짝거리는 것 좀 봐! 춥지 않아? 날씨가 완전히 겨울 날씨야. 내가 죽더라도, 곧바로 나를 잊지는 않을 거지?"

---

* 19세기에 러시아 여성들이 입었던, 단추를 채우지 않고 입는 헐렁한 웃옷

나는 잠시 생각했다. '정말 갑자기 그가 죽게 된다면? 어쨌든 일정한 시간이 지나고 나면 그를 잊게 되는 건 아닐까? 모든 것은 결국에는 잊혀지는 것 아닌가?' 이런 생각에 놀라 그녀는 서둘러 대답을 했다.

"그런 말 하지 마! 난 당신의 죽음을 견딜 수 없을 거야!"

잠시 말이 없던 그가 천천히 말했다.

"아니야, 괜찮아. 내가 죽는다해도, 난 거기서 널 기다릴 거야. 당신은 좀 더 살다가, 세상에서 조금 더 즐겁게 지낸 다음, 그리고 내게로 오면 돼."

난 흐느껴 울기 시작했다.

아침에 그는 떠났다. 엄마는 저녁에 꿰맸던 그 비운의 주머니를 그의 목에 걸어주었다. 그 속에는 엄마의 아버지와 할아버지가 전쟁 때 지니고 다녔던 금으로 만든 조그만 성상이 들어 있었다. 그리고 우리는 급작스럽게 몰려오는 절망감 속에서 그에게 성호를 그어주었다. 그의 뒷모습을 바라보면서, 우리는 누군가와 긴 이별을 할 때 항상 느끼게 되는 그런 망연한 심정으로 현관 계단 위에 서 있었다. 단지 우리들의 모습과 우리를 둘러싸고 있는 기쁨에 넘치며 햇살 가득한, 풀잎에 내린 서리로 반짝반짝 빛나는 이 날 아침의 모습이 너무나 어울리지 않는다는 사실만을 느끼면서……. 잠시 더 서 있던 우리는 텅 빈 집으로 들어갔다. 나는 뒷짐을 진 채, 이제 무엇을 해야 할지, 흐느껴 울어야 할지 목청이 터져라 노래를 불러야 할지 몰라 이 방 저 방을 돌아다녔다.

한 달 후 갈리치아에서 그는 사망했다. 그리고 그로부터 30년이란 세월이 흘렀다. 이 수십 년 동안 나는 정말로 많은 일들을 겪었다. 이 시절을 곰곰이 생각해 보고, 또 마법 같기도 하고, 머리로든 가슴으로든 이해하기 어려웠던 수많은 일들을 하나하나 기억 속에서 더듬다 보면, 이 시간들이 너무 길게만 느껴졌다. 1918년 봄, 아버지도 어머니도 모두 돌아가셨을 때, 나는 모스크바에서, '고귀하신 마님, 요즘 지내시기가 어떠신지요?'라고 말하며 항상 나를 조롱하던 스몰렌스크 시장의 여자상인 집 지하에 살고 있었다. 나도 장사를 했는데, 그 당시 다른 사람들이 그랬던 것처럼, 군인들에게 – 그들은 파파하\*를 쓰고 군용외투를 입고 단추를 풀어 헤치고 다녔다 – 내게 남아 있던 물건들을 내다팔았다. 작은 반지나 십자가, 좀먹은 모피 옷깃 같은 것들이었다. 이렇게 아르바트 거리나 시장 한 구석에서 장사를 하던 어느 날, 나는 좀처럼 보기 드문 아름다운 영혼을 가진 사람을 만났다. 중년의 퇴역 군인이었던 그에게 나는 곧 시집을 갔고, 4월에 우리는 예카테리노다르로 떠났다. 열일곱 살 정도 먹은 그 사람의 조카 한 명도 우리와 함께 갔는데, 그 또한 겨우 2주 정도 자원병으로 복무했었다. 나는 시골 할머니처럼 짚신짝을 끌고 다니고, 그 사람은 닳아빠진 농민 외투를 입고, 희끗희끗 센 검은 턱수염을 길게 기른 채, 우리는 돈 강과 쿠반 지역에서 2년 이상을 살았다. 폭풍이 몰아쳤던 겨울에 우리는 망명을 가려는 수많은 군중들과 함께 노보로시스크에서 터키로 향하는 배를 탔는데, 내 남편은 여정 중에, 바다에서 티푸스로 사망했다. 그가 죽은 뒤, 내게 가까운 사람이라고는 셋만 남았다. 남편의 조카와 그의 어린 아내 그리고 그들의 7개월 된 딸아이였다. 그러나 얼마 뒤 조카와 그의 아내는 내 손에 젖먹이를 남겨두고 크림 지방의 브란겔로 떠나버렸다. 그곳에서 그들은 연락을 끊고 사라져버렸다. 나는 나와 젖먹이를 위해 온갖 힘들고 험한 일들을 하면서 그 후로도 오랫동안 콘스탄티노플에서 살았다. 그 뒤로는 나는 남들이 그랬던 것처럼, 그 아이를 데리고 이곳저곳 전전하지 않은 곳이 없었다! 불가리아, 세르비아, 체코, 벨기에, 파리, 니스……

---

\* 코카서스 지방 사람들이 쓰는 키 높은 털모자

그 애는 이미 다 자라 성인이 되었고, 파리에 살면서 완전히 프랑스 여자가 되었다. 그녀는 매우 사랑스러웠지만 내게는 전혀 무관심했다. 그녀는 마들렌 근처 초콜릿 가게에서 일했다. 그녀는 은빛 매니큐어를 칠한 고운 손으로 초콜릿 상자를 반들거리는 종이에 싼 다음 금실로 묶어 포장을 했다. 나는 니스에서 그럭저럭 살았고, 지금도 살고 있다. 내가 처음 니스에 갔던 게 1912년이었는데, 행복했던 그 당시에는 이 도시가 나와 이런 인연을 맺게 되리라고는 생각이나 할 수 있었겠는가!

이렇게 나는, 그 언젠가 견뎌낼 수 없을 것이라고 경솔하게 말했던, 그의 죽음을 견디어냈다. 그러나 그 이후로 내가 겪었던 모든 일들을 회상하면서 항상 내 자신에게 묻곤 한다. 그렇다면 도대체 내 삶에는 무엇이 있었던가. 그리고는 스스로 답한다. 단지 그 추웠던 가을 저녁뿐이었다고. 그런데, 그 가을 저녁이 있기는 했었던가? 그래, 아무튼 있었다. 이것만이 나의 삶에 있었던 전부였고, 나머지 것들은 모두 부질없는 꿈이었다. 그리고 나는 믿는다, 뜨겁게 확신한다. 거기 어딘가에서 그가 나를 기다리고 있다는 것을. 그날 저녁의 사랑하는 마음과 젊음을 간직한 채. '당신은 좀 더 살다가, 세상에서 조금 더 즐겁게 지낸 다음, 그리고 내게로 오면 돼.' 나는 좀 더 살았고, 조금 더 기뻐했다. 이제는 곧 그에게 갈 것이다.

# 석류석 팔찌

알렉산드르 쿠프린

L. 베토벤 피아노 소나타 제 2번(op.2, №2)
제 2악장 라르고 아파시오나토*

1

8월 중순경 만월(滿月)을 갓 지난 때였다. 날씨가 갑자기 흑해의 북쪽해안에 전형적으로 나타나는 험상궂은 날씨로 뒤바뀌었다. 짙은 안개가 육지와 바다를 하루종일 뒤덮고 있어 등대의 커다란 사이렌은 성난 황소처럼 밤낮없이 울어댔다. 아침부터 밤늦도록 끊임없이 내리는 물보라 같은 가랑비에 황톳길과 오솔길은 진창이 되어버려 수레와 마차는 오랫동안 발목이 묶여 있었다. 초원이 펼쳐져 있는 북서쪽에서 맹렬한 기세로 회오리 바람이 밀려왔다. 나뭇가지들이 태풍이 불 때 출렁거리는 물결처럼 심하게 흔들렸다. 밤이면 별장의 양철지붕은 누군가가 징을 박은 장화를 신고 그 위를 뛰어다니는 듯한 소리를 냈다. 창틀은 달그락달그락 소리를 내고 문들은 덜컹거리고 굴뚝에서는 연신 윙윙거리는 소리가 났다. 어선 몇 척이 바다에서 실종돼 그 중 두 척은 영영 되돌아오지 못했다. 일주일 후 어

---

* 라르고 아파시오나토의 우리 말 뜻은 '느리고 열정적으로'이다.

부들의 시체가 해안 여기저기에 널브러져 있었다.

　교외에 위치한 해안 요양지에 머물고 있던 사람들은 대부분 그리스인과 유태인들이었다. 여느 남부 유럽인들처럼 낙천적이지만 의심이 많은 그들은 서둘러 도시로 떠났다. 질척거리는 길 위에는 매트리스, 소파, 트렁크, 의자, 세면기, 사모바르 등 온갖 살림살이를 잔뜩 실은 짐마차들이 끝도 없이 늘어서 있었다. 식모와 하녀들은 이 지저분하고 너절해 보이는 살림살이들을 방수포로 덮어씌운 짐마차 위에 앉아 있었다. 손에는 다리미나 바구니 같은 것들을 들고 있었다. 땀에 흠뻑 젖은 지친 말들은 가다 서다를 반복했다. 말들은 다리를 후들후들 떨며 거친 숨을 몰아쉬었다. 뿌연 빗줄기 속에서 이러한 광경을 바라보고 있자니 가련하고 서글픈 마음에 역겨운 느낌까지 들었다. 그러나 보는 이의 마음을 더욱더 슬프게 하는 것은 돌연 적막감에 싸여버린 텅 빈 별장들의 모습이었다. 망가진 꽃밭, 깨진 유리창, 버려진 개들만 남아 있는 별장에는 담배꽁초, 종잇조각, 깨진 사기그릇, 빈 상자와 약병 같은 쓰레기들만 나뒹굴고 있었다.

　9월초가 되자 갑자기 날씨가 돌변했다. 6월에도 보기 힘든 청명하고 따뜻한 날씨가 찾아왔다. 물기가 바싹 말라버린 들판에는 노랗게 물이 든 수풀 사이로 가을 거미집이 하얗게 빛나고 있었다. 잠잠해진 나무들은 노란 이파리를 늘어뜨리고 말없이 서있었다.

　귀족 단장의 아내인 베라 니콜라예브나 셰이나 부인은 도시에 있는 집이 아직 수리가 덜 끝나 별장을 두고 떠날 수가 없었다. 그러나 지금 그녀는 다시 찾아온 매혹적인 날씨, 한적한 분위기, 깨끗한 공기, 전선줄에 앉아 제비들이 지저귀는 소리, 그리고 바다에서 불어오는 소금기 섞인 산들바람, 이 모든 것들로 마음이 너무 기뻤다.

## 2

　더군다나 오늘 9월 17일은 바로 그녀의 생일이었다. 어린 시절의 아련한 추억 때문에 그녀는 이 날을 무척 소중히 생각했고, 이 날이 되면 어떤 놀랍고 행복한 일이 생기길 기대했다. 게다가 아침에 급한 일로 시내에 나가면서 남편이 건네준 배(梨) 모양의 아름다운 진주목걸이는 그녀의 마음을 더할 나위 없이 기쁘게 했다.

　그녀는 넓은 집에 혼자 있었다. 그들과 함께 사는 남동생 니콜라이(그는 아직 미혼이고 직업은 검사보(劍士補)였다)도 법원에 가고 없었다. 남편은 가장 가깝게 지내는 몇몇 사람을 저녁식사에 초대하겠다고 약속했다. 별장에 있는 동안 생일을 맞이한 것은 다행스러운 일이었다. 도시 같았으면 호사스런 만찬에 무도회에까지 많은 돈을 허비해야겠지만, 이곳 별장에서는 최소한의 비용으로도 일을 치를 수 있었다. 그녀의 남편인 셰인 공작은 자신의 중요한 사회적 지위 덕에 그나마 집안을 그럭저럭 꾸려가고 있었다. 한때는 거대했던 세습영지도 거의 남의 손에 넘어간 상태였으며, 파티를 열고 자선을 베풀고 좋은 옷을 입고 말을 거느리며 살기에는 여전히 많은 돈이 필요했다. 공작부인 베라는 ― 예전의 남편에 대한 그녀의 열정적인 사랑은 이제는 진실한 우정의 감정으로 변해 있었다 ― 남편의 완전한 파산만은 어떻게든 막아내려 온갖 노력을 기울이고 있었다. 그녀는 남편이 눈치채지 못하게 주의하면서, 자신에게 필요한 물건을 사는 것을 자제하면서 집안살림도 가능한 절약해 나갔다.

　그녀는 지금 정원을 거닐며 식탁에 놓을 꽃들을 조심스레 가위로 잘라내고 있다. 화단은 꽃들이 이리저리 넘어져 엉망이 되어있었다. 여러 가지 색의 겹패랭이와 양배추 냄새를 풍기는 ― 절반은 꽃이 피었고 절반은 얇은 연녹색의 꼬투리 상태인 — 비단향꽃무가 꽃을 피웠고, 장미꽃 봉오리도 덩굴을 수놓고 있었다. 그러나 이번 여름 들어 벌써 세 번째 꽃을 피우는 장미의 봉오리는 수도 줄고 크기도 작아졌다. 이에 반해 달리아, 작약, 과꽃 등은 쌀쌀하고 거만한 아름다움을 뽐내며 흐드러지게 피어 우울한 가을 향기를 발산하고 있었다. 나머지 꽃들은 이미 한 여름의 결실을 씨앗에 담아 대지 위에 조용히 뿌려두었다.

가까운 도로에서 낯익은 자동차 경적소리가 들려왔다. 그것은 그녀가 손님접대를 준비하는 것을 도와주겠다고 약속한 동생 안나 니콜라이예브나 프리에세가 도착했음을 알리는 소리였다.

청각이 예민한 베라는 이 소리를 놓치지 않았다. 그녀는 마중을 나갔다. 잠시 후 별장 문 앞에 멋진 사륜자동차가 멈춰 서더니 차에서 내린 운전사가 자동차 뒷문을 활짝 열어 젖혔다.

두 자매는 기뻐하며 키스를 했다. 그들은 아주 어렸을 적부터 서로를 배려하는 따뜻한 우정을 나누는 친구 같은 사이였다. 그러나 외모에 있어서는 그들은 이상하리만큼 닮은 점이 없었다. 언니인 베라는 큰 키에 날씬한 몸매, 상냥하지만, 한편으론 쌀쌀맞고 오만한 표정의 얼굴, 좀 크긴 해도 아름다운 손, 고대의 조각상을 보는 듯한 매혹적인 어깨선 등이 영국 미인인 어머니를 닮았다. 그러나 동생인 안나는 타타르 공작인 아버지에게서 몽고인의 피를 이어받았다. 아버지의 할아버지는 19세기초에야 세례를 받았으며, 그 혈통은 타메를란, 혹은 그녀의 아버지가 자랑스럽게 말하곤 했던, 타타르어로 '위대한 흡혈귀'를 뜻하는 랑테미르에게까지 거슬러 올라간다. 키도 언니의 머리 중간까지밖에 오지 않았고, 어깨도 좀 넓은 편이었다. 성격은 발랄하지만 경솔하고 남을 깔보기 좋아하는 여자였다. 그녀의 얼굴은 전형적인 몽고형이었다. 튀어나온 광대뼈, 흘겨보는 듯한 작은 눈, 불손한 느낌을 주는 작고 육감적인 입, 특히 약간 앞으로 나온 도톰한 아랫입술이 그랬다. 그녀의 얼굴은 그럼에도 불구하고 뭐라 설명하기 힘든 묘한 매력을 지니고 있었다. 이런 매력은 그녀의 미소나 외모 전체에서 느껴지는 여성스러움 혹은 애교가 넘치는 얼굴 표정에서 생겨나는 것이었다. 남자들은 귀족적인 아름다움을 지닌 언니보다도 결코 미인은 아니었지만 세련된 멋이 있는 그녀에게 더 많은 관심을 보였다.

그녀의 남편은 큰 부자였으나 모든 일을 제대로 처리할 줄 모르는 우둔한 사내였다. 그녀는 이런 남편이 못마땅했지만, 그들 사이에는 아들과 딸이 하나씩 태어났고 그 후로는 더 이상 아이를 갖지 않았다. 베라의 경우, 그녀는 가능한 많은 아이를 갖고 싶었지만 웬일인지 그들 사이에는 아이가 태어나지 않았다. 그래서 그녀는 빈혈이 있는 듯 창백한 얼굴에 인형 머리카락 같은 금발의 곱슬머리를 가진, 예의바르고 고분고분한 조카들을 끔찍이도 사랑했다.

안나는 활발한 성격 때문에 늘 부산스러웠고 열정적인 만큼 엉뚱한 구석이 많은 여자였다. 서유럽의 도시와 휴양지를 여행하면서 만난 다른 남자들과의 농담이 때론 위험한 수준까지 발전하는 경우도 있었지만, 결코 그녀가 남편을 변절한 적은 없었다. 그녀는 평소에 면전이건 보이지 않는 곳이건 남편을 업신여기는 말도 서슴지 않았지만 말이다. 씀씀이가 헤픈 그녀는 도박과 춤에 광적인 애착을 보였고 화려한 공연을 관람하거나 외국에 있는 이상야릇한 카페를 찾아가는 것도 즐겼다. 그러나 금전에 인색하지 않은 착한 마음과 깊은 신앙심을 가지고 있었고, 남몰래 가톨릭을 믿기도 했다. 그녀의 등과 가슴 그리고 어깨는 남 달리 아름다웠다. 대규모 파티에 참석할 때 그녀는 관습과 유행이 허용하는 한계 이상으로 몸을 노출시켰다. 그러나 사람들은 그녀가 데콜테옷\* 안에 항상 블라샤니차\*\*를 입

---

\* 목덜미와 어깨를 드러낸 여성 야회복
\*\* 수도승처럼 금욕생활을 하는 사람들이 입는 거친 모직 셔츠

고 다닌다고 말했다.

하지만 베라는 아주 평범한 편이었고 매사에 냉정하고, 상냥하면서도 약간 거만스럽고, 남에게 의지하는 것을 싫어하고 황후처럼 말수가 적었다.

3

"어머나! 언니, 여기 너무 좋다!" 베라의 뒤를 따라 종종걸음을 치며 안나가 말했다. "괜찮으면, 저기 벤치에 좀 앉아 있다가 가자. 바다 본 지가 너무 오래되서. 공기가 너무 좋잖아. 바닷바람이 심장에 좋다며. 이번 여름에 크림반도에 있는 미스호르에 갔을 때, 아주 신기한 걸 하나 발견했는데. 언니, 파도가 밀려올 때 바닷물 냄새가 어떤지 알아? 목서초 냄새가 나더라고."

베라는 잔잔한 미소를 띠었다.

"넌 공상가야."

"아니야, 무슨 소리야. 물론 내가 달빛에 장밋빛이 어려 있다고 말했을 때, 사람들이 날 비웃었지. 그런데 며칠 전에 내 초상화를 그리고 있는 보리츠키 씨가 내 말이 맞다는 거야. 화가들은 오래 전부터 그걸 알고 있었대."

"요새 너 그 화가에게 관심을 두고 있구나?"

"언닌 항상 넘겨짚더라!"

안나가 소리내 웃었다. 그리고 절벽 끝으로 달려갔다. 절벽끝 천길 낭떨어지 밑엔 바다가 있었다. 안나는 아래를 한번 내려다보고는 얼굴이 파랗게 질려 소리를 지르며 뒷걸음질 쳤다.

"어머! 이렇게 높아!" 그녀는 작고 떨리는 목소리로 말했다. "이렇게 높은 곳에서 아래를 내려다보면 뭔가 혐오스러운 것이 가슴에서 꿈틀거리고……

발가락도 아리고…… 그런데도 날 자꾸 끌어당겨……."

그녀는 다시 한 번 절벽 위에서 밑을 내려다보고 싶었으나 베라가 그녀를 말렸다.

"안나야, 제발 그만 해! 네가 그러니까 나도 머리가 어지러워지잖아. 제발 좀 그냥 앉아 있어!"

"알았어, 앉을게. 하지만 언니도 한번 봐. 얼마나 아름다운지 눈이 부실 지경이야! 언니는 모를 거야, 하나님이 베푸신 이 기적에 대해 내가 그분께 얼마나 감사하는지!"

둘은 잠시 생각에 잠겼다. 그들의 발 아래 쪽에 있는 바다는 깊고 깊은 잠에 빠져들었다. 벤치에서는 해변이 보이지 않았기 때문에, 바다는 더 넓고 거대해 보였다. 바닷물은 해안선 근처에서는 하늘색으로 빛나며 조용히 물결치고 있었고 멀리 수평선으로 갈수록 짙푸른색으로 변해가고 있었다.

아주 작게 보여 잘 눈에 띄지 않는 어선 몇 척이 해안에서 멀지 않은 바다 위에서 흔들거리고 있었다. 이 배들보다 조금 더 먼 곳에는 똑같은 모양의 길다란 하얀 돛 세 개를 바람에 한껏 부풀린 선박이, 마치 공중에 떠 있는 것처럼 움직이지 않고 제자리에 서 있었다.

"네 마음은 알겠어." 차분한 목소리로 베라가 말했다. "하지만 난 너하고는 좀 달라. 오랜만에 바다를 보면 나도 흥분되고 즐거워. 마치 거대하고 장엄한 기적을 처음으로 볼 때처럼 말이야. 그런데 조금만 있으면 금세 지루해져. 밋밋하고 텅 빈 모습이. 그래서 더 이상 보고 싶지도 않고 진저리가 나."

안나는 빙그레 웃었다.

"왜 그래?" 베라가 물었다.

"작년 여름에 사람들하고 말을 타고 우츠코쉬*에 간 적이 있었어." 안나

---

\* 얄타의 산악지대에 있는 계곡

가 능청스럽게 말을 시작했다. "저기 산림지대 너머, 폭포 위쪽으로. 처음에 구름을 만나 눅눅하고 앞도 잘 안보였지. 우리는 소나무 숲 사이로 난 가파른 오솔길을 따라 계속 올라갔지. 그런데 갑자기 숲이 끝나고 안개도 걷히더라고. 그런데 한 번 상상해봐. 절벽엔 작은 공터만 있고 바로 발 밑에 낭떠러지가 있는 거야. 아래 있는 마을은 성냥갑만 하고 숲과 정원들이 조그만 풀처럼 보이더라고. 산과 마을이 모두 바다 쪽으로 내달리고 그 끝에 바다가 펼쳐져 있는 거야! 그땐 마치 내가 허공에 떠있는 것 같고, 금방이라도 날아갈 것 같더라고. 아, 그 아름다운 경치하며 그 상쾌함 느낌은…… 그래서 내가 안내원에게 '정말 훌륭하네요!'라고 말했지. 그랬더니 그 사람이 입맛을 쩝쩝 다시면서 '에이, 마님, 저야 이제 지겹습니다. 매일 보는뎁쇼.' 이러는 거야."

"비교해줘서 고맙구나." 베라가 웃었다. "하지만 우리 같은 북쪽 사람들은 결코 바다의 매력을 이해할 수 없는 것 같아. 나는 숲을 좋아해. 우리 집 근처에 있는 예고롭스끼 숲 기억하니? 아마도 죽을 때까지도 싫증나지 않을 거야. 이끼 낀 소나무, 붉은파리버섯, 그리고 그 고요함은, 상큼하다고 해야하나……."

"내겐 다 똑같아. 난 모든 게 좋아." 안나가 대답했다. "하지만 내가 제일 사랑하는 건 나의 언니, 사려 깊은 베렌카\*야. 세상에는 언니와 나 둘 뿐이잖아."

그녀는 언니를 껴안고 뺨에다 뺨을 맞췄다. 그러다가 갑자기 손을 풀었다.

"아이, 왜 난 이렇게 바보 같담. 소설에 나오는 사람들처럼 자연에 대해 이러쿵저러쿵 이야기나 하고 있으면서 가져온 선물에 대해서는 까맣게 잊고 있으니. 한번 봐. 마음에 안 들면 어쩐담?"

---

\* 베라의 애칭

그녀는 핸드백에서 멋있게 장정이 된 메모책을 꺼냈다. 오래되어 해진 잿빛이 감도는 파란 벨벳 표지에는 정교하게 세공된 금장식이 박혀 있었다. 보기 드문 정교함과 아름다움을 느낄 수 있는 이 금장식은 언뜻 보기에도 숙련된 예술가가 많은 공을 들인 수제품이었다. 책은 실처럼 얇은 금 고리로 엮여져 있었고, 상아로 만든 간책(簡冊)이 가운데 속지를 대신했다.

"야, 너무 예쁘다!" 베라는 이렇게 말하고 동생에게 키스를 했다. "고마워. 그런데 어디서 이렇게 희귀한 물건을 구했니?"

"조그만 골동품 가게에서. 언니도 잘 알잖아, 내가 오래 된 잡동사니라면 물불을 가리지 않고 찾아다니잖아. 그러다 우연히 이 기도서도 발견할 수 있었던 거야. 여길 자세히 봐, 십자가상도 장식돼 있어. 그런데 내가 처음에 발견한 것은 표지뿐이었어. 속지며, 지퍼며, 연필이며 나머지는 죄다 구해야 했어. 몰린네에게 그렇게 설명을 했는데도 내가 뭘 원하는지 모르더라고. 지퍼는 표지의 금장식처럼 오래된 누런 금으로 만들어야 하고…… 그래도 이 금 고리는 진짜 베니스 풍의 골동품이야."

베라는 아름다운 표지를 부드럽게 쓰다듬었다.

"정말 오래 된 물건이네. 언젯적 책일까?" 그녀가 물었다.

"정확히는 모르겠지만, 대략 17세기말이나 18세기 중엽쯤 되지 않았을까……."

"얼마나 신기해!" 베라가 말했다. "퐁파드르 부인\*이나 앙투아네트 왕비\*\*의 손길이 닿았을지도 모를 이런 물건이 지금 내 손안에 있다니…… 안나, 너도 참 엉뚱하구나. 어쩌다 기도서를 메모책으로 만들 생각을 한 거야? 그건 그렇다고 치고, 이제 그만 가보자. 할 일이 많아."

---

\* 프랑스의 왕 루이 15세의 부인
\*\* 프랑스의 왕 루이 16세의 부인

그들은 사방이 포도 넝쿨로 둘러싸인 넓은 테라스로 들어갔다. 은은한 향기를 내뿜으며 새까만 포도송이들이 나뭇잎 사이에서 고개를 늘어뜨리고 있었다. 테라스에는 여린 초록빛이 감돌아 여인들의 얼굴이 창백해 보였다.

"여기에 식탁을 차리는 게 좋겠지?" 안나가 물었다.

"음, 나도 처음엔 그럴 생각이었는데…… 저녁 공기가 너무 쌀쌀해서. 식당이 낫겠어. 남자들은 이곳에 나와 담배를 피우면 되고."

"어떤 사람들이 올까? 재미있는 사람이 와야 할 텐데."

"아직은 모르겠어. 할아버지도 오실 거야."

"뭐, 할아버지께서? 이렇게 기쁠 수가!" 안나가 두손으로 깍지를 끼고 소리를 질렀다. "할아버지 뵌 지도 꼭 백 년은 된 것 같아!"

"바샤의 누나도 오고, 아마 스페쉬니코프 교수도 오실 것 같아. 안넨까*, 그런데 어제 그 생각을 못했지 뭐야. 두 분다 미식가잖아. 할아버지도 그렇고 교수님도 그렇고. 그런데 시내도 여기도 뭐 살 게 없더라고. 루카가 아는 사냥꾼에게 부탁해 메추라기를 구해놓긴 했어. 그걸로 지금 뭔가를 만들고 있을 거야. 로스트 비프는 괜찮게 만들어 놨어. 로스트 비프를 빼놓을 순 없잖니. 바다가재도 준비했고."

"그리 나쁜 건 아닌데. 걱정하지 마. 그리고 우리끼리 얘긴데, 언니도 맛있는 음식이라면 사족을 못쓰잖아."

"그런데 아주 신기한 것도 있어. 오늘 아침에 어부 한 명이 성대** 한 마리를 가져와서 봤는데. 아주 이상하게 생긴 게. 아휴! 징그럽더라."

자기와 관계가 있든 없든 모든 일에 호기심이 강한 안나는 이 성대라는 물고기를 보고 싶어 안달을 부렸다.

---

\* 안나의 애칭

\*\* 바닷물고기의 일종으로 특히 가슴지느러미가 큰 것이 특징이다. 갑두어(甲頭魚)라고도 한다.

키가 크고 깨끗이 면도를 한 노리끼리한 얼굴의 요리사 루카가 마룻바닥에 물이 쏟아지지 않도록 조심하면서 커다란 대야를 들고 들어왔다.

"12.5파운드*나 나가는 놈입니다, 마님." 요리사 특유의 자랑스러운 어조로 그가 말했다. "저희들이 좀 전에 달아봤죠."

물고기는 대야가 비좁을 정도로 컸는데, 꼬리를 접고 바닥에 가라앉아 있었다. 물고기의 몸은 금빛으로 반짝였고 지느러미는 선홍색을 띠고 있었다. 부채처럼 주름잡힌 연한 하늘색 날개가 커다랗고 탐욕스런 낯짝의 양쪽에서 퍼덕거리고 있었다. 이 성대란 놈은 아직도 살아 아가미를 힘차게 뻐끔거리고 있었다.

안나는 작은 손가락으로 물고기의 대가리를 살짝 건드렸다. 그러자 성대가 갑자기 꼬리를 파닥거렸고 그녀는 째지는 듯한 소리를 내며 손을 움츠렸다.

"마님, 괜찮습니다. 무서워하실 것 없습니다." 안나를 안심시키려고 요리사가 말했다. "금방 불가리아 사람이 멜론 두 개를 가져왔습니다. 향기가 그만입니다. 마님, 한 가지 여쭐게 있는데요. 성대에는 어떤 소스를 내올까요? 타타르 소스로 할까요, 아니면 폴란드 소스로 할까요?"

"알아서 하고, 그만 가보세요." 공작부인이 명령했다.

4

다섯 시가 지나면서 손님들이 도착하기 시작했다. 바실리 리보비치 공작이 사촌누이인 류드밀라 리보브나를 데리고 왔다. 남편의 성이 두라소프인 그녀는 통통한 체격에 착하고 평소에 말수가 적은 여자였다. 젊은 부

---
* 약 5.7 kg

자이자 건달에 난봉꾼인 비슈초크도 함께 왔다. 사람들이 모이는 곳에는 항상 초대를 받는 유명인사인 그는 노래를 잘 부르고 시를 낭송할 줄 아는 재능을 가지고 있고, 공연과 연극을 기획하고 자선 바자회도 개최했다. 스몰느이 대학 때부터 베라의 친구였던 유명한 피아니스트 젠니 레이테르와 베라의 남동생 니콜라이 니콜라예비치도 왔다. 그들의 뒤를 이어 안나의 남편, 수염을 기르지 않은 거대한 몸집의 뚱뚱한 스페쉬니코프 교수, 그리고 이 지방 부지사인 폰제크가 자동차를 타고 도착했다. 아노소프 장군이 제일 늦게 두 명의 장교를 대동하고 멋진 랜도 마차를 타고 도착했다. 한 장교는 힘겨운 사무로 실제 나이에 비해 겉늙은 독살스러운 성격의 깡마른 참모장 포나마레프였고, 다른 한 명의 장교는 뛰어난 춤 솜씨와 무도회의 운영으로 페테르부르크에서 명성이 자자한 근위대 소속 육군중위 바흐친스키였다.

뚱뚱하고 키가 큰 백발의 노인 아노소프 장군은 한 손으로 마부석의 난간을 잡고 다른 손으로는 마차의 뒷부분을 잡은 채 발판에서 힘겹게 발을 내려놓았다. 그는 왼손에는 나팔 보청기를, 오른손에는 고무 물미가 달린 지팡이를 쥐고 있었다. 그의 불그스레하고 커다란 얼굴에는 두툼한 코와 어울려 선량하고 위엄 있는 표정이, 그리고 사시 눈에는 약간 남을 의심하는 빛이 엿보였다. 사실 이런 표정은 죽음과 위험한 상황을 자주 목격한 농민이나 평민들의 얼굴에서나 볼 수 있는 것이었다. 두 자매는 때마침 마차로 달려 나와 장군의 팔을 양쪽에서 부축했다.

"사랑하는 할아버지! 안녕하셨어요!" 가벼운 비난이 섞인 목소리로 베라가 말했다. "우린 매일같이 할아버지를 기다렸는데, 얼굴이라도 좀 보여주시지 않고……."

"우리 할아버지는 남쪽지방으로 오셔서 양심을 죄다 잃어버리신 거야." 안나가 웃음을 터뜨렸다. "아니면 대부가 되주신 딸만 그리워하셨거나.

돈주앙 같은 우리 할아버지, 우리는 다 잊어버리시고……."

장군은 모자를 벗고, 두 자매의 손에 차례로 입을 맞추고 나서 뺨에 그리고 다시 손에 키스를 했다.

"아가씨들, 잠깐만 기다려봐. 그렇게 호통만 치지 말고." 오래 전부터 앓고 있는 호흡곤란 증세로 심호흡과 말을 번갈아 하며 장군이 말했다. "여름 내내…… 루머티즘을 치료하려고…… 의사들이 날 탕치장(湯治場)에 처박아 뒀지…… 고약한 냄새가 나는…… 내보내 주지도 않고…… 너희들한테 온 게…… 처음이란다…… 정말 반갑구나…… 너희들을 만나서…… 너희들은 어떻게 지내니?……. 베로치카*, 넌 완전히 숙녀가 됐구나…… 죽은 네 엄마를…… 꼭 닮아 가는군…… 아이한테 세례를 해주러 와야 하는데, 그게 언제나 될까?"

"할아버지, 걱정이에요. 애가 안 생겨서……."

"걱정하지 마라…… 시간은 많아…… 하나님께 기도하렴……. 아냐**, 넌 조금도 변한 게 없구나…… 넌 예순 살이 되어도…… 잠자리 마냥 설치고 다닐 게야…… 자, 잠깐만. 너희들에게 장교들을 소개시켜 주마."

"영광입니다." 인사를 하면서 포나마레프 대령이 말했다.

"페테르부르크에서 뵌 적이 있죠." 중위가 말을 이었다.

"아냐, 이 친구가 바흐친스키 중위다. 춤꾼에다 난봉꾼이지만 훌륭한 기병이지. 얘들아 가자. 베로치카, 음식은 준비했냐? 난 요사이 식욕이 왕성해졌단다…… 마치 졸업을 앞둔 소위보(少尉補) 때처럼……"

아노소프 장군은 미르자-불라트-투가놉스키 공작의 전우이자 절친한 친구였다. 공작이 죽은 후 그는 친구에 대한 우정과 애정을 그의 딸들에게

---

\* 베라의 애칭
\*\* 안나의 애칭

쏟아 부었다. 그는 공작의 딸들을 아주 어렸을 때부터 알고 있었으며, 안나에게는 직접 세례를 주기도 했다. 지금도 그렇지만, 당시 그는 투가놉스키의 저택이 있었던 K시의 커다란, 하지만 거의 폐쇄된 요새의 사령관이었다. 선물을 가져다 주고 서커스나 극장에도 데려가 주며 재미있게 놀아주는 아노소프 장군을 아이들은 끔찍이 좋아했다. 그러나 무엇보다 아이들을 매료시키며 기억 속에 깊이 새겨진 것은 저녁 식사를 끝내고 잠자리에 들기까지의 지루한 저녁시간에 아노소프가 들려준 행군, 전투, 야영, 승리와 퇴각, 죽음, 부상, 살을 에는 듯한 혹한 등 마치 서사시처럼 장중하면서도 진솔한 전쟁 이야기였다.

오늘날의 시각에서 보면 이런 지난 이야기들은 너무 거창하고 화려하게 들릴 것이다. 그러나 바로 이러한 이야기 속에서 우리는 당시에도 장교들보다는 평범한 사병들에게서 더 많이 찾아볼 수 있었던 단순하면서도 감동적이고 심원한 성격, 그리고 우리의 병사들을 단순히 무적의 전사가 아닌, 위대한 순교자와 같은 숭고한 형상으로 격상시켜주는 순수하게 러시아적인 심성들을 발견할 수 있다. 이는 다름 아닌 단순하고 소박한 신앙심, 삶에 대한 분명하면서도 낙천적인 시각, 냉정하고 현실적인 과감성, 죽음에 대한 순종, 패자에 대한 동정, 무한한 끈기와 놀랄 만한 정신적·육체적 인내심 같은 것들이다.

아노소프는 최근의 일본과의 전쟁을 빼고는 폴란드와의 전쟁에서부터 모든 전투에 참가했다. 일본과의 전쟁에도 그는 주저 없이 참가했을 테지만, 국가가 그를 부르지 않았다. 그에게는 '부름을 받지 않는 한 목숨을 헛되이 하지 않는다'라는 원칙이 있었다. 군에 발을 들여놓은 이후 지금까지 그는 사병들에게 벌을 내리거나 심지어 구타 한 번 한 일이 없었다. 폴란드 폭동 때 그는 연대장의 명령에도 불구하고 포로들의 사살을 거부한 적이 있었다. '스파이라면 내 손으로라도 죽이겠지만, 포로들을 사살할 수 없습니다.' 그는 이 말을 연대장을 똑바로 쳐다보며 그러나 불손하거나 우쭐대는 기색 없이 솔직하고 공손하게 말해 총살형은 물론 아무런 처벌도 받지 않았다.

러시아 터키 전쟁이 있었던 1877년에서 1879년 사이 그는 낮은 학력에도 불구하고 빠른 승진을 거듭해 대령이 되었다. 그는 다뉴브강 도하작전에 참가했고, 발칸 반도를 횡단했고, 쉬프카*에서 요새 수비에 공을 세웠고, 플레브나**의 최종 공격에 참가했었다. 한 번 중상을 입고 네 번 경상을 입었으며, 그 외에도 수류탄 파편이 머리에 박히는 심한 부상을 입은 적도 있었다. 라데츠키 장군과 스코벨레프 대장은 그를 개인적으로 알고 있었으며 남다른 존경심으로 그를 대했다. 스코벨레프 대장은 '나보다 더 용감한 장교가 한 명 있는데, 그가 아노소프 소령이다'라고 말 한 적이 있다고 한다.

전쟁터에서 돌아왔을 때 그는 수류탄 파편에 입은 상처로 귀가 거의 먼 상태였고, 발칸 반도를 횡단할 때 걸린 동상으로 발가락 세 개를 잘라내 다리도 성치 않았다. 쉬프카에서 얻은 심한 루머티즘은 아직도 그를 괴롭히고 있다. 전쟁이 끝난 뒤 2년 후 그에게 퇴역을 권고했지만 아노소프는 이를 완강히 거부했다. 이때 다뉴브강 도하작전 시 그의 용감무쌍한 행동을 생생하게 목격했던 지역 사령관이 그를 도와주었다. 페테르부르크에서는 이 공훈 대령의 심정을 고려해 그를 K시의 종신 사령관으로 임명했다. 이 보직은 국가방위에 필요하다기보다는 일종의 명예직이었다.

K시에 살고 있는 어린아이에서 어른에 이르기까지 그를 모르는 사람이 없었다. 사람들은 그의 허약해진 몸과 버릇, 옷 입는 습관에 대해 비

---

\* 발칸반도에서 터키로 넘어가는 산악지대. 이곳에서의 전투가 발칸 전쟁의 승패에 중요한 역할을 한다.
\*\* 다뉴브강 연안의 도시로 현재는 불가리아 땅이지만 당시에는 터키의 최후의 방어지역이었다.

아냥거렸지만 악의는 없었다. 그는 무기도 지니지 않은 채 구식 프록코트에 차양이 큰 제모를 쓰고, 왼손에는 나팔 보청기를 들고 오른손에는 지팡이를 집고 다녔다. 그는 혀끝을 항상 밖으로 내밀고 다니는 포동포동하고 행동이 굼뜬 퍼그 두 마리를 끌고 다녔다. 아침마다 산보 길에서 사령관이 고함지르고 그 뒤 두 마리의 퍼그가 쫓아가는 모습을 주민들은 흔히 볼 수 있었다.

많은 귀머거리들이 그렇듯, 그도 열광적인 오페라 애호가였다. 듀엣이 제대로 이뤄지지 않는 대목이 있으면 갑자기 그의 굵은 목소리가 극장에 울려 퍼졌다. '이런 머저리들하곤! 돼지 멱따는 소리를 해라!' 객석에서는 킥킥거리는 웃음소리가 터져 나왔지만 장군은 눈치채지 못했다. 순진한 그는 옆에 앉은 관객에게 귀엣말로 이야기했다고 생각했다.

근무 중 사령관이 주로 하는 일은 목쉰 소리를 내는 퍼그들을 끌고, 구속된 장교들이 카드를 치고 차를 마시고 우스갯소리를 나누며 힘들었던 군 복무에서 잠시나마 쉬고 있는 영창을 방문하는 것이었다. 그는 만나는 장교마다 '이름이 뭔가? 어쩌다 잡혀왔나? 몇 년을 살아야 하나? 죄목은 뭔가?' 일일이 물었다. 어떤 때는 위법이지만 용감한 행동이었다고 장교에게 칭찬을 늘어놓는가 하면, 어떤 때는 길거리 밖으로 들릴 정도로 고함을 치며 꾸짖기도 했다. 그러나 실컷 고함을 지르고 나서는 식사는 어떻게 하는지, 즉 음식은 어디서 가져오며, 값은 얼마인지를 물어보았다. 아노소프는 언젠가 장기형을 선고받고 자대(自隊)에 영창이 없어 이곳으로 이감된 한 소위가 돈이 없어 사병들과 끼니를 때운다는 사실을 알게 되었다. 그는 즉시 사령관 관사의 음식을 그 장교에게 가져다주라고 명령했다. 사실 관사는 영창에서 200보도 채 안 떨어져 있었다.

K시에서 그는 투가놉스키 가족과 친해져 매일 저녁 그 집 아이들을 보

는 것을 커다란 기쁨으로 생각했다. 아이들이 어디에 가고 없거나, 장군 자신이 일 때문에 움직일 수 없는 상황이 생기면, 그는 심한 우울증에 빠져 사령관 관사의 커다란 방을 이리저리 돌아다니며 안절부절못했다. 여름이 되면 그는 항상 휴가를 얻어, K시에서 50베르스타* 떨어진 투가놉스키 가의 영지인 예고롭스키에서 꼬박 한 달을 보냈다.

그는 이 집 어린아이들, 특히 여자아이들에게 자신의 내면에 감추어진 애정과 마음에서 우러나는 사랑을 쏟아 부었다. 그도 한때는 결혼한 몸이었으나, 이제는 너무 오래된 일이라 결혼에 대해서는 아무런 기억도 남아 있지 않았다. 전쟁이 터지기 전, 아내는 벨벳재킷과 레이스가 달린 커프스에 반해, 순회극단의 한 배우와 함께 도망가버렸다. 장군은 그녀가 죽기 전까지 생활비를 보내 주었지만, 아내가 용서를 구하고 눈물 젖은 편지를 보내왔지만 집 근처에는 얼씬도 못하게 했다. 그들 사이에 자식은 없었다.

5

예상외로 저녁은 고요하고 따뜻했다. 테라스와 식당에 켜놓은 촛불은 흔들리지도 않고 조용히 타고 있었다. 식사를 하는 도중 바실리 리보비치 공작이 좌중을 즐겁게 했다. 그는 뛰어난 말재주를 가지고 있었다. 그는 좌중에 있는 사람이나 혹은 모두가 알고 있는 사람들의 이야기를 심각한 표정을 짓고 경험이 풍부한 말투로 이야기를 해 듣는 사람들이 배꼽을 잡기 십상이었다. 오늘 그는 돈이 많고 아름다운 한 부인과 니콜라이 니콜라예비치의 실패한 결혼에 관해 이야기해주었다. 이야기의 기본 줄거리는

---

* 미터법 시행 이전의 러시아의 거리 단위로 1베르스타는 1,067km에 해당한다.

부인의 남편이 이혼을 허락하지 않았다는 것이었다. 그러나 공작은 이야기를 허구와 절묘하게 뒤섞었다. 항상 진지하고 모든 일을 원칙대로만 하는 니콜라이는 이 이야기 속에서 양말만 신은 채 구두를 겨드랑이 밑에 끼고 한밤중에 거리를 내달리게 되었다. 그는 길모퉁이에서 어떤 사람에게 붙잡혔는데, 장황한 설명을 늘어놓은 후에야 겨우 자신이 밤도둑이 아니라 검사보라는 사실을 증명할 수 있었다. 이야기꾼의 말에 따르면, 결혼이 거의 성사될 무렵, 일을 도와주던 결혼식 입회인들이 수고 비용의 인상을 요구하여 파업을 일으켰다는 것이다. 쩨쩨한 니콜라이(그는 실제로 조금 인색한 사람이었다) 역시 원칙적으로 파업을 반대하는 인물이라, 상고 법원의 판례에 근거해 수고의 추가지불을 일언지하에 거절했다는 것이다. '입회인들 가운데 이 결혼이 성사될 수 없는 이유를 알고 계신 분 있습니까?'라는 질문에 화가 난 입회인들은 이구동성으로 '알고 말고요. 선서를 하고 나서 법정에서 우리가 한 모든 진술은 검사보 님의 위협과 강요에 못 이겨 한 새빨간 거짓말이오. 이 부인의 남편에 대해 우리가 할 수 있는 말은, 이 사람이 이 세상에서 가장 존경할만한 인물이고 요셉처럼 현명하며 천사처럼 선량하다는 사실이오'라고 말했다고 한다.

결혼 해프닝에서 이야기의 실마리를 찾은 바실리 공작은 안나의 남편, 구스타프 이바노비치 프리에세에 대해서도 그냥 지나치지 않았다. 결혼식 다음날 안나의 남편은 경찰을 대동하고 나타나 갓 결혼한 신부의 호적을 부모의 집에서, 이제는 법적 남편이 된 자신의 집으로 옮겨줄 것을 요구했다는 것이다. 그러나 이 이야기에서 유일하게 사실인 것은 그들이 결혼을 하자마자 와병 중인 어머니를 간호하기 위해 안나가 남쪽지방으로 떠났으며, 구스타프 이바노비치는 그때 매우 우울하고 실의에 빠져 있었다는 것뿐이었다.

모두가 웃었다. 안나도 눈을 찡그리며 웃었다. 구스타프 이바노비치는 자지러지듯 큰 소리로 웃어젖혔다. 기름을 발라 착 달라붙게 빗은 머리카락, 움푹 꺼진 눈에 깡마르고 기름기가 번지르르한 얼굴에 흉측하게 생긴 이까지 드러내며 웃는 모습이 영락없이 해골 같았다. 그는 결혼 첫날밤 이후로 지금까지도 안나를 열렬히 사랑하고 있으며, 항상 그녀 곁을 맴돌며 시중을 드는 모습이 가끔은 초라하게 보일 때도 있었다.

식탁에서 일어나기 전에 베라는 기계적으로 손님들의 수를 세 보았다. 13명이었다. 미신을 믿던 그녀는 속으로 생각했다.

'이런, 안 좋은 징조네! 그런데 왜 진작에 손님 수를 계산할 생각을 안 했지. 바샤*도 잘못이지, 전화로 아무 말도 안 해줬으니.'

식사를 마치자 셰인과 프리에세 부부 주위로 사람들이 모여들었다. 저녁 식사가 끝나면 그들은 으레 포커를 하기 때문이다. 두 자매는 돈을 걸고 하는 카드놀이를 무척 좋아했다. 그래서 이 두 집안에는 카드놀이에 관해 나름의 규칙도 마련되어 있었다. 현금을 대신할 뼈로 만든 코인을 골고루 나누고, 한 사람이 그것을 모두 챙길 때까지 게임은 계속된다. 게임은 파트너가 계속 하자고 고집을 하더라도 그날을 넘기지 않는다는 것이 원칙이었다. '은행'에서 코인을 두 번 가져오는 것은 엄격히 금지되어 있었다. 이와 같은 엄격한 규칙은 한 번 카드를 손에 잡으면 끝을 모르는 공작 부인 베라와 안나 니콜라예브나를 자제시키기 위해 도입된 것이었다. 대체로 잃는 돈은 100~200루블을 넘는 일이 드물었다.

이번에도 포커 판이 벌어졌다. 게임에 참가하지 않는 베라는 차가 마련되어 있는 테라스로 나가려다가, 갑자기 응접실에서 나오는 하녀의 수상쩍은 모습을 발견했다.

"무슨 일이지, 다샤?" 침실 옆에 있는 자기 방을 지나가며 베라 부인이 불

---

\* 베라의 남편 바실리 리보비치 공작의 애칭

만스럽게 물었다. "왜 그렇게 멍청하게 서 있어? 손에 들고 있는 건 또 뭐야?"

다샤는 조심스럽게 흰 종이로 싸서 장밋빛 리본으로 묶은 조그만 상자 곽을 탁자 위에 올려놓았다.

"신에게 맹세코, 제 잘못이 아닙니다, 마님!" 얼굴을 붉히며 하녀가 말을 더듬었다. "그 사람이 와서요, 한다는 말이……."

"그 사람이라니, 누가?"

"빨간 모자를 쓴…… 심부름꾼이……."

"그래서 어떻다는 거야?"

"그 사람이 부엌에 들어와 이걸 식탁에 올려놓더니, '당신 마님 손에 직접 전달해주구려'라고 말하는 거예요. 그래서 누가 전달하는 거냐고 물었더니, '거기 다 써있네'라고 말하고는 나가버렸어요."

"빨리 가서 그자를 데려와!"

"데려오긴요. 식사하실 때 왔었는걸요. 걱정 끼쳐드릴까 싶어서…… 벌써 삼십 분은 지났는걸요."

"알았으니, 가서 일 봐."

그녀는 리본을 가위로 잘라 주소가 적혀 있는 종이와 함께 광주리에 버렸다. 종이 속에는 상점에서 금방 산 듯 보이는 빨간 플러시 천으로 만든 작은 보석함이 들어 있었다. 베라가 밑에 여린 하늘색 비단을 댄 뚜껑을 열자, 검은 벨벳 속에 놓여 있는 타원형의 금팔찌가 눈에 들어왔다. 그 안쪽에는 팔각형으로 정성스럽게 접은 쪽지가 놓여있었다. 그녀는 재빨리 쪽지를 펼쳤다. 왠지 낯익은 글씨체였으나, 여자들이 흔히 그렇듯 쪽지를 곧바로 한쪽에다 내려놓고 팔찌를 살펴보았다.

그것은 금은 금인데, 순도가 낮은 금으로 만든 팔찌로 매우 두꺼웠지만 속은 비어 있었다. 팔찌의 겉은 가공이 제대로 되지 않은 큰 석류석들이

빼곡이 박혀 있었다. 팔찌 한가운데에는 뭔지 알 수 없는 작은 녹색 보석 주위로 둥글게 갈아낸 완두콩 만한 다섯 개의 석류석이 박혀 있었다. 베라가 램프 불빛 앞에서 팔찌를 돌려보는 순간, 달걀처럼 매끈한 석류석의 표면 아래에서 휘황찬란한 진홍색 불꽃이 타올랐다.

'정말 핏빛 같아!' 갑작스런 불안감에 싸여 베라가 생각했다.

그런 다음 잊고 있었던 편지를 펼쳐 멋있는 필체로 쓰여진 글씨를 읽어 나갔다.

마음속 깊이 존경하는
베라 니콜라예브나 공작부인께.
당신의 명명일을 진심으로 축하드리며, 변변치 못하지만 저의 충심이 담긴 선물을 보내드리는 무례를 용서하십시오.

'아니, 이건 또 그 사람이네!' 그녀는 불안에 휩싸였지만 계속 편지를 읽어 내려갔다.

이제까지 저는 제 손으로 선택한 무언가를 당신에게 바칠 기회를 가질 수 없었습니다. 제게는 그런 권리도, 물건을 고르는 감각도, 솔직하게 인정한다면 그럴 돈도 없습니다. 게다가 당신을 돋보이게 할 만한 물건은 이 세상에는 없다고 생각했습니다.
그러나 이 팔찌는 일찍이 제 증조모께서 끼시던 것으로, 최근에는 돌아가신 어머니께서 지니고 계셨습니다. 한가운데, 커다란 보석 사이에 초록색 보석이 하나 있는 것을 보고 계실 겁니다. 그것은 아주 진귀한 녹색 석류석입니다. 우리 집안에 전해 내려오는 믿음에 따르면, 이 녹색 석류석을 몸에 지닌 여자는 앞날을 예견하는 능력을 갖게되고 괴로운 생각에서 벗어날 수 있으며 남편을 횡사로부터 보호할 수 있다고 합니다.

팔찌에 붙어있는 보석들은 모두 오래 된 은팔찌에서 빼낸 것으로 당신 이외에는 아무도 이 팔찌를 낀 적이 없습니다.

당신은 이 우스꽝스러운 장난감을 내팽개치거나 다른 사람에게 줘버릴 수도 있습니다. 그러나 이 팔찌에 당신의 손길이 닿기만 해도 저는 그것으로 마냥 행복할 것입니다.

원컨대 저에게 노여움을 갖지 마시길 부탁드립니다. 7년 전, 감히 공작부인인 당신께 어리석고 조잡스러운 편지를 띄우고, 심지어 답장까지 기다렸던 저의 무례함을 생각하면 절로 얼굴이 빨개집니다. 지금 제게 남아있는 것은 당신에 대한 경외와 존경, 그리고 충직한 마음뿐입니다. 이제 저는 늘 당신의 행복만을 기원하며, 당신이 행복한 만큼 저도 기뻐할 따름입니다. 당신 앞에 엎드려 머리를 조아리며 당신이 거니는 마룻바닥에도, 당신이 스쳐 지나가는 나무들에도, 당신이 함께 이야기를 나누는 하녀에게도 경의를 표하는 바입니다.

지루하고 하잘 것 없는 내용의 편지로 당신께 심려를 끼쳐 드린 점 다시 한번 용서를 구합니다.

죽을 때까지, 그리고 죽은 뒤에도 변함없는 당신의 충성스런 종. G. S. Z.

'이 편지를 바샤에게 보여줘야 하나? 보여 준다면, 언제 보여 줘야지? 지금 당장? 아무래도 파티가 끝난 뒤가 낫겠어. 지금은 이 불쌍한 사람뿐 아니라 나도 웃음거리가 될 거야.'

베라 공작부인은 이렇게 생각하며 다섯 개의 석류석 속에서 이글거리는 선홍색 불꽃에서 눈을 떼지 못했다.

6

사람들은 포나마례프 대령을 가까스로 포커 판에 앉힐 수 있었다. 그는 이 게임을 모를뿐더러, 장난으로라도 놀음은 하지 않는다는 입장이었다. 그는 트럼프 놀이 중에는 그나마 빈트 놀이\*를 좀 할 줄 알고 좋아한다고 말했다. 그러나 결국 그는 다른 사람들의 요구에 못 이겨 동의하고 말았다.

먼저 그에게 놀이의 규칙을 가르쳐야 했다. 그러나 그는 포커의 규칙을 재빨리 터득해 30분이 채 지나자 않아 그 앞에는 판돈이 수북히 쌓였다.

"아니 이럴 수가!" 장난스럽고 비꼬는 말투로 안나가 말했다. "한두 푼도 아니고……."

손님 가운데 세 사람, 스페쉬니코프 교수와 대령 그리고 부지사는 좀 무뚝뚝하고 예의바르고 따분한 사람들이라, 베라는 그들과 무슨 일을 해야할지 전혀 알 수 없었다. 그녀는 구스타프 이바노비치를 끼워 넷이서 빈트 놀이를 하도록 해주었다. 안나는 멀리서 감사의 표시로 윙크를 해 보였으며, 언니는 그 의미를 금방 알아차렸다. 구스타프 이바노비치를 카드놀이에 끼워주지 않으면 그가 저녁 내내 해골 같은 얼굴에 썩은 이빨을 드러내고 웃어대며 여자들의 기분을 망치게 한다는 것을 모르는 사람이 없던 것이다.

저녁은 평온하면서 활기에 찬 분위기 속에서 깊어가고 있었다. 바슈초크가 젠니 레이테르의 반주에 맞춰 나지막한 목소리로 이태리 칸초네와 루빈쉬테인의 노래를 불렀다. 그의 목소리는 작았지만 듣기 편한 부드러운 음색을 가지고 있었다. 아주 까다로운 취향의 음악가인 젠니 레이테르

---

\* 휘스트나 브리지 게임과 유사한 카드 놀이의 하나.

는 흔쾌히 그의 노래 반주를 맡았다. 게다가 요사이 바슈초크는 그녀에게 구애(求愛) 중이라고 한다.

한쪽 구석 소파에서 안나는 경기병과 이야기를 나누고 있었다. 베라는 웃으면서 그 쪽으로 다가가 그들의 말을 엿들었다.

"아니에요, 그렇지 않아요. 제발 농담 좀 그만하세요." 장교를 향해 부드러우면서도 도전적인 타타르인의 눈을 가늘게 뜨며 안나가 쾌활하게 말했다. "그러니까 대령 님은 기병대를 이끌고 쏜살같이 말을 타고 달려가 담을 뛰어넘는 일을 노동으로 보신다는 말씀이죠? 우리가 하는 노동을 한번 보세요. 우리가 얼마 전에 복권 사업을 끝냈는데, 그건 쉽다고 생각하세요? 문지기나 마부 같은 사람들이 하소연을 늘어놓고 울분을 터뜨리고…… 하루 종일 서서 …… 또 가난한 지식인 노동자를 위한 콘서트를 열고, 또 댄스 파티도……."

"저와 마주르카를 한번 춰 주실 수 있습니까?" 바흐친스키가 말을 끊었다. 그리고 가볍게 몸을 숙이며 소파 밑에서 구두 뒤축을 부딪히는 소리를 냈다.

"고맙지만…… 제가 무엇보다도 걱정스러워 하는 것은 우리 보육원이에요. 비행 청소년들을 위한 보육원, 이해하시겠어요?"

"오, 이해하고 말고요. 그런데 그건 모르긴 해도 좀 간단한 일 아닐까요?"

"뭐라고요. 어떻게 이런 일을 그렇게 가볍게 취급할 수 있죠? 우리가 무엇 때문에 힘들어하는지 아세요? 우리는 이 선천적으로 타락한 심성을 타고난 아이들을, 다름 아닌 그들의 영혼을 따뜻하게 감싸고 위로해 주어야 하거든요."

"음!"

"그리고 그들에게 도덕심을 키워주고 책임감을 고취시켜 줘야해요. 제 말을 이해하시겠어요? 매일 수백, 수천의 아이들을 보육원으로 데리고 오죠.

부모들에게 물어보죠, 아이들이 문제가 있냐고. 그러면 그들은 모욕을 느끼기까지 하죠. 보육원도 있고 모든 것이 갖춰져 있지만 아이들을 돌봐줄 사람은 한 명도 없어요! 그들을 위해 기부금이라도 내주실 생각은 없나요?"

"안나 니콜라예브나!" 진지하면서도 아첨하는 듯한 어조로 대령이 말했다. "기부금보다도 제가 무보수로 일을 돕겠습니다. 진심으로 드리는 말입니다. 그럼 더 이상 타락한 아이들을 못 보게 될 겁니다."

"그만 하세요! 당신과는 진지한 이야기를 못 하겠어요." 소파의 등받이에 몸을 던지면서 그녀가 웃음을 터뜨렸다.

바실리 리보비치 공작은 큰 원탁에 앉아 여동생과 아노소프 장군 그리고 처남에게 자기가 그린 삽화가 끼어 있는 가족의 사진첩을 보여주고 있었다. 모두가 폭소를 터뜨리고 있어서 카드놀이를 하던 사람들 몇몇이 그들 주위로 모여들었다.

사진첩은 바실리 공작의 익살 섞인 이야기의 보조 자료로 쓰이고 있었다. 그는 아주 침착한 어조로 '용맹스러운 아노소프 장군의 터키, 불가리아, 그리고 그 밖의 나라에서의 애정 편력사', '멋쟁이 투가놉스키 공작의 몬테카를로 체험' 등 설명을 곁들이며 사진을 보여주었다.

"지금 여러분께서 보고 계시는 것은 우리들의 사랑하는 여동생 류드밀라 리보브나의 짤막한 일대기입니다." 웃음 섞인 눈초리로 동생을 바라보며 그가 말했다. "제1부, 유년시절, 어린아이가 성장하다. 그녀의 이름은 리마*."

앨범 속 한 페이지에는 두 눈을 다 그려 넣은 옆모습 얼굴, 스커트 밑으로 나온 다리 대신 짧은 직선, 긴 팔에 쫙 벌린 손가락 등 일부러 어린애처럼 그린 소녀의 그림이 있었다.

"나를 리마라고 부른 사람은 하나도 없었는데." 류드밀라 리보브나가

---

\* 류드밀라의 애칭.

살짝 웃었다.

"제 2부, 첫 사랑, 기병학교 생도가 리마에게 무릎을 꿇고 자작시를 바치다. 그 시에는 이런 주옥 같은 문장이 들어 있었습니다.

당신의 아름다운 다리는
천상의 열정이 빚어낸 현상이어라!

자, 여길 보십시오. 각선미가 정말 아름답지 않나요? 여기에서 순진한 리마는 이 생도의 꼬임에 빠져 가출을 하게 되죠. 이 사진이 도망갈 때의 모습입니다. 자, 그리고 바로 여기, 위기의 상황이 벌어졌습니다. 노발대발한 아버지가 딸의 뒤를 쫓아가고 있죠. 겁을 먹은 사관생도는 어린 리마에게 모든 죄를 떠넘기고 있습니다.

당신은 그곳에서 화장만 하고 있군요
시간이 얼마 남지 않았는데
무서운 추격자들이 우리 뒤를 따르고 있는데……
이제는 할 수 없소. 당신이 해결할 일
나는 숲 속으로 몸을 숨기리라

리마의 처녀시절 이야기가 끝나고, 이어 '공작부인 베라와 사랑에 빠진 전신(電信) 기사' 이야기가 이어졌다.

"이 감동적인 서사시에는 그림은 없습니다. 펜과 색연필로 쓰여진 시만 있죠." 바실리 리보비치가 진지하게 설명했다. "시는 지금도 계속 쓰여지고 있습니다."

"이건 뭔가 새로운 건데, 여태껏 들어본 적이 없는 이야기야."
아노소프가 말했다.
"가장 최근에 나온 시거든요. 신간인 셈이죠."
베라가 살짝 그의 어깨를 건드렸다.
"안 하는 게 낫겠어요." 그녀가 말했다.
그러나 바실리 리보비치는 그녀의 말을 들었는지 못 들었는지, 그녀의 말에 개의치 않고 계속 말을 이어갔다.
"이야기는 아주 오랜 옛날로 거슬러 올라갑니다. 5월의 어느 화창한 날, 베라라는 이름의 처녀가 뜨거운 사랑의 키스가 담긴 편지를 받았습니다. 자, 여기 편지가 있습니다.
편지에는 열렬한 사랑 고백이 담겨 있었습니다. 철자법은 엉망이었지만, 편지는 이렇게 시작됐죠. '아름다운 금발의 여인이여! 당신을 보는 순간 저의 마음은 뜨거운 열정으로 활활 타올랐습니다. 당신의 시선은 비수가 되어 저의 갈기갈기 찢어진 영혼 속으로 파고듭니다.' 그리고 마지막에는 다음과 같은 공손한 서명도 있었습니다. '저는 일개의 가난한 전신 기사이지만 저의 감정은 성(聖) 조지(George)에 견줄 만큼 진실하다는 걸 믿어 주십시오. 어감이 좋지 않아, 이름을 전부 밝히지 못하는 무례를 용서하시길 바라며, 약자만으로 사인하겠습니다. P. P. Z. 우체국에 유치우편* 으로 답장을 보내주시길 부탁드립니다.' 자, 여기 여러분들은 색연필로 멋지게 그려진 전신 기사의 얼굴을 보고 계십니다.
베라는 큐피드의 화살을 맞았죠. 심장에 이렇게 화살을…… 그러나 품행이 단정하고 교양 있는 처녀인 베라는 존경하는 양친과 어린 시절 친구이자 약혼자인 미남 청년 바샤 셰인에게 이 편지를 보여 주었습니다.

---

* 수신인이 우체국에서 우편물을 찾아가는 방식을 말한다.

바샤 셰인은 울음을 삼키며 베라에게 약혼 반지를 돌려주었죠. 그리고 이렇게 말했죠. '난 감히 당신의 행복을 가로막지 않겠소. 그러나 부탁하건대, 너무 성급히 판단을 하지 마시오. 시간을 가지고 자신과 그 사람에 대해서도 생각해 보시오. 당신은 인생을 모르는 어린 아이 같소. 활활 타오르는 불꽃 속으로 뛰어드는 나방 같구려. 아아, 그러나 나는 세상이 얼마나 냉엄하고 위선에 차 있는지 알고 있소. 전신 기사들이란 흥미로운 구석이 있지만 간교한 면도 있다는 걸 알아두시오. 그들은 오만에 찬 아름다움과 거짓 감정으로 미숙한 제물을 기만하고 그 제물에 잔인한 조소를 퍼붓는 데 기쁨을 느끼는 사람들이오.'

그리고 반년이 지났습니다. 시간이 지나가면서 베라는 차츰 자신을 연모하던 사람을 잊게 되었고 결국 미남 청년 바샤와 결혼하게 되었죠. 그러나 전신 기사는 그녀를 잊을 수 없었습니다. 그는 굴뚝 청소부로 변장하고 온통 그을음투성이가 되어 공작부인 베라의 침실을 엿보기도 했습니다. 양탄자, 베개, 벽지, 심지어 마룻바닥 여기저기에, 보시는 것처럼 그의 다섯 손가락과 입술의 흔적이 남아 있었죠.

또 그는 시골 아낙네로 변장하고 우리집 식당에서 설거지하는 하녀로 일을 하다가 발각됐지만, 요리사 루카의 호의로 무사히 도망칠 수 있었습니다.

그러던 그는 정신병원 신세를 져야했고 결국에는 삭발을 하고 수도승이 되어버렸죠. 하지만 그는 하루도 빠지지 않고 베라에게 뜨거운 사랑의 편지를 보냈습니다. 편지에는 눈물이 떨어져 잉크가 얼룩얼룩 번져 있었습니다.

결국 그는 숨을 거두었는데, 죽기 전에 유언을 남겼죠. 베라에게 자신이 입었던 전신 기사 제복에 달려있던 단추 두 개와 향수병을 전해달라고요. 향수병에는 그의 눈물이 가득 채워져 있었습니다."

"차 드실 분 안 계세요?" 베라 니콜라예브나가 물어 보았다.

# 7

긴 가을 저녁의 노을이 사라져가고 있었다. 회청색 구름과 땅 사이에 펼쳐진 지평선 아래, 빨갛게 물들어 있던 대지의 끝자락도 이제 어두워졌다. 땅도, 나무도, 하늘도 이젠 보이지 않았다. 머리 위에서는 커다란 별들이 칠흑 같은 밤하늘에서 깜빡거리고 있었고, 등대의 파란 빛줄기는 곧장 하늘 높이 올라가 희뿌연 원을 그리며 흩어지고 있었다. 나방들은 등잔 유리에 계속 몸을 부딪히고 있었다.

스페쉬니코프 교수, 부지사 그리고 포나마례프 대령은 사령관을 위해 전차 역에서 다시 말들을 되돌려 보내겠다고 약속하고 이미 자리를 떴다. 아직 남아 있는 손님들은 테라스에 자리를 잡고 앉아 있었다. 베라와 안나는 아노소프 장군이 한사코 사양했지만 그에게 외투를 걸쳐주고 발도 따뜻한 천으로 감싸 주었다. 식탁에는 장군이 좋아하는 뽀마르 포도주가 놓여 있었고 장군의 양옆으로 베라와 안나가 앉아 있었다. 그들은 장군의 와인 잔에 진한 포도주를 따라주고 성냥갑을 앞에 가져다 놓고 치즈를 잘라 드리며 정성껏 시중을 들었다. 노장군은 행복에 겨워 두 눈을 지긋이 감았다.

"이제 가을이군. 가을이야." 촛불을 쳐다보며 생각에 잠긴 노장군이 고개를 끄덕이며 말했다. "가을이라. 나도 이제 돌아갈 준비를 해야겠어. 그 무덥던 여름이 어제인가 싶었는데…… 평생 이런 바닷가에서, 이런 평화롭고 한적한 곳에서 살았으면……."

"할아버지, 며칠이라도 더 지내다 가세요." 베라가 말했다.

"안돼, 휴가가 다 끝났단다. 이제 근무를 시작해야지. 말이라도 고맙구나! 그나저나 너희들, 장미에서 무슨 향기가 나는지 보려무나. 무더운 여름에는 꽃들이 향기를 내지 않지. 흰 아카시아만 뭐랄까, 사탕 같은 냄새를 내는 것 말고는."

베라는 꽃병에서 빨간 장미 두 송이를 꺼내 장군의 제복에 난 단춧구멍에 꽂아주었다.

"고맙구나, 베로치카."

아노소프는 외투 옷가슴으로 고개를 숙이고 꽃향기를 맡다가 갑자기 노인의 넉넉한 웃음을 지었다.

"이런 생각이 나는구나. 부쿠레슈티에 간 적이 있었어. 방에 짐을 풀고 거리로 나가 돌아다니는데, 갑자기 어디선가 강한 장미유(薔薇油) 냄새가 나더구나. 발걸음을 멈추고 주변을 살펴보니, 웬 사병들이 장미유가 담긴 향수병을 가지고 있더구나. 이 사람들은 군화며 심지어 소총 자물쇠에도 장미유를 발랐더군. 그래서 '그게 뭔가?'하고 물어봤지. 그랬더니 그들이 '기름 같은 것입니다, 장교 님. 죽에도 넣어 보았는데 씁쓰름한 게 먹을 수가 없습니다. 그런데 향기만은 그만입니다.'라고 하더군. 그래서 그들에게 1루블을 줬더니 좋아하며 그걸 내게 넘겨주더구나. 장미유는 반도 채 안 남았지만, 값으로 치자면 족히 200루블은 되겠더라. 사병들이 흡족해하며 말하더군. '장교 님, 한가지가 더 있습니다. 터키 완두콩 같은 것인데, 몇 번이고 삶았는데도, 제기랄 딱딱하게 그대로입니다.' 그건 커피였지. 그래서 '이건 터키인들이 먹는 건데 자네들에게는 도움이 안돼.'라고 말해줬지. 다행스러운 것은 그들이 아편에는 중독이 되지 않았다는 거지."

"할아버지, 솔직히 말씀해 주세요. 실제 전투를 할 때 공포를 느끼지 않으셨어요? 무섭지 않았어요?" 안나가 물었다.

"참 이상한 건, 무서울 때도 있고 무섭지 않을 때도 있다는 거야. 엄밀히 말하자면 무섭다고 해야지. 전투를 할 때 무섭지 않다거나, 총알 소리가 즐거운 음악소리처럼 들렸다고 말하는 작자들의 말은 절대 믿지 말거

라. 그런 녀석들은 정신병자이거나 허풍쟁이들이지. 누구나 죽음 앞에서는 공포를 느끼게 마련이다. 단지 어떤 사람은 공포에 실신을 하고, 어떤 사람은 참고 견뎌내는 것이 다를 뿐. 그러니까 공포라는 것은 항상 남아있지. 그러나 경험을 통해 공포를 이겨내는 능력은 점차 늘어나는 건 사실이다. 거기에서 영웅이니 전사니 하는 사람들이 태어나는 거란다. 그럼, 그렇고말고. 그런데, 딱 한 번 나도 공포에 질려 죽을 것 같은 때가 있었지."

"빨리 말씀해 주세요." 자매가 한 목소리로 졸라됐다.

그들은 어린 시절 그랬던 것처럼 노장군의 이야기 속에 푹 빠져 있었다. 안나는 자기도 모르는 사이에 어린아이처럼 두 팔을 턱에 고이고 있었다. 느릿느릿하고 소박한 그의 말투에는 사람을 편안하게 하는 매력이 있었다. 그리고 전쟁에 대한 경험을 이야기 할 때 그가 쓰는 어휘들은 오래되고 조금은 문어적인 냄새가 났다. 마치 오래된 관용어들을 아직도 기억하고 있는 듯 했다.

"아주 짧은 얘기지." 아노소프가 말했다. "쉬프카에서 있었던 일이야. 겨울이었어. 그때 난 머리에 타박상을 입었고, 네 명이 함께 토굴에서 지내고 있었지. 바로 그때 끔찍한 사건이 일어난 거야. 어느 날 아침 잠자리에서 일어났는데, 내가 야콥이 아니라 니콜라이라는 생각이 드는 거야. 아무리 몸부림을 쳐도 그런 생각을 떨쳐버릴 수 없었지. 점점 의식이 혼미해진다는 생각이 들어 물을 가져오라고 소리를 질렀지. 그리고 머리를 물에 적셨더니 그때서야 정신이 들더군."

"상상이 가는군요, 야콥 미하일로비치 씨! 그곳에서 얼마나 많은 여자들을 울렸는지." 피아니스트인 젠니 레이테르가 말했다. "장군님은 젊었을 때 무척 미남이셨을 것 같아요."

"오, 우리 할아버지는 지금도 미남이세요!" 안나가 소리 높여 말했다.

"미남은 무슨 미남!" 조용히 웃으면서 아노소프가 말했다. "하지만 내 자신에 대해 역겹다고 생각지는 않아. 그때 부카레시티에서 매우 감동적인 사건이 생겼지. 그곳에 우리가 진주하자 광장에 나온 주민들이 포화를 터뜨리며 우리를 맞아주었지. 그 포화 소리에 조그만 창문들이 수 없이 깨졌지. 하지만 물컵 속에 있었던 것은 아무 탈이 없었어. 어떻게 그걸 알아차렸는지 알아? 내 방으로 안내되어 가면서 창문 모서리에 있는 새장을 보았는데, 그 새장에는 맑은 물이 담긴 크리스탈 병이 있었어. 그 병 속에는 금붕어가 헤엄치고 있었는데, 그 사이에 카나리아가 앉아 있었어. 물 속에 카나리아가! 그놈이 나를 쳐다보고 있더군. 그래서 자세히 살펴보고 난 뒤 비로소 알게 되었지. 병의 밑바닥은 평퍼짐한데 중앙이 움푹 들어가 카나리아가 거기에 날아가 앉아 있었던 거지. 그제서야 난 무척이나 둔감하다는 걸 느꼈지.

방에 들어갔는데 꽤 아름다운 불가리아 여인이 눈에 띄더군. 난 그녀에게 직함증명서를 보여주고, 말이 난 김에 사격한 뒤 왜 목표를 유리로 삼았느냐고 물었더니 그녀가 하는 말이 물 때문이라고 하더군. 카나리아에 대해서도 말해 주었지. 그때처럼 내가 아둔하게 느껴진 적은 없었어! 얘기를 나누는 도중 둘의 눈이 여러 번 마주쳤지. 전기와 같은 불꽃이 오고갔지. 즉시 난 사랑을 느꼈어. 정열적이고도 돌이킬 수 없는 그런 사랑을."

노인은 잠시 입을 다물고 검붉은 와인을 입술에 갖다댔다.

"그래서 그후에 그녀에게 사랑을 고백하셨어요?" 피아니스트가 물었다.

"음, 물론이지. 고백을 했었지⋯⋯ 하지만 눈물이 없는 고백이었지. 그런 식이었어⋯⋯."

"할아버지, 정말 저희들을 부끄럽게 하실 거예요?" 능청스럽게 웃으며 안나가 말했다.

"아니야, 정말 고상한 로맨스였지. 잘 들어보렴. 우리가 숙영할 때면 으레 도시 주민들은 우리를 따돌릴 때가 많았지. 그런데 부카레시티만은 우리를 줄곧 따뜻하게 대해 주었지. 하루는 내가 바이올린을 켜니까, 아가씨들이 즉시 화려한 옷으로 갈아입고 춤을 추러 왔지. 매일 그런 일들이 일어났어. 어느 달빛이 빛나는 날 저녁, 나는 춤을 추다 말고 나의 불가리아 여인이 숨어 있는 출입구의 방으로 들어갔지. 그녀는 나를 보고 난 뒤 말라붙은 장미 꽃잎을 만지는 체했지. 그러나 나는 그녀를 와락 껴안고 수없이 키스를 퍼부어댔지. 그때부터 하늘에 달과 별이 보이기 시작하면 매번 나는 사랑하는 여인에게 달려가 그녀와 함께 지내며 하루의 근심을 잊어버렸어. 그곳에서 철수를 하게 됐을 때 우리는 서로 영원히 사랑할 것을 기약하면서 이별을 했지."

"그게 전부예요?" 류드밀라 리보브나가 실망해서 물었다.

"아니, 무슨 말을 더 원하시오?" 사령관이 물었다.

"아닙니다. 야콥 미하일로비치 씨! 실례입니다만, 그것은 사랑이 아니라 군대 장교의 야영담일 뿐입니다."

"글쎄올시다. 나 역시 잘 모르겠오. 그것이 사랑이었는지 아니면 다른 감정이었는지······."

"그래요, 그건 사랑이 아니······ 정말 장군님은 진실한 사랑을 단 한 번도 하신 적이 없나요? 장군님도 아시겠지만 거, 뭐랄까요. 한 마디로······ 신성하고 순수하고 영원한, 그런 사랑 말이에요. 하늘나라의 사랑 같은 그런······ 정말로 사랑하지 않으셨어요?"

"솔직히 말해 감히 대답할 수가 없소이다."

안락의자에서 몸을 일으키며 노인은 우물거렸다.

"분명히 말해 그런 사랑을 경험하지 못했소. 애초부터 그럴 시간도 없없소. 청춘, 파티, 카드놀이, 전쟁, 정신이 없었지…… 삶이, 청춘이, 그리고 건강이 그리 쉽게 끝이 나는 것은 아닐 거라는 생각이 들었소. 그러다가 과거의 일을 되돌아보고서 나는 이미 폐인이라는 것을 알게 되었소. 자, 베로치카야. 이젠 그만 나를 놔두렴. 난 그만 일어나겠다. 이봐, 경기병!"

그는 바흐틴스키를 쳐다보았다.

"밤인데 따뜻하군. 자, 우리 마차 쪽으로 가볼까."

"저도 할아버지와 같이 갈래요."

베라가 말했다.

"저두요."

안나가 말을 받았다.

떠나기에 앞서 베라는 남편에게 가서 조용히 말했다.

"가서 보세요. 제 방 탁자 서랍에 예쁜 팔찌와 편지가 있어요. 그걸 읽어보세요."

8

안나와 바흐틴스키는 앞서 걸어갔고 20보쯤 뒤에 사령관이 베라의 팔짱을 끼고 걸어갔다. 밤은 칠흑처럼 컴컴해서 눈이 어둠에 익숙해지는 몇 분 동안은 손으로 더듬어 길을 찾아야 했다. 세월이 많이 지났음에도 여전히 놀랄 만한 시력을 가진 아노소프가 도움을 주지 않으면 안 됐다. 이따금씩 그는 차가운 커다란 손으로 자신의 옷소매에 살포시 올려놓은 베라의 손을 쓰다듬었다.

"류드밀라 리보브나는 우스운 부인이야."

생각의 흐름이 곧 말로 연장되어 나오듯 장군이 입을 열었다.

"50줄이 다 된 부인들, 특히 과부나 늙은 여인들이 낯선 사람의 주위를 맴돌게 되는 꼴을 살면서 몇 차례 목격했지. 그들은 염탐꾼처럼 남의 일을 훔쳐보며, 남의 재액에 히히덕거리고 수다를 떨거나 어떻게 하면 낯선 행복을 손에 쥘까 전전긍긍하고, 어떤 경우엔 숭고한 사랑이 어쩌고저쩌고 게거품을 내뿜기도 하지. 내가 말하고 싶은 것은, 오늘날 사람들은 사랑하는 것을 까맣게 잊어버리고 있다는 거야. 진정한 사랑이 없어. 허긴 내 세대에도 그랬지만!"

"무슨 말씀을 그렇게 하세요."

그의 손을 가볍게 쥐며 베라가 부드럽게 반박했다.

"무엇 때문에 비난을 하세요? 할아버지도 결혼을 하셨잖아요. 그건 어떻든 사랑해 보셨다는 거 아니에요?"

"전혀 그렇지 않다. 베로치카야! 내가 어떻게 결혼했는지 넌 아냐? 지금도 눈에 선하다. 내 옆에 발랄한 처녀가 앉아 있었지. 숨을 쉴 때마다 여자의 짧은 상의 안에서 젖가슴이 따라 움직였어. 눈꺼풀을 떨구면 그 길고 긴 속눈썹, 갑자기 모든 것이 활활 타올랐어. 뺨은 홍조를 띠고 길고 하얀 목덜미는 순결하였으며 손은 부드럽고 따뜻했지. 에이, 제기랄! 지나가던 아버지와 어머니가 문 뒤에서 말을 엿듣고 개처럼 멍한 그런 슬픈 눈으로 나를 바라보셨어. 자리를 뜨자마자 내가 여인에게 재빨리 키스를 퍼붓고 있는 걸 문 뒤에서 보신 게지……."

'친애하는 니키타 안토느이치 씨, 따님과의 결혼을 허락 받으러 왔습니다.'

장인의 두 눈에 눈물이 괴어 있더군. 그러면서 내게 키스를 해 주셨지.

'그래, 자네. 내 이미 오래 전부터 눈치를 채고 있었다네. 행운을 빌겠네. 귀중한 자네의 여인만을 소중히 여기게.' 3개월이 지나자 그 애지중지 하던 사람이 너덜너덜한 실내복에 양말도 없이 슬리퍼를 끌고 거리를 활보하고 다녔어. 빗질도 하지 않아 얼키고 설킨 머리카락에 온통 꽃을 꽂고 서 종년들처럼 졸병들과 개지랄을 떨지 않나, 머리에 피도 안 마른 장교들과 바람을 피우질 않나, 꽥꽥 고함을 지르며 애새끼 흉내를 내질 않나. 사람들 사이에선 내가 〈욕불광낭〉으로 통하더군. 입을 이런 식으로 쫙 벌려서 〈요옥-부울-과앙-나앙〉이라고 말해. 욕심쟁이, 불결한 놈, 광대, 낭비자란 말이지. 두 눈도 항상 거짓말로 배어 있었지. 지나가고 끝난 일이지. 심지어는 그런 광대 짓거리를 감사하기도 하지. 자식이 없었던 것을 하나님께 감사한단다."

"그들을 용서했나요, 할아버지?"

"용서했지. 말만으로 그런 게 아니다. 베로치카, 처음에는 정말 미칠 노릇이었지. 시간이 지나면서 그럭저럭 잊혀지더군. 그러고는 모든 게 없어져 버렸지. 경멸 이외에는 하나님께서 쓸데없는 고통을 면하게 해 주신 거야. 게다가 난 대부분의 남편의 대열에서 떨어져 나왔다고. 그런 추잡스런 일이 없었다고 해 봐라. 내가 어떻게 되었겠어?"

"할아버지, 과거의 울분을 캐내어 죄송해요. 하지만 할아버지께서는 자신의 불행한 경험을 모든 인류에게 돌리고 계신 거예요. 바샤와 저를 보세요. 정말로 우리의 결혼을 불행이라고 말할 수 있을까요?"

아노소프는 꽤 오랫동안 입을 열지 않았다. 그러다가 마지못해 천천히 말을 끄집어냈다.

"좋아. 빼놓은 말을 하자. 그렇다면 대부분의 경우 사람들이 결혼을 하는 이유는 뭘까? 여자를 먼저 예를 들어볼까. 여자가 시집을 가지 않고 처녀로 남아 있는 것은 창피한 일이지. 특히나 친구들이 시집을 간 경우는 더하지. 다 자라 부모 집에서 양식이나 축내고 있다는 것도 고통스러운 일이고, 한 가정의 안주인이 되어 홀로 설 수 있는 부인이 되려는 바람도 있을 수 있겠지. 직접적인 육체적 모성의 욕구, 자신의 보금자리를 마련하려는 욕구도 바로 그러한 바람에 속할 거야. 하지만 남자에게는 다른 동기들이 있지. 첫째 독신생활로 인한 피로, 지저분한 방, 어설픈 음식, 불결함, 구멍난 속옷들, 의무감, 예의도 모르고 들이닥치는 친구들 따위에 기진맥진해서 그렇고, 둘째 가정을 이루어 사는 것이 더 편하고 건전하며 경제적이라는 생각에서 그렇지. 그리고 셋째로는 자식을 갖고 싶다는 것인데, 음, 나는 죽는다, 허나 나의 부분을 어떻게 해서라도 이 세상에 남겨놓으리라는 생각에서지. 불사의 환상이랄까. 그런 것이지. 넷째로는 내 경우처럼 동정에 대한 유혹을 뿌리치지 못해서지. 이것말고도 때로는 축의금을 탐내는 경우도 있을 수 있을 거야. 도대체 어디에 사랑이란 게 있지? 사랑은 보답을 기대하지 않는, 사욕을 모르는 헌신적인 것 아닌가? 사랑은 죽음처럼 강하고 헌신적이어야 해, 인생을 바치고 고뇌도 마다 않는 그러한 사랑은 결코 노동이 아니지. 일종의 기쁨인거야. 그렇지, 베라야. 넌 네 남편에 관해 알고 싶겠지? 물론 나 역시 그 친구를 좋아하지. 그는 훌륭한 젊은이야. 어떻게 알겠느냐? 그의 사랑이 이 세상에서 가장 아름다운 것일는지. 그러나 넌 내가 말한 사랑이 어떤 것인지를 이해하려무나. 사랑은 비극일 수밖에 없어. 세상에서 가장 커다란 신비야! 그 어떤 삶의 안락, 계산, 그리고 타협도 사랑과 관련지어서는 안 되는 법이야."

"그러한 사랑을 할아버지는 보신 적이 있나요?"

베라가 조용히 물었다.

"아니."

노인이 딱 잘라 말했다.

"실제로 비슷한 두 가지 경우는 알고 있지. 그러나 하나는 우매함에 눈먼 사랑이고, 또 하나는…… 글쎄…… 식초처럼 신, 일종의 동정이랄까 하는 사랑이었지. 듣고 싶다면 얘기해 주마. 긴 얘기가 아니니까."

"해주세요, 할아버지."

"우리 부대 연대장의 부인이 있었지. 로자라는 이름의 뼈만 앙상하고 머리털이 붉고 키가 큰 부인이었어. 모스크바 여자들처럼 얼굴에 화장기가 짙었어.

그 연대장의 부인은 메살리나* 같은 여성이었지. 남자를 좋아하고, 권위적이고, 사람에 대한 경멸감이 강하고, 변화를 무척 좋아했지. 게다가 모르핀 중독자이기고 했어.

그런데 가을의 어느 날, 사관학교를 갓 졸업한 영락없이 참새 새끼나 다를 바 없는 새파란 소위가 그 연대에 파견되었지. 한 달이 지나자 그 암코양이는 그를 완전하게 유혹했어. 그는 그녀의 노예가 되어버렸지. 그는 무도회에서 그녀의 영원한 춤파트너였으며, 그녀의 부채며 술은 항상 그가 들고 다녔지. 살을 에이는 추위에도 그녀의 말을 데리러 옷 하나만을 걸치고도 뛰어나갔지. 놀라운 일이 벌어졌지. 천진난만하고 순수한 그 젊은이가 산전수전 다 겪고 권세욕 강한 음탕한 늙은 그 여자의 발에 엎드려 첫사랑을 고백한 거야. 그가 지금은 건강할 지 몰라도 그것으로 인해서 나중에 그가 죽고 말거라는 것을 알려주는 것이야. 죽음의 낙인을 찍은 거지.

크리스마스가 될 무렵 그녀는 그에게 싫증을 느꼈지. 그녀는 노련한 사내 한 명에게 다시 눈독을 들인 거야. 그는 어찌할 바를 몰랐지. 유령처럼

---

\* 1세기 로마황제 클라우디우스의 세 번째 아내이자 로마의 황후로서 타락한 성, 허영심과 물욕, 성욕의 상징이다.

그녀의 꽁무니를 따라다녔어. 괴로움에 지쳐 그는 얼굴이 핼쑥해지다 못해 검어지기 시작했어. 말 그대로 저승사자가 그의 문지방을 넘나드는 격이었지. 그는 무서우리 만치 그녀에게 푹 빠진 거야. 매일 그녀의 창문 밑을 서성이며 밤을 꼬박 샜다더군. 어느 봄날, 연대에서는 야유회인지 피크닉인지가 있었다더군. 난 개인적으로 그녀도 그도 알고 있었지만, 그들과 왕래가 많이 있었던 것은 아니야. 이런 경우엔 으레 그렇듯 엄청 퍼마신 모양이었어. 밤이 이슥해져 철도 노반을 따라 걸어 돌아오는 길이었지. 갑자기 그들을 향해 화물열차가 오고 있었지. 매우 가파른 언덕길이라 지척대며 올라오고 있었어. 빽 하고 기적이 울렸지. 기관차의 화통이 그들 대열 앞에 왔을 때 갑자기 그녀는 소위의 귀에 속삭였지. '당신은 나를 사랑한다고 항상 입버릇처럼 말했지요. 내가 명령을 내린다 하더라고 아마 기차 속으로 뛰어들진 않겠죠?' 그는 한 마디 대답도 않고 냅다 열차 속으로 뛰어들었지. 사람들이 그러더군. 앞바퀴와 뒷바퀴가 자신의 곁에 왔을 때를 계산했다고. 하지만 어떤 미친놈이 그를 말리려고 했겠어. 어떻게 할 도리가 없었지. 그 소위는 두 팔로 레일을 꽉 잡아 팔이 두 개 모두 잘려나갔어."

"어머, 세상에 그런 끔찍한!"

베라가 소리를 질렀다.

"소위는 제대를 할 수밖에 없었지. 동기들이 얼마간의 돈을 염출하여 떠나는 데 보태주었지. 도시에 남아 있다는 건 그에게 거북한 일이었지. 그녀에게 쏟아지는 비난을 어떻게 눈뜨고 볼 수 있었겠나. 그 사람, 모습을 감춰버렸어…… 비굴하기 짝이 없는 모습을 하고 거렁뱅이가 되어버렸지. 그러다가 페테르부르크 어느 선창가에서 얼어 죽었어. 두 번째는 너무 가련한 경우지. 지금 말하려는 여인도 첫 번째 여인과 똑같은 여잔데 젊고 아름답다는 것만 다르지. 하는 꼬락서니가 개망나니였어. 이리저리 추문을 뿌리고 다녔지. 다들 알고 목격도 했으나 입을 여는 사람은 없었지. 친구들이 남편에게 슬쩍 일러주었지만 그는 손을 가로 저을 뿐이었어. '내버려두게나, 내가 이래라 저래라 할 일이 아냐. 레노치카만이 행복하게 된다면야 무슨 상관이야.' 기가 차는 사람이지! 마침내 그녀는 남편 중대의 비쉬냐코프 중위와 눈이 맞았지. 그리 되어 셋이서 두 집 살림을 하게 된 꼴이 됐지. 가장 합법적인 부부생활을 가장해서 말야. 그때 우리 연대는 전선으로 이동하게 됐지. 군인 부인들은 우리를 전송했지. 그녀도 예외는 아니었어. 하지만 쳐다보기에도 망측한 일이 벌어졌지. 형식 치레로 딱 한번 남편을 쳐다봤을 뿐, 마른 버들가지에 달라붙은 귀신처럼 정부 곁에서 떨어지지 않는 거였어. 우리 모두가 객차에 올라 기차가 미끄러지는데도 그녀는 남편을 잡고 뻔뻔스럽게 외치는 거였어. '절대 잊어버림 안 돼요. 볼로쟈\*를 잘 돌봐주란 말예요! 그에게 무슨 일이라도 생긴다면, 그땐 집에 영영 안 돌아올 거예요. 애들도 데려가 버릴 거예요, 알았어요?' 혹시 넌 그 대위를 물에 술탄 듯, 술에 물탄 듯 어리벙하고 잠자리마냥 덤벙대는 작자로 생각할지도 모르지. 그런데 절대 그렇지 않았어. 그는 용감한 군인이었어. 젤론느이 산맥 전투 때 그는 터키 군의 다면보루를 점령하기 위해 여섯 번 자기 중대를 지휘했고, 그 전투에서 200명의 부하 중 14명만이 살아 남았어. 두 번 부상을 당했지만, 그는 야전 응급치료소로 후송되기를 거절했지. 그것으로 그의 진면목을 알 수 있지. 병사들은 그를 신 떠받들 듯 했어. 그런데 그 여편네는 그에게 명령했어. 그가 사랑하는 레노치카, 그 여편네가 그에게 명령을 한 거야! 그리고 그는 그 겁쟁이 건달인 비쉬냐코프를 돌봐줬지. 그 꿀도 모으지 못하는 수펄 같은 녀석을 마치 유모처럼, 어머니처럼 말야. 숙영할 때 비가 쏟아져 진창이 되면 그는 자기가

\* 비쉬냐꼬프의 애칭

입던 군 외투를 벗어 그의 어깨를 덮어주곤 했지. 또 대호 파는 작업을 감독하면 그 녀석은 토굴에 틀어박혀 빈둥거리거나 카드놀이를 하곤 했어. 마치 야로슬라브*의 농촌 아낙네가 양배추를 밭에서 잘라 내듯 바쉬부트크**들이 아군 보초들을 마구 베어 죽이고 있을 때에도 그 녀석은 언제나 그런 식이었어."

"저, 할아버지. 할아버지께서는 진정으로 사랑하는 여자를 만난 적이 없었나요?"

"오, 물론이지. 베로치카야, 그 이상이지. 거의 대부분의 여자들은 사랑 속에서 가장 높은 영웅의식을 갖는다고 나는 확신한다. 여자란 키스하고 포옹하고 몸을 맡기지. 그러다 보면 벌써 어머니가 되어 있지. 사랑하고 있는 여자에게 사랑이란 생의 모든 의미, 아니 우주의 의미이지! 그러나 말이다, 사람들의 사랑이 천박한 형태를 띠게 되거나 또 속세의 편리라든지 소소한 오락이라든지 하는 것으로 되어버린다고 해서 여자를 탓해서는 안 된다는 생각이다. 스무 살이 되어서도 빈약한 몸뚱이와 겁많은 정신이나 갖고 다니고, 사랑 앞에서도 열렬히 타오를 줄 모르고 상냥할 줄 모르고 강한 열망도 없다면 그건 남자들의 잘못이지. 옛날에도 그랬다고 하더군. 정말로 사람들이 안 그랬다면 가장 훌륭한 인간의 이성과 영혼에 대해 시인들, 소설가들, 음악가들, 화가들이 우수에 젖어 염원했겠니? 낮에 마셴카 레스코와 드그리에 기사의 이야기를 읽었지. 믿을지 모르겠지만 눈물이 나더군. 얘야, 솔직히 말해 보렴. 여자들은 모두 다 가슴 저 깊숙이에선 단 하나의 사랑, 모든 것을 용서하고 모든 것을 할 수 있는 준비가 되어있고, 겸손할 줄 알며 자기를 희생할 수 있는 그러한 사랑을 꿈꾸

---

\* 볼가 강 연안, 모스크바 북방에 있는 지방
\*\* 18~19세기 터키의 비정규병

고 있지 않니?"

"물론이죠, 할아버지."

"만약 그런 사랑이 없다면 여자들은 복수를 할 것이다. 앞으로 삼십 년이 지난다면…… 나는 볼 수 없겠지만 너는 아마 볼 수 있을 거다, 베로치카야. 내 말을 새겨 들으렴. 삼십 년이 흐르면 여자들은 세상에서 듣지도 못한 권력을 손에 넣을 것이야. 여자들은 인도의 우상들처럼 옷을 차려입고, 남자들이 무슨 아첨이나 일삼는 노예인 것처럼 남자들을 업신여기게 될 거야. 여자들의 미치광이 같은 방자함과 변덕이 우리 남자들한테는 괴로운 법규가 될 것이야. 이게 다 우리 세대 전체가 사랑을 성스럽고 경건하게 보지 않았기 때문이야. 그래서 복수를 당하는 것이지. 왜 이런 법칙이 있잖아. 작용 반작용의 법칙 말이다."

한참 동안 침묵을 지키다가 갑자기 장군이 물었다.

"베로치카야, 어려운 일이 아니라면 오늘 바실리 공작이 말한 그 무전수와의 일을 얘기해 줄 수 있겠니? 평소 네 남편의 말로 보아 사실인 것 같기도 하고 거짓이 있는 것 같기도 한데."

"정말로 관심이 있으세요, 할아버지?"

"그럼, 듣고 싶지. 하지만 마음이 내키지 않는 일이라면……."

"아니에요, 결코. 기꺼이 말씀드릴게요."

그리고 그녀는 결혼하기 전 2년 동안 짝사랑에 빠져 줄곧 그녀를 쫓아다닌 무분별한 사내에 대해 상세하게 장군에게 얘기했다. 그녀는 그의 얼굴을 한번도 본 적이 없으며 그의 성도 알지 못한다고. 그는 편지를 쓸 때 항상 P.P.Z.라고만 밝혔다. 한 번 그는 전신국의 말단 직원이라고 밝혔으나, 어느 전신국인지에 대해서는 일언반구도 없었다. 확실한 것은, 그녀가 어느 야유회와 모임에 있었으며 무슨 옷을 어떻게 입고 있는지에 대해 정확히 편지로 지적하고 있었던 걸로 보아 그는 항상 그녀의 뒤를 따라다녔다는 점이다. 그의 편지는 순수한 구석도 있었지만 대부분 저속하고 우스꽝스러웠다. 하지만 베라는 편지로(이 말을 무심코 꺼내면서 그녀는 할아버지에게 어느 누구도 이 사실을 모르므로 비밀로 해달라고 당부했다) 더 이상 사랑의 고백 따위로 자신을 못살게 굴지 말라고 부탁한 적이 있었다. 그때부터 그는 사랑에 대해서는 입을 다물고, 부활절이나 설날 또는 그녀의 생일에나 가끔씩 사랑이란 말을 쓰곤 했다. 베라 공작부인은 오늘 받은 소포에 대해서도 이야기했고, 베일에 싸인 그 열애자의 이상한 편지를 거의 그대로 전해 주었다.

"으음."

장군은 마침내 입을 열었다.

"어쩌면 비정상적인 작자일 수도 있겠지, 정신이라도 돌아버린. 허나 베로치카야. 네 인생항로가 여자들이 꿈에도 그리는, 더 이상 남자에게서 기대할 수 없는 그러한 사랑을 가로막았는지도 모르지. 잠깐만, 앞에서 초롱불들이 움직이지? 아마 내 마차일 게다."

이때 뒤에서 부르릉거리는 자동차 소리가 들렸고, 차바퀴 때문에 마구 파헤쳐진 길이 하얀 아세틸렌 빛을 띠고 나타났다. 구스타프 이바노비치가 가까이에 차를 댔다.

"아노치카, 당신 물건들은 내가 가지고 왔소, 차에 타요."

그가 말했다.

"각하, 제게 댁까지 모실 기회를 주십시오!"

"됐네. 고맙군."

장군이 대답했다.

"이놈의 차는 질색이야. 덜컹거리고 고약한 냄새가 나. 기분 좋은 구석이 하나도 없어. 그럼, 잘 있거라. 베로치카야. 이젠 자주 들르마."

베라의 이마와 손에 키스를 하며 그가 말했다.

모두가 떠났다. 프리에세는 베라 니콜라예브나를 그녀의 별장 대문까지 바래다주고 재빨리 회전을 하더니 요란한 소음을 내며 어둠 속으로 자취를 감추었다.

9

베라 공작부인은 불쾌한 감정에 싸여 테라스로 올라가 집으로 들어갔다. 그녀는 이미 남동생 니콜라이의 커다란 음성을 멀리서 들었으며 이쪽 구석에서 저쪽 구석으로 성큼성큼 왔다갔다하는 멀쑥한 동생의 모습을 보았다. 바실리 리보비치는 카드놀이용 탁자에 앉아, 짧게 깎은 블론드색 머리를 밑으로 떨군 채 푸른색 나사 위에 분필로 무엇인가를 끄적거리고 있었다.

"내가 옛날부터 말하지 않았습니까?"

보이지 않는 무거운 짐을 땅바닥에 내동댕이치듯 오른손을 내저으며 니콜라이가 흥분하여 말했다.

"이따위 어리석은 편지가 못 오게 하라고 그렇게 말하지 않았어요. 편지를 받을 때마다 아무 생각 없이 어린애들처럼 시시덕거리고 있는 건 말도 안 돼요. 말이 나온 김에 하는 말인데, 누나도 그렇지만, 잘난 바실리 리보비치 씨, 우리가 지금 뭐에 대해 얘기하고 있는 줄 아세요? 누나, 누나의 그 미치광이, 누나의 P. P. Z.에 대해 얘기하고 있다 그 말입니다. 이것 보세요, 뻔뻔스럽게 편지가 왔다갔다하는 꼬락서닐."

"무슨 편지 교환이 있다고 그러나?"

셰인이 냉정하게 말했다.

"일방적으로 보내는 거지."

이 말에 얼굴이 달아오른 베라는 커다란 라타니아 나무 그늘에 덮인 소파에 앉았다.

"제 표현이 지나친 걸 용서하세요."

이렇게 말하며 니콜라이 니콜라예비치는 보이지 않는 무거운 무엇을 가슴에서 떼어 바닥에 버리듯 손짓을 했다.

"넌 왜 그 사내를 부를 때 꼭 앞에다 나를 갖다 붙이니?"

남편이 거들자 기분이 좋아진 베라가 끼여들었다.

"좋아요, 다시 한번 사과하겠어요. 말인즉, 그 자식의 어리석은 행동을 끝장내야 한다는 겁니다. 내가 보기엔, 웃기나 하고 익살스런 그림이나 그리고 있을 때가 아닙니다. 제가 여기서 뭔가에 신경을 곤두세우고 흥분하고 있다는 건 모두 베라 누나와 매형의 행복을 위해 그런 다는 걸 왜 모르세요."

"처남, 그만 하게. 이젠 됐어."

셰인이 끼어들었다.

"그러죠. 하지만 매형은 웃기는 상황에 빠질 염려가 다분히 있어요."

"그럴 염려는 하지 말게."

공작이 말했다.

"이 바보 멍청이 같은 팔찌를 보고도 아무 생각이 안 든단 말입니까?"

니콜라이는 탁자에서 붉은 보석상자를 집었다가 진저리를 치며 곧바로 도로 놓아버렸다.

"이 말도 안 되는 물건은 우리가 그냥 가지고 있거나 그냥 버리거나 또는 다샤에게 선물을 하게 될 것입니다. 그렇게 된다면 첫째로, P. P. Z.는 아는 사람들이나 친구들에게 베라 니콜라예브나 셰이나 공작부인이 자기의 선물을 받아들였다고 나발을 불고 다닐 것입니다. 둘째로, 첫 번째 경우를 더욱 확대시키게 될 것입니다. 내일은 보석반지를 보내고 그 다음날은 진주목걸이를, 그렇게 되면 그는 횡령이나 사기죄로 피고석에 앉아 있게 되겠죠. 그리고 매형은 증인으로 호출될 거고…… 끝내주는 상황이죠!"

"안 돼, 그럴 순 없어. 팔찌는 어떤 일이 있더라고 되돌려줘야 해!"

바실리 리보비치가 큰 소리로 말했다.

"나도 그렇게 생각해."

베라가 맞장구 쳤다.

"그것도 되도록 빨리. 하지만 어떻게 해야 되죠? 이름도, 성도, 주소도 모르는데."

"원, 쓸데없는 걱정을 하시네!"

무시하듯 니콜라이 니콜라예비치가 끼어들었다.

"그 자식의 이름이 P. P. Z.…… 아니 진짜 이니셜이 무엇이었죠, 누나?"

"G. S. Z."

"좋아요, 그것말고도 그자가 어딘가에 근무하고 있다는 것도 알고 있고. 그거면 충분해요. 내일 날이 새는 대로 즉시 우리 시의 종합 안내서를 가지고 그러한 이름의 앞 글자를 가진 관리나 공무원들을 찾아 나서야겠어요. 그래도 그자를 찾지 못하면, 곧바로 형사를 찾아가 의뢰하죠. 그게 어렵다 하더라도 그놈의 필적이 있으니까 괜찮을 겁니다. 한 마디로 내일 오후 2시까지 이 녀석의 정확한 주소와 성, 그리고 그 자식이 언제 집에 가는지도 알아내겠어요. 그러면 내일 당장 이놈의 보석을 되돌려 줄 수 있음은 물론, 더 이상 그의 존재를 우리에게 상기시키지 않는 방도를 구할 수 있는 거죠."

"당신은 어떻게 할 생각이오?"

바실리 공작이 물었다.

"저요? 도지사를 찾아가 부탁을……."

"그건 안 돼요. 도지사한테만은. 그와의 관계를 알고 있잖소? 웃기는 상황에 빠질 위험성이 있소."

"다 똑같아요. 제가 헌병대장을 찾아가겠어요. 그는 내 클럽 친구죠. 헌병대장이 이 로미오를 불러서 손가락을 코에 들이대고 위협을 하도록 하죠. 그 사람 위협하는 것을 봤나요? 그는 손도 전혀 움직이지 않고, 손가락 하나를 까딱이며 위협을 하죠. 그리고 '이봐, 난 도저히 참을 수 없어-어-어!'라고 이야기를 하죠." 니콜라이가 말했다.

"뭐라고, 헌병을 통한다고?" 베라가 얼굴을 찡그렸다.

"실제로, 베라." 공작이 말을 이었다. "이 일에 제 3자를 끌어들이지 않는 것이 좋겠어. 소문이 돌고 유언비어가 돈다면 그건 좀…… 우리는 우리 도시를 너무나 잘 알고 있소. 모두가 사는 게 유리 안을 보듯 뻔하지 않소. 그러니 내가 직접 그 젊은이, 아니 그야 알 수 없지. 혹시 환갑을 맞은 노인일지도. 아무튼 직접 찾아가는게 좋겠어."

니콜라이 니콜라예비치가 재빨리 끼어들었다.

"나도 매형과 함께 가겠어요. 매형은 너무 온순해서. 그 녀석과 얘기 좀 하게 해 줘요. 어? 내 정신 좀 봐."

그는 회중시계를 꺼내어 들여다보았다.

"죄송하지만 저는 잠시 집에 들려야 겠어요. 다리가 후들후들 떨려요. 일 볼 게 두 건이나 있는데."

"왜 그런지 그 불행한 사람이 가련하게 느껴져요."

주저하면서 베라가 말했다.

"그런 놈에게 무슨 동정이에요!"

문 쪽으로 발걸음을 옮기다가 니콜라이가 격한 소리를 내질렀다.

"우리 클럽 사람 중에 어느 누가 팔찌와 편지로 그런 당돌한 짓거리를 했다면 매형이 그를 부르셔야 합니다. 매형이 하지 않는다면 제가 하겠어요. 옛날 같으면 그저 그런 놈은 마구간으로 끌고 가서 몽둥이로 호되게 패주라고 했을 텐데. 매형, 내일 사무실에서 기다리고 계세요. 전화로 알려드리겠습니다."

10

사람들이 뱉은 가래침이 엉겨붙어 있는 계단에는 쥐며 고양이들이 나다니고 등유 냄새가 배어 있었다. 6층으로 올라가기 전에 바실리 리보비치 공작은 발걸음을 멈췄다.

"잠시만 쉬자구."

그는 처남에게 말했다.

"이제야 호흡이 제대로 되는군. 아, 니콜라이 처남은 이 일에 가만히 있어줬으면 좋겠어."

그들은 두 계단을 더 올라갔다. 층계는 어두컴컴해서 니콜라이 니콜라예비치는 두 번이나 성냥을 그어 방 번호를 살펴봐야 했다.

초인종을 누르자 병에 걸린 듯 몸이 앞으로 구부러진 몸집이 비대하고 안경을 걸친 회색 눈의 노파가 문을 활짝 열었다.

"젤트코프 씨 집에 있나요?"

니콜라이 니콜라예비치가 물었다.

노파는 불안한 듯 두 사람들 향해 번갈아 눈동자를 돌렸다. 그러나 두 사내의 품위있는 외모가 그녀를 안심시켜 주었다.

"있소이다. 들어오시구려."

문을 열며 그녀가 말했다.

"왼쪽 첫 번째 방에 있습니다."

불라트-투가놉스키가 짧고 단호하게 세 번 노크를 했다. 방 안에서부터 사각거리는 소리가 들렸다. 그가 다시 한번 노크를 했다.

"들어오시오."

힘없는 목소리가 들려왔다.

방의 천정은 낮았으나 넓고 길어서 거의 사무실 형태에 가까웠다. 두 개의 둥그런 유리창은 선창과 꼭 닮았고, 그것이 간신히 방을 밝혀주고 있었다. 이런저런 모습이 군함의 장교 집회실 같았다. 한쪽 벽을 따라서는 좁다란 침대가 있었고, 다른 쪽 벽 옆에는 화려한 무늬의 터키 양탄자가 덮인 매우 크고 넓은 소파가 있었으며, 그 중간에는 다채로운 우크라이나식 식탁보가 덮인 식탁이 놓여 있었다.

처음에는 방 주인의 얼굴이 보이지 않았다. 빛에 등을 돌리고 당황하여 손을 비비고 있었던 것이다. 그는 훤칠한 키에 여윈 얼굴, 길고 더부룩한 머리칼을 가진 사내였다.

"실수한 것이 아니라면, 댁이 젤트코프 씨요?"

니콜라이 니콜라이예비치가 거만하게 물었다.

"내가 젤트코프요. 반갑습니다."

그는 손을 내밀고 투가놉스키 쪽으로 두 걸음을 옮겼다. 그러나 그때 니콜라이 니콜라예비치는 그가 인사하는 것을 정확히 알아차리지 못하고, 셰인 쪽으로 몸을 완전히 돌리고 있었다.

"실수하지 않을 거라고 매형에게 말했죠."

젤트코프의 병에 걸려 덜덜 떨리는 여윈 손가락들이 단추를 잠갔다 풀

석류석 팔찌 155

었다 하면서 짧은 갈색 신사복의 앞쪽에서 왔다갔다했다. 마침내 그는 소파를 가리키며 어렵게 말을 꺼냈다.

"앉으십시오, 누추하지만."

그제서야 그의 모습이 완전히 보이기 시작했다. 파란 눈동자, 보조개가 팬 고집센 어린아이 같은 턱, 쑥스러움을 타는 새색시의 얼굴을 가진 매우 창백한 사내였다. 나이는 서른 안팎 아니면 서른 다섯쯤 되어 보였다.

"고맙소."

그를 신중하게 뜯어보면서 셰인 공작이 간단하게 말했다.

"안녕하세요."

니콜라이 니콜라예비치가 짧게 대답했다. 그러고는 둘 다 계속 서 있었다.

"몇 분만 시간을 내주십사 이렇게 들렀습니다. 이분은 바실리 리보비치 셰인 공작으로, 현의 귀족단장이십니다. 제 성은 미르즈 불라트 투가놉스키올시다. 난 검보사입니다. 당신과 이야기할 수 있는 영광을 가지게 된 것은 다름이 아니라 공작님이나 저나, 좀 더 믿기 쉽게 말한다면 공작님의 사모님, 즉 제 누나에 관한 일 때문입니다."

당황하며 어찌할 줄 모르던 젤트코프는 갑자기 소파에 털썩 주저앉아 새파랗게 질린 입술로 한동안 중얼거렸다.

"앉으세요, 앉아서……."

그러나 이미 그런 권유를 했다는 것을 생각해 내고, 벌떡 일어나 창문 쪽으로 달려갔다가 머리채를 쥐어뜯으며 전에 있던 곳으로 되돌아왔다. 또다시 덜덜 떨리기 시작한 그의 손가락들이 단추를 쥐어뜯고, 불그레한 콧수염을 잡아당기고, 필요도 없이 얼굴을 만지작거리며 부산을 떨고 있었다.

"절 마음대로 하십시오, 나으리."

간청하는 듯한 눈으로 바실리 리보비치를 쳐다보며 그가 불명확한 발음으로 말했다.

그러나 셰인은 굳게 입을 다물고 있었다. 니콜라이 니콜라예비치가 입을 열었다.

"첫째, 당신의 물건을 되돌려 드리러 왔습니다."

이렇게 말하고 그는 호주머니에서 빨간색 보석상자를 꺼내 탁자 위에 던져놓았다.

"이것은 물론 당신의 취향에는 명예가 될 수 있겠으나, 그런 뜻밖의 일을 다시는 하지 않았으면 합니다."

"잘못이 크다는 건 저도 잘 알고 있습니다."

바닥을 내려다보며 모기만한 소리로 이렇게 말하는 그의 얼굴이 새빨개졌다.

"괜찮으시다면, 차 한 잔 하시겠어요?"

"이것 보시오, 젤트코프 씨!"

젤트코프의 마지막 말을 듣지 못한 듯 니콜라이 니콜라예비치는 계속 말을 이어갔다.

"당신이 한 마디의 말로써 이해할 줄 아는 점잖은 신사라는 걸 알아 무척 기쁩니다. 제가 실수하지 않았다면, 당신은 이미 6~7년 가까이 베라 니콜라예브나 공작부인의 뒤를 쫓아다녔죠?"

"그렇습니다."

조용히 말하고 젤트코프는 다소곳이 눈꺼풀을 내리깔았다.

"그리고 우리도 얼마 전까지 당신을 어떻게 할 생각이 추호도 없었습니다. 그렇게 해서도 안 되고, 그럴 필요도 없었지요. 그렇지 않나요?"

"맞습니다."

"그러나 최근의 당신의 행동, 즉 바로 저 석류석 팔찌를 보내는 행위는 우리의 인내의 한계를 무너뜨렸소. 아시겠소? 한계를 무너뜨렸단 말이오. 솔직히 말해 처음 생각으로는 당국의 힘에 호소하려고 했소. 그러나 우린 그렇게 하지 않았소. 그리고 그러지 않은 걸 기쁘게 생각하고 있소. 또 하는 말이지만, 당신이 선한 사람임을 처음부터 직감했기 때문이오."

" 죄송합니다만, 뭐라고 말씀하신 거죠?"

갑자기 진지하게 물으며 젤트코프는 입가에 미소를 뛰웠다.

"당국의 힘에 의지하고자 했다니요? 그렇게 말씀하신 겁니까?"

그는 호주머니에 손을 찔러놓고 소파의 구석에 편하게 앉아, 담배 케이스와 성냥을 꺼내 담배를 피우기 시작했다

"그러니까 당국의 도움에 호소하려 했다  그 말씀인가요? 공작님, 제가 앉아 있는 걸 용서해 주십시오."

그는 셰인에게 말꼬리를 돌렸다.

"그리고 그 다음은요?"

공작은 의자를 식탁 쪽으로 끌어당겨 앉았다. 그는 야릇하면서도 강렬한 호기심으로 이 이상한 사내를 뚫어지게 쳐다보았다.

"여보시오, 형씨! 그런 식으로 하면 안되지."

약간 무례하게 니콜라이 니콜라예비치가 말을 계속했다.

"남의 가정을 파탄내는 것은……."

"죄송합니다, 말을 끊어서."

"웬걸요, 이번에는 내가 말을 끊어서 미안합니다."

검사보가 큰 소리로 말했다.

"좋을실 대로 하시죠. 말씀하십시오. 제가 듣겠습니다. 하지만 바실리 리보비치 공작님께 몇 말씀 드릴 게 있습니다."

이렇게 말하고 나서 그는 더 이상 투가놉스키에게 주의를 기울이지 않고 말했다.

"지금 저는 제 생애에서 가장 고통스런 순간을 맞이하고 있습니다. 그리고 저는 무슨 일이 있더라도 공작님께 꼭 드리고 싶은 말이 있습니다. 공작님께서는 제 말씀을 끝까지 들어주시기 바랍니다."

"얘기해 보시오."

셰인이 말했다.

"아, 처남! 처남은 입을 다물고 있게나."

그는 투가놉스키의 성난 몸짓을 마음에 두고 말했다.

"말해 보시오."

젤트코프는 길게 한숨을 쉬다가 재빨리 말을 시작했다.

그는 턱으로 말하는 것 같았다. 그의 두 입술은 파랗게 질려 마치 죽은 사람의 입술 같았다.

"공작님의 사모님을 사랑하고 있다는 말을 어떻게 끄집어내야 할지…… 난감합니다. 하지만 희망도 없는, 그러면서도 정중했던 사랑의 8년은 제게 그런 말을 할 수 있는 자격이 충분히 있음을 보여줍니다. 처음, 그러니까 베라 니콜라예브나 공작부인께서 결혼하시기 전에 그분께 철딱서니없는 편지들을 보내고 심지어 그 답장까지 기다렸다는 사실을 솔직히 시인합니다. 팔찌를 보낸 최근의 행동은 더없이 바보 같은 짓거리였다는 것도 솔직히 시인합니다. 그러나 말입니다……지금 공작님의 눈을 똑바로 쳐다보면서 공작님이 저를 이해하고 계시다는 걸 잘 느끼고 있습니다. 그녀를 향한 애정을 식힐 힘이 결코 제게는 없음을 알고 있습니다. 공작님, 말씀해 보십시오. 제 말에 기분이 상하셨는지, 제 감정을 없애버리려면 어떻게 해야 하는지 말씀해 주십시오. 니콜라이 니콜라예비치 씨가 말씀하신 대로 절 다

석류석 팔찌 159

른 도시로 쫓아버리실 겁니까? 다른 데에 있어도 베라 니콜라예브나 공작부인을 사랑하는 것은 여기에서처럼 변함이 없을 것입니다. 저를 감옥에 처넣으실 겁니까? 그러나 거기에서도 전 그녀에게 제 존재를 알릴 수 있는 방법을 찾을 겁니다. 딱 한 가지의 해결 방법은 오로지 죽음뿐입니다. 당신이 원하시는 건 제가 어떤 식으로 그것을 수용하느냐 하는 거겠죠."

"우린 지금 무슨 멜로드라마를 만들자고 여기에 온 게 아니오."

모자를 쓰며 니콜라이 니콜라예비치가 말했다.

"문제는 무척 간단하오. 둘 중의 하나를 택하는 거요. 베라 니콜라예브나 공작부인을 따라다니는 일을 그만두시오. 만약 그게 싫다면 우리의 지위나 친지들의 힘을 빌려 우리가 할 수 있는 조치를 취할 것이오."

그러나 젤트코프는 그의 말을 듣고는 있었지만 쳐다보지는 않았다. 그는 바실리 리보비치를 보며 질문을 던졌다.

"한 10분 정도 자리를 비워도 되겠습니까? 도망가려는 게 아니라 베라 니콜라예브나 공작부인과 잠시 통화 좀 할까 합니다. 공작님께 통화내용을 전할 수 있다면 물론 전해 드리겠습니다."

"그렇게 하시죠."

셰인이 말했다.

바실리 리보비치와 니콜라이 투가노프스키 둘만 남게 되자 니콜라이가 매형을 다그쳤다.

"그래서는 안 돼요." 니콜라이는 보이지 않는 무거운 짐을 땅바닥에 내동댕이치듯 오른손을 내저으며 소리쳤다. "그렇게 긍정적으로 말해서는 안 돼요. 본 내용은 내가 말하겠다고 이야기 했잖아요. 매형은 저 사람으로 하여금 자신의 감정을 펼쳐보이게 만들었어요. 두 단어면 끝날 이야기를 말이에요."

"기다려봐, 모든 게 밝혀지고 있잖아. 중요한 것은 내가 그 사람 얼굴을 보고 있고, 내가 이 사람이 거짓말을 하거나 사람을 속일 위인이 아니라는 것을 알고 있다는 것이야. 그리고 사실 그가 사랑에 빠진 게 그 사람 잘못인가, 그리고 사랑을 어떻게 마음대로 조종할 수 있단 말이야. 사랑이라는 것은 아직까지도 말로 설명할 수 없는 것이잖아. 불쌍한 사람이야. 저 사람이 불쌍할 뿐만 아니라 어떤 비극적인 영혼이 느껴져, 뭐라고 설명을 못하겠지만 말이야." 공작이 말했다.

"데카당스 군" 니콜라이 니콜라예비치가 말했다.

10 분 뒤에 젤트코프가 돌아왔다. 그의 두 눈이 반짝였다. 눈 깊은 곳에 흐르지 못한 눈물이 가득차 있는 듯 하였다. 그리고 그는 안절부절하였다. 신사적인 매너를 잊은 듯 했다. 그리고 셰인 공작은 마음 아파하며 이것을 이해할 수 있었다.

"저는 준비가 되었습니다. 내일이면 저에 대한 소식을 하나도 듣지 못하게 될 것입니다. 저는 당신들에게는 죽은 사람이나 마찬가지가 될 것입니다. 하지만 한 가지 조건이 있습니다. 바실리 리보비치 공작님께 드리는 말씀입니다. 아시다시피 저는 시의 재산을 유용했습니다. 그러니 언젠가는 이 도시를 떠나야만 합니다. 그 전에 베라 니콜라예브나 공작부인께 마지막 편지를 쓰게 해주십시오."

"안 돼요, 끝이면 그냥 끝이요. 무슨 편지를 쓰겠다는 거요?" 니콜라이 니콜라예비치가 소리쳤다.

"좋아요, 편지를 쓰세요." 바실리 리보비치가 말했다.

"이제 끝입니다. 더 이상 저에 대한 소식을 듣지 못하게 될 것입니다. 물론 더 이상 저를 보지도 못할 것입니다. 베라 니콜라예브나 공작부인께서는 저와 전혀 말을 섞고 싶어하지 않았습니다. 먼 발치에서나마, 물론

제 모습을 드러내지 않고, 공작부인을 볼 수 있게 여기에 계속 남아 있어도 되냐고 물으니 공작부인께서는 '제가 이번 사건으로 얼마나 힘들어 하는지 아신다면, 제발 모든 것을 당장 그만 두어 주세요.'라고 대답하시더군요. 그래서 저는 이제 모든 것을 그만 두려고 합니다. 제가 할 수 있는 것을 전부 한 것 같습니다."

저녁에 바실리 리보비치는 집으로 돌아와서 아내에게 젤트코프와 만났던 이야기를 상세하게 설명해주었다. 왠지 그는 아내에게 모든 것을 이야기해주어야만 할 것 같았다.

베라는 걱정을 많이 하고 있었지만 그렇게 놀라는 편은 아니었다. 밤이 되어 남편이 그녀가 누워있는 침실로 들어왔을 때, 그녀가 갑자기 벽쪽으로 돌아누우며 말했다.

"아, 어떻게 하죠! 전 알고 있어요. 그 사람 자살할 거예요."

11

베라 니콜라예브나 공작부인은 절대로 신문을 읽는 법이 없었다. 첫째로, 신문은 그녀의 손을 더럽히기 때문이며, 둘째로, 요즘 신문에서 사용되고 있는 언어들을 이해할 수 없었기 때문이다.

그러나 운명이랄까, 그녀는 신문을 펼쳐들었으며, 다음과 같은 기사가 우연히 눈에 들어왔다.

의문사가 있었다. 어제 저녁 7시경, 검사소 관리 G. S. 젤트코프 씨가 자살하였다. 그 행동으로 보아 고인의 죽음은 공금횡령 때문으로 추정된다. 그것은 자살자가 남긴 편지로 확인되고 있다. 목격자의 진술도 스스로 행한 행동인 것으로 보인다. 검시소로 시체를 송부할 것인지는 미결정 상태이다.

베라는 곰곰이 생각했다.
"나는 어떻게 왜 이 일을 예감할 수 있었을까? 도대체 이런 비극적인 결말을 어떻게…… 그리고 이것은 무엇일까? 사랑일까? 아니면 광기일까?"
낮 동안 내내 그녀는 화단과 과수원을 거닐었다. 시시각각으로 그녀 속에서 커져가는 불안 때문에 어느 한 장소에 조용히 앉아 있을 수가 없었던 것이다. 온갖 상념은 얼굴 한번 본 적 없고 앞으로도 결코 볼 수 없는 그 수수께끼 같은 사내, 그 우스꽝스러운 P. P. Z.에게서 떠나지 않았다.
"어찌 알겠느냐? 너의 삶의 행로가 참되고 헌신적이며 진실한 사랑을 막았는지도."
아노소프의 말이 그녀의 머릿속을 떠돌았다.
6시에 우체부가 왔다. 이번에는 젤트코프의 글씨체를 알아보고 자신도 모르게 부드럽게 편지를 폈다.
젤트코프는 다음과 같이 썼다.

저에게는 잘못이 없습니다, 베라 니콜라예브나. 하나님께서 원하시어 제게 당신에 대한 사랑이란 커다란 행복을 주신 것뿐입니다. 그래서 삶의 그 어느 것에도 관심이 없습니다. 정치도, 학문도, 철학도, 사람들의 미래의 행복에 대한 걱정도 말입니다. 제게 있어 삶의 모든 의미는 오로지 당신에게 있습니다. 제가 지금 느끼고 있는 것은 어떤 적당치 못한 쐐기가 당신의 삶 속에 박혀 있다는 것입니다. 만약 가능하다면 그렇게 만든 저를 용서해 주십시오. 오늘 저는 떠나갑니다. 그리고 절대 돌아오지 않을 것입니다. 그리고 당신에게도 저에 대한 회상은 없을 겁니다.

당신이 존재하고 있다는 사실 하나만으로도 저는 당신에게 무한한 감사를 드립니다. 제 자신을 점검해 보건대, 이것은 병도 아니며 망상적 상념도 아닙니다. 이것은 무엇인가에 대해 하나님이 친히 보상으로 주신 사랑입니다.

당신의 눈이나, 당신의 동생 니콜라이 니콜라예비치의 눈에 제가 웃음거리로 비쳤다 해도 상관없습니다. 떠나며 저는 기쁨에 싸여 말합니다. 〈당신의 이름이여, 거룩하라〉라고.

8년 전 서커스장 특별석에 앉아 계신 당신을 보고 그 순간 제 자신에게 말했습니다. 나는 저 여자를 사랑하고 있다. 이 세상 어디에서도 저 여자를 대신 할 것은 없다. 저 여자보다 더 훌륭한 것은 없다. 어떤 동물도, 어떤 식물도, 어떤 별도, 어떤 사람도 당신보다 더 아름답고 온화할 수 없다고 말입니다. 이 땅의 모든 아름다움이 당신에게 구현되어 있는 것처럼 보였던 것입니다…….

잠시 생각해 보세요. 제게 필요한 일이 무엇이겠습니까? 다른 도시로 도망쳐야 했을까요? 그래도 여전히 심장은 항상 당신 주위에, 당신의 발 곁에 머물렀고, 하루의 매순간 제 마음은 당신과 당신에 대한 생각과 당신에 대한 염원에 사로잡혀 있었습니다. 저의 어리석은 팔찌에 대해 부끄럽게 생각합니다. 그 생각을 하니 얼굴이 후끈거립니다. 그래요, 그건 실수였습니다. 그것이 당신의 손님에게 어떤 인상을 줬을지 짐작이 갑니다.

10분 후면 저는 떠납니다. 우표를 붙이고 우체통에 편지를 넣을 겁니다. 다른 사람에게 시키지 말고, 이 편지를 직접 불살라 버리세요. 방금 전에 페치카에 불을 피웠습니다. 그리고 제 생애에서 가장 귀중한 물건, 제가 훔친 당신의 스카프를 태우고 있습니다. 한 무도회에서 당신이 그것을 의자에 놓고 잊어버리셨더군요. 당신에게 편지를 쓰지 말라고 보내주셨던, 제가 수없이 입맞춘 당신의 메모지도, 언젠가 손에 들고 계시다가 나오실 때 의자에 놓고 잊어버린 미술 전시회 프로그램도…… 끝으로 전 모든 것을 잘라버렸습니다. 그러나 어찌 된 일인지 당신은 저를 기억 속에 떠올릴 것이라는 생각이 들며 또 그런 확신이 듭니다. 혹시라도 제 생각이 나신다면 그땐, 당신은 음악을 무척 좋아하시죠? 베토벤 사중주를 연주하는 곳에서 당신을 많이 봤으니까요. 그래요, 제 생각이 혹시라도 나신다면, 소나타 D-jur No.2 op.2를 들으세요.

어떻게 펜을 놓아야 할지 모르겠습니다. 당신은 제 삶에서 유일한 기쁨이었으며, 유일한 위안이자 단 하나뿐인 신념이었다는 점에 대해 영혼의 깊은 곳에서부터 당신께 감사 드립니다. 당신에게 행복이 깃들고, 그 어떤 것도 당신의 아름다운 영혼을 괴롭히지 않도록 신께 기원합니다. 당신의 두 손에 키스를 보내며.

G. S. Z

그녀는 눈물로 빨개진 두 눈과 부어오른 두 입술로 남편에게 가서 편지를 보여주며 말했다.

"당신에게 감추고 싶은 마음은 추호도 없어요. 하지만 어떤 무서운 것이 우리들의 삶에 끼어든 것 같아요. 분명 당신과 동생은 필요 이상의 짓을 했어요."

셰인 공작은 주의깊게 편지를 읽더니 반듯하게 접었다. 그리고 한참동안 입을 다물고 있다가 말했다.

"이 자의 진실성을 의심하지 않소. 더 나아가 당신에 대한 그의 감정이 어떤 것인지 알기에는 내가 부족한 것 같소."

"그는 죽었나요?"

베라가 물었다.

"그래요, 죽었소. 그는 당신을 사랑했소. 결코 정신이상자가 아니오.

그의 눈을 놓치지 않고 그의 동작 하나하나, 그의 얼굴의 변화 하나하나를 다 보았소. 그에게 당신 없는 삶은 존재하지 않았소. 마치 사람에게 죽음을 가져다 주는 거대한 고통 앞에 내가 서 있는 것처럼 느껴졌소. 아니, 내 앞에 죽은 사람이 있는 것 같은 생각이 들었소. 이해해 주겠소, 베라? 어떻게 처신해야 할지, 무엇을 해야 할지 난 알지 못했소."

"저어, 바센카." 베라 니콜라예브나가 그의 말을 가로막았다. "시내에 가 그를 보고 와도 괜찮겠죠?"

"그래요. 괜찮소, 베라! 그렇게 하구려. 나도 갔으면 좋겠는데, 처남이 알면 모든 일을 망칠 거요. 나 자신도 어색한 감정이 들것 같기도 하고······."


12


베라 니콜라예브나는 류테란스카야에서 두 구역 못 미치는 곳에 마차를 세워두었다. 그녀는 큰 어려움 없이 젤트코프의 방을 찾아냈다. 회색 눈동자를 가진 매우 뚱뚱한 노파가 나와 어제와 똑같이 물었다.

"무슨 일로 오셨수?"

"젤트코프 씨를 보려구요."

공작부인이 말했다.

그녀의 의상, 모자, 장갑 그리고 약간 고압적인 음성이 방 주인에게 강한 인상을 준 것 같았다. 그녀가 말했다.

"아, 그러세요. 들어 오시우. 왼쪽 첫 번째 문이라우. 헌데 거기는······ 지금······ 나이도 젊은데 우리 곁을 떠났다우. 뭐라나, 그 횡령인가. 그런 사실을 내게 귀띔이라도 해줬더라면······ 그에게 방을 빌려주고 받은 세가 아마 6, 7백 루블은 될 것이에요. 그 정도의 돈은 그 사람 대신 제가 낼 수 있었는데. 8년간 그에게 방을 세놨는데 그는 전혀 세든 사람 같지 않고 친아들처럼 여겨졌지요."

바로 현관에 의자가 있어 베라는 거기에 앉았다.

"전 죽은 그 세든 사람의 친구입니다."

한 마디 한 마디를 신중하게 말했다.

"그의 삶의 마지막 순간에 대해서 뭐 아시는 것 좀 말씀해 주세요. 무슨 일을 했으며, 무슨 말을 했는지."

"부인, 두 명의 신사가 찾아와 무척 오랫동안 얘기를 나눴지요. 후에 그가 설명하기로는 큰 소유지의 관리인 자리를 제안받았다고 하더군요. 그리고 나서 전화통으로 뛰어가더니 매우 유쾌해져서 돌아옵디다. 그리고 난 뒤 두 명의 신사는 떠났고, 그는 앉아서 편지를 썼지요. 그러더니 나가서 편지를 우체통에 넣고, 다음에 꼬마애들 장난감 권총 소리 같은 게 들립디다. 우린 뭐 별다른 일이야 있을라고 하고 생각했지요. 일곱 시만 됐다하면 그 사람은 항상 차를 마시지요. 식모 루케르야가 가서 문을 두드렸는데 아무런 대답이 없었다우. 또 두드리고 또 두드렸지요. 할 수 없이 문을 부쉈는데 그는 이미 죽어 있지 뭐유."

"팔찌에 대해서 뭐 아시는 게 있으면 말씀해 주세요."

베라 니콜라예비나가 주문했다.

"아하, 팔찌? 깜빡해 버렸네. 어떻게 그걸 아시우? 편지를 쓰기 전에 그가 와서 이렇게 말합니다. '할머닌 가톨릭 신자시죠?'라고, 그래서 '그렇소.'라고 말했지요. 그랬더니 그가 하는 말이 '가톨릭 신자들에겐 목걸이나 반지를 선물해서 자기의 감정을 표현하는 아름다운 풍속이 있죠'라고 하면서 '한 가지 진지한 청이 있는데 이 팔찌를 어떤 사람에게 전해 줄 수 있나요?'라고 합디다. 그러마고 했지요."

"그 사람을 볼 수 있을까요?"

베라가 물었다.

"그러세요. 부인. 왼쪽 첫번째 문이라우. 오늘 검시소로 보낼려고 했지요. 그런데 하나 있는 동생이 기독교식으로 장례를 치르겠다고 부탁을 했답니다."

베라는 힘을 다해 문을 열었다. 방에서는 향냄새가 풍겼으며 커다란 초 세 개가 타고 있었다. 탁자에 젤트코프가 누워 있었다. 시신은 오르내림 없이 평평하게 누워 있었고, 그의 머리에는 부드럽고 조그만 베개가 받쳐져 있었다. 감은 눈 뒤에는 깊은 거만함이 있었고, 입술에는 행복하고 평화스러운 미소가 감돌고 있었다. 마치 삶과의 작별에 앞서 모든 인간적인 그의 삶을 파괴시켜버린 그 어떤 깊고도 미묘한 비밀을 알아차린 모습을 하고 있었다. 위대한 순교자, 푸시킨과 나폴레옹의 마스크에서 느꼈던 평온한 인상과 똑같다는 생각을 그녀는 떠올렸다

"원하신다면, 부인. 이 몸은 가리다."

노파의 음성 속에서는 대단한 친밀감이 깃들어 있었다.

"그러세요. 잠시 후에 부르겠습니다."

이렇게 말하고 베라는 즉시 상의 허리춤에 있는 조그만 포켓에서 커다란 빨간 장미 한 송이를 꺼내, 왼손으로 시신의 머리를 조금 들어올리고 오른손으로 꽃을 거의 목밑에 놓았다. 그순간 그녀는 모든 여성이 염원하는 사랑이 그녀의 곁을 지나갔다는 사실을 이해하였다. 그녀는 영원하고 예외적인 사랑에 대한, 그리고 거의 예언적이라 할 수 있는 아노소프 장군의 말을 생각해 냈다. 그리고 시신의 이마에 흘러내린 머리카락을 양편으로 쓰다듬고 나서, 그 관자놀이를 손으로 힘주어 잡고 마치 오랜 친구에게 하듯 그 싸늘하고 축축한 이마에 입을 맞췄다.

그녀가 떠나려고 할 때 방 주인은 아부하듯 폴란드식 말투로 그녀에게 말했다.

"부인, 제가 보기에 당신은 다른 사람과 다른 데가 있구려. 호기심때문만은 아니라우 죽은 젤트코프 나리가 죽기 전에 이렇게 말합디다. '혹시 제가 죽고, 어떤 부인께서 절 보러온다면 그녀에게 말해 주세요. 베토벤 중에 아주 훌륭한 작품이 있다고······.' 그러면서 손수 메모를 적어 내게 줍디다. 자, 여기······."

"보여주세요." 이렇게 말하면서 베라 니콜라예브나는 울음을 터뜨렸다. "죄송해요. 죽음의 인상이 너무 고통스러워 참을 수가 없군요."

그리고 그녀는 눈에 익은 필체로 쓰여진 글을 읽었다.

L. 베토벤 피아노 소나타 제 2번(op.2, № 2) 제 2악장 라르고 아파시오나토

13

저녁 늦게 집으로 돌아온 베라 니콜라예브나는 집에 남편도 동생도 없는 것이 기뻤다.

그 대신 피아니스트인 젠니 레이테르가 그녀를 기다리고 있었다. 자신이 보고 들은 것에 흥분한 베라는 그녀에게 몸을 던지며 그 아름답고 커다란 손에 입을 맞추고 울부짖었다.

"사랑스런 젠니, 부탁해. 나를 위해 뭔가 아무거나 연주해주지 않겠어?"

그리고는 곧장 방에서 나가 화단의 벤치에 앉았다.

그녀는 젠니가 젤트코프라는 이상한 성씨의 그 죽은 사람이 부탁한 소나

타 2번중 바로 그 부분을 연주할 것이라는 사실을 추호도 의심치 않았다.

그녀는 그 곡을 쳤다. 곡의 처음부터 깊이에 있어 그 독특하고 특이한 작품을 알아차렸다. 그녀의 영혼은 마치 두동강이 나는 것 같았다. 동시에 그녀는 천 년에 딱 한 번 반복되는 사랑이 그녀의 곁을 스치고 지나갔음을 생각했다. 아노소프 장군의 말을 떠올리며 스스로에게 물었다. 왜 그 사람은 다른 것도 아닌 이 베토벤의 작품을 들으라고 했을까? 그녀의 바람과는 달리 그녀의 이성 속에서는 단어들이 조합되었다. 그 단어들은 그녀의 사고 속에서 음악과 합쳐져 〈그대의 이름이여, 거룩하여라〉로 끝나는 하나의 싯구절처럼 나타났다.

'이제 저는 고뇌와 고통 그리고 죽음에 순종하며 기쁘게 운명으로 짊어진 삶을 부드러운 음성으로 당신에게 보여줍니다. 푸념도, 질책도, 자존심의 의지도 저는 모릅니다. 당신 앞에 한 가지 기도를 바칩니다. 〈그대의 이름이여, 거룩하여라〉

그래요. 전 고통, 피 그리고 죽음을 예견합니다. 그러나 아름다운 그대여! 그대에게 찬미가, 열렬한 찬미와 고요한 사랑이 있을 겁니다. 〈그대의 이름이여, 거룩하여라〉

당신의 발걸음, 미소, 시선을 기억합니다. 달콤한 애수, 고요하고 아름다운 애수가 제 마지막 추억을 사로잡습니다. 그러나 저는 당신에게 슬픔을 드리지 않습니다. 침묵하며 홀로 떠나는 것은 하나님이 기꺼이 베푸신 운명입니다. 〈그대의 이름이여, 거룩하여라〉

죽음을 앞둔 서러운 시간에 저는 당신에게 침묵합니다. 저에게도 삶은 아름다울 수 있었을 것입니다. 한탄하지 말아요, 가엾은 심장이여. 한탄하지 말아요, 영혼 속에서는 죽음을 불러내지만 심장 속에서는 당신에 대한 찬미로 가

득합니다. 〈그대의 이름이여, 거룩하여라〉

당신과 당신의 주위에 있는 사람들이여, 당신들 모두는 당신이 얼마나 아름다웠는지를 알지 못하고 있습니다. 시계가 시간을 알리고 있습니다. 죽어가면서 저는 삶과 이별하는 슬픔어린 시간에도 노래를 부릅니다. 그대에게 영광을……. 모두에게 평화를 주는 죽음이 여기 오고 있습니다, 그대에게 영광을…….'

베라 공작부인은 아카시아 줄기를 부여잡고 나무에 바싹 다가가 울음을 터뜨렸다. 나무가 가볍게 떨렸다. 가벼운 바람이 불었다. 나뭇잎들은 마치 그녀를 동정이나 하듯 사락사락 소리를 냈다. 연초 내음이 코를 찔렀다. 여전히 멋들어진 음악은 그녀의 슬픔에 따르기라도 하듯 계속 이어졌다.

'진정해요, 귀한 여인이여! 진정해요, 진정해요. 그대는 저를 기억하실 건가요? 당신은 유일한 나의 마지막 사랑입니다. 진정하세요, 전 그대와 함께 있어요. 저를 생각하세요, 그러면 전 당신과 함께 있을 거예요. 저와 당신은 단 한 순간 사랑했으나 또 영원히 사랑한 까닭입니다. 그대는 저를 기억하실 건가요? 지금 저는 당신의 눈물을 느낍니다. 진정하세요, 잠에 빠질 시간이에요. 아주 달콤하게, 달콤하게.'

젠니 레이테르는 연주를 마치고 방에서 나와 온통 눈물에 젖어 벤치에 앉아 있는 베라 공작부인을 보았다.
"왜 그래?"
피아니스트가 물었다. 반짝이는 눈물을 머금고 베라는 몸을 부들부들 떨며 그녀의 얼굴, 입술, 눈에 키스하기 시작했다. 그리고 말했다.
"아니야, 아무것도. 방금 그가 나를 용서해 줬어. 이젠 괜찮아."

# 심연

레오니드 안드레예프

1

이미 날이 저물었는데도 두 사람은 계속해서 걷고, 정신없이 얘기하느라고 자기들이 어디로 가는지 시간이 얼마나 되었는지조차 몰랐다. 저 앞의 미끈한 언덕 위엔 조그만 나무 숲이 이뤄져 있었고 그 나뭇가지들 너머로 태양이 마치 빨갛게 달아오른 숯불처럼 타올라 대기에 불을 질러서는 온통 붉은 금빛 먼지로 뒤덮어 버렸다. 태양은 바로 눈앞에서 타올라 주위의 모든 것을 보이지 않게 하고, 그 태양 하나만 남아, 길에 붉은 칠을 하고 길을 평평하게 하고 있는 것 같았다. 걸어가던 두 사람은 눈이 아팠기 때문에 이내 발길을 돌렸다. 그러자 금방 불은 꺼지고 보이는 모든 것이 차분히 가라앉아 밝고 조그맣고 분명해졌다. 어딘가 멀리, 1킬로미터나 그보다 더 먼 곳에서 빨간 저녁놀이 우뚝 솟은 소나무에 떨어지자, 나무기둥은 푸른 잎들 사이에서 어두운 방안의 촛불처럼 불타올랐다. 앞으로 난 길은 적자색으로 물들어 있었고, 그 위에 놓인 돌 하나하나는 길고 검은 그림자를 던지고 있었다. 햇살을 받은 처녀의 머리카락 주위로는 붉은 금빛 후광이 빛나고 있었고, 곱실한 머리카락 하나하나가 금빛 실오리처럼 하늘거리고 있었다.

앞이 캄캄해졌는데도 그들의 대화는 그치지도, 바뀌지도 않았다. 여전히 활기차고 다정하고 나지막한 그들의 대화는 평온한 흐름으로 이어졌고, 화제도 변함없이 오직 한 가지, 사랑의 힘과 아름다움과 불멸에 대한 것이었다. 두 사람 다 아주 젊었다. 처녀는 겨우 열일곱 살이었고, 네모베츠키는 네 살 더 위였지만 두 사람 다 학생복을 입고 있었다. 여자는 갈색의 단아한 제복을 입고 있었고, 남자는 공학도들이 입는 멋진 제복을 입고 있었다. 그들의 이야기뿐만이 아니라 모든 것이 다 젊고 아름답고 순결하였다. 공기를 불어넣은 듯 날씬하고 유연한 몸매하며, 가볍고 탄력있는 걸음걸이하며, 평범한 말 속에도 진심이 깃들어 있어, 마치 어두운 벌판에 눈이 덜 녹은 조용한 봄날 밤에 개울물이 소곤대는 것만 같은 신선한 목소리까지도 그랬다.

두 사람은 계속 걸어갔다. 낯선 길이 꼬부라지면 그들도 따라 돌아갔다. 두 개의 긴 그늘은 점점 가늘어 져서 머리가 조그맣게 되었기 때문에 우스꽝스러웠지만, 그것은 따로따로 떨어져 가기도 하고, 한데 합쳐져 포플라 나무의 그림자처럼 하나의 좁고 긴 그림자가 되기도 했다. 그러나 두 사람은 그 그림자도 보지 않고 이야기에 열중하고 있었다. 얘기를 계속 하면서 남자는 장밋빛 저녁노을 때문에 약간 발그레해진 그녀의 아름다운 얼굴을 지칠 줄도 모르고 계속 쳐다보고 있었다. 그녀는 머리를 숙여 오솔길을 내려다보며 길 위의 작은 돌들을 우산으로 쳐내기도 하고, 신발의 뾰족한 끝부분이 규칙적으로 신발의 잿빛 원피스 아래에서 교대로 삐져나오는 것을 관찰하기도 했다.

길을 가로질러 도랑이 있고, 도랑 저쪽은 어지러운 땅이 사람의 발길에 허물어져 있었다. 거기서 두 사람은 잠시 멈춰 섰다. 지노치카는 얼굴을 들어 어슴푸레한 눈길로 주위를 둘러보며 물었다.

심연 173

"여기가 어딘지 아세요? 저는 여기에 한 번도 와본 적이 없어요."

그는 주의 깊게 사방을 돌아봤다.

"네, 알고 있습니다. 이 언덕 너머 저쪽이 도시입니다. 손을 주세요, 도와드릴게요."

남자가 손을 내밀었다. 노동을 하지 않은 가늘고 하얀 계집애 같은 손이었다. 지노치카는 들떠 있었다. 혼자서 도랑을 뛰어 넘어 '절 잡아보세요!'라고 소리치고 싶었다. 하지만 그러고 싶은 생각을 꼭 누르고 사뭇 인사치례를 하면서 가볍게 머리를 숙여 보이고는, 좀 머뭇거리는 태도로 어린애의 그것처럼 도톰하고 부드러운 손을 내밀었다. 그는 이 떨리는 손을 아플 정도로 꽉 잡아 주고 싶었다. 하지만 그 역시 그러고 싶은 마음을 꾹 참고, 가볍게 머리를 마주 숙여 보이고 나서는 점잖게 그녀의 손을 잡았고 올라오는 소녀의 한 발이 얼핏 보였을 때도 사뭇 외면을 했다.

그러고 나서도 두 사람은 걸으면서 계속 이야기를 나눴지만, 그들의 머릿속은 잠깐 스친 서로의 손에 대한 감각으로 꽉 차 있었다. 그녀는 그의 굵고 단단한 손가락과 손바닥의 뜨거운 열기를 느끼고 있었다. 그녀는 기분이 좋았지만 조금은 부끄럽기도 했다. 또 그의 손엔 그녀의 조그만 손의 다소곳하고 보들보들한 감촉이 남아 있었고, 한쪽 발의 검은 실루엣과 그것을 감싸고 있던 검은 운동화가 눈에 남아 있었다. 그리고 이 스커트의 좁은 깃과 날씬한 발의 신선한 영상에는 무엇인가 예리하고 불안한 것이 느껴졌기 때문에 그는 억지로 그것을 머리에서 지워버렸다. 그러자 그는 즐거워지고, 심장은 여유 만만해졌고, 노래를 부르고 싶고 하늘을 향해 두 손을 쭉 펴면서 '도망가 봐요. 내가 따라 잡을 테니까!'라고 외치고 싶어졌다.

이러한 기분에 젖어 그의 가슴에선 눈물이 솟구쳤다.

길고 우스꽝스러운 그림자는 없어지고 길 위의 먼지들이 차갑게 회색

빛으로 변했다. 그러나 두 사람은 그것도 모르고 얘기를 계속했다. 두 사람 다 좋은 책을 많이 읽고 있었다. 그래서 사랑하고, 괴로워하며, 순수한 사랑을 위해 몸을 바친 사람들의 신성한 모습들이 두 사람의 눈앞에 어른거렸다. 언제 읽은 지도 모를 시의 구절들이 기억 속에 되살아났다.

"이게 어느 시에 있는 시구(詩句)인지 아시겠어요?"

네모베츠키는 시구 하나를 떠올리며 물었다.

"사랑하는 그녀는 아직 여기 있으나, 지금도 마음을 털어놓지 않는다. 용케도 묻어 두었네, 깊은 그 마음 사랑의 괴로움을……."

"모르겠어요." 지노치카는 대답하고 감정을 곁들여 되뇌었다.

"깊은 그 마음 사랑의 괴로움을……."

"사랑의 괴로움을"하고 네모베츠키는 저도 모르게 다시 받았다.

그리고 두 사람은 생각해 내기 시작했다. 흰 백합꽃 같이 깨끗한 여자들, 검은 승복을 입고 낙엽이 깔리는 가을의 공원을 홀로 거닐며 불행함 속에도 행복하던 여자들을 생각해 내었고, 또 자랑스럽게 힘이 센 사내들, 하지만 고민을 하면서 사랑을 찾는, 여성의 깊은 사랑을 찾아 헤매는 사내들을 생각해냈다. 생각해낸 사람들의 모습은 슬픈 것이었다. 하지만 슬픔 속에서만 사랑은 한층 더 밝고 깨끗하게 나타나는 것이었다. 사랑은 이 세상처럼 넓고 태양처럼 밝고 너무도 아름다운 것으로 그들의 눈에 비쳐 왔다. 그리고 이보다 더 강력하고 이보다 더 아름다운 것은 아무것도 없었던 것이다.

"당신은 사랑하는 사람을 위해서라면 죽을 수도 있나요?"

지노치카는 어린애의 그것 같은 자기의 손을 들여다보면서 물었다.

"네, 죽을 수도 있고말고요."

네모베츠키는 똑바로 천천히 그녀를 쳐다보면서 대답했다. 그러고는 물었다.

"당신은요?"

"네, 저도 할 수 있어요." 그녀는 생각에 잠기면서 덧붙였다.

"사랑하는 사람을 위해서 죽는 일은 큰 행복인 걸요. 진심으로 바라는 바예요."

두 사람의 시선이 마주쳤다. 밝고 평온한 시선은 서로에게 뭔가 기분 좋은 것을 전해주었다. 지노치카가 발길을 멈추고 말했다.

"잠깐 당신의 저고리에 실오리가 붙어있어요"

그리고 아무런 거리낌도 없이 한 손을 그의 어깨에 가져가더니 두 손가락으로 실을 집었다.

"이것 보세요." 그녀는 진지한 표정으로 물었다.

"왜 얼굴빛이 나빠지고 여위세요? 너무 공부만 하시는 건 아니에요? 무리 하지 마세요. 제발 부탁이에요."

"당신의 눈은 새파란데, 그 속엔 불꽃같은 밝은 점이 있군요."

그는 그녀의 눈을 찬찬히 들여다보면서 말했다.

"당신의 눈은 새까맣군요. 아니에요, 갈색이네요, 따뜻한…… 이 눈엔…… ."

그 눈에 무엇이 있다는 말을 다 하지 않고 지노치카는 얼굴을 돌렸다. 그 얼굴은 점점 새빨개지고 눈은 머뭇거리며 겁을 집어 먹고 있었으나 입술은 저도 모르는 사이에 웃고 있었다. 무언가 만족스러워하며 웃고 있는 네모베츠키를 기다리지 않고 그녀는 혼자 몇 걸음 걸어갔다가 갑자기 멈춰 섰다.

"저것 보세요. 해가 졌어요." 그녀는 슬퍼하며 놀라서 외쳤다.

"네, 해가 졌군요."

그는 뜻하지 않은 애절한 슬픔을 느끼면서 대답했다.

빛은 없어지고 그림자들도 사라지고 주변의 모든 것들이 창백하게 말없이 생기를 잃어 갔다. 조금 전까지 작열하는 태양이 빛나던 곳에서부터 커다란 검은 구름떼가 소리 없이 기어 올라와 푸르른 공간을 조금씩 먹어 들어가고 있었다. 먹구름들은 서로 엉키고 부딪치며 잠에서 깨어난 괴물 같은 모습을 천천히 그리고 힘겹게 변형시키며 부득부득 전진해 왔는데, 마치 자신의 의사와는 반대되는 어떤 무서운 불가항력에 쫓기는 것만 같았다. 힘없고 놀란 듯한 모습의 엷은 구름 한 점만이 다른 구름들로부터 떨어져 나와 홀로 외롭게 떠다니고 있었다.

2

지노치카의 볼은 창백하고 입술은 거의 핏빛 같다고 할 만큼 빨갛고 눈은 저도 모르게 크게 떠졌고 눈빛은 어두워졌다. 그녀는 조용히 중얼거렸다.

"저 무서워요. 너무 조용해요. 우린 길을 잃은 건 아닌가요?"

네모베츠키는 짙은 눈썹을 모으고 탐색하듯 주변을 둘러 봤다. 해가 지고 다가오는 밤의 신선한 입김을 받아서 그런지 주변은 침울하고 싸늘해 보였다. 사방으로 펼쳐져 있는 잿빛 들판에는 키 작은, 마치 짓밟힌 것 같은 푸성귀들이 자라고 있었고, 진흙 골짜기와 언덕과 여기저기 뚫린 구멍들이 있었다. 구멍들은 수없이 많았는데, 깊숙한 것, 급한 경사를 이룬 것, 덤불이 무성한 조그만 것들도 있었다. 구멍 속은 벌써 조용한 밤의 어둠이 소리 없이 기어들고 있었다. 이 구멍들 안에서 예전에는 사람들이 살면서 무엇인가를 했었는데, 이제는 아무도 없었다. 이것이 주변의 경치를 한층 더 쓸쓸하고 슬프게 만들었다. 여기저기에는 보랏빛의 차가운 안개 덩어리처럼 어린나무 숲들이 자라나서는 사람들에게 버림 받은 구멍들이 무슨 말을 하는지 기다리고 있는 것처럼 보였다.

네모베츠키는 마음속에서 갑갑하고 막연한 불안감이 일어나는 것을 억누르며 말했다.

"아닙니다. 길을 잃지는 않아요. 제가 길을 알고 있어요. 우선 이 들판을 건너가서, 그 다음엔 저 숲을 지나면…… 무섭습니까?"

그녀는 용기를 내어 방긋 웃었다.

"아니요. 이젠 무섭지 않아요. 하지만 빨리 집에 돌아가서 차를 마시고 싶어요."

그들은 빠르고 힘차게 앞으로 걸어갔으나 이내 발걸음이 다시 느려졌다. 그들은 좌우를 살펴보지는 않았지만, 울퉁불퉁한 들판의 음산한 적의를 느낄 수 있었다. 그런데 이러한 느낌이 두 사람을 가깝게 만들었고, 그들에게 유년에 대한 추억을 떠올리게 했다. 그 추억은 태양과 푸르른 잎사귀, 사랑과 웃음으로 환히 비춰진 유쾌한 기억이었다. 이는 마치 지상의 삶이 아니라, 길고 부드러운 노래 같았고, 이들 자신은 이 노래 속의 소리들, 두 개의 작은 음정 같았다. 하나는 수정의 울림처럼 깨끗하고 낭랑한 음정이고, 다른 하나는 나지막하지만 선명한 방울소리 같은 음정이었다.

이때 갑자기 사람들이 보였다. 두 여자가 깊은 진흙 구덩이의 가장자리에 앉아 있는 것이었다. 한 여자는 다리를 포개고 앉아서 움직이지 않고 아래를 내려다보고 있었다. 그녀의 머리 스카프가 조금 올라가 뒤엉클어진 머리카락이 드러났고, 등은 둥글게 굽어보였으며, 사과만한 큰 꽃무늬가 있는 재킷은 걷어 올리고 있었다. 그녀는 지나가는 두 사람을 보지 않앉다. 다른 한 여자는 그 옆에서 머리를 젖히고 반쯤은 누워 있었다. 그녀의 얼굴은 거칠고 넓적해 남자 같았고, 눈 아래 튀어 나온 두 개의 광대뼈 위에는 두 개의 붉은 반점이 있었는데, 생긴 지가 얼마 되지 않은 긁힌 상처 같았다. 이 여자는 첫 번째 여자보다 훨씬 더 더러웠고, 지나가는 사람을 태연히 바라보고 있었다. 두 사람이 지나가자 그녀가 남자 같은 굵은 목소리로 노래를 시작했다.

"내 사랑, 단 하나뿐인 당신을 위해,

나 향기로운 꽃으로 피어나……."

"바리카, 듣고 있어?"

말없는 여자 친구에게 그녀가 말을 걸었으나 아무런 대답이 없자 큰소리로 천하게 웃어댔다.

네모베츠키는 화려하고 아름다운 옷을 입었을 때도 더럽게 보이는 그런 여자들을 알고 있었고, 또 익숙해져 있었기 때문에 그녀들은 그의 시선을 그저 스쳐 갔을 뿐 아무런 흔적도 남기지 않고 기억에서 사라졌다. 그러나 지노치카의 경우 그녀의 소박한 갈색 제복이 그녀들의 몸에 거의 스칠 뻔했기 때문에 무엇인가 적의가 있는 사악한 것이 순간적으로 자신의 마음을 비집고 들어오는 것을 느꼈다. 그러나 잠시 후, 이러한 인상은 금빛 초원을 내달리는 구름의 그림자처럼 금세 사라졌고, 그들의 옆을 챙이 달린 모자를 쓰고 신사복을 입은 맨발의 사나이와 그 여자들 못지않게 더러운 여자가 두 사람을 앞질러 지나갔을 때, 그녀에게는 아무런 느낌도 생기지 않았다. 지노치카는 아무 생각 없이 한참 동안 멀어져 가는 여자를 바라보고 있었는데, 그 여자가 입고 있는 원피스가 너무 얇아서, 마치 젖은 옷처럼 발목에 달라붙었고, 치맛자락에는 커다란 기름때가 묻어있는 것이 조금은 그녀를 놀라게 했다. 이 얇고 지저분한 치맛자락이 펄럭거릴

심연 179

때에는 무언가 불안하고, 아프고, 절망적인 것이 느껴졌다.

그들은 다시 걸어가며 이야기를 했다. 그들의 뒤를 검은 구름 한 점이 느릿느릿 따라오며 투명한 그늘을 드리우고 있었다. 어둠은 어느새 교묘히도 짙어져 버려, 어두워졌다는 사실을 믿기 어려웠으며, 아직은 낮처럼 느껴졌다. 하지만 낮의 기운은 이미 심하게 병을 앓아 말없이 죽어버린 것 같았다. 지금 두 사람은 한 밤중에 자지 않고 있을 때, 어떤 말소리도, 아무런 소리도 방해를 하지 않는, 그럴 때면 찾아 드는 무서운 느낌과 생각에 대해 이야기하고 있었다.

"당신은 끝없는 무한이라는 것을 상상할 수 있으세요?"

지노치카는 도톰한 손을 이마에 대고 눈을 지그시 감으면서 물었다.

"아뇨. 무한이라…… 아니요." 네모베츠키도 눈을 감으면서 대답했다.

"전 가끔 무한이란 게 눈에 보여요. 처음 본 것은 아주 어릴 때였어요. 무슨 짐마차 같은 것이었어요. 짐마차가 한 대, 두 대, 세 대, 이렇게 계속해서 끝도 없이 온통 짐마차뿐이었어요. 무서웠어요." 그녀는 몸을 떨었다.

"그런데 왜 짐마차죠?"

네모베츠키는 웃으면서 물어봤지만, 기분은 좋지 않았다.

"모르겠어요. 아무튼 짐마차였어요. 한 대, 두 대, 그리고 끝도 없이……."

어둠은 말없이 짙어져 갔고, 먹구름은 이제 그들의 머리 위를 지나 앞에서 그들의 의기소침해진 창백한 얼굴을 들여다보았다. 그때 누더기 옷을 입은 더러운 여자들의 검은 형체가 점점 더 자주 나타났는데, 이들은 왜 파 놓았는지 알 수 없는 깊은 구멍 속에서 땅 위에 내던져진 듯 불쑥 나타났으며, 그녀들의 젖은 옷깃이 불안스럽게 펄럭였다. 여자들은 혼자서, 혹은 두 세 사람씩 함께 나타났는데, 이들의 목소리는 얼어붙은 대기 속에서 크고 을씨년스럽게 울려 퍼졌다.

"저 여자들은 누구예요? 어디서 저렇게 많은 여자들이 온 거죠?"

지노치카는 겁에 질려 작은 소리로 띄엄띄엄 물었다.

네모베츠키는 이 여자들의 정체를 알고 있었고, 자기들이 어쩌다 이렇게 기분 나쁜 위험한 지역으로 들어서게 됐는지 무서웠지만, 태연스럽게 대답했다.

"모르겠는데요. 그 얘기는 하지 맙시다. 이제 곧 이 숲만 빠져나가면 도시로 들어가는 관문이니까요. 집에서 너무 늦게 나온 게 잘못이었네요."

자기들이 4시에 나왔는데도 그가 늦었다고 얘기하는 게 우스웠고, 그녀는 그의 얼굴을 쳐다보며 방긋 웃었다. 그런데 그의 얼굴이 계속 굳어 있자, 그녀는 그를 안심시키고 위로하려는 듯 이렇게 말했다.

"빨리 가죠. 차가 마시고 싶어요. 이제 숲에 다 와 가요."

"그래요, 갑시다."

숲에 들어서자 나무들이 그들의 머리 위에 가지를 뻗고 있어서 더욱 어두웠지만, 아늑하고 편안한 느낌을 주었다.

"손을 이리 주세요." 네모베츠키가 요청했다.

그녀는 좀 주저하면서 손을 내밀었다. 그러자 가벼운 접촉감이 어둠을 쫓아 주었다. 두 사람은 손을 꼭 잡았다. 지노치카는 상대로부터 조금 더 거리를 두고 떨어졌으나 그들의 의식은 서로 잡은 손의 조그만 접촉점에 모두 집중되어 있었다. 그리고 사랑의 아름다움과 그 신비스런 힘에 대해서 또 얘기하고 싶어졌다. 그러나 침묵을 깨뜨리지 않은 채 말없이 눈으로만 이야기하고 싶었다. 그러자면 시선을 마주쳐야 한다고 생각했고 또 그러고도 싶었지만 결단이 서지 않았다.

"어머, 또 사람이 있어요." 지노치카가 명랑하게 말했다.

3

조금 밝은 공터에 세 사람의 사내가 다 마신 술병을 옆에 놓고, 가까이 오는 두 사람을 지켜 섰기나 하듯이 말없이 앉아 있었다. 그 중의 한 사람, 배우처럼 수염이 없는 사내가 싱긋 웃고는 휘파람을 불었다. 그것은 '오호라!'라고 하는 것 같았다.

네모베츠키는 무서운 불안감 때문에 심장이 얼어붙고 고동마저 멈춰버리는 것 같았지만, 뒤에서 뭔가가 밀기라도 한 듯, 오솔길 옆에 앉아 있는 이 남자들을 향해 곧장 걸어갔다. 그들은 말없이 기다리고 있었고, 세 쌍의 눈동자가 까딱하지 않고 무섭게 노려보고 있었다. 다 헤진 옷을 입은 음침한 표정의 남자들의 침묵 속에는 어떤 위협이 느껴졌다. 네모베츠키는 이들이 자신에게 호감을 가져주길 바라는 마음에, 그리고 자신의 무력함을 보여줌으로써 그들에게서 동정심을 불러일으켜 보려는 막연한 기대심에 이렇게 말했다.

"관문 쪽으로 가려면 어디로 가야죠? 여기, 이 길입니까?"

그러나 그들은 대답하지 않았다. 수염을 깎은 자가 뭔가 알 수 없는 조롱하는 말을 지껄였고, 나머지 두 사람은 말없이 숨 막히게 기분 나쁜 시선으로 쳐다볼 뿐이었다. 그들은 술에 취해 있었고, 욕정이 일어 뭔가를 파괴하고 싶었다. 볼이 빨간 뚱뚱한 사내가 팔꿈치를 딛고 몸을 조금 일으킨 다음, 깊게 한숨을 몰아 쉰 뒤, 곰처럼 느릿느릿 두 손을 짚고 자리에서 일어났다. 동료들은 이 사내를 힐끔 쳐다보고는, 다시 이전처럼 지노치카를 쏘아보았다.

"저, 무서워요." 그녀는 입술만 움직여 말했다.

네모베츠키는 비록 말소리가 들리지는 않았지만, 그녀의 매달린 손의 무게로도 그 의미를 알 수 있었다. 그는 평온한 표정을 유지하려 애쓰면서, 하지만 이제 막 일어나려고 하는 사태가 숙명적으로 피할 수 없는 것임을 느끼지 못한 채, 규칙적으로 힘 있게 걸어가기 시작했다. 세 쌍의 눈동자는 가까워졌다. 얼핏 반짝였다가 이내 등 뒤로 사라졌다. '달아나야 하나'하고 네모베츠키는 생각했다가는, 곧 '아니야, 그럴 필요 없어'라고 스스로에게 대답했다.

"마른 수수깡이 같은 놈이로구먼. 화가 날 지경이야."

앉아 있던 남자들 중 세 번째, 대머리에 붉은 턱수염을 기른 사내가 말했다.

"하지만 계집애는 쓸 만한데, 군침이 돌게 생겼어."

셋은 마지못해 웃기 시작했다.

"어이 나리, 잠깐 얘기 좀 합시다!"

키 큰 사내가 굵은 저음으로 말하고는 동료들을 돌아봤다.

동료들이 자리에서 일어났다.

네모베츠키는 돌아보지 않고 계속 걸어갔다.

"할 얘기가 있다면 좀 기다려야지. 안 그러면 모가지를 비틀어 줄 테다." 붉은 턱수염이 말했다.

"네놈한테 하는 말이야!" 키 큰 사내가 소리를 지르며 한달음에 두 사람을 따라 잡았다.

큼직한 손이 네모베츠키의 어깨를 잡아 흔들어 댔기 때문에 그가 돌아보자 바로 눈앞에 동그랗게 튀어나온 무서운 눈동자와 마주쳤다. 눈동자는 마치 확대 렌즈로 보는 것처럼 가까왔기 때문에 흰 눈자위 속의 붉은 핏줄이며, 눈썹에 잡힌 노르스름한 고름까지 분간할 수 있을 지경이었다. 네모베츠키는 지노치카의 손을 놓고, 바지 주머니에 손을 집어넣은 다음, 중얼거리듯이 말했다.

"아, 돈 말이군요! 자, 원하신다면 흔쾌히 드리겠습니다."

튀어나온 눈은 점점 더 동그래지더니 눈빛이 번뜩였다. 네모베츠키가 거기서 눈을 떼자 키다리는 조금 뒤로 물러서더니 팔을 뒤로 빼지도 않고 바로 아래쪽에서 네모베츠키의 턱을 강타했다. 네모베츠키의 머리가 흔들거리고 이빨이 딱 부딪치는 소리가 났다. 모자는 이마를 스쳐 땅으로 떨어졌고, 그는 두 손을 한번 휘젓고는 벌렁 나자빠졌다. 지노치카는 아무 말도 없이, 비명도 지르지 못하고 뒤로 돌아서 온 힘을 다해 달리기 시작했다. 수염이 없는 사내는 "아, 아, 아!" 하고 한참동안 괴상한 소리를 질렀다.

네모베츠키는 비틀거리며 일어났지만 똑바로 설 겨를도 없이 다시 일격을 받고 쓰러졌다. 상대는 둘 인데, 그는 혼자였고, 게다가 원래 약하고 싸움에는 익숙지도 않았다. 그래도 그는 한참동안 저항했고, 여자들이 싸우는 것처럼 손톱으로 할퀴고 무의식적인 절망감에서 울부짖으며 물어뜯기도 했다. 그가 완전히 힘이 빠져 널브러지자, 그들은 그를 들어 올려 어디론가 데리고 갔다. 그는 뿌리치려 했지만, 머릿속에서 윙하는 소리가 울리며 의식을 잃고 들려 가는 손위에서 완전히 뻗어버리고 말았다. 그가 마지막으로 본 것은 그의 입 속에 들어올 듯한 붉은 수염 끝자락과 처녀의 밝은색 재킷과 그녀 뒤로 보이는 어두워진 숲의 모습이었다. 그녀는 입을 꼭 다물고, 며칠 전 숨바꼭질 놀이를 할 때처럼, 있는 힘을 다해 달렸다. 그 뒤를 수염이 없는 사내가 잰걸음으로 그녀를 따라잡으며 달려가고 있었다. 그런 다음 네모베츠키는 몸이 공중에 뜨는 느낌을 받았다. 그리고는 심장이 얼어붙는 듯한 기분 속에서 어딘가 아래로 떨어지다가 땅을 온 몸으로 부딪친 다음 정신을 잃고 말았다.

네모베츠키를 집어 던진 키다리와 붉은 수염은 한참 동안 그 자리에 서서 구덩이 밑바닥에 귀를 기울이고 있었다. 그러나 그들의 얼굴과 눈은 지노치카가 있는 쪽을 바라보고 있었다. 그쪽에서 째지는 듯한 여자의 비명이 들렸다 이내 사라졌다. 그러자 키다리가 화난 목소리로 소리를 질렀다.

"아니, 저 새끼가!" 그러고는 나뭇가지 하나를 꺾어서는 곰처럼 꿍꿍거리며 달려가기 시작했다.

"나도, 나도!" 하고 붉은 수염도 큰소리로 외치며 그 뒤를 따라갔다.

그는 몸이 약골인데다, 싸움을 하다 무릎까지 다쳐서인지, 달리기 시작하자 숨을 헐떡거렸다. 게다가 여자에 대한 제안은 자기가 제일 먼저 했는데, 손에 넣기는 제일 마지막이라는 것도 화가 났다. 그는 잠시 멈춰 서서 손바닥으로 무릎을 문지르고, 손가락을 코에 대고 코를 푼 다음, "내가 먼저야!, 내가!" 하고 애원하듯 소리치며 다시 달려갔다.

검은 구름이 이젠 하늘 가득 번져 어둡고 조용한 밤이 찾아왔다. 붉은 수염이 난 사내의 작은 몸뚱이는 이내 어둠 속으로 사라졌는데, 불규칙한 그의 발자국 소리와 나뭇잎을 헤치는 소리, 그리고 애원하는 듯한 떨리는 목소리는 한참 동안 더 들려왔다.

"나도! 이보게 친구들, 나도 할 거란 말이야!"


4


네모베츠키의 입안에 흙이 들어와 이 사이에서 사각거렸다. 정신이 들었을 때 그가 제일 먼저 느꼈던 것은 진하고 차분한 흙 냄새였다. 머리는 무거운 납을 부어 놓은 것처럼 멍청했고 목을 돌리는 것도 힘들었다. 온몸이 쑤시고 어깨가 몹시 아팠지만 아무 데도 다친 데나 부러진 데는 없었다. 네모베츠키는 앉아서 아무런 생각도, 아무런 기억도 떠올리지 못하고 한참을 멍하니 위만 바라봤다. 그의 바로 위에는 널찍한 검은색 잎들이 달린 작은 나무가 드리워져 있었는데, 그 잎사귀들 사이로 깨끗이 씻긴 하늘이 내다 보였다. 구름은 비 한 방울 내리지 않고, 대기를 건조하고 투명하게 만들어 놓고는 사라져 버렸다. 높이, 중천으로 가장자리가 맑고 투명한 반달이 떠올랐다. 이제 사라질 날이 며칠 남지 않은 달은 차갑고 쓸쓸하고 외롭게 빛나고 있었다. 아마도 계속해서 강한 바람이 불고 있을 상공에서는 구름 몇 점이 빠르게 흘러가면서 달을 덮어버리지 않고 조심스럽게 돌아가는 것 같았다. 달의 고독함, 높이 떠 있는 밝은 구름의 조심스러움, 그리고 아래에서는 느낄 수 없는 바람의 흐름 속에서는 땅을 지배하고 있는 밤의 깊은 신비로움이 느껴졌다.

    네모베츠키는 일어난 모든 일을 떠올려봤지만 믿을 수가 없었다. 일어난 일들은 너무 무서워 사실이라 믿기 어려운 것, 정말 일어난 일이라고 하기에는 너무 끔직한 것이었다. 한밤중에 홀로 앉아 어딘지도 모르는 아래쪽에서 거꾸로 매달린 달과 흘러가는 구름을 바라보고 있는 그 자신 역시 이상하고 사실 같지 않았다. 그래서 그는 이를 일상적인 악몽이라고, 그 중에서도 가장 기분 나쁜 악몽이라고 생각했다. 두 사람이 그렇게 많이 보았던 여자들도 다 꿈이었다고 생각했다.

    "그런 일이 있을 순 없어, 있을 수 없어."

    그는 묵직한 머리를 긍정적으로 그리고 힘없이 끄덕였다.

    이제는 가야겠다는 생각에 그는 손을 뻗쳐 모자를 찾았지만, 모자가 없었다. 그리고 모자가 없다는 사실로 갑자기 모든 것이 명백해졌다. 그 순간 그는 이것이 꿈이 아니라 무서운 사실이라는 것을 깨달았다. 무서워진 그는 곧바로 구덩이를 기어오르기 시작했고, 허물어지는 흙과 함께 미끄러져 내려왔다 다시 기어 올라갔고, 그러다 휘어진 나뭇가지를 붙잡았다.

밖으로 나오자 그는 곧장, 생각도 하지 않고, 방향을 정하지도 않고 마구 달렸다. 그렇게 한참을 나무들 사이를 달렸다. 달리다가는 아무 생각 없이 갑자기 방향을 바꿨고, 나뭇가지들이 다시 얼굴을 할퀴었고, 그러면 또 모든 것이 꿈만 같았다. 네모베츠키는 캄캄한 어둠이건, 얼굴을 할퀴는 눈에 보이지 않는 나뭇가지건, 어쩐지 이런 일이 전에도 있었던 것만 같았기에 눈을 감고 달리면도 이것은 모두가 꿈이라고 생각했다. 네모베츠키는 갑자기 멈춰 서더니, 평평한 땅 위에 앉아 있을 때의 불편한 자세로 땅바닥에 곧장 주저앉았다. 그러고는 모자에 대해 다시 생각하며 중얼거렸다.

"그렇다면, 난 죽어야해. 자살을 해야 해, 설령 이게 꿈일지라도."

그는 벌떡 일어나자 또 달리기 시작했으나, 다시 정신을 차리고 천천히 걷기 시작했다. 습격을 당했던 장소가 희미하게 떠올랐다. 숲속은 이제 완전히 깜깜해졌지만, 가끔 희미한 달빛이 새어 들어와 나무줄기를 하얗게 비추고 있었다. 숲은 움직이지 않고, 왠지 말도 하지 않은 사람들로 꽉 차 있는 듯한 착각을 일으켰다. 이것은 언젠가 한번 경험한 일 같았고, 꿈같기도 했다.

"지나이다* 니콜라예브나!"

네모베츠키는 소리쳤다. 그런데 첫 번째 단어는 큰 소리로 불렀지만, 이 소리에 누군가가 대답을 할 거라는 희망을 잃은 듯, 두 번째 단어는 작은 소리로 불렀다.

숲에서는 아무도 대답하지 않았다.

잠시 후 그는 오솔길로 들어섰는데, 그 길은 아는 길이었고, 그래서 그 공터까지 갈 수 있었다. 여기에서 그는 다시 한 번, 이번에는 정말로 모든

---

* 지노치카는 지나이다의 애칭이다.

것이 사실이었다는 것을 확인하고, 두려움에 허둥지둥하며 소리를 질렀다.

"지나이다 니콜라예브나! 저예요, 접니다!"

아무런 대답도 없었다. 그러자 네모베츠키는 도시가 있는 쪽을 향해 한 마디 한 마디씩 끊어가며 외쳤다.

"도, 와, 주, 세, 요!"

그러고는 다시 허둥대며 무슨 소리를 중얼거리고 나뭇가지를 이리저리 헤집고 다녔다. 그러다 문득 그는 희미한 불빛이 엉겨 있는 것 같은 희끄무레한 물체가 바로 발아래에 있는 것을 발견했다. 그것은 쓰러져 있는 지노치카였다.

"이런! 이게 뭐야!"

눈은 말라 있지만 목소리는 통곡하는 소리로 네모베츠키가 외쳤다. 그는 무릎을 꿇고 앉아 쓰러져있는 여자를 만져봤다.

옷이 벗겨진, 매끄럽고 탄력이 있는, 차갑기는 했지만, 아직 죽지는 않은 몸에 손이 닿자, 네모베츠키는 움칠하여 손을 거뒀다.

"귀여운 나의 비둘기여, 내가 왔어요."

그는 어둠속에서 그녀의 얼굴을 찾으며 중얼거렸다.

그리고 다시, 이번엔 다른 곳에 손을 내밀자, 또 벌거벗은 몸뚱이가 닿았다. 이렇게 그가 어느 방향으로 손을 내밀어 봐도 어디에서나 벌거벗은 여자의, 매끄럽고 탄력 있는, 손으로 쓰다듬어 따뜻해진 듯한 몸뚱이와 맞닿았다. 어떤 때는 재빨리 내민 손을 움츠렸지만, 어떤 때는 그대로 지긋이 대고 있기도 했다. 그리고 모자도 없이 옷도 온통 찢겨진 모습이 자신의 모습 같지 않은 것처럼, 이 발가벗겨진 몸뚱이와 지노치카에 대한 생각을 연결 지을 수 없었다. 여기서 벌어진 일들, 그놈들이 이 말없이 누워있는 여체에 가했을 행동들이 구역질날 정도로 선명하게 떠오르며, 어떤 알 수 없는 강한 힘이 그의 온 몸을 전율시켰다. 뼈마디들이 온통 삐걱 소리를 낼 만큼 벌떡 일어난 그는 하얀 물체를 멍하니 바라보면서 생각에 잠긴 사람처럼 미간을 모았다. 벌어진 일에 대한 두려움은 이젠 얼어붙어 덩어리처럼 뭉쳐져 마음 한 쪽에, 마치 남의 일 인양 무력하게 놓여 있었다.

"아아, 이게 도대체 어떻게 된 일이야!" 하고 그는 되풀이 했지만 그 말에는 진실성이 없고 괜히 그러는 것 같았다.

그는 심장을 더듬어봤다. 심장의 박동은 약하지만, 규칙적으로 뛰고 있었고, 얼굴 가까이 몸을 굽혀보니, 가느다란 호흡도 느껴졌다. 지노치카는 인사불성 상태가 아니라, 마치 잠이 든 것 같았다. 그는 낮은 소리로 그녀를 불렀다.

"지노치카! 저예요."

그런데 이 순간 그는 왠지 그녀가 아직은 한참동안 깨어나지 말았으면 좋겠다는 생각이 들었다. 그는 숨을 죽인 다음, 주위를 둘러 보고나서 그녀의 볼을 조심스럽게 쓰다듬었다. 그리고 먼저 감은 눈에, 그 다음엔 입술에 입을 맞추었다. 강한 입맞춤에 그녀의 입술이 약간 벌어졌다. 그녀가 깨어나지나 않을까 하는 생각에 그는 깜짝 놀라, 뒤로 후다닥 물러나 숨을 죽였다. 몸은 말없이 움직이지 않았는데, 그녀의 몸이 이렇게 무력하게 모든 걸 허용할 수 있다는 사실이 가련하면서도, 한편으로는 흥분을 자아내며 저항할 수 없이 자신을 끌어당기는 것이었다. 아주 조심스럽고 부드럽게 네모베츠키는 그녀의 찢어진 옷을 입혀주려 하였는데, 옷과 나체의 이중 감촉이 칼날처럼 예리하게 느껴졌다. 정확한 느낌은 뭐라 형언하기 어려웠다. 그는 보호자이자 동시에 습격자였다. 그는 주위의 숲과 어둠에 도움을 요청했지만, 숲과 어둠은 도와주지를 않았다. 이곳은 짐승의 향연이 있었던 곳이었다. 인간적이고 이해 가능한 단순한 삶의 경계 저 편으로 갑자기 내팽겨진 그는 허공에 가득 찬 탐욕의 냄새를 코를 벌름거리며 맡았다.

"나예요, 나!"

그는 아무런 의미 없이 이 말만 반복했지만, 언젠가 봤던 스커트의 하얀 줄무늬와 한 쪽 발의 검은 실루엣, 그리고 부드럽게 그 발을 감싸고 있던 구두에 대한 생각으로 꽉 차 있었다. 그리고 지노치카의 숨소리에 귀를 기울이며 그녀의 얼굴이 있었던 곳에서 눈을 떼지 않은 채, 손을 내밀었다. 그리고 다시 귀를 기울이고, 손을 더 뻗쳤다.

"이게 무슨 일이야?"

그는 큰 소리로 절망적으로 소리를 지르며, 스스로 오싹해져 뒤로 물러섰다.

지노치카의 얼굴이 잠시 눈앞에 나타났다 사라졌다. 네모베츠키는 이 육체가 오늘 하루 종일 그와 함께 걸어 다니며 무한에 대해 이야기했던 지노치카라는 사실을 이해하려 했지만, 그렇게 할 수가 없었다. 또 일어난 사건이 얼마나 무서운 것이었는지 느껴보려고 애썼지만, 이 무서움은, 이것이 모두 사실이라고 생각하면 너무나 커다란 것이었기 때문에, 느껴지지가 않았다. 그는 간청하며 소리를 질렀다.

"지나이다 니콜라예브나! 이 일이 대체 어쩌다 이렇게 된 겁니까, 지나이다 니콜라예브나?"

고통에 시달린 육체는 말이 없었고, 네모베츠키는 두서없는 말을 중얼거리면서 무릎을 꿇었다. 그는 애원도 하고 위협도 하고 자살하겠다고 말하기도 하며, 누워 있는 여자를 끌어당겨, 손톱자국이 날 정도로 꽉 끌어안았다. 조금 따뜻해진 육체는 고분고분 그가 힘을 쓰는 대로 따라 움직였는데, 이 모든 것이 너무 무섭고, 알 수 없고, 기묘한 일이라, 네모베츠키는 또 뒤로 물러서며 숨이 끊어질듯 '사람 살려!' 라고 외쳤으나 그 소리는 일부러 꾸며낸 것처럼 들렸다.

그리고는 그는 또다시 저항하지 않는 육체에 달려들어 입을 맞추고, 흐느끼며, 자기 앞으로 그를 끌어당기는 무섭고 어두운 심연을 느꼈다. 네모베츠키는 없었다. 네모베츠키는 어딘가 저 뒤에 남아 있고, 지금 여기에 있는 사내는 늘어진 뜨거운 육체를 무섭도록 잔인하게 꼭 껴안으며, 미친 사람 같은 교활한 웃음을 지으며 말했다.

"대답해 줘! 아니면 넌 내가 싫단 말이냐? 나는 너를 사랑한다고, 사랑한단 말이다!"

그는 아까와 같은 교활한 웃음을 지은 채, 크게 뜬 눈을 지노치카의 얼굴에 대고는 속삭이는 것이었다.

"나는 너를 사랑한다. 넌 말하려 하지 않지만, 너는 웃고 있지 않느냐. 나는 다 알고 있어. 나는 너를 사랑한다. 사랑한다, 사랑한다고."

그는 연약하고 힘없는 육체를, 생명 없는 유순함이 거센 욕정을 일으키는 이 육체를 더 세게 끌어안고는 조용히 속삭였다.

"나는 너를 사랑한다. 우리는 아무에게도 말하지 않을 테니, 아무도 모를 거야. 그리고 난 너와 결혼하겠다. 내일이라도, 아니 언제라도 좋아. 나는 너를 사랑한다. 내가 입을 맞추면 너도 대답해줘, 알겠지? 지노치카……"

그리고 그는 이빨이 몸을 파고드는 것 같은 키스의 고통 속에서 마지막 남은 희미한 의식을 잃어가면서 힘껏 그녀의 입술에 입을 맞췄다. 그는 소녀의 입술이 떨린다고 생각했다. 그 순간 번쩍이는 불꽃같은 공포심이 그를 섬뜩하게 했다. 그 앞에 시커먼 심연이 입을 벌린 것이다.

그리고 그 시커먼 심연이 그를 삼켜 버렸다.

# 망아지\*

미하일 숄로호프

그날 저녁 기병중대장이 묵고 있던 방에서는 다음과 같은 이야기가 오갔다.

"어느 날 보니까 내 암말이 몸을 사리지 않겠습니까. 속보든 구보든 아무 것도 하려고 하지 않고, 숨차하더라고요. 자세히 살펴보니, 말이 새끼를 배었더라고요. 얼마나 몸조심을 하던지…… 망아지는 털이 밤색인데……."

트로핌의 말이었다.

중대장은 돌격하기 전에 쌍날군도를 쥐듯 청동 찻잔을 꽉 쥐고 졸린 눈으로 유리 등잔을 물끄러미 바라보고 있었다. 누런 불길 위로 털나방들이 미친 듯이 날아다니다, 하나 둘씩 유리에 부딪쳤다.

"하긴, 밤색이든 검은색이든 무슨 차이가 있겠습니까. 마찬가지예요. 쏴 죽여야겠습니다. 우리가 망아지를 데리고 다니다간 집시 꼴이 될 거예요."

"내가 말하지 않았는가, 집시 꼴이 될 거라고. 게다가 사령관이라도 오면 어쩌겠소? 연대를 시찰하는데, 이놈이 대열 앞에서 깡충거리며 꼬리라도 흔들어 대면……. 이건 적위군 전체에 창피고 망신이야. 트로핌 동무, 자네가 어쩌다 일을 이 지경으로 만들었는지 모르겠군. 내전이 한창인데,

---

\* 이 소설은 부분적으로 축약 번역되었다.

이런 방탕한 일이 생기다니……. 부끄럽지도 않소. 말 관리병들에게 수말을 따로 관리하라고 명령을 내려야겠소."

아침에 트로핌은 소총을 들고 농가를 나섰다. 해는 아직 솟지 않았다. 풀잎에서는 이슬이 연분홍빛으로 반짝이고 있었다. 보병들의 발에 밟히고, 여기저기 참호가 파인 들판은 너무 울어 쭈글쭈글해진 처녀의 얼굴 같았다.

"망아지 처리하러 가오?" 중대장이 물었다.

트로핌은 말없이 손을 내젓고 마구간으로 갔다.

중대장은 고개를 숙인 채, 총소리를 기다렸다. 1분, 또 1분이 지나도, 총소리는 들리지 않았다. 마구간에서 나온 트로핌은 뭔가 걱정스러운 표정이었다.

"그래, 어떻게 됐소?"

"공이치기가 잘못된 것 같습니다. 뇌관이 말을 듣지 않아요."

"어디, 총을 좀 줘 보시오."

트로핌은 마지못해 총을 주었다. 중대장은 방아쇠를 당겨보더니 눈살을 찡그렸다.

"이 총에는 실탄이 없잖소!"

"그럴 리가 없는데요!" 트로핌이 흥분하며 소리쳤다.

"내가 말하잖아, 없다니까."

"아, 제가 빼내서 그렇습니다. 저기, 마구간 뒤에서……."

중대장은 소총을 옆에 내려놓고 한참 생각을 하다 말했다.

"이보게! 하는 수 없지, 그냥 어미 곁에 살게 내버려 둡시다. 임시로 그렇게 하던가. 전쟁이 끝나면, 그놈으로 밭도 갈수 있고…… 사령관도 혹시 알게 되면, 그 놈의 처지를 알아줄 거요. 젖먹이가 젖을 먹어야지……. 사령관도 젖을 먹었고 우리도 젖을 먹었잖소. 이치가 그러니, 됐어! 그나저나 자네 소총 공이치기는 멀쩡하던데."

\* \* \*

한 달 쯤 지난 어느 날, 우스치-호페르스키 마을 근처에서 트로핌의 기병 중대와 카자크 부대 사이에 전투가 벌어졌다. 해가 지기 전에 총격전이 시작됐고, 돌격전으로 넘어갔을 때는 이미 해가 진 뒤였다. 돌격 도중에 트로핌은 자기 소대에서 낙오하고 말했다. 채찍도, 입술이 터지도록 당기는 재갈도 암말을 달리게 할 수가 없었다. 암말은 망아지가 따라올 때까지 대가리를 높이 쳐들고 목쉰 소리를 지르며 제 자리에서 발만 굴렀다. 트로핌은 안장에서 뛰어내려 칼집에 칼을 꽂고, 화가 나 일그러진 얼굴을 한 채, 어깨에서 소총을 벗어 들었다. 부대의 오른쪽 대열은 이미 백위군과 뒤엉켜있었다. 골짜기 근처에서는 사람들의 무리가, 마치 바람에 밀리듯 이쪽저쪽으로 흔들거리고 있었다. 그 곳에서는 말없이 칼들이 부딪치는 소리만 들리고, 땅은 말발굽 아래에서 둔중한 울림소리를 내고 있었다. 트로핌은 그 쪽을 힐끔 쳐다보고는, 소총의 가늠자 위로 망아지의 단정하게 생긴 머리를 조준했다. 흥분해서 손이 떨렸는지 혹은 다른 어떤 원인 때문에 잘못 쏘았는지, 총소리가 울렸지만 망아지는 장난을 하듯 깡충깡충 뛰며, 작은 소리로 힝힝거렸다. 그리고 발굽 아래 회색 먼지 더미를 일으키고, 원을 한 바퀴 그린 다음, 멀리 가버렸다. 트로핌은 이 도깨비 같은 밤색 망아지를 향해 보통 탄알도 아닌, (우연히 탄약합에서 손에 잡힌) 끝에 빨간 구리가 박힌 장갑탄알을 한 쌈지나 날려 보냈는데도, 이 장갑탄알들이 밤색 암말의 새끼에게 아무런 상처도 주지 못했다는 사실을 확인하고, 안장 위로 뛰어올랐다. 그러고는 쌍욕을 토해내며 한쪽으로 달려갔다. 그 곳에서는 벌건 얼굴에 턱수염을 기른 구교도들이 자신의 중대장과 세 명의 적위군 병사를 골짜기 쪽으로 몰아가고 있었다.

그날 밤 기병 중대는 그리 깊지 않은 골짜기 옆 초원에서 야영을 했다. 담배도 적게 피고, 안장도 풀지 않았다. 돈 강에서 돌아온 정찰대의 보고에 의하면, 도선장에 많은 적의 병력이 집결해 있다는 것이다.

트로핌은 맨발을 비닐 우의 자락으로 감싼 채, 자리에 누워 눈을 감고 지난 하루의 일들을 생각해봤다. 여러 장면들이 스쳐 지나갔다. 벼랑으로 뛰어내리는 중대장, 정치위원을 사브로*로 갈기갈기 베던 곰보 얼굴의 구교도, 조각조각 토막 난 왜소한 카자크인, 시커먼 피에 젖은 누군가의 안장, 그리고 망아지의 모습까지…….

날이 밝기 전, 중대장이 트로핌을 찾아와, 어둠 속에서 옆에 자리를 잡고 앉았다.

"자나, 트로핌?"

"졸고 있습니다."

중대장은 빛이 약해진 별들을 쳐다보면서 말했다.

"자네의 망아지를 없애시오! 그놈 때문에 전투에 혼란이 생겨서 안 되겠소. 그 녀석을 보면 난 손이 떨려서, 칼을 휘두를 수 없어. 모든 게 그 녀석의 가족 같은 모습 때문이야. 그런 것들은 전쟁터에는 있어서는 안 되는데 말이야……. 돌 같아야 하는 심장이 수세미로 변하고 만다니까……. 그나저나 어떻게 이 못난 녀석이 돌격전에서 밟혀 죽지 않았는지 모르겠소. 숱한 말발굽 사이를 뛰어다녔는데도…….."

그는 잠시 말이 없더니, 공상에 잠긴 듯 빙그레 웃었다. 그러나 트로핌

---

\* 날이 휘어진 군도(軍刀).

은 이 웃음을 보지 못했다.

"알잖소, 트로핌, 그 녀석의 꼬리를……. 꼬리를 등에 얹고 껑충껑충 뛰면 완전히 여우 꼬리 같다니까……. 정말 멋진 꼬리야!"

트로핌은 대꾸하지 않았다. 외투로 머리를 뒤집어쓰고, 이슬의 축축함 때문에 몸을 떨면서도 순식간에 잠들어 버렸다.

\* \* \*

오래된 수도원의 맞은편, 산 쪽으로 바짝 밀려들어간 돈 강은 난폭할 정도로 빠르게 흘러가고 있다. 굽이에서는 물결이 굽실굽실한 머리타래처럼 굽이치고 있었고, 갈기털 모양의 풀빛 파도는 봄 사태로 물녘에 널려있던 새하얀 덩어리들을 와락 달려들어 밀어내곤 한다.

카자크들이 물살이 약하지만, 강폭은 더 넓고 잔잔한 물굽이를 차지하고서, 산기슭을 향해 마구 총질을 해대지 않았다면, 기병 중대장은 중대가 수도원 맞은편에서 도하(渡河)할 것을 결정 하지는 않았을 것이다.

도하는 정오에 시작됐다. 조그만 짐배에 기관총 끌차와 사수, 그리고 말 세 필을 실었다. 배가 돈 강 한 가운데서 강물의 흐름에 맞부딪쳐 방향을 휙 돌리며 한쪽으로 약간 기울어지자, 물을 본 적이 없었던, 왼쪽 곁마(馬)가 겁을 집어먹었다. 말은 불안스럽게 푸우 코소리를 내며, 배의 나무 바닥판에 발을 마구 굴러댔는데, 그 소리가 얼마나 컸던지, 중대가 말안장을 풀고 있던 산기슭에서도 또렷이 들렸다.

"저러다 배가 가라앉겠어!"

트로핌은 얼굴을 찌푸리며 투덜댔다. 배 위에서는 그 곁마가 사납게 투레질을 하고, 끌차 쪽으로 뒷걸음질 치며 앞발을 높이 쳐들었다.

"쏴 버려!" 중대장이 채찍을 움켜쥐고 소리를 질렀다.

트로핌은 조준수가 왼쪽 곁마의 목에 매달려 권총을 귀에 박아 넣는 것을 봤다. 장난감 총소리 같은 소리가 한 번 들리더니, 가운데 말과 오른쪽 곁마가 좀 더 바싹 붙어 섰다. 기관총 사수들은 배가 기울어질까 걱정이 돼, 죽은 말로 끌차 뒤쪽을 눌러 놓았다.

십 분쯤 지나서 중대장이 제일 먼저 담황색 자기 말을 몰고 여울을 거쳐 물속으로 들어갔다. 그 뒤를 이어 중대 전체가, 상의를 벗어 젖힌 108명의 기병들과 각양각색의 말들이 철썩철썩 요란한 소리를 내며 물속으로 뛰어들었다. 안장은 세 척의 작은 짐배에 실었다. 트로핌이 그중 한척을 맡게 돼, 자신의 암말은 소대장 네체푸렌코에게 부탁했다. 트로핌이 강 중간쯤까지 나갔을 때, 선두의 말들이 무릎까지 물에 잠겨 허우적대는 모습이 보였다. 기병들은 낮은 소리로 말들을 재촉하며 몰아댔다. 잠시 후, 강변에서 40미터정도 떨어진 수면은 수많은 말들의 머리로 까맣게 변했고, 말들의 다양한 코투레질 소리가 울려 퍼졌다. 적위군 병사들은 옷과 탄약 주머니는 소총에 동여매고, 말의 갈기를 잡고 헤엄을 쳤다.

트로핌은 노를 배에 내려놓고 자리에서 몸을 쭉 펴고 일어나, 햇볕 때문에 눈을 찡그린 채, 헤엄치는 무리 속에서 밤색 암말의 머리를 찾기 시작했다. 기병중대는 마치 사냥꾼의 총소리에 하늘로 흩어지는 기러기 떼 같았다. 맨 앞에는 반짝반짝 윤기가 흐르는 등을 곤추세운 중대장의 담황색 말이 헤엄쳐 갔고, 이 말 꼬리 근처에는, 한때는 정치국원이 탔던 말의 하얀 반점이 박힌 귀가 은빛으로 반짝거렸다. 그 뒤로는 검은 구름떼처럼 한 무리의 말들이 헤엄쳐 갔고, 제일 멀리로는 앞 머리카락을 이마에 내린 소대장 네체푸렌코의 머리와 그 왼쪽 편으로 트로핌의 암말의 뾰족한 귀가 보였다. 트로핌은 시력을 집중해서 망아지도 발견했다. 이놈은 물에서 높이 뛰어오르기도 하고, 콧구멍이 겨우 보일정도로 물에 잠기기도 하면서 첨벙첨벙 헤엄쳐 가고 있었다.

바로 이때, 돈 강 위로 몰아치는 바람을 타고, 거미줄처럼 가느다란 소리로 '히이이잉!'하고 애원하는 말 울음소리가 트로핌에게 들려왔다.

물 위로 울려 퍼진 이 소리는 낭랑하고 장검의 날처럼 예리했다. 이 울음소리는 트로핌의 가슴을 쿡 찌르며, 사람을 이상하게 변화시켰다. 그는 5년간의 전쟁을 겪으면서, 수없이 죽음의 사선을 넘나들었지만, 눈 하나 깜빡이지 않던 사람이었다. 그런데 그의 얼굴이 하얗게 변하더니, 붉은 턱수염 밑이 파리하게 질렸다. 그는 노를 움켜잡고 물살을 거슬러 짐배를 몰고 갔다. 거기에서는 힘을 잃은 망아지가 소용돌이 속에서 빙빙 돌고 있었다. 거기서 20미터 정도 떨어진 곳에서는 목쉰 소리로 울어대며 소용돌이 쪽으로 헤엄쳐 가려는 암말을 네체푸렌코가 돌려세우려고 힘을 쓰고 있었다. 배의 안장더미 위에 앉아 있던 트로핌의 친구인 스테시카 예프레모프가 명령하듯 소리쳤다.

"바보 같은 짓 하지 마! 강변으로 배를 돌려! 저기 카자크놈들이 안 보여!"
"죽여 버려야겠어!"

트로핌은 한숨을 내쉬고는 가죽 멜빵에서 소총을 빼들었다.

망아지는 물결에 밀려 중대가 도하하는 곳으로부터 멀리 떠내려갔다. 작은 소용돌이 속에서 망아지는 파도마루를 일으키는 물결로 감싸인 채, 빙글빙글 돌고 있었다. 트로핌은 미친 듯이 노를 저었고, 배는 뛰어가듯 질주해 갔다. 오른쪽 강가에 있는 골짜기에서 카자크들이 뛰쳐나왔다. '막심' 기관총의 낮은 산탄 소리가 울리기 시작했다. 총알은 물에 박히며 쉭쉭 소리를 냈다. 다 찢어진 삼베옷 상의를 입은 한 장교가 권총 든 손을 휘저으며 뭐라고 소리를 질렀다.

망아지의 울음소리는 점점 뜸해졌고, 짧게 울부짖는 소리도 점차 불분명하고 가늘어졌다. 이 울음소리는 소름이 끼칠 정도로 어린애의 울음소리와 비슷했다. 네체푸렌코는 암말을 버리고 왼쪽 강변으로 천천히 헤엄쳐갔다. 몸을 덜덜 떨면서, 트로핌은 소총을 들어 소용돌이 속에 빠진 망아지의 머리 밑을 겨누어 방아쇠를 당겼다. 그 다음 장화를 벗어던지고 두 팔을 쭉 뻗으며 물속으로 뛰어들었다.

오른쪽 강가에서 삼베옷 상의를 입은 장교가 소리를 질렀다.

"사, 격, 중, 지."

5분쯤 후에 트로핌은 망아지 근처까지 헤엄쳐 갔다. 그는 왼팔로 말의 차가워진 배를 끌어안고, 숨을 헐떡거리고 심하게 딸꾹질을 하며 왼쪽 강변으로 헤엄쳐갔다. 오른쪽 강변에서는 아무도 총을 쏘지 않았다.

하늘도 숲도 모래도 모두 연녹색으로 희미하게 보였다. 트로핌은 마지막으로 초인적인 힘을 쏟았고, 발이 겨우 땅에 닿았다. 미끈거리는 망아지의 몸통을 모래사장으로 끌어내고는, 흐느껴 울며, 퍼런 물을 토해냈다. 숲속에서는 강을 건너온 중대원들의 목소리가 왁자지껄했고, 여울 저편 어디에선가 포성소리가 울렸다. 밤색 털의 암말은 트로핌의 곁에 서서 물을 털며 망아지를 혀로 핥았다. 아래로 늘어진 꼬리에서는 무지갯빛 물줄기가 흘러내려 모래위로 떨어졌다.

트로핌은 비틀거리며 일어나 모래 위를 두어 걸음 걷다가, 펄쩍 뛰더니 옆으로 쓰러졌다. 마치 뜨거운 침이 가슴을 찌른 것 같은 느낌이었고, 쓰러지면서 총소리를 들었다. 오른쪽 강변에서 등 뒤로 날아온 단발의 사격이었다. 오른쪽 강변에서는 다 찢어진 삼베옷 상의를 입은 장교가 무심한 표정으로 카빈총의 격발기를 당겨 화약 연기 나는 탄피를 내버렸다. 망아지한테서 두 발짝 정도 떨어진 모래사장 위에서는 트로핌이 고통스럽게 몸을 비틀고 있었다. 지난 5년 동안 아이들에게 입맞춤을 해주지 못했던, 새파래진 그의 거친 입술은 피거품을 문 채, 미소를 짓고 있었다.

# 눈

콘스탄틴 파우스토프스키

포타포프 노인은 타치야나 페트로브나가 그의 집에 세든 지 한 달이 지난 뒤 세상을 떠났다. 타치야나 페트로브나는 딸 바랴와 늙은 유모와 함께 남게 되었다.

고작 방이 세 개인 이 작은 집은 마을 어귀에 있는 언덕 위에서 강을 굽어보며 서 있었다. 집 뒤편 풀나무가 모두 시들어 버린 마당 뒤로는 자작나무 숲이 하얗게 빛을 발하고 있었다. 그곳에서는 아침부터 해질녘까지 갈가마귀들이 울어대고, 벌거벗은 숲 머리 위를 먹구름처럼 떼지어 날며 궂은 날씨를 예고하고 있었다.

모스크바를 떠나 온 타치야나 페트로브나에게 이 황량한 소도시도, 작은 집도, 삐걱거리는 대문도, 석유 등잔불만이 푸지직거리며 타는 적막한 밤도 아직은 낯설게만 느껴졌다.

'난 왜 이렇게 멍청하지!' 타치야나 페트로브나는 생각했다.

'왜 모스크바를 떠나온 거야, 연극도, 친구들도 다 버리고! 바랴는 푸쉬키노에 있는 유모 집에 맡기고, 거긴 공습도 한 번 없었는데, 난 모스크바에 그냥 있을 걸. 어휴, 난 왜 이리 어리석을까!'

그러나 이미 그녀는 모스크바로 되돌아갈 수 없었다. 타치야나 페트로브나는 시내에 몇 개 있는 병원으로 공연을 다니기로 결심하고 마음을 가라앉혔다. 도시도 점차 그녀의 맘에 들기 시작했다. 특히 겨울에 눈으로 덮였을 때가 좋았다. 그리 춥지 않은 흐린 날이 계속됐다. 강도 잘 얼지 않았고, 녹색빛 강물 위로는 하얀 김이 올라왔다.

타치야나 페트로브나는 그렇게 이 도시와 낯선 집에 익숙해졌다, 조율이 되지 않은 피아노에도, 해안경비 군함을 찍은 벽에 걸린 누렇게 퇴색된 사진들에도. 포타포프 노인은 전에 군함의 기관사였다. 색 바랜 녹색 책상보가 덮인 책상 위에는 그가 타던 순양함 '그로모보이'의 모형이 놓여있었다. 바랴에게는 이 모형을 건드리지 말라고 일러두었다. 이것뿐 아니라 대체로 무엇이든 건드리지 못하게 했다.

타치야나 페트로브나는 포타포프 노인에게, 현재 흑해함대에 근무하고 있는 아들이 한 명 있다는 사실을 알고 있었다. 책상 위 순양함 모형 옆에 그의 사진이 있었다. 타치야나 페트로브나는 가끔 이 사진을 집어 들어 자세히 들여다 보며, 가는 눈썹을 찡그리고 생각에 잠기곤 했다. 이 사람을 어디서 본 듯한데, 그러나 아주 오래 전에, 아마도 자신의 실패한 결혼생활이 시작되기 훨씬 전의 일인 듯 했다. 그런데 어디서, 그리고 언제였을까?

수병은 그녀를 침착하면서도 약간 비웃는 듯한 눈길로 쳐다보며 "그래, 당신은 우리가 어디서 만났었는지 정말 기억하지 못하시겠어요?"라고 묻는 듯 했다.

"아니요, 기억이 나질 않아요." 타치야나 페트로브나는 조용히 대답했다.

"엄마, 누구하고 얘기하는 거예요?" 옆방에서 바랴가 소리쳤다.

"응, 피아노하고……." 이렇게 대답하며 타치야나 페트로브나는 웃었다.

겨울이 한창일 무렵 포타포프의 이름 앞으로 같은 필체의 편지가 오기 시작했다. 타치야나 페트로브나는 편지를 책상 위에 쌓아 두었다. 그러던 어느 날 밤 그녀는 잠에서 깼다. 눈이 창문을 희미하게 비추고 있었다. 소파에서는 포타포프 노인이 기르던 잿빛 수코양이 아르히프가 코를 골며 자고 있었다.

타치야나 페트로브나는 잠옷을 걸치고 포타포프의 서재로 들어가 창가에 섰다. 새 한 마리가 나무에서 소리 없이 날아가자 눈이 쏟아져 내렸다. 눈은 흰 먼지처럼 한참을 흩날리다 창문에 내려앉기 시작했다.

타치야나 페트로브나는 책상 위에 촛불을 켜고 의자에 앉아 그 불길을 한참동안 바라보았다. 불길은 흔들리지도 않았다. 잠시 후 그녀는 편지 한 장을 집어 든 다음 주위를 한 번 둘러보고 읽기 시작했다.

연로하신 나의 사랑하는 아버님께. 벌써 한 달째 병원에 누워있습니다. 그래도 상처는 그리 심하지 않고, 벌써 나아가는 중입니다. 제 걱정하지 마세요. 그리고 제발 줄담배일랑은 피우시지 마시고요, 제가 이렇게 부탁드립니다.

타치야나 페트로브나는 계속 읽어 내려갔다.

아버지, 저는 아버지 생각을 자주 한답니다. 그리고 우리집도, 우리 동네도. 이 모든 것이 너무도 멀리, 마치 이 세상 끝에 있는 것처럼 멀게 느껴집니다. 그래도 눈을 감으면 모든 게 선히 펼쳐집니다. 울타리 문을 열고 마당으로 들어가면, 겨울이니까 눈이 쌓여 있겠죠. 그래도 언덕 위 낡은 정자로 가는 길은 깨끗이 치워져 있을 테고, 라일락에는 온통 서리가 내려 있네요. 방에서는 페치카가 뿌지직거리며 타고 있고 자작나무 연기 냄새가 납니다. 피아노는 결국엔 조율을 했고, 아버지는 제가 레닌그라드에서 사다 드린 노란 타래초를 촛대에 꽂습니다. 피아노에는 예전대로 〈스페이드의 여왕〉의 서곡과 연가곡 〈저 멀리 조국의 강가를 그리며〉의 악보가 놓여 있네요. 문에 방울소리는 여전히 울리나요? 제가 끝내 그것을 고치지 못하고 왔는데. 아, 이 모든 것을 내가 다시 볼 수 있을까요? 집에 뛰어 들어가 물동이에 담긴 우리집 우물물로 내가 다시 세수를 할 수 있을까요? 다 기억하시죠? 제가 여기, 이 먼 곳에서도 이 모든 것들을 얼마나 그리워하는지, 아마도 아버지는 모르실 거예요! 아버지, 너무 놀라지 마세요, 그렇지만 전 정말 진심으로 말씀드리는 거예요. 저는 심지어 격전의 순간에도 이 생각을 한답니다. 저는 제가 우리 나라는 물론, 내가 너무도 사랑하는 조그만 우리 마을, 그리고 아버님과 우리 뜰, 그리고 어린아이들, 강 건너 자작나무 숲, 그리고 아르히프까지도 지키기 위해 싸우고 있다고 생각합니다. 아버지, 제 말을 우습게 생각하지도 고개를 젓지도 마시고요. 그리고 병원에서 퇴원을 하면, 어쩜 며칠간 휴가를 갈 수 있을지도 모르겠습니다. 그러나 아직 모르겠어요. 그러니 기다리지 않는 게 좋겠습니다."

타치야나 페트로브나는 한참을 책상에 앉아 짙은 푸르름 속에 새벽이 다가오는 창밖을 눈을 크게 뜨고 바라보았다. 그녀는 생각했다. 며칠 내로 전선에서 낯선 사람이 이 집을 찾아올 수도 있다고, 이곳에서 그 사람은 낯선 사람들을 만나게 되고, 그가 보고 싶었던 그것과는 전혀 다른 상황을 목격하고 얼마나 힘들어할지.

아침에 타치야나 페트로브나는 바랴에게 나무 부삽으로 언덕 위 정자로 가는 길의 눈을 좀 치우라고 말했다. 정자는 아주 오래된 것이었다. 나무기둥은 부옇게 변했고 이끼가 덮여 있었다. 타치야나 페트로브나 자신은 문에 달린 방울을 수리했다. 그 방울에는 '내가 문에 달려 있으니 더 즐겁게 소리내시라!' 라는 우스운 글귀가 새겨져 있었다. 타치야나 페트로브나는 방울을 건드려 보았다. 방울소리가 크게 울렸다. 수코양이 아르히프가 불만스레 귀를 움직거리더니 화가 난 듯 현관을 빠져나갔다. 경쾌한 방울소리가 거슬린 모양이었다.

낮에 타치야나 페트로브나는 시내에서 늙은 피아노 조율사를 데려왔다. 그녀는 흥분했는지 얼굴엔 홍조를 띠고 부산스럽고, 눈빛은 더 짙어졌다. 이 조율사는 러시아로 귀화한 체코인으로 석유곤로, 석유등, 인형, 아코디언 수리에서 피아노 조율까지 못하는 일이 없었다. '네비달(보기 드문 사람)'이라는 우스꽝스러운 성을 가진 이 체코인은 조율을 끝낸 다음, 피아노는 오래 되었지만 아주 좋은 것이라고 말했다. 타치야나 페트로브나는 이 사실을 이미 알고 있었다.

조율사가 돌아간 뒤 타치야나 페트로브나는 조심스레 책상 서랍을 열어보았다. 거기에 굵은 타래초 한 봉지가 있었다. 그녀는 그것을 피아노 위에 놓인 몇 개의 촛대에 꽂았다. 저녁이 되자 그녀는 촛불을 밝힌 후 피아노를 쳤다. 집안은 음악소리로 가득했다.

타치야나 페트로브나가 연주를 끝내고 촛불을 끄자 방안에는 새해맞이 파티 때와 같은 달콤한 연기 냄새가 났다.

바랴가 더 이상 참지 못하고 물어보았다.

"엄마는 왜 남의 물건을 건드려? 나보고는 안 된다고 하면서, 엄만 왜 건드려? 방울도 초도 피아노도 건드리잖아. 남의 악보도 피아노에 올려놓고."

"왜냐하면 난 어른이잖아." 타치야나 페트로브나가 대답했다.

바랴는 이마를 찌푸리고 의아한 듯이 그녀를 쳐다보았다. 지금 타치야나 페트로브나의 모습은 어른 같지가 않았다. 그녀는 온 몸에 빛을 발하고 있는 듯, 궁전에서 수정 구두를 잃어버린 금발의 아가씨처럼 보였다. 이 아가씨에 대해서는 타치야나 페트로브나가 바랴에게 이야기해준 적이 있었다.

기차를 타고 오면서 니콜라이 포타포프 중위는 날짜를 헤아려 보았다. 하루 이상은 아버지 집에 머물 수 없을 것 같았다. 휴가가 너무 짧았고 길에서 많은 시간을 허비해야 했기 때문이다.

기차는 한낮에 도시에 도착했다. 중위는 예전에 알고 있던 그곳 역장으로부터 아버지가 한 달 전에 돌아가셨고 집에는 모스크바에서 온 젊은 여가수가 딸과 함께 지내고 있다는 소식을 전해들었다.

"모스크바에서 피난 온 여자라네." 역장의 말이었다.

포타포프는 말없이 창밖을 내다보았다. 솜옷에 털장화를 신은 승객들이 찻주전자를 들고 뛰어다녔다. 그는 현기증을 느꼈다.

"좋은 사람이었는데. 끝내 아들 얼굴도 보지 못하고……."

역장이 말했다.

"돌아가는 차는 언제 있습니까?" 포타포프가 물었다.

"새벽 다섯 시라네." 역장은 대답한 다음 잠시 말이 없다가 덧붙였다. "우리집에 가 있지 그러나. 우리 할망구가 차도 끓이고 음식도 준비해 줄 걸세. 집에 간들 뭐 하겠어."

"아니요, 괜찮습니다." 포타포프는 사양하고 밖으로 나왔다.

역장은 그의 뒷모습을 바라보며 머리를 저었다.

포타포프는 시내를 가로질러 강이 있는 곳까지 걸어갔다. 강 위에는 검푸른 하늘이 드리워져 있었다. 하늘과 땅 사이로 성긴 눈발이 흩날렸다. 거름이 널브러진 길 위로 갈가마귀들이 걸어다녔다. 어둠이 깔렸다. 건너편 강변 숲에서 불어온 바람이 눈물을 흩날렸다.

"할 수 없지!" 포타포프는 중얼거렸다. "내가 너무 늦게 왔어. 이제 이 모든 것들도 남이 되겠지. 이 도시도, 이 강도, 집도……."

포타포프는 주위를 둘러보았다. 시 외곽으로 비탈진 언덕이 눈에 들어왔다. 그곳에는 서리를 덮어쓴 마당이 있었고, 집 한 채가 어둠 속에서 가물거렸다. 집 굴뚝에서는 연기가 올라왔다. 바람이 이 연기를 자작나무 숲으로 몰고 갔다.

포타포프는 천천히 그 집쪽으로 걸어갔다. 집에 들어갈 생각은 없었고, 마당이나 들여다보고, 정자에 잠시 들러볼 생각이었다. 아버지의 집에 낯선 사람들이 살고 있다는 생각은 참기 힘든 것이었다. 아무 것도 보지 말자, 괜히 마음 아프게 할 필요없지, 그냥 이곳을 떠나 지난날을 모두 잊는 거야!

'어쩔 수 없지.' 포타포프는 생각했다. '하루하루 나이는 먹어가고, 그럴수록 세상을 냉정하게 보게 되는 법이니까!'

땅거미가 질 무렵 포타포프는 집에 도달했다. 그는 조심스레 울타리문을 열었다. 그래도 문은 삐걱 소리를 냈다. 뜰의 나무들이 몸을 움찔했는지 나뭇가지에서 눈이 우수수 떨어졌다. 포타포프는 주위를 둘러보았다. 눈을 치운 샛길이 정자까지 이어져 있었다. 포타포프는 정자로 걸어 올라가 낡은 난간에 두 손을 얹었다. 멀리 숲 뒤로 하늘이 희미하게 붉어져 있었다. 구름 뒤로 달이 떠오르고 있을 것이다. 포타포프는 군모를 벗고 머리를 매만졌다. 사방은 쥐 죽은 듯 고요했다. 멀리 언덕 아래에서 빈 양동이가 덜그럭거리는 소리만 들렸다. 여자들이 얼음 구멍으로 물을 길러 가는 모양이었다.

포타포프는 팔굽을 난간에 기대고 나지막이 중얼거렸다.

"어쩌다 모든 게 이렇게 돼 버렸지?"

그때 누군가가 포타포프의 어깨를 살짝 건드렸다. 그는 뒤를 돌아보았다. 뒤에는 한 젊은 여자가 서있었다. 그녀는 해쓱하고 엄한 얼굴에 머리에는 짙은 색 스카프를 쓰고 있었다. 그녀는 아무 말 없이 포타포프를 유심히 바라보았다. 그녀의 속눈썹과 볼에서는, 나뭇가지에서 떨어졌을 눈이 녹고 있었다.

"모자 쓰세요." 그녀가 나지막이 말했다. "감기 드시겠어요. 집으로 들어가시죠, 왜 여기 서 계신 거예요."

포타포프는 말이 없었다. 그녀는 그의 소매를 잡고 눈이 치워진 길을 따라 데려갔다. 현관 앞에 이르자 포타포프는 발걸음을 멈췄다. 그는 목이 메어와 숨을 제대로 쉴 수도 없었다. 여자는 다시 나지막이 말했다.

"마음 놓으세요. 날 너무 어렵게 생각하지 마세요. 금방 괜찮아질 거예요."

그녀는 발을 툭툭 굴러 장화에 묻은 눈을 털어 냈다. 그러자 출입구에서 대꾸하듯 방울소리가 울렸다. 포타포프는 숨을 깊이 들이마셨다.

그는 어색한 듯 뭔 말인가를 중얼거리며 집으로 들어갔다. 출입구에서 그는 외투를 벗었다. 자작나무 연기 냄새가 희미하게 느껴졌다. 아르히프는 소파에 앉아 하품을 하고 있었다. 소파 옆에는 머리를 두 갈래로 딴 소녀가 서있었다. 그녀는 기쁜 표정으로 포타포프를 쳐다보았지만, 실은 그의 얼굴이 아니라 소매의 금줄을 보고 있었다.

"자, 저리로 가시죠." 타치야나 페트로브나는 포타포프를 부엌으로 안내했다.

부엌에는 찬 우물물이 담긴 항아리가 놓여 있었고, 뽕나무잎 모양을 수놓은 낯익은 아마포 수건도 걸려 있었다.

타치야나 페트로브나는 나가고 딸이 포타포프에게 비누를 가져다주었다. 소녀는 포타포프가 군복 윗도리를 벗고 세수를 하는 모습을 지켜보고 서있었다. 포타포프는 서먹함이 채 가시지 않았다.

"엄마는 뭐 하시는 분이니?" 그는 소녀에게 이렇게 물어 놓고 얼굴을 붉했다.

사실 이 질문은 그냥 무언가 질문을 하기 위해 던진 질문이었다.

"엄마는 자기가 어른이라고 생각해요." 소녀는 비밀이라도 이야기하듯 속삭였다. "그렇지만 엄만 전혀 어른이 아니예요. 나보다도 더 어린 소녀 같다니까요."

"왜 그렇지?" 포타포프가 물었다.

그러나 소녀는 대답은 하지 않고 웃으면서 부엌에서 뛰쳐나갔다.

포타포프는 저녁 내내 자신이 얕은, 그러면서도 아주 깊은 잠에 빠져 있는 것 같은 야릇한 느낌을 떨쳐버릴 수 없었다. 집안의 모든 것은 그가 보고 싶어하던 그대로 있었다. 그 악보들은 피아노 위에 놓여 있었고, 타래초들은 소리를 내며 아버지의 작은 서재를 밝혀주고 있었다. 심지어 그가 병원에서 보낸 편지들도 책상 위에 놓여 있었다. 아버지가 늘 편지를 눌러놓을 때 쓰시던 오래된 나침반 아래.

차를 한 잔 마신 후 타치야나 페트로브나는 자작나무 숲 뒤에 있는 아버지 묘로 포타포프를 데려갔다. 어스름한 달이 하늘 높이 떠있었다. 자작나무들은 달빛을 받아 반짝거리며 눈밭에 희미한 그림자를 던지며 서있었다.

저녁 늦게 타치야나 페트로브나는 피아노 앞에 앉아 조심스레 건반을 두드리다 포타포프에게 얼굴을 돌리며 말했다.

"그런데, 아무래도 당신을 어디선가 본 듯 하네요."

"그럴지도 모르지요." 포타포프가 대답했다.

그는 그녀의 얼굴을 바라보았다. 옆에서 놓여 있던 초의 불빛은 그녀 얼굴의 반쪽만을 비추고 있었다. 포타포프는 자리에서 일어나 방을 이리 저리 거닐다 멈춰 섰다.

"아니요, 기억이 나질 않는군요." 그는 낮은 목소리로 말했다.

타치야나 페트로브나는 고개를 돌려 놀란 듯 포타포프를 쳐다보았으나 아무 말도 하지 않았다.

서재 소파에 잠자리가 마련되었지만 포타포프는 잠을 이룰 수가 없었다. 이 집에서의 순간 순간이 너무도 소중하게 느껴졌고, 그래서 잠시도 이를 놓칠 수가 없었다.

그는 누워서 귀를 기울였다. 아르히프가 사뿐사뿐 걸어다니는 소리며, 시계소리며, 타치야나 페트로브나가 속삭이는 소리가 들려왔다. 그녀는 방안에서 유모와 뭔가 이야기를 나누고 있었다. 잠시 후 목소리가 잠잠해지더니 유모가 나갔지만, 문 밑으로 새어나오는 빛줄기가 여전히 꺼지지 않았다. 책장을 넘기는 소리가 들리는 것으로 보아 타치야나 페트로브나는 책을 읽고 있었다. 그녀가 기차 시간에 맞춰 자기를 깨우기 위해 자지 않고 있다고 포타포프는 추측했다. 그는 자기도 자지 않고 있다고 그녀에게 말하고 싶었지만 그녀를 부를 용기가 나지 않았다.

네 시가 되자 타치야나 페트로브나는 살며시 문을 열고 포타포프를 불렀다. 그는 몸을 뒤척였다.

"깨워서 안됐지만, 일어날 시간이에요."

한 밤중임에도 타치야나 페트로브나는 그를 역까지 배웅했다. 두 번째 벨이 울리고 그들은 작별 인사를 했다. 타치야나 페트로브나는 포타포프에게 양손을 내밀며 말했다.

"가면 편지 쓰세요. 이제 우린 친척이나 마찬가지잖아요. 안 그래요?"

포타포프는 아무런 말도 하지 않고 다만 고개를 끄덕였다.

며칠 후 타치야나 페트로브나는 포타포프가 돌아가는 길에 보낸 편지를 받았다. 포타포프는 다음과 같이 썼다.

저는 물론 우리가 어디서 만났는지 기억해낼 수 있었습니다. 그러나 그때 집에서는 말하고 싶지 않더군요. 1927년 크림 반도를 기억하시나요? 때는 가을이었죠. 리바지야 공원의 늙은 플라타너스 나무, 흐린 하늘, 담청색 바다…… 나는 오레안다로 가는 오솔길을 걷고 있었죠. 오솔길 옆 벤치에 한 아가씨가 앉아 있었습니다. 그녀는 모름지기 열여섯 살쯤 되었을 겁니다. 그녀는 나를 보자 자리에서 일어나서 내 쪽으로 걸어왔죠. 우리가 거의 가까워졌을 때, 난 그녀의 얼굴을 쳐다보았습니다. 그녀는 손에 책을 펼쳐 든 채, 내 곁을 빠른 걸음으로 지나쳐 갔습니다. 나는 그 자리에 서서 한참을 그녀의 뒷모습을 바라보았습니다. 이 아가씨가 바로 당신이었습니다. 내 기억은 틀리지 않습니다. 나는 당신의 뒷모습을 바라보며, 내 인생 전체를 무너뜨릴 수도, 내게 한없는 행복을 줄 수도 있는 여자가 방금 내 곁을 지나갔다는 느낌을 받았습니다. 나는 이 여자를 내 온 몸을 바쳐 사랑할 수 있다고 생각했습니다. 그때 이미 나는 무슨 일이 있어도 당신을 찾아내야 한다고 생각했죠. 이렇게 생각했지만 그 자리에서는 한 발자국도 움직일 수가 없었습니다. 왜 그랬는지는 저도 잘 모르겠습니다. 그후로 나는 크림 반도와 그 오솔길, 내가 당신을 잠시 보았다 영원히 잃어버린 그곳을 늘 그리워했습니다. 그러나 삶은 내게 너그러워 은총을 베풀어 주는군요. 난 당신을 다시 만났습니다. 모든 일이 순조롭게 끝나고, 당신이 나의 일생을 필요로 하신다면, 그건, 물론 당신의 것입니다. 그래요, 아버지 책상 위에서 제 편지가 뜯겨져 있는 걸 보았습니다. 그래서 모든 걸 알 수 있었죠. 이제 멀리서나마 당신께 감사할 따름입니다.

타치야나 페트로브나는 편지를 내려놓고, 흐릿한 눈으로 창밖에 눈 덮인 뜨락을 바라보며 중얼거렸다.

"어머나, 난 크림 반도에 한번도 가본 적이 없는데! 단 한번도! 그런데 이제 와서 이게 무슨 의미가 있지? 아니라고 그를 설득시켜야 한단 말인가? 그리고 나 자신도!"

그녀는 웃으면서 얼굴을 손으로 가렸다. 창밖에는 연분홍 노을이 끝 모르게 불타고 있었다.

# 아름답고 광포한 이 세상에서

안드레이 플라토노프

1

톨루베예프 기관차 차고에서 최고의 열차 기관사로 손꼽히는 사람은 알렉산드르 바실리예비치 말체프였다.

당시 서른 살밖에 안 되었지만, 이미 일급 기관사 자격증을 소지한 그는 오래 전부터 고속 열차를 운전하고 있었다. 우리 차고에 처음으로 IS형 특급 열차가 배당되었을 때, 말체프가 이 열차의 기관차로 임명되었는데, 이는 지극히 합리적이고 올바른 결정이었다. 말체프의 조수로는 기관차고에서 수리공으로 일했던 중년의 표도르 페트로비치 드라바노프가 일하게 되었다. 그러나 그는 곧 기관사 시험을 통과해 다른 열차에서 일하게 되었고, 내가 그를 대신해 말체프의 조수로 임명되었다. 그 전까지 나는 마력 수가 낮은 낡은 열차의 부기관사로 일하고 있었다.

나는 내게 맡겨진 임무에 만족했다. IS형 열차는 당시 우리 차고에서는 유일한 것이어서, 그 모습 하나만으로도 나를 흥분시켰다. 열차를 바라보고 있노라면 내 마음속에는 특별한 감동과 기쁨이 솟구쳤는데, 이는 어릴 적 푸시킨의 시를 처음 읽었을 때 느꼈던 것만큼이나 멋진 것이었다. 그 외에도 고속 열차의 운행 기술을 배우고 싶었던 나에게 일급 기관사와 함께 일할 수 있다는 것은 좋은 기회였다.

알렉산드르 바실리예비치는 내가 자신과 한 조가 된 것을 덤덤하게 받아들였다. 아마도 그는 누가 조수로 일하든 개의치 않는 듯했다.

열차가 출발하기 전, 나는 평소대로 열차의 모든 연결 부위를 확인하고, 보조 기계장치들도 일일이 점검하고 나서야 마음을 놓을 수 있었다. 이제 열차 운행 준비가 완료된 것이다. 그런데 알렉산드르 바실리예비치는 내가 일하는 모습을 계속 지켜보았으면서도, 다시 한 번 자기 손으로 기계의 상태를 점검하는 것이었다. 그는 나를 믿지 못하는 것 같았다.

그 후로도 이런 일이 매번 되풀이되었고, 나는 알렉산드르 바실리예비치가 내 일에 간섭하는 데 어느새 익숙해져 버렸다. 물론 말은 하지 않았지만 내 마음은 편치 않았다. 그러나 열차 운행이 시작되면, 이런 사실을 나는 곧 까맣게 잊어버렸다.

운행 중인 기관차의 상태를 표시하는 이런저런 계측기나 전방 선로의 상황을 지켜보다 나는 이따금 말체프를 쳐다보았다. 그는 자신감에 가득 찬 대가의 표정으로 열차를 몰고 있었다. 그의 얼굴에서는 모든 외부 세계를 자신의 내적 체험으로 끌어들여 그것을 장악하는, 영감에 휩싸인 예술가의 집중력이 엿보였다. 알렉산드르 바실리예비치가 앞쪽을 멍하니 바라보는 것 같아도 앞쪽 선로들의 상황과 우리 쪽으로 다가오는 자연의 모습 모두를 주시하고 있다는 것을 나는 알고 있었다. 기차가 질주하면서 일어나는 바람 때문에 도상에서 참새가 날아올랐다. 그는 잠시 고개를 돌려 날아가는 참새를 바라보았다. 우리가 지나간 뒤 참새가 어떻게 됐는지, 참새가 어디로 날아갔는지 그렇게 확인하는 것이다.

우리 잘못으로 열차가 연착한 적은 한 번도 없었다. 그와는 반대로, 우리는 종종 우리가 지나가야 하는 간이역에서 정차해 있어야 했다. 우리가 예정된 시간보다 먼저 도착하면 우리의 열차를 지체시키는 방식으로 열차 시간을 맞췄기 때문이다.

우리는 일할 때 좀처럼 말을 하지 않았다. 단지 이따금씩 알렉산드르 바실리예비치는 내 쪽으로는 몸도 돌리지도 않은 채 열쇠로 보일러를 툭툭 치곤했다. 이는 열차에 뭔가 이상이 생겼으니 주의를 하라거나, 열차 운행 방식을 갑자기 바꿀 때 준비를 하라는 뜻이었다. 나보다 나이가 많았던 그의 이런 말없는 지시를 나는 매번 정확히 이해했고, 지시를 성심껏 수행했다. 하지만 말체프는 여전히 나를 화부나 대하듯 무관심하게 대했다. 또 열차가 정류장에 정차할 때면 윤활유 분사장치와 연결 경로의 볼트 조임 상태를 살펴보고, 구동축의 베어링 박스를 점검하는 것이었다. 내가 기계의 마찰 부위를 점검하고 윤활유를 바르고 나면, 말체프는 곧바로 그 부분을 다시 점검하고 윤활유를 치는 것이었다. 내가 한 일은 제대로 된 것이 아니라는 듯 말이다.

"알렉산드르 바실리예비치, 그 크로스헤드는 제가 이미 점검했는데요." 하루는 그가 내가 점검한 부품을 다시 점검하려 할 때 내가 말했다.

"그래도 내가 직접 하고 싶어." 말체프는 씩 웃으며 대답했는데, 그 미소 속에는 왠지 모를 슬픔이 담겨 있는 것 같아 나는 내심 깜짝 놀랐다.

나중에야 나는 이 슬픔의 의미와 그가 우리들에게 늘 무심한 이유를 알게 되었다. 그는 기관차를 이해하는 데 자신이 누구보다도 탁월하다고 생각했고, 이러한 자신의 재능을 누군가가 배울 수 있다고는 믿지 않았다. 운행 중 참새와 전방의 통과 신호를 한눈에 알아보고, 선로의 상태와 열차의 중량, 기관차의 출력을 동시에 느낄 수 있는 자신의 이런 재능을 말이다. 말체프는, 물론 우리가 열심히 노력하면 자신의 이러한 능력을 따라잡을 수도 있다고 인정했지만, 우리가 자기보다 더 기관차를 사랑하고, 자기보다 운전을 더 잘할 수 있다고는 믿지 않았다. 그런 까닭인지 말체프는 우리와 함께 있으면 늘 우울해했다. 그는 자신의 재능 때문에 쓸쓸해했고, 이를 어떻게 표현해야 우리가 이해할 수 있는지도 알지 못했다.

사실 우리는 그의 능력을 이해할 수 없었다. 어느 날 나는 혼자 열차를 몰게 해달라고 그에게 부탁한 적이 있다. 알렉산드르 바실리예비치는 그럼 한 40킬로미터쯤 가보라고 허락하고는 조수석에 앉았다. 내가 열차를 몰아 20킬로미터를 지났을 때 이미 4분이 지연됐고, 긴 언덕길을 빠져나갈 때는 열차의 속력이 시간당 30킬로미터를 채 넘지 못했다. 내 뒤를 이어 말체프가 기관차를 몰았다. 그는 비탈길을 시속 50킬로미터로 달렸고, 굽은 길에서도 열차의 속도를 줄이지 않아 결국 내가 지연시킨 시간을 단축했다.

2

말체프의 조수로 일한 작년 8월부터 근 1년이 되던 7월 5일, 말체프는 특급 열차 기관사로서 마지막 운행을 했다.

우리에게 40량의 객차가 달린 열차가 배정되었는데, 이 열차는 우리에게 인계될 때 이미 네 시간 정도 연착한 상태였다. 기관차로 다가온 배차원은 열차의 지연된 시간을 가능한 한, 한 시간만이라도 줄여달라고 알렉산드르 바실리예비치에게 특별히 부탁했다. 그렇지 않으면 자기가 공차(空車)*를 옆 레일로 보내기 힘들 거라고 말했다. 말체프는 지연된 시간을 단축시켜주겠다고 약속했고, 우리는 열차를 출발시켰다.

---

\* 차내에 여객 및 화물을 적재하지 않은 객화차

시간은 오후 8시였지만 태양은 아침처럼 여전히 넘치는 힘으로 빛나고 여름날의 오후 늦도록 계속되었다. 알렉산드르 바실리예비치는 보일러의 증기압을 한계치보다 2분의 1 정도 낮은 수준으로 계속 유지시키라고 내게 지시했다.

30분 후 우리는 경사가 밋밋한 한적한 평원을 달리고 있었다. 말체프는 열차 속도를 시속 90킬로미터로 높였고, 평지나 내리막길에서는 오히려 시속 백 킬로미터까지 속도를 올렸다. 오르막길에 이르면 나는 화실을 최대한 가동시켰고, 열차의 증기가 줄어들지 않도록 급탄기를 써서라도 연료를 채워 넣으라고 화부를 다그쳤다.

말체프는 기어를 최고로 올린 채 열차를 몰았다. 이때 지평선 너머에서 짙은 먹구름 떼가 몰려왔다. 햇살이 비치는 구름을 뚫고 성난 번개가 맹렬하게 작열하고 있었다. 번개의 예리한 창끝이 말없이 누워 있는 땅 위로 내리꽂히자, 우리는 멀리 있는 그 땅을 보호하려는 듯 그곳으로 미친 듯 질주해 갔다. 알렉산드르 바실리예비치는 아마도 이 광경에 감탄한 것 같았다. 그는 창밖으로 몸을 쑥 내밀어 앞을 쳐다보았고, 연기와 불과 탁 트인 공간에 익숙해져 있던 그의 눈은 이제 영감에 사로잡혀 환히 빛나고 있었다. 그는 우리 열차의 힘과 능력을 뇌우에 견줄 수도 있겠다고 생각하고, 매우 뿌듯해하는 듯했다.

잠시 후 먼지에 휩싸인 회오리바람이 평원을 가로질러 우리 쪽으로 밀려왔다. 폭풍우가 먹구름을 우리 쪽으로 몰고 왔던 것이다. 마른 흙과 초원의 모래가 휘파람 소리를 내며 기관차의 몸체를 두드렸다. 주변도 어두워졌다. 전방의 시야가 흐려져, 나는 터빈을 돌려 기관차 앞머리에 달린 탐조등을 밝혔다. 열차에 정면으로 부딪치며 훨씬 더 세차게 밀려드는 뜨거운 모래 바람과, 화실에서 나온 가스와, 우리를 에워싼 때 이른 땅거미

탓에 우리는 숨쉬기조차 힘들었다. 기관차는 세찬 바람소리를 내며 후텁지근한 열기가 배어 있는 어둠 속을 탐조등 불빛을 따라 달리고 있었다. 열차의 속력은 시속 60킬로미터까지 떨어졌다. 우리는 전방을 주시하며 꿈을 꾸듯 열차를 몰아갔다.

갑자기 커다란 물방울 하나가 바람막이 창에 부딪혔지만, 뜨거운 바람에 이내 말라버렸다. 이때 갑자기 내 눈 앞에서 푸른 불빛이 번쩍이더니, 흥분해 떨고 있던 가슴 안쪽까지 파고들었다. 나는 얼른 탐조등 밸브를 붙잡았다. 그러나 가슴의 통증은 금방 사라졌고, 나는 얼른 말체프 쪽을 쳐다보았다. 그는 앞을 응시한 채, 아무런 표정 변화 없이 열차를 몰고 있었다.

나는 화부에게 물었다. "방금 그게 뭐였죠?"

"번개였어요." 그는 대답했다. "번개가 우리를 때리려다 약간 빗나갔죠."

말체프는 우리 이야기를 듣지 못했다.

"어떤 번개 말이요?" 그는 큰 소리로 물었다.

"방금 그 번개 말입니다." 화부가 말했다.

"나는 못 봤는데." 말체프는 이렇게 말하며 바깥으로 고개를 돌렸다.

"못 봤다고요!" 화부는 깜짝 놀랐다. "난 보일러가 터져 불꽃이 튀었나 생각했는데, 못 봤다고요."

나도 그것이 번개였는지 미심쩍었다.

"그럼, 천둥소리는 왜 안 들리지?" 내가 물었다.

"천둥은 우리가 지나왔죠. 천둥은 항상 번개 뒤에 치잖아요. 천둥이 치고, 대기가 이리저리 뒤흔들리고, 그 사이에 우린 천둥을 멀찌감치 지나쳐 버린 셈이죠. 승객들은 뒤에 있으니까, 어쩌면 소리를 들었을지도 모르죠."

열차는 다시 장대비를 만났지만, 곧 이를 빠져나와 어둠에 싸인 한적한 평원을 달려갔다. 평원 위로는 이제는 지친 듯한 먹구름들이 힘없이 걸려 있었다.

　주위는 온통 캄캄해졌고 고요한 밤이 찾아왔다. 우리는 축축한 땅 냄새와 비바람에 싱그러워진 풀과 밀 향기를 맡으며, 지체된 시간을 줄이기 위해 열차를 몰았다.

　나는 말체프가 기관차를 모는 게 예전 같지 않다는 것을 눈치 챘다. 굽은 길에서도 속도를 줄이지 않아 몸이 쏠리거나, 열차 속도가 시속 백 킬로미터가 됐다가 40킬로미터까지 떨어지곤 했다. 나는 알렉산드르 바실리예비치가 몹시 지쳤다고 생각했다. 기관사가 그렇게 운전하면 화실과 보일러를 최상의 상태로 유지하기가 어려웠다. 하지만, 그에게는 아무 말도 하지 않았다. 30분 뒤 우리는 급수를 위해 열차를 세워야 했고 정류장에서 알렉산드르 바실리예비치는 간단히 요기를 하고 쉴 수 있었다. 우리는 이미 40분을 단축시켰고, 최종 목적지까지 한 시간 이상은 족히 줄일 수 있었다.

　여하튼 말체프가 피곤해하는 것이 마음에 걸린 나는 전방 선로와 통과 신호를 더욱 주의 깊게 살피기 시작했다. 내 쪽에서 왼쪽 위로 전등 하나가 매달려, 흔들거리는 구동축 장치를 비추고 있었다. 그래서 왼쪽 구동축이 제대로 작동하는 모습을 확인할 수 있었는데, 그 위에 있던 전등이 갑자기 어두워지더니 마치 양초처럼 희미해졌다. 나는 운전실로 고개를 돌렸다. 거기에 있는 전등들도 평소 밝기의 4분의 1 정도로 어두워져 계기들을 희미하게 비추고 있었다. 그런데 이상한 것은 이때 알렉산드르 바실리예비치가 열쇠를 두드려 이런 비정상적인 상태를 내게 알려주지 않는다는 것이었다. 터빈이 정격 회전에 못 미쳐 전압이 떨어진 게 분명했다. 나는 증기관을 통해 터빈을 조절해보려 했지만, 한참을 매달려 있어도 전압은 올라가지 않았다.

이때 붉게 물든 안개구름이 계기판과 운전실 천장을 스쳐 지나갔다. 나는 밖을 쳐다보았다.

열차의 전방, 칠흑 같은 어둠 속에서 가까운지 먼지 분간조차 할 수 없었다. 하지만, 웬 띠처럼 보이는 붉은 불빛이 우리 선로를 가로질러 흔들거리고 있었다. 나는 이것이 뭔지는 몰랐지만, 무슨 일을 해야 하는지 알았다.

"알렉산드르 바실리예비치!" 나는 소리를 지르며 세 차례 정지신호 기적을 울렸다.

열차 바퀴 아래에서 신호 뇌관의 폭발음이 들렸다. 나는 말체프에게 뛰어갔다. 그는 얼굴을 돌리고, 날 무심한 눈길로 바라보았다. 계기판 속도계의 바늘이 60킬로미터를 가리키고 있었다.

"말체프 씨!" 나는 소리를 질렀다. "신호 뇌관이 눌리고 있잖아요!" 그리고 나는 운전대로 손을 뻗었다.

"저리 비켜!" 말체프는 화를 내며 소리를 질렀다. 그때 그의 눈에는 속도계 위에 있던 흐릿한 전구의 불빛이 비쳐 반짝거렸다.

그는 재빨리 비상 제동기를 작동시키고, 역전 핸들*을 뒤로 잡아당겼다.

그 바람에 나는 보일러 쪽으로 몸이 쏠렸고, 열차 바퀴가 레일과 심하게 마찰되는 소리가 찢어질 듯 들려왔다.

"말체프 씨!" 나는 소리쳤다. "실린더 밸브를 여세요. 안 그러면 열차가 망가지겠어요."

"그럴 필요 없어! 괜찮아!" 말체프가 대답했다.

우리는 결국 멈춰 섰다. 나는 분사기를 이용해 보일러에 물을 퍼올린 다음, 밖을 내다봤다. 우리 앞쪽으로 약 10미터가량 떨어진 곳에 기관차

---

\* 동력차의 전, 후진을 결정해주는 역전 장치의 조작 핸들

한 대가 탄수차를 우리 쪽을 향한 채 서 있었다. 탄수차에는 한 사람이 타고 있었는데, 그는 끝이 시뻘겋게 달아오른 긴 쇠부지깽이를 들고 있었다. 그는 이 부지깽이를 흔들어 기차를 세우려 했던 것이다. 이 기관차는 역 사이에 멈춰 선 화물 열차를 밀고 있던 참이었다.

이것은 내가 터빈을 수리하느라 전방을 보지 못하고 있는 동안, 우리 열차가 황색 신호등을, 그 다음에는 적색 신호등을, 그리고 아마도 선로 순시원들의 경고 신호도 무시하고 지나쳐버렸다는 뜻인데, 그러면 말체프는 왜 이 신호를 보지 못했지?

"코스차!" 알렉산드르 바실리예비치가 나를 불렀다.

나는 그에게 다가갔다.

"코스차! 우리 앞에 지금 뭐가 서 있지?"

나는 그에게 설명해주었다.

"코스차, 이제 자네가 기관차를 몰아야겠네. 내가 실명을 했어."

이튿날 나는 기차를 몰고 역으로 돌아와 기관차를 차고에 맡겼다. 두 군데에서 바퀴 테가 조금 밀려났기 때문이다. 기관차 차고 책임자에게 사고 경위를 보고하고 난 다음, 나는 말체프를 부축해 그가 사는 곳까지 바래다주었다. 말체프는 비탄에 빠져 있던 차고 책임자에게는 가지 않았다.

우리는 풀들이 무성히 자란 길을 따라 걸었다. 말체프는 갑자기 걸음을 멈추고, 집에 도착하지도 않았는데 이젠 자기 혼자 가겠다며 나를 돌려 세웠다.

"안 됩니다." 나는 대답했다. "알렉산드르 바실리예비치, 당신은 실명했어요."

그는 뭔가 생각하는 듯한 반짝이는 눈초리로 나를 쳐다보았다.

"이젠 볼 수 있다네. 그러니 걱정 말고 집으로 돌아가게. 다 보인다고. 저기 아내가 마중을 나와 있지 않은가."

말체프가 사는 집 대문 앞에는 정말로 그의 아내가 남편을 기다리며 서 있었다. 모자를 쓰지 않은 그녀의 검은 머리칼이 햇빛에 반짝이고 있었다.

"그럼, 부인이 머리에 뭘 쓰고 있나요, 아니면 안 쓰고 있나요?" 나는 의심스러워 말체프에게 물어보았다.

"안 쓰고 있지." 말체프는 대답했다. "누가 진짜로 눈이 먼 건지 모르겠군."

"이제 잘 보인다니, 그럼 살펴 가세요." 나는 말체프와 헤어졌다.

3

말체프는 재판을 받게 되었고 심리가 시작되었다. 예심판사는 나를 호출해 그날 있었던 사고에 대해서 의견을 물어보았다. 나는 말체프에게는 잘못이 없다고 말했다.

"그는 번갯불, 그러니까 바로 눈앞에서 일어난 방전 현상 때문에 실명하게 된 거죠." 나는 예심판사에게 말했다. "순간적인 충격에 의해 시신경에 손상을 입은 건데……. 저도 어떻게 설명해야 할지 잘 모르겠군요."

"아니요, 당신의 말은 이해가 됩니다." 예심판사가 말했다. "그런데, 물론 이것이 가능한 일이긴 하지만, 그 말을 그대로 믿기에는 왠지……. 그런데 말체프 씨는 번개를 보지 못했다고 하던데요."

"저는 번개를 보았습니다. 화부도 보았고요."

"그 말은 번개가, 말체프 씨보다 당신 쪽에 더 가깝게 쳤다는 말이 되는군요." 예심판사는 이렇게 추론했다. "그럼, 어째서 당신과 화부는 눈이 멀지 않았는데, 말체프 씨만 시신경에 손상을 입고 실명을 하게 됐죠? 이건 어떻게 생각하십니까?"

나는 할 말을 잃고, 잠시 생각에 잠겼다.

"말체프 씨는 번개를 볼 수 없었습니다." 내가 말했다.

예심판사는 놀라는 표정으로 내 말에 귀를 기울였다.

"그는 번개를 볼 수 없었습니다. 그는 번개보다 빠른 전자파의 충격 때문에 순간적으로 실명하게 된 겁니다. 번개는 방전 현상의 결과이지 번개의 원인이 아니거든요. 번개가 쳤을 때 그는 이미 실명한 뒤였고, 그래서 번개를 볼 수 없었던 거지요."

"재미있는 이론이군요." 예심판사가 미소를 지었다. "그런데 문제는 그가 지금도 실명한 상태라면 저 역시 말체프 씨에 대한 수사를 종결지었을 겁니다. 그런데 당신도 아시다시피 지금 그의 눈은, 우리처럼 멀쩡하지 않습니까?"

"그건 그렇습니다." 나는 동의했다.

"화물 열차를 향해 급행열차를 엄청난 속도로 몰고 갈 당시, 그가 실명한 상태였나요?" 예심판사는 계속해서 물어보았다.

"네, 그렇습니다." 나는 확신에 찬 목소리로 대답했다.

예심판사는 나를 빤히 쳐다보았다.

"그럼, 어째서 그 사람은 당신에게 대신 운전을 시키거나, 아니면 열차를 세우라고 명령하지 않았죠?"

"그건 저도 잘 모르겠습니다." 나는 말했다.

"이것 보세요!" 예심판사가 말했다. "정신이 멀쩡한 사람이 특급열차의 기관차를 운전하다가 수백 명의 목숨을 잃게 할 뻔했어요. 다행히 참변은 피했다고 해도, 그때 그 사람이 실명했었다는 이유로 이 사건이 무마된다면, 이게 말이나 되는 소린가요?"

"그렇지만 그 사람도 죽을 뻔하지 않았습니까?" 나는 말했다.

"그럴 수도 있었겠죠. 하지만 나한테는 한 사람의 목숨보다 수백 명의 목숨이 더 중요하거든요. 아니면 그 사람에겐 죽고 싶었던 이유가 있었을 지도 모르잖아요."

"그럴 만한 이유는 없었습니다." 나는 말했다.

예심판사는 냉담해졌다. 바보와 대화를 하는 것처럼 나와의 이야기가 슬슬 지겨워진 것이다.

"당신은 다 알고 계신데, 정작 중요한 건 모르고 계시군요." 그는 뭔가 생각하며 느릿느릿 말했다. "그럼, 이제 그만 가봐도 좋습니다."

나는 예심판사의 방을 나와 말체프의 집으로 향했다.

"알렉산드르 바실리예비치, 당신이 설명했을 때 왜 내게 도움을 청하지 않았죠?"

"나도 잘 보이는데, 무엇 때문에 자네 도움이 필요했겠나?" 그는 대답했다.

"뭐가 보였단 말입니까?"

"다 보였지. 철로며, 신호며, 밀밭이며, 기관차 오른쪽의 기계 상태까지 다 보였단 말일세."

나는 당혹스러웠다.

"그럼, 어떻게 그런 일이 일어났죠? 경고 신호를 모두 무시하고 달리다가 다른 열차의 후미로 곧장 열차를 몰고 갔잖아요?"

일급 기관사였던 말체프는 우울한 표정으로 생각에 잠겨 있다가 혼잣말을 하듯 나지막한 목소리로 대답했다.

"나는 내 눈으로 보고 있다고 생각했지. 그렇게 익숙해져 있었으니까. 그런데 그게 머릿속으로 상상을 하고 있었던 거야. 실제로는 실명한 상태였지만, 난 그 사실을 몰랐던 거지. 신호 뇌관 소리도 믿지 않았지. 소리를 듣긴 했지만, 내가 잘못 들었을 거라고 생각했네. 자네가 정지 경적을 울리고, 내게 소리를 질렀을 때도, 내 눈 앞에는 녹색 신호등이 보였거든. 그래서 상황을 이해하지 못했지."

그제야 나는 말체프를 이해할 수 있었고, 이 이야기를, 그러니까 그가 실명을 한 다음에도 한참 동안 머릿속으로는 세상을 보고 있었고, 그것을 사실로 믿고 있었다는 이야기를 예심판사에게 하지 않은 것을 후회했다. 그래서 이 점에 대해 알렉산드르 바실리예비치에게 직접 물어보았다.

"그 사람에게도 그렇게 말했네." 말체프는 대답했다.

"그 사람이 뭐라고 하던가요?"

"그 사람은 '당신이 그렇게 상상했다면, 그럴 수 있죠. 그리고 지금도 당신이 무슨 상상을 하고 있는지는 나는 알 수 없고 내가 확인해야 하는 것은 실제로 있었던 사실이지 당신의 상상이나 추측이 아닙니다. 당신의 상상을, 그게 실제로 있었든 없었든 간에, 그걸 믿을 수는 없는 일이죠. 상상이야 당신 머릿속에 있었을 뿐이고, 당신의 말이지만, 자칫하면 벌어질 뻔했던 열차 사고는 실제로 일어난 사건이죠'라고 하더군."

"말이야 맞죠." 나는 말했다.

"그 사람 말이 맞지. 그건 나도 아네." 기관사는 동의했다. "그리고 내 말도 맞지. 내가 잘못한 것도 없고, 그럼 난 앞으로 어떻게 될까?"

"구속되겠죠." 나는 사실대로 이야기했다.

4

말체프는 형무소에 수감되었다. 나는 예전처럼 일을 나갔지만 다른 기관사의 조수로 일하게 되었다. 내가 함께 일하게 된 기관사는 무척 신중한 노인이었다. 그는 황색 신호등이 보이면 1킬로미터 전부터 제동을 걸기 시작해 신호등에 다가갈 즈음이면 신호는 이미 녹색 등으로 바뀌어 있었다. 그러면서 다시 열차를 질질 끌듯이 몰고 나갔다. 이건 운전이라고 할 수도 없었다. 나는 말체프가 그리워졌다.

겨울에 나는 한 지방 도시에 갈 일이 있었다. 마침 그곳에서 동생이 대학을 다니고 있었고 나는 기숙사로 동생을 찾아갔다. 동생과 대화를 나누던 중, 나는 이 학교 물리실험실에 인공 번개를 발생시키는 테슬라 변압기가 있다는 사실을 알게 되었다. 이 말은 아직은 구체적이지도 않고 스스로도 확신할 수는 없지만, 어떤 생각 하나를 떠오르게 했다.

나는 집으로 돌아와 테슬라 변압기에 대해 오랫동안 고민했고, 결국 내 생각이 맞을 것이라는 결론에 이르렀다. 나는 당시 말체프 사건을 조사했던 예심판사에게 편지를 썼다. 수감 중인 말체프가 전기 방전에 취약하다는 사실을 입증할 수 있는 시험을 해보자고 부탁했다. 만일 말체프의 심리 상태나 그의 시각 기관이 근접한 거리의 방전에 취약하다는 사실이 입증된다면, 말체프 사건은 재검토되어야 할 것이다. 나는 테슬라 변압기가 어디에 있고, 인체 실험은 어떤 방식으로 이루어지는지 예심판사에게 알려주었다.

예심판사는 한참 동안 연락이 없었다. 그리고 얼마 후 그에게서 연락이 왔다. 내가 제안한 정밀검사를 그 대학 실험실에서 실시하는 데 동의한다는 지방 검사의 허락이 떨어졌다는 것이다.

며칠이 지나 예심판사에게서 출두 명령서가 도착했다. 나는 말체프의 일이 잘 해결됐을 거라는 확신에 차 들뜬 기분으로 그를 찾아 갔다.

예심판사는 나와 인사를 나눈 다음, 한참을 말없이 앉아 있다가 슬픈 시선으로 서류 한 장을 천천히 읽어내려갔다. 나는 순간 낙심하고 말았다.

"당신은 친구 분을 곤경에 빠뜨렸군요." 예심판사가 말했다.

"그게 무슨 말이죠? 판결엔 변함이 없나 보죠?"

"아니오. 우리는 말체프 씨를 석방하기로 결정했습니다. 명령서도 발부됐으니, 아마 말체프 씨는 벌써 집에 도착하셨겠군요."

"고맙습니다." 나는 자리에서 일어났다.

"하지만 우리는 당신께 고맙다고 할 수는 없네요. 당신의 제안은 좋지 않았습니다. 말체프 씨가 다시 실명했습니다."

나는 맥이 풀려 자리에 주저앉았다. 가슴이 타들어가는 듯 몹시 목이 말랐다.

"사전 설명 없이 실험을 진행했나 봅니다." 예심판사가 말했다. "테슬라 변압기가 있는 깜깜한 실험실 안에 말체프 씨를 앉혀놓고 전기 스위치를 올리자, 번개가 쳤고 말체프 씨는 담담히 사실을 받아들였습니다만, 다시는 빛을 보지 못하게 됐죠. 이는 객관적인 방법을 통해, 그러니까 법의학 심의를 통해 확정된 사실입니다."

예심판사는 물을 한 모금 마시고는 이렇게 덧붙였다.

"지금 그는 예전처럼 상상으로 세상을 보고 있어요. 당신은 그의 동료이니까, 그를 좀 도와주세요."

"어쩌면 시력이 다시 회복되지 않을까요? 기관차에서 그 일이 있고 난 뒤처럼……." 나는 내가 바라는 바를 말했다.

예심판사는 잠시 생각하더니 이렇게 말했다.

"힘들 것 같은데요. 그땐 처음으로 충격을 받은 것이지만, 이번에는 두 번째입니다. 지난번에 다친 부위에 또다시 상처를 입었거든요."

예심판사는 더는 못 참겠는지 자리에서 일어났다. 그는 안절부절 못하며 이리저리 방안을 걸어 다녔다.

"이건 모두 내 잘못이에요. 바보같이 당신 말을 곧이 믿고 그런 실험을 주장했으니! 결국 나는 사람을 대상으로 모험을 한 셈이고, 그는 이걸 이겨내지 못했지 뭐요."

"당신 잘못이 아닙니다. 사람을 대상으로 모험을 한 것도 아니고." 나는 예심판사를 위로했다. "맹인이어도 자유로운 것과 두 눈은 멀쩡하지만 아무 죄도 없이 감옥에 갇혀 있는 것 가운데 어느 게 더 낫죠?"

"한 사람의 무죄를 그의 불행을 통해서 증명하게 될 줄은 몰랐습니다." 예심판사가 말했다. "그로서는 너무도 값비싼 대가를 치르는 겁니다."

"당신은 예심판사입니다." 나는 그에게 설명했다. "따라서 당신은 인간에 대해 모든 것을 알고 있어야 하고, 상대가 자기 자신에 대해 모르는 것도 당신은 알고 있어야 합니다."

"그래요, 당신 말이 맞습니다." 예심판사는 나지막한 소리로 말했다.

"그렇다고 너무 상심하지는 마십시오. 이번 일을 보면, 인간의 내면에 존재하는, 보이지 않는 사실이라는 것도 있는데, 당신은 그것을 외부에서만 찾았던 거죠. 그래도 당신은 잘못을 인정하고, 말체프 씨에게도 잘 대해주셨습니다. 그런 당신을 존경합니다."

"저도 당신을 존경합니다." 예심판사는 말했다. "그리고 제가 보기에 당신은 판사를 보조하는 일을 하면 아주 잘하실 것 같은데요."

"말씀은 고맙지만, 제겐 제 일이 있습니다. 열차 기관사를 보조하는 일 말입니다."

나는 그와 인사를 나누고 밖으로 나왔다. 나는 말체프의 친구는 아니었다. 그가 내게 관심을 보이거나 날 배려해준 적은 없었다. 그러나 나는 운명적인 고통에서 그를 지켜주고 싶었고, 한 인간을 아무런 이유도 없이 냉엄하게 파멸시켜버리는 숙명의 힘에 분노가 치밀었다. 왜 내가 아닌 말체프 씨였을까? 다름 아닌 그를 파멸시켰다는 점에서 이 운명의 힘은 비밀스럽고 이해할 수 없는 것이었다. 물론 산술적인 계산과 이성적인 논리라는 것이 자연에는 존재하지 않는다는 것을 모르는 바는 아니었다. 그러나 인간의 삶을 치명적으로 위협하는 환경이 존재한다는 것을 입증할 만한 사건들이 일어나고 있고, 이런 치명적인 힘이 뛰어난 재능을 가진 선택된 사람들을 파멸시키는 상황을 나는 직접 목격한 것이다. 그러나 나는 이러한 힘에 굴복하지 않으리라 결심했다. 나는 내 안에서 자연의 외적인 힘과 우리 운명에는 존재하지 않는 그 어떤 것을 느꼈기 때문이다. 인간으로서 고유한 특징 같은 것 말이다. 나는 아직은 어떻게 해야 할 지 몰랐지만, 울화가 치밀었고, 그래서 이 자연과 운명에 저항하기로 결심했다.

5

이듬해 여름, 나는 시험을 통과해 기관사 자격증을 취득했다. 여객 수송부에 배속된 나는 이제는 기관사의 자격으로 SU형 기관차를 운전하게 되었다. 내가 플랫폼 옆에 서 있는 객차에 기관차를 연결시킬 때면 항상 말체프 씨는 플랫폼 벤치에 앉아 있었다. 다리 사이에 놓인 지팡이에 팔꿈치를 괴고 앉은 그는 비록 실명하여 퀭한 눈길이었지만 예민함과 열정이 가득 찬 표정으로 기관차를 바라보고 있었다. 그는 석탄재와 윤활유 냄새를 탐욕스럽게 맡으며 율동적으로 들려오는 증기 펌프 소리에 귀를 기울이고 있었다. 그를 위로해 줄 방법을 몰랐던 나는 그냥 열차를 출발시켰고, 그는 매번 그 자리에 그렇게 앉아 있었다.

여름이 지나갔다. 나는 계속 기관차를 몰았고, 알렉산드르 바실리예비치를 플랫폼뿐만 아니라 거리에서도 자주 만났다. 그는 지팡이를 두드려 길을 찾아가며 천천히 걸어다녔다. 최근 들어 그는 얼굴도 수척해졌고, 부쩍 늙어 보였다. 그에게 연금이 지급됐고 아내도 일을 했고 또 부양할 자식이 없었기 때문에, 경제적으로 그리 어렵지 않게 살고 있었다. 그러나 삶에서 의미를 찾지 못한 알렉산드르 바실리예비치는 점차 지쳐갔고 괴로움으로 몸은 계속 말라갔다. 나는 그와 이따금 이야기를 나누었지만, 시시한 이야깃거리나 나의 친절한 위로의 말에는 그는 관심이 없었다. 맹인도 온전한 권리와 가치를 지닌 인간이라는 투였다.

"필요 없네! 저리 가게나!"

내가 위로의 말을 하려고 하면 그는 이렇게 뿌리쳤다.

그러나 나도 성질이 있는 사람이었다. 어느 날 그가 평소처럼 날 물리치려 하자, 내가 말했다.

"내일 10시 30분에 열차가 출발합니다. 가만히 앉아 있겠다고 약속한다면 기관차에 태워드리죠."

말체프 씨는 동의했다.

"알았어. 가만히 있겠네. 대신 내 손이 뭔가를 쥘 수 있게, 그래 역전 핸들을 쥐게 해주게. 그렇다고 핸들을 돌리지는 않을 테니."

"절대로 핸들을 돌리시면 안 됩니다. 아셨죠?" 나는 다짐을 받았다. "만일 약속을 어기시면, 그때는 손에 핸들 대신 석탄조각을 쥐어드릴 거예요. 그리고 다시는 기관차에 태워주지 않을 테니, 그렇게 아세요."

맹인은 순순히 동의했다. 기관차를 타보고 싶은 마음이 너무나 간절해 고분고분해진 것이다.

다음날 그는 벤치에 앉아 나를 기다리고 있었다. 나는 그가 운전석으로 올라오도록 도와주기 위해 기관차에서 내렸다.

열차가 출발했다. 나는 알렉산드르 바실리예비치를 기관사 자리에 앉힌 다음, 그의 한 손은 역전 핸들 위에, 다른 한 손은 제동 핸들위에 올려놓고, 내 손을 각각 그의 두 손 위에 얹었다. 나는 손을 움직여 운전을 했고, 그의 손도 내 손과 함께 움직였다. 말체프 씨는 묵묵히 내 말을 듣고 앉아 기관차의 움직임과 얼굴에 부딪히는 바람과 열차의 움직임을 음미했다. 맹인의 고통도 잊은 채 일에 몰두하고 있는 그의 지친 얼굴은 한 순간의 기쁨으로 환하게 밝아왔다. 기관차의 감촉을 느낀다는 것은 그에게 커다란 행복이었다.

돌아오는 길에도 우리는 같은 방식으로 기관차를 몰았다. 말체프 씨는 기관사 자리에 앉고, 나는 그의 뒤에 선 채 그의 손 위에 내손을 얹었다. 말체프 씨는 금방 익숙해져서 내가 그의 손을 살짝 누르기만 해도 내가 요구하는 것이 뭔지를 정확히 이해했다. 예전에 뛰어난 기관사였던 이 사람은 이제는 다른 방식으로 세상을 느끼며, 장애를 극복하고, 삶을 긍정하고 있는 것이다.

몇몇 쉬운 구간에서 나는 말체프 씨에게 아예 모든 것을 맡기고, 조수석에서 전방을 바라보고 앉아 있었다.

우리는 톨루베예프 역으로 다가가고 있었다. 열차 운행이 무사히 끝나가는 데다가, 시간도 정시 운행이었다. 그런데 마지막 구간에서 황색 신호등에 불이 켜졌다. 나는 열차의 속도를 늦추지 않았고, 기관차는 증기 밸브를 열어둔 채 나아갔다. 말체프 씨는 차분하게 앉아 역전 핸들을 왼손으로 잡고 있었다. 나는 은밀한 기대감에 싸여 스승의 얼굴을 지켜보았다.

"증기 밸브를 닫게나!" 말체프 씨가 내게 말했다.

나는 가슴을 졸이며 말없이 기다리고 있었다. 그러자 말체프는 자리에서 일어나 증기 밸브를 닫았다.

"내 눈에 노란 불빛이 보이네." 그는 이렇게 말하고 제동 핸들을 댕겼다.

"빛이 보인다고 상상하시는 거겠죠!" 나는 말체프 씨에게 말했다.

그는 내게 고개를 돌리더니 울음을 터뜨렸다. 나는 그에게 다가가 대답 대신 입을 맞추었다.

"알렉산드르 바실리예비치, 당신이 기관차를 끝까지 몰고 가세요. 당신은 이제 온 세상을 볼 수 있어요!"

그는 내 도움 없이도 열차를 톨루베예프 차고까지 몰고 갔다. 일을 끝마친 다음, 나는 말체프 씨와 함께 그의 집으로 갔다. 우리는 저녁부터 밤늦게 까지 함께 자리에 앉아 있었다.

나는 그를, 마치 나의 친아들인 양 혼자 내버려둘 수 없었다. 우리의 아름답고 광포한 이 세상에 존재하는, 순식간에 우리의 삶을 파괴할 수도 있는 그 통제할 수 없는 힘으로부터 그를 보호해야 한다는 생각에…….

# 귀향

안드레이 플라토노프

공훈부대 대위인 알렉세이 알렉세예비치 이바노프는 제대 명령을 받고 군대를 떠나는 중이었다. 전쟁 내내 함께 복무했던 부대의 부대원들은 으레 그래야 하는 것처럼 아쉬움과 사랑과 존경의 마음으로, 음악과 축배 속에 그를 배웅했다. 가까운 친구들과 몇몇 동료들은 기차역까지 함께 가서 마지막으로 작별인사를 한 뒤 돌아갔다. 그런데 기차는 몇 시간이 지나도 오지 않았다, 그 후로도 얼마간의 시간이 흘렀고, 싸늘한 가을의 밤이 찾아왔다. 역사(驛舍)는 전쟁으로 이미 폐허가 되었고, 잠을 잘 만한 곳은 어디에도 없었다. 결국 이바노프는 방향이 맞는 차를 얻어 타고 다시 부대로 돌아왔다. 다음날 부대원들은 그를 다시 배웅해주었다. 또 한 번 노래를 불렀고, 영원한 우정의 징표로 떠나는 이와 포옹을 나누었다. 그러나 이들의 감정은 이미 가라앉아 있었고, 환송식도 몇몇 친구들 사이에서만 이루어졌다.

다음날 이바노프는 또다시 역으로 갔다. 역에 도착한 그는 어제의 그 기차가 아직도 도착하지 않았다는 것을 확인했다. 이바노프는 잠을 자기 위해서 다시 부대로 돌아갈 수도 있었다. 그러나 세 번 씩이나 환송식을 하며 동료들을 귀찮게 하고 싶지 않았기 때문에 이바노프는 텅 빈 플랫폼의 아스팔트 위에서 무료함을 달래는 쪽을 선택했다.

선로 전환기 근처에 폭격을 당하지 않은 철도원 막사가 하나 있었다. 이 막사 옆 벤치에는 털장화를 신고 두꺼운 숄을 걸친 여자가 한 명 앉아 있었다. 어제도 그녀는 자기 물건을 앞에 두고 그 자리에 그렇게 앉아 있었는데, 지금도 여전히 그렇게 하고 있었다. 어젯밤 부대로 돌아갈 때 이바노프는 이 여자에게 함께 가지 않겠냐, 부대막사에서 간호사들과 하룻밤 지내는 게 어떻겠냐, 철도원 막사가 춥지는 않겠냐고 물어볼까 잠시 생각했다. 이런 생각을 하고 있는 사이에 차는 출발했고, 이바노프는 이 여자에 대해 잊어버렸다.

지금 이 여자는 어제 그 자리에 어제처럼 꼼짝 않고 앉아 있다. 그녀의 이런 충실함과 인내심은 여자의 정절과 변치 않는 마음을 의미하는 것이다. 적어도 이 여자 소유의 물건과 이 여자가 찾아가려고 하는 가족에 대해서는 말이다. 이바노프는 그녀에게 다가가며 생각했다. '아마 이 여자도 혼자 있는 것보다는 나와 함께 있는 걸 덜 심심하게 여길 거야.'

여자가 이바노프 쪽으로 얼굴을 돌렸기 때문에 그는 그녀가 누군지 알아볼 수 있었다. 아직 처녀인 그녀를 사람들은 '목욕탕 종업원의 딸 마샤'라고 불렀다. 왜냐하면 언젠가 그녀가 실제로 목욕탕 종업원의 딸인 자신을 스스로 그렇게 불렀기 때문이다. 전쟁 때 이바노프는 일이 있어 들렀던 한 항공정비대에서 그녀를 몇 번 본 적이 있었다. 거기에서 마샤는 계약직 보조 요리사로 일하고 있었다.

그들을 감싸고 있는 가을의 풍경은 음울하고 슬퍼 보였다. 이 순간 마샤와 이바노프를 집으로 실어 갈 기차는 어딘지 알 수 없는 잿빛 공간을 달리고 있을 것이다. 이럴 때 사람에게 위안과 기쁨을 줄 수 있는 것은 역시 사람의 마음밖에 없다.

이바노프는 마샤와 이야기를 나누었고, 그러면서 기분이 나아졌다. 귀여운 얼굴에 너그러운 마음의 마샤는 일하기에 수월한 큼직한 손과 건강하고 젊은 육체를 갖고 있었다. 그녀 역시 집으로 돌아가는 길이었고 이제 평범한 시민으로서의 삶을 어떻게 꾸려갈지 생각하고 있었다. 그녀는 군대에서 만난 여자 친구들과 자신을 마치 누나처럼 따르고 이따금씩 초콜릿을 선물하곤 했던 비행사들과 지내던 생활에 익숙해져 있었다. 그들은 그녀의 큰 키와 착한 누이처럼 한결같은 사랑으로 감싸 안아주던 마음씨 때문에 그녀를 '넉넉한 마샤'라고 불렀다. 그래서인지 지금 마샤는 고향의 부모에게로 돌아간다는 것이 왠지 어색하고 이상하고 조금은 두렵기까지 했다.

이바노프와 마샤는 군대를 떠나면서 마치 고아가 된 듯한 느낌이 들었다. 그러나 이바노프는 우울하고 슬픈 상태에 오래도록 머물러 있을 수 없었다. 이럴 때면 어디서 누군가 그를 조롱하며 대신 행복해할 것이며, 자신은 우울한 표정의 바보가 돼 버리는 것 같았다. 그래서 이바노프는 재빨리 사는 일로 관심을 돌렸다. 그러니까 그는 뭔가 해야 할 일을 찾아내거나 위안거리를 찾는 방법으로, 그의 표현에 의하면 간단한 소일거리라도 찾아내 우울함에서 벗어나려 했다.

그는 마샤에게 다가가 그저 동료라고 생각하고 그녀의 볼에 입을 한번 맞출 수 있도록 허락해 달라고 부탁했다.

"그냥 살짝만 댈게요. 기차도 오지 않고, 마냥 기다리기도 지루하잖아요." 이바노프가 말했다.

"단지 기차가 늦어지기 때문이라고요?"

이렇게 물어본 뒤 마샤는 이바노프의 얼굴을 주의 깊게 바라보았다.

전직 대위였던 그는 서른세 살 정도 되어 보였다. 바람에 거칠어지고 햇볕에 그은 얼굴은 갈색을 띠었다. 마샤를 바라보는 이바노프의 눈길은 겸손하다 못해 수줍어했고 말투는 직설적이었지만 예의 바르고 친절했다. 마샤는 중년 남자의 낮고 쉰 듯한 목소리와 거칠고 검게 그은 낯빛, 그에게서 느껴지는 힘과 편안함이 마음에 들었다. 이바노프는 뜨거움에 무감각해진 커다란 손가락으로 담뱃불을 눌러 끄고는 허락을 기다리며 숨을 내쉬었다. 그에게서는 잎담배, 살짝 구운 마른 빵, 포도주, 그러니까 불을 이용해 만들었거나 스스로가 불을 만들어낼 수도 있는 그런 것들의 냄새가 진하게 풍겼다. 마치 이바노프는 잎담배와 건빵, 그리고 맥주와 포도주만 먹은 듯했다.

이바노프는 다시 한 번 부탁했다.

"조심해서, 아주 살짝만 할 테니, 마샤, 그냥 아저씨라고 생각하면 돼요."

"생각해 봤는걸요, 벌써. 난 당신이 아저씨가 아니라 아빠 같다고 생각했어요."

"그래! 그러니까 허락한다는 얘기죠."

"아빠들은 딸에게 그런 걸 물어보진 않죠."

마샤가 웃음을 터뜨렸다.

이바노프는 마샤의 머리카락에서 가을 숲의 낙엽 냄새가 난다고, 영원히 이 냄새를 잊지 못할 거라고 생각했다. 철길에서 조금 물러나와 이바노프는 마샤와 자기가 먹을 계란 프라이를 만들기 위해 작은 모닥불을 지폈다.

기차는 밤이 돼서야 도착했고, 이바노프와 마샤를 그들이 가야할 방향, 즉 고향으로 실어 갔다. 이틀 동안 그들은 함께 기차를 타고 갔고, 셋째 날이 되어 기차는 마샤가 20년 전에 태어났던 그 도시에 도착했다. 마샤는 짐을 꾸렸고, 이바노프에게 배낭을 등에 멜 수 있게 도와달라고 부탁했다. 그러나 이바노프는 배낭을 어깨에 메고 마샤의 뒤를 따라 기차에서 내렸다. 그가 집까지 가려면 하루를 더 가야 했다.

이바노프의 관심에 마샤는 놀랍기도 하고 감동스럽기도 했다. 그녀는 갑자기 도시에 혼자 남게 된다는 것이 두려웠다. 그녀는 이 도시에서 태어나고 살았지만, 지금은 타향처럼 거리감이 느껴졌다. 마샤의 어머니와 아버지는 독일군을 피해 피난을 가 어디에선가 사망했고, 이곳에는 사촌 언니들과 고모 둘이 살고 있지만, 마샤는 이들에게 귀속감을 느끼지 못했다.

이바노프는 철도 사령부에 체류 신고를 마치고 마샤와 함께 이 도시에 머물렀다. 사실 그는 4년째 보지 못한 아내와 두 자식이 기다리고 있는 집으로 하루 빨리 돌아가야 했다. 그러나 이바노프는 가족과의 설렘과 기쁨의 재회를 뒤로 미루고 있다. 그는 스스로도 자신이 왜 이렇게 하고 있는지 알 수 없었다. 자유의 시간을 좀 더 갖고 싶었기 때문일지도 모른다.

마샤는 이바노프에게 가족이 있다는 사실을 몰랐고 처녀가 하기에는 다소 수줍은 질문이라 물어보지도 못했다. 그녀는 그저 아무생각도 없이 이바노프의 착한 마음을 믿고 있었다.

이틀을 보낸 뒤 이바노프는 고향을 향해 출발했다. 마샤는 역까지 그를 배웅했다. 이바노프는 마샤에게 입을 맞추며 그녀의 모습을 영원히 기억하겠노라고 약속했다.

마샤는 웃음을 지으며 말했다.

"날 영원히 기억한다고요? 그러실 필요 없어요. 어차피 잊게 될테니까요. 난 아저씨에게 아무것도 원하지 않아요. 그러니 그냥 저를 잊어주세요."

"오, 마샤! 예전엔 어디 있었소. 왜 전에 당신을 만나지 못했을까?"

"전쟁이 나기 전에 저는 겨우 열 살 배기였고, 그 전에는 태어나지도 않았죠."

기차가 도착했고, 그들은 작별을 했다. 이바노프는 떠났다. 그리고 그는 혼자 남은 마샤가 울음을 터뜨리는 걸 보지 못했다. 마샤는 여자 친구건 동료건 하루라도 자신과 운명을 함께했던 사람이면 그 누구도 잊지 못했다.

이바노프는 열차 창문 너머로, 아마도 다시는 볼일이 없을 도시의 집들을 바라보며 생각했다. 단지 다른 도시일 뿐 이와 비슷한 모양의 집에 그의 아내 류바*와 두 아이, 페치카와 나스챠가 살고 있고, 그들이 자기를 기다리고 있다고 생각했다. 그는 이미 부대에서 아내에게 전보를 보내, 집으로 가게 되었다고, 하루 빨리 그녀와 아이들에게 입맞춤을 하고 싶다고 전했다.

이바노프의 아내 류보피 바실리예브나는 사흘 내내 서쪽에서 오는 모든 기차를 마중 나갔다. 그래서 그녀는 직장에서 조퇴를 했고, 그 바람에 작업량을 채우지 못했다. 하지만 밤에는 기쁨에 잠을 이루지 못했다. 이 시간 벽시계의 시계추는 천천히, 아무런 느낌도 없이 똑딱거렸다. 넷쨋날 류보피 바실리예브나는 자신의 두 아이, 표트르**와 나스챠를 역으로 내보냈다. 즉 낮에 도착하는 기차는 아이들이 마중하도록 했고, 저녁에 도착하는 기차는 손수 마중을 나갔다.

이바노프는 엿새째 되던 날 도착했다. 벌써 열두 살이 된 아들 표트르가 그를 마중했다. 아버지는 실제 나이보다 더 조숙해 보이는 이 소년을 바로 알아보지 못했다. 이바노프는 표트르가 키가 작고 몸도 말랐다고 생각했다. 그대신 표트르는 머리는 커다랗고, 이마는 널찍하고, 얼굴은 삶의 모든 근심에 이미 익숙해졌다는 듯 무감각한 표정이었다. 그리고 그의

---

\* 류보피의 애칭
\*\* 이바노프 아들의 이름은 표트르이고, 위에 나온 페치카와 뒤에 나오는 페트루슈카, 페챠는 모두 그의 애칭

작은 갈색 눈은 세상이 온통 모순투성이라는 듯 우울하고 불만스럽게 주위를 바라보고 있었다. 페트루슈카는 단정하게 옷을 입고 있었다. 신고 있는 단화는 낡긴 했어도 아직은 쓸 만 했고, 바지와 점퍼는 아버지의 옷을 줄여 만든 것이라 오래되었지만 특별히 해진 곳은 없었다. 구멍 난 곳은 꿰매져 있었고, 천조각을 대서 기운 곳도 있었다. 그러니까 페트루슈카는 전체적으로 볼 때 가난하지만 성실한 소년 농군처럼 보였다. 아버지는 이런 모습에 당황했고 한숨을 내쉬었다.

"아저씨가 우리 아버진가요?" 이바노프가 자기를 들어올려 껴안고 뽀뽀를 하자 페트루슈카가 물어보았다. "아, 아버지구나!"

"그래, 아버지다. 잘 있었니, 표트르 알렉세예비치*!"

"안녕하세요, 그런데 왜 이렇게 늦게 왔어요? 며칠 동안 기다리고 또 기다렸는데."

"기차가 말이야, 페차, 느리게 가서. 그런데 엄마와 나스차는 어떠니, 건강하고?"

"예, 그런대로요. 아빠, 근데 훈장은 몇 개나 받았어요?"

"두 개 받았다. 그리고 메달 세 개하고."

"엄마하고 우린 아빠 가슴이 훈장으로 꽉 차 있을 거라고 생각했어요. 엄마도 메달을 두 개 받았어요. 공장에서 공로상을 줬어요. 그런데 아빠, 왜 이렇게 짐이 없어요. 배낭 하나가 전부네요!"

"필요한 게 없어서."

"하기야, 트렁크를 가지고 다니면 싸움하는 데 불편하겠죠?"

"그럼, 힘들고 말고." 아버지가 맞장구쳤다. "거기, 전쟁터에는 트렁크를 가지고 다니는 사람은 없단다."

---

* 여기서 이바노프는 아들을 낯설어하며 존칭을 사용하고 있다.

"난 그런 사람이 있는 줄 알았죠. 나라면 트렁크에다 물건을 보관하겠어요. 배낭에선 물건이 망가지거나 구겨지잖아요."

페치카는 아버지의 배낭을 들고 집으로 향했고, 아버지는 그의 뒤를 따라갔다.

어머니는 집 현관에서 그들을 마중했다. 그녀는 오늘 남편이 올 거라는 예감이 들었고, 그래서 또 한 번 직장에서 조퇴를 했다. 그녀는 공장에서 나와 집에 먼저 들른 다음 역으로 가려 했다. 그녀는 혹시 세묜 예브세예비치가 왔을까봐 걱정스러웠다. 그는 낮에 가끔 들르곤 했다. 한가한 낮 시간에 다섯 살짜리 나스차와 페트루슈카와 함께 놀아주는 것이 그의 취미였다. 그는 빈손으로 오는 법이 없었다. 항상 아이들을 위해 뭔가를, 사탕이나 설탕 또는 흰빵을 들고 오거나, 때론 공산품 배급표를 가지고 왔다. 류보피 바실리예브나는 세묜 예브세예비치에게서 그 어떤 나쁜 점도 발견할 수 없었다. 그들이 알고 지낸 지난 2년 동안 세묜 예브세예비치는 그녀에게 항상 잘해주었고, 마치 친아버지처럼, 아니 아버지보다도 더한 관심으로 아이들을 대해주었다. 그러나 류보피 바실리예브나는 남편이 오늘 세묜 예브세예비치와 마주치지 않길 바랐다. 그녀는 부엌과 방을 정리했다. 집안은 깨끗해야 하고 외부인의 흔적이 있어서는 안 되었다. 나중에, 내일이나 모레쯤 그녀는 자진해서 남편에게 모든 진실을, 그녀가 어떻게 살았는지 이야기할 것이다. 다행스럽게도 오늘 세묜 예브세예비치는 오지 않았다.

이바노프는 아내에게 다가가 포옹한 채, 잊었던 그러나 사랑하는 사람의 익숙한 체온을 느끼며 잠시 그대로 있었다.

어린 나스차도 집에서 나와 아버지를 보았지만 그를 알아보지 못했다. 아버지 다리에 손을 대고 그를 엄마에게서 밀어내려 하던 아이는 곧 울음을 터뜨렸다. 페트루슈카는 아버지의 배낭을 어깨에 멘 채 말없이 서 있었다. 잠시 기다리던 그가 말했다.

"이제 그만해요. 나스차가 울잖아요. 애는 아무것도 모른다구요."

아버지는 놀라, 울고 있는 나스차를 안아 올렸다.

"나스치카!" 페트루슈카가 나스차에게 소리를 질렀다. "정신 차려, 내 말 안 들려! 이 분은 우리 아버지야, 우리 친아버지라니까!"

집에 들어간 이바노프는 목욕을 하고 책상에 앉았다. 그는 다리를 쭉 뻗고 눈을 감은 채 마음속의 평온한 행복과 깊은 만족감을 음미했다. 이제 전쟁은 끝났다. 그의 다리는 수천 베르스타를 행군했고, 그의 얼굴 위에는 잔주름이 내려앉았다. 그리고 고통은, 감긴 눈꺼풀 안의 눈동자를 쿡쿡 찔렀다. 이 모든 것은 이제 해질녘의 어스름 속이든 깜깜한 어둠 속이든 그 안에서 휴식을 원했다.

그가 앉아 쉬는 동안 가족들은 부엌과 방을 오가며 그의 귀향을 환영하기 위한 음식을 준비하기에 분주했다. 이바노프는 집안 살림들을 하나씩 살펴보았다. 벽시계, 식기장, 벽에 걸린 온도계, 의자, 창문턱 위에 놓인 꽃, 러시아식 부엌 페치카 등등. 이것들은 자신이 없는 동안에도 오랫동안 이 자리를 지키며 그를 그리워했을 것이다. 이제 그가 돌아와 이것들을 다시 바라보고 있다. 그는 가재도구들이 마치 자신이 없는 동안 슬픔과 어려움 속에서 살아왔던 친척들이라도 되는 양 이것들과 하나하나 인사를 나누고 있었다. 그는 변함없는 집안의 냄새들인 오래된 통나무집 냄새, 아이들의 체취, 페치카의 재 냄새 등을 들이쉬고 있었다. 이 냄새들은 4년 전 그대로였고, 그가 없는 사이에 사라지지도 변하지도 않았다. 이바노프는 다른 어디서도 이 냄새들을 느껴보지 못했다. 비록 그가 전시에 나라 구석구석 수많은 곳을 돌아다녔음에도 거기에는 다른, 고향집과는 다른 냄새가 풍겼다. 이바노프는 다시 마샤의 냄새를, 그녀의 머리카락에서 풍기던 향취를 떠올렸다. 그녀의 머리에서는 숲속 나뭇잎의, 풀이 무성히 자란 외진 오솔길의 냄새가, 집안의 평온함이 아닌 불안한 삶의 냄새가 풍겼다. 목욕탕 종업원의 딸 마샤, 그녀는 지금 무얼 하고 있을까. 새로운 생활에 잘 적응하고 있을까? 신의 가호가 있기를.

이바노프가 보기에 누구보다도 집안일에 분주한 사람은 페트루슈카였다. 그는 자기 일 말고도 어머니와 나스차에게 무엇을 해야 하고, 무엇은 하지 말아야 하며, 또 어떻게 해야 하는가를 일일이 지시하고 있었다. 나스차는 공손히 페트루슈카의 말을 들었고, 더 이상 아버지를 타인처럼 여기지 않았다. 그 아이의 얼굴에는 모든 일을 규칙에 따라 조심스럽게 해나가는 신중함이 배어있었고, 마음씨가 착해 페트루슈카의 심부름을 귀찮아 하지도 않았다.

"나스치카, 거기 그릇의 감자 껍질 좀 비워줄래. 그릇이 필요해."

나스차는 시키는 대로 그릇을 비워 말끔히 씻었다. 그 사이에 어머니는 반죽에 효모를 넣지 않고서 '속성' 피로그\*를 준비하느라 분주했다. 페치카에서는 페트루슈카가 지핀 장작이 타오르고 있었다.

"빨리 좀 해요, 엄마. 좀 더 빨리 할 수 없어요!" 페트루슈카가 명령조로 말했다. "보세요, 불은 다 준비됐는데, 하여튼 엄만 꾸물거리는 데 뭐 있다니까!"

"잠깐만, 페트루슈카, 이제 다 되어 간다." 어머니는 고분고분 대답했다. "건포도만 넣으면 다 돼. 아버지는 건포도를 드신 지가 오래 됐을 거야. 건포도를 오랫동안 아껴두었거든."

---

\* 케이크를 비롯해 고기, 야채 등 속재료를 넣어 구워낸 빵의 총칭. 이 소설에서는 축제 때 러시아인들이 만드는 전통 케이크를 말한다.

"아니에요. 아버지는 건포도 드셨어요." 페트루슈카가 말했다. "군대에서도 건포도를 준다니까요. 못 보셨어요? 군인 아저씨들 얼굴이 퉁퉁하잖아요, 밥을 잘 먹어서요. 나스치카, 넌 왜 그렇게 앉아 있어? 네가 뭐 손님으로 와 있는 줄 알아? 감자 좀 깎아라, 점심 때 프라이팬에 튀겨야 하니까. 피로그 하나론 우리 식구 모두가 먹기엔 부족하잖아."

페트루슈카는 어머니가 피로그를 준비하고 있는 동안 페치카의 불이 그냥 타도록 내버려 둘 수 없었다. 그래서 그는 양배춧국이 담긴 냄비를 소뿔 모양의 갈퀴로 들어서 불 위에 얹었다.

"아니, 불길이 왜 이 모양이야. 이런, 사방으로 죄다 흩어지잖아. 고분고분 좀 타라. 냄비 밑을 바로 데워야지. 장작이 되려고 자란 나무들이 아깝지도 않니! 나스치카, 넌 왜 이렇게 장작을 마구 집어넣니? 내가 가르쳐 준 대로 차곡차곡 넣었어야지. 그리고 감자 껍질은 왜 이렇게 두껍게 깎았어! 얇게 깎아야지. 살을 다 쳐냈네. 먹을 수 있는 걸 그냥 버렸잖아. 벌써 몇 번째 얘기하니, 이번이 마지막이다. 다음부터 또 그러면 그땐 한 대 맞을 줄 알아!"

"페트루슈카, 왜 나스차를 그렇게 못살게 굴어?." 어머니가 조심스럽게 말했다. "나스차가 뭘 어쨌다고? 걔가 아직 익숙치가 않아서 그렇지. 미용사가 머리 깎듯이 살 하나도 건드리지 말고 깎으란 말이냐? 아버지가 오셨는데, 넌 계속 신경질만 내는구나!"

"신경질 내는 게 아니고, 난 할 일에 대해서 말하는 거예요. 아버지에게 식사 대접을 해야 하잖아요. 나라를 위해 싸우다 오셨는데, 어머니와 나스차는 쓸데없이 식량을 축내고 있으니. 감자 껍질만 해도 우리가 1년에 먹을 걸 얼마나 많이 낭비하는데요. 집에 어미돼지라도 한 마리 있으면 버리는 감자 껍질로 한 1년 키워 품평회에 내보낼 수도 있었을 거예요. 거기서

귀향 243

메달도 받을 수 있고."

이바노프는 자기 아들이 어느새 이만큼 자랐는지 이해할 수 없었다. 그는 가만히 앉아 있었지만 속으로 몹시 놀라고 있었다. 그러나 그는 얌전하고 어린 나스차가 더 마음에 들었다. 나스차는 집안일을 위해 부지런히 손을 놀리고 있었다. 손놀림도 매사에 익숙하고 능숙했다. 아이들이 집안일을 한 지 이미 오래되었다는 말이다.

"류바!" 이바노프가 아내를 불렀다. "왜 아무런 말이 없소. 내가 없는 동안 어떻게 지냈는지, 몸은 좀 어떤지, 직장에서는 뭘 하는지, 말 좀 해봐요."

류보피 바실리예브나는 마치 새색시처럼 수줍어했다. 그 사이 남편이 낯설어져, 남편이 말을 걸면 얼굴을 붉히기까지 했다. 그녀는 마치 젊었을 때처럼 수줍어하고 놀란 표정을 지었다. 이바노프는 아내의 이런 표정이 마음에 들었다.

"별일 없었어요, 알료샤*. 그럭저럭 지냈어요. 아이들도 별로 아프지 않았고, 애들 키우며 살았죠, 뭐. 문제는 밤이나 돼야 애들을 볼 수 있었던 거죠. 벽돌공장에서 일해요, 프레스 작업반에서. 다니기에는 좀 멀어요."

"어디에서 일한다고?" 이바노프가 다시 물었다.

"벽돌공장 프레스 작업반에서요. 특별한 기술이 없잖아요. 처음에는 잡일을 했는데, 기술을 가르쳐 줘 프레스 반으로 옮겼어요. 일하는 건 괜찮은데, 아이들이 항상 혼자 있어서, 그래도 봐요, 애들이 얼마나 컸나. 어른들처럼 자기 일을 알아서 다 하죠." 류보피 바실리예브나는 나지막하게 이야기했다. "그런데 알료샤, 이게 잘된 것인지 잘 모르겠어요."

"나중에 알게 되겠지. 이젠 함께 살게 됐으니 나중에 지켜봅시다. 뭐가 잘되고 뭐가 잘못됐는지."

---

\* 이바노프의 이름 알렉세이의 애칭

"이제 당신이 돌아왔으니 모든 게 나아지겠죠. 혼자서는 모르겠어요, 뭐가 맞는 건지, 뭐가 잘못된 건지 두렵기만 했어요. 이젠 애들을 어떻게 키워야 할지 당신이 생각해봐요."

이바노프는 일어나 방을 이리저리 거닐었다.

"그러니까 별 다른 일은 없었다는 얘기군."

"그래요, 알료샤. 별일 없었어요. 이제 모든 게 지나갔잖아요. 다 참아낸걸요. 우리들은 단지, 당신이 그리웠어요. 혹시 다른 사람들처럼 당신이 죽기라도 할까, 못 돌아오는 것은 아닐까 두려웠어요."

그녀는 피로그를 앞에 두고 울기 시작했다. 철판 위에 놓인 피로그 반죽 위로 눈물이 떨어졌다. 그녀는 금방 피로그 표면에 날계란을 입혔던 손으로 다시 반죽을 매만지며, '환영'의 피로그에 눈물을 입히고 있었다.

나스차는 엄마의 치마에 얼굴을 기대고 다리를 잡은 채 아버지를 적의에 찬 눈으로 바라보았다.

아버지가 그녀에게 몸을 기울였다.

"왜 그래, 나스치카, 왜? 나 때문에 화난 거니?"

그는 나스차를 안아 올려 머리를 쓰다듬었다.

"아니, 우리 딸이 왜 그럴까? 내 얼굴을 완전히 잊어버린 게야? 내가 전쟁에 나갈 때 넌 어린애였는데."

나스차는 아버지의 어깨에 머리를 대고 울기 시작했다.

"왜, 왜 그래, 나스치카?"

"엄마가 우니까 그렇죠."

페치카 옆에 망연히 서 있던 페트루슈카는 이런 광경이 마음에 들지 않았다.

"아니, 모두들 왜 그래요. 다들 감정에 취해 가지고. 페치카 불이 다 타잖아요. 불을 새로 지피란 말이에요. 장작은 누가 새로 준대요! 옛날 배급표로는 이미 다 받아서 땠고, 이제 광에 남은 게 별로 없어요. 한 열 개비나 남았나, 그것도 다 사시나무인데. 엄마, 반죽 다 됐으면 빨리 주세요. 불기가 남아 있을 때 해야죠."

페트루슈카는 페치카에서 국냄비를 꺼낸 다음 바닥의 불을 헤집었다. 마치 페트루슈카와 손발을 맞추려는 듯 류보피 바실리예브나는 서둘러 각기 다른 모양의 피로그 두 판을 페치카에 집어넣었다. 그 참에 두 번째 피로그에는 달걀을 바르는 것도 잊었다.

한편 이바노프에게 고향집은 여전히 이상하고 낯설었다. 아내는 피로에 지친 얼굴이었지만, 예전의 모습 그대로 어여쁘고 다소곳했다. 당연히 그래야 하듯 많이 자라긴 했지만, 아이들도 자신에게서 태어난 그 아이들이었다. 그러나 왠지 이바노프는 귀향의 기쁨을 만끽할 수 없었다. 가족들과 너무 오래 떨어져 있었던 때문인가, 가장 가까웠던 가족들조차도 낯설게 느껴졌다. 그는 이제 훌쩍 커버린 큰 아들 페트루슈카가 엄마와 어린 여동생에게 명령하고 지시하는 모습을 지켜보았다. 이바노프는 그의 신중하면서도 근심 가득한 표정을 바라보며 이 어린아이에 대한 아버지로서의 애정, 아들에 대한 자신의 관심이 부족했다는 사실을 부끄럽게 인정하고 있었다. 그러나 자신의 이러한 무관심보다도 더 이바노프의 마음을 부끄럽게 만들었던 것은 페트루슈카가 아직은 다른 사람의 사랑과 관심이 필요한 나이라는 사실이었다. 이바노프는 페트루슈카의 얼굴을 측은하게 바라보며 이런 생각을 했다. 이바노프는 그가 없는 사이 가족들이 어떻게 살았는지 정확히 알지 못했고, 페트루슈카에게 어쩌다 이런 성격이 형성됐는지 이해할 수 없었다.

가족들과 함께 앉아 있으면서 이바노프는 자신의 의무감을 떠올렸다.

그로서는 가능한 한 빨리 일을 시작해야, 그러니까 직장을 구해 돈을 벌어 아내가 아이들을 제대로 키울 수 있도록 도와야 한다. 그래야 모든 것이 점차 나아질 테고, 페트루슈카도 친구들과 뛰어놀고 공부도 하고 부엌에 들락거리지도 않을 것이다.

페트루슈카는 다른 사람보다 음식을 덜 먹었다. 대신 음식 부스러기를 하나도 남김없이 모아 자기 입 속에 넣었다.

"애야!" 아버지가 표트르에게 말을 걸었다. "왜 부스러기만 먹니, 네 피로그는 다 먹지도 않고. 그것부터 먹어라! 어머니가 또 주실 거다."

"먹자면야 다 먹을 수 있죠." 페트루슈카가 얼굴을 찡그리고 말했다. "전 됐어요."

"걔가 걱정하는 건, 자기가 음식을 많이 먹기 시작하면 나스차도 그걸 보고 또 많이 먹게 된다는 거죠. 음식을 아끼려고 그래요." 류보피 바실리예브나 안타까워하며 말했다.

"엄마, 아빤 아까운 게 없나 보죠." 페트루슈카가 냉정하게 말했다. "식구들이나 많이 먹으면 됐지, 전 괜찮아요."

아버지와 어머니는 서로를 쳐다보며 아들의 말에 몸서리를 쳤다.

"넌 왜 이렇게 조금 먹냐?" 아버지가 어린 나스차에게 물어보았다. "너, 오빠 눈치를 보는 거냐? 먹고 싶은 만큼 먹어라. 그렇지 않으면 평생 꼬맹이가 돼."

"벌써 많이 컸는걸요." 나스차가 말했다.

아이는 작은 피로그 한 쪽을 먹고 나선 다른, 조금 더 큰 피로그 한 조각을 옆으로 옮겨놓고 휴지로 덮었다.

"왜 그러니?" 어머니가 물었다. "피로그에 버터 발라줄까?"

"아뇨, 배부른걸요."

"마저 먹어라, 피로그는 됐다 뭐 하려고?"

"세묜 아저씨가 오시잖아요. 아저씨 줄 거예요. 내가 안 먹고 남겨두었으니까, 이건 내 거예요. 베개 밑에 둬야죠. 안 그러면 식으니까."

나스차는 의자에게 내려가 휴지로 싼 피로그 조각을 침대로 가져가 베게 밑에 놓았다.

어머니는 노동절에 세묜 예브세예비치가 오기까지 식지 말라고 구운 피로그를 베개로 덮어두었던 일을 기억했다.

"세묜 아저씨가 누구야?" 이바노프는 아내에게 물었다. 류보피 바실리예브나는 뭐라 말해야 할지 몰라 이렇게 둘러댔다.

"누군지는 모르겠소. 독일군 때문에 아내와 아이들을 다 잃은 사람이 있어요. 그 사람이 우리 아이들을 보러 와서 놀고 가곤 했어요."

"놀러 와?" 이바노프는 놀라며 말했다. "아니 여기에 그 사람이 왜 놀러 와? 그 사람이 몇 살인데?"

페트루슈카는 재빨리 어머니와 아버지를 쳐다봤다. 어머니는 아버지에게 아무런 대답도 하지 못했고, 우울한 눈으로 나스차를 바라보았다. 아버지는 적의를 띤 웃음을 짓곤, 의자에서 일어나 담배를 피워 물었다.

"너희들이 세묜이라는 아저씨랑 놀았던 장난감은 어디에 있냐?" 잠시 후 아버지가 페트루슈카에게 물어보았다.

의자에서 내려온 나스차는 서랍장 옆에 있는 의자로 기어 올라가 장위에서 책을 꺼낸 다음 아버지에게 가져왔다.

"이건 놀이 책이에요." 나스차가 아버지에게 말했다. "세묜 아저씨가 책을 읽어줘요. 이 곰돌이 미슈카, 재미있어요. 장난감도 되고, 책도 되고."

이바노프는 딸이 가져다 준 책을 들여다보았다. 곰돌이 미슈카, 장난감 대포, 돔나 할머니가 손녀와 함께 아마포를 짜며 살고 있는 집에 대한 이야기가 그 곳에 있었다.

페트루슈카는 페치카 굴뚝의 통풍구를 닫아야 할 시간이 됐다는 걸 깨달았다. 안 그러면 집안의 열기가 새어나가니까.

통풍구를 닫고 페트루슈카가 말했다.

"그 아저씨, 세묜 예브세예비치는 아버지보다 나이가 많아요. 우리에게 필요한 걸 가져다 주니까, 그냥 놔두세요."

페트루슈카는 혹시 무슨 일이 있나 창 밖을 내다보았다. 하늘에는 9월의 구름 같지 않은 구름이 떠다니고 있었다.

"웬 구름이 이렇게 납빛이야, 곧 눈이라도 올 모양이네! 내일 아침이라도 당장 겨울이 들이닥칠 것 같아. 그럼 어쩌지, 감자는 밭에 있고, 집에는 저장해놓은 게 없는데, 큰일인걸."

이바노프는 자기 아들이 하는 이야기를 듣고 있자니 주눅이 들었다. 그는 아내에게 이 세묜 예브세예비치가 누구인지 더 자세히 묻고 싶었다. 왜 그가 2년 동안이나 자기 집을 들락거렸는지, 그가 나스차를 보러 오는 건지, 아니면 자신의 사랑스러운 아내를 보러 오는 건지 알고 싶었다. 그러나 페트루슈카는 집안일로 류보피 바실리예브나를 다시 몰아붙였다.

"엄마, 내일 밀가루 배급표하고 증명서 주세요. 아, 그리고 석유 배급표도 주세요. 내일이 마지막 날이잖아요, 목탄도 받아 와야 하고. 엄마, 자루는 잃어버렸어요, 자루를 가져가야 준다고요. 자루 좀 빨리 찾아봐요, 아니면 헝겊으로 새로 하나 만들든가. 자루 없인 아무것도 못 한다고요. 나스차, 그리고 내일부터 우리집에서 물 길러가지 못하게 해. 우물물을 너무 많이 퍼 간다고. 겨울은 오는데, 물이 마르면 우리 두레박 끈이 짧아서 물을 퍼올릴 수가 없어. 눈을 씹어 먹을 수도 없잖아. 눈을 녹이려면 장작을 또 때야 하니까."

말을 하면서도 페트루슈카는 한편으로는 페치카 주변을 청소하며 부엌 집기들을 정리했다. 그리고 페치카에서 양배춧국이 담긴 냄비를 끄집어냈다.

"피로그를 좀 먹었으니, 이젠 고기가 들어간 양배춧국을 빵과 함께 드시죠." 페트루슈카가 모두에게 지시했다. "그리고 아버지는 내일 아침 지역의회와 군사정치국에 들러서 당장 거주 등록을 하세요. 아버지 몫의 배급표를 빨리 받아야죠."

"그래, 그러마." 아버지는 순순히 동의했다.

"곧장 다녀오세요, 잊지 말고. 아침에 늦잠 자느라 잊어버리지 말고요."

"그래, 잊지 않으마." 아버지는 약속했다.

고기와 양배춧국이 준비된, 전쟁이 일어난 후 처음으로 함께 하는 식사는 침묵 속에서 이루어졌다. 페트루슈카마저도 조용히 앉아 있었다. 아버지, 어머니 그리고 아이들은 함께 앉아 있는 가족들의 이 잔잔한 행복이 뜻하지 않은 말로 깨어질까봐 조심하는 듯했다.

잠시 후 이바노프가 아내에게 물어보았다.

"류바, 다들 옷은 제대로 입고 다녔소. 아마도 낡아서 다 해졌을 테지?"

"옛날 걸 그냥 입고 다녔죠. 이제 새 옷 좀 사려고요." 류보피 바실리예브나는 미소를 지었다.

"아이들은 있던 걸 그냥 고쳐주었고, 당신 바지 두 벌과 속옷도 다 줄여서 아이들에게 입혔어요. 생각해봐요 남은 돈은 없고, 아이들 옷은 입혀야 하고."

"잘했소. 아이들을 위해서는 뭐든 아끼지 말아야지." 이바노프가 말했다.

"아끼긴요, 당신이 사준 외투도 팔았는걸요. 지금 난 누빈 솜 재킷을 입고 다녀요."

"솜 재킷이 너무 짧아요. 그렇게 다니면 감기 들기 십상인데." 페트루슈카가 말했다. "목욕탕에서 화부(火夫)로 일하게 되면 급료를 받을 테고, 그러면 어머니께 외투를 사드릴 거예요. 시장에서 팔거든요. 가서 값도 물어봤어요, 적당한 게 있어요."

"그럴 필요 없다. 네가 돈을 벌지 않아도 돼." 아버지가 말했다.

점심을 먹고 나서 나스차는 커다란 안경을 코에 걸쳐 쓰고 창가에 앉아 엄마의 장갑을 꿰맸다. 엄마는 공장에서 일할 때 장갑 위에 또 벙어리장갑을 꼈다. 벌써 날씨가 많이 쌀쌀해졌다. 밖은 이미 완연한 가을 날씨였다.

페트루슈카가 여동생을 보더니 화를 냈다.

"너 왜 장난치니, 세몬 아저씨 안경은 왜 쓰고 있어!"

"안경 너머로 보는 거니까 괜찮아."

"뭐야! 내가 모를 줄 알고! 그러다 눈이 나빠져서 장님이라도 되면, 연금이나 받으면서 평생 남에게 의지해서 살아야 돼. 당장 벗지 못해! 내 말 안 들려? 그리고 네가 무슨 장갑을 꿰맨다고 그러니. 엄마가 하게 놔둬, 아니면 내가 나중에 할 테니. 빨리 공책 들고 와서 글씨 쓰기 연습이나 해. 공부 안 한 지 얼마나 된 거야!"

"나스차가 벌써 학교에 다니나?" 아버지가 물어보았다.

어머니는 어려서 아직 학교에 다니는 것은 아니지만, 페트루슈카가 매일 공부를 시키고 있고, 공책도 사 주어 지금은 글씨 쓰기 연습을 하고 있다고 대답했다. 또 페트루슈카는 여동생에게 호박씨를 이용해 더하기 빼기를 해가며 셈을 가르치고 있고, 알파벳은 류보피 바실리예브나가 직접 가르친다고 했다.

나스차는 장갑을 내려놓고 서랍장에서 공책과 팬대를 꺼내왔다.

모든 것이 제대로 된 것에 만족한 페트루슈카는 어머니의 솜 재킷을 입고 내일 쓸 장작을 패러 밖으로 나갔다. 잠시 후 페트루슈카는 장작을 집 안으로 가지고 들어왔다. 장작을 밤새 페치카 옆에 놓아두면 적당히 말라 훨씬 잘 타기 때문이다.

저녁에 류보피 바실리예브나는 일찌감치 저녁상을 차렸다. 아이들이 일찍 잠자리에 들면 남편과 단 둘이 앉아 이야기를 나눌 생각이었다. 그런데 아이들은 저녁을 먹고도 한참 동안 자지 않았다. 나스챠는 나무 침대에 누워 이불을 들추고 아버지를 쳐다보고 있었다. 페치카 위에 누워 있던* 페트루슈카도 몸을 뒤척이며 무슨 소린가를 중얼거렸다. 간혹 신음소리를 내기도 하며 오래도록 잠들지 못하는 것 같았다. 이윽고 늦은 밤이 되어서야 나스챠가 지친 눈을 감았고, 페트루슈카도 페치카 위에서 코를 골기 시작했다.

페트루슈카는 항상 긴장을 늦추지 않고 잠을 잤다. 그는 항상 밤새 무슨 일이 일어나지 않을까, 불이 나거나 도둑이 들어오는 것을 못 듣지는 않을까, 혹시 어머니가 문고리를 거는 것을 잊지 않았는지, 그래서 밤새 문이 열려 집안의 온기가 빠져나가지나 않을까 걱정스러웠다. 페트루슈카는 부엌 옆방에서 이야기하는 부모님의 불안한 목소리에 잠이 깼다. 시간이 얼마나 되었는지, 한밤중인지, 아니면 벌써 아침이 돼 가는지 알 수 없었지만 아버지와 어머니는 자지 않고 있었다.

"알료샤, 조용히 좀 해요. 애들이 깨요." 어머니가 조용히 말했다. "그 사람을 욕하지 말아요, 그 사람은 착한 사람이에요. 당신 아이들을 사랑했다고요."

"필요 없어, 그 사람의 사랑은." 아버지가 말했다. "내가 우리 아이들을 사랑하는데. 제길, 그 자는 왜 남의 아이들한테 신경을 쓰는 거야! 내가 봉

---

\* 러시아에 페치카는 취사와 난방은 물론 윗부분은 잠자리로도 쓰인다.

급 수령증도 보내주고, 당신도 일을 하고, 그런데 뭣 때문에 이 세몬 예브세예비치란 자가 필요했던 거지? 아직도 연애가 그리워 피가 끓기라도 하는 거야? 에이, 류바, 류바! 당신이 그러리라곤 생각도 못했는데. 그러니까, 날 완전히 바보로 만들었구먼."

아버지는 말을 멈춘 뒤 성냥을 그어 파이프 담배에 불을 붙였다.

"알료샤, 무슨 소리예요!" 어머니가 크게 소리쳤다. "내가 얼마나 고생을 하며 아이들을 키웠는데, 애들은 아픈 적도 거의 없었고, 몸도 건강하잖아요."

"무슨 소리야!" 아버지가 말했다. "애들이 넷이나 있는 사람들도 제대로 잘만 살았고, 다른 집 아이들도 우리 애들 못지않게 잘만 자랐더구만. 페트루슈카를 봐, 애가 어떻게 됐나. 말하는 게 무슨 꼬장꼬장한 노인네처럼 따지기나 하고, 공부도 완전히 집어치우고."

페트루슈카는 페치카 위에서 한숨을 쉬었다. 그리고 계속 이야기를 듣기 위해 코를 고는 척했다. 그러면서 생각했다. '내가 노인네 같다고. 그래도 덕분에 식사를 잘 하셨다면 하는 수 없지.'

"그래도 살면서 어려운 게 뭔지, 중요한 게 뭔지 알았잖아요. 그리고 공부도 그만둔 게 아니에요."

"누가 그랬다는 거요! 그 당신의 세몬 말이오? 됐소, 괜히 딴 소리하지 말라구." 아버지가 화를 냈다.

"그 사람 좋은 사람이에요."

"그 사람을 사랑하기라도 한단 말이오?"

"알료샤, 난 당신 애들의 엄마예요."

"그래서? 대답해봐, 말 돌리지 말고!"

"난 당신을 사랑해요, 알료샤 난 아이들의 엄마고, 이미 오래 전에 당신의 여자였잖아요. 당신의 유일한. 그게 언제인지 기억도 나지 않지만."

아버지는 어둠 속에서 말없이 파이프 담배를 빨았다.

"난 당신을 그리워했어요, 알료샤. 물론, 옆에 아이들이 있었지만, 그 애들이 당신을 대신할 순 없었어요. 난 항상 당신만을 기다렸어요. 이 길고 무시무시한 몇 년의 시간을. 아침이면 잠에서 깨는 것조차 두려웠어요."

"그 사람 직책이 뭐요, 직장은 어디요?"

"우리 공장에서 자재 보급 일을 해요."

"알만 하군, 좀도둑이겠군."

"모르긴 해도, 그런 사람 아니에요. 가족이 모길레프 시에서 모두 죽었대요. 아이가 셋이었는데, 딸은 약혼도 한 상태였고요."

"그건 별로 중요하지 않지. 그 대가로 다른 가족을 손에 넣었으니. 뭐, 여편네도 그리 늙지 않았고, 얼굴도 반반하고, 그러니 다시 살만 하겠군."

어머니는 아무런 대답도 하지 않았다. 집안은 조용해졌다. 그러나 이내 페트루슈카는 어머니가 우는 소리를 들었다.

"알료샤, 그 사람은 아이들에게 당신 이야기를 해주었어요." 어머니가 다시 말을 했다. 페트루슈카는 어머니의 눈에 아직도 눈물이 많이 고여 있다는 걸 알 수 있었다. "당신이 거기서 우리를 위해 싸우며 고생하고 있다고 했어요. 애들이 이유를 물어보면 당신이 착하기 때문이라고 대답했어요."

아버지는 웃음을 터뜨리고 담뱃대에서 불씨를 털어냈다.

"보라고, 당신들의 그 잘난 세묜 예브세예비치란 양반을! 날 본 적도 없는 사람이 날 좋게 얘기하잖아. 어떤 작잔지 알만 해!"

"물론 당신을 본 적은 없지만, 애들이 당신을 잊지 않게, 아버지를 사랑할 수 있게 일부러 그렇게 말한 거예요."

"그 사람이 왜 그럴 필요가 있난 말이야, 왜? 당신을 하루라도 빨리 손에 넣으려고? 말해봐, 당신은 왜 그 사람이 그랬다고 생각하는 거지?"

"아마도 마음이 착해서, 그래서 그렇겠죠. 아닌가요?"

"류바, 당신은 참 멍청하군. 이렇게 말해 미안하지만, 세상에 공짜란 없는 거야."

"세몬 예브세예비치는 아이들에게 자주 뭔가를 가져다 줬어요. 한 번도 그냥 오는 법이 없었죠. 사탕이든, 밀가루든, 설탕이든요. 얼마 전에는 나스차에게 펠트 장화도 주었어요. 작아서 자기에게 필요 없다며. 우리집에는 그 사람에게 필요한 건 없었어요. 우리도 딱히 필요한 건 없었죠. 우리도 그 사람이 가져다 주는 선물이 없어도 살 수 있어요. 그 동안에 그렇게 살아왔으니까요. 하지만 그 사람은 다른 사람을 도와주면 자기 마음이 좀 나아진다고 했어요. 그러면서 죽은 식구들을 조금은 잊을 수 있다고 하더군요. 당신이 그 사람을 한번 보면, 당신이 생각하는 그런 사람이 아니라는 걸 알게 될 거예요."

"계속 쓸데없는 얘기만 늘어놓는군!" 아버지가 말했다. "그런 말로 날 현혹시킬 생각은 하지 말라고. 류바, 당신하곤 이젠 영 말이 안 되는군, 이제 제대로 좀 살고 싶었는데."

"우리와 함께 살아요, 알료샤."

"난 아이들하고 살고, 당신은 그 세몬 예브세예비치하고 살고?"

"아니예요. 그 사람 이젠 더 이상 우리집에 오지 않을 거예요. 그 사람에게 더 이상 오지 말라고 말할게요."

"그러니까, 한 번 그랬지만, 이제 더 이상은 하지 않겠다? 이봐, 류바! 여자들이란 다 이 모양이라니까."

"그러는 당신들 남자들은요?" 어머니가 화를 내며 물었다. "여자들이 다 이 모양이라니요? 난 그런 여자 아니에요. 밤낮으로 일하며 벽돌을 만들었어요. 기관차 화실 벽에 쓰는 내화벽돌이에요. 난 한눈에 알아볼 정도로 말랐어요, 보기에도 끔찍할 정도로. 모두가 낯선 눈으로 쳐다봐요. 거지들도 내겐 구걸하지 않더군요. 나도 힘들었다고요. 항상 아이들끼리만 집에 있고, 집에 돌아와보면 불이 지펴져 있길 하나, 먹을 거라고는 아무것도 없고, 어두침침한 게, 아이들은 심심해하고, 애들이 지금처럼 집안일을 금방 배운 줄 알아요? 페트루슈카도 그냥 어린애였다고요. 그때 세몬 예브세예비치가 집에 오기 시작했어요. 와서는 아이들과 놀아주고. 그 사람은 혼자 살아요. 내게 물어보더군요, 가끔 놀러 와도 되냐고. 몸 좀 녹이고 가겠다고. 우리집도 춥다고 했죠, 마른 장작이 없어서. 그랬더니, 좀 외로워서 그런다고, 그냥 아이들하고 잠시 있다 가면 되고 일부러 불까지 땔 필요는 없다고, 그래서 아이들이 싫어하지 않는다면 그러라고 했죠. 나중에는 나도 아무렇지 않더군요. 사실 그 사람이 드나들면서 우린 다들 좋아졌어요. 난 그 사람을 바라보면서 당신을 생각했고, 우리에게 당신이 있다는 걸 기억했죠. 당신이 없는 동안 얼마나 외롭고 힘들었는지, 알아요? 누구라도 좋으니 사람이 있으면 덜 외롭고 시간도 빨리 지나갈 거라 생각했죠. 그렇지만 당신이 없는 시간이 무슨 의미가 있겠어요!"

"그래서 다음에, 다음은 어떻게 됐소?" 아버지가 재촉했다.

"다음이오? 다음엔 아무 일 없었어요. 그리고 이제 당신이 돌아왔잖아요, 알료샤."

"그래. 그렇다면 할 수 없지. 자, 그럼 잠이나 잡시다." 아버지가 말했다.

어머니는 아버지에게 부탁하는 투로 말했다.

"잠은 조금 있다 자고, 좀 더 얘기해요. 전 당신과 함께 있는 게 얼마나 기쁜지 몰라요."

'얘기가 끝나질 않는군.' 페치카 위에서 페트루슈카가 생각했다. '그래도 화해했으니 다행이군. 어머니는 공장에 가려면 일찍 일어나야 하는데, 저렇게 안 자고 계시니, 좋은 것도 때가 있지, 울음은 그치셨나?'

"그 세몬이란 사람이 당신을 사랑했소?" 아버지가 물어보았다.

"잠깐만요. 나스차에게 좀 갔다 올게요. 잘 때 이불을 잘 차버려서 감기가 들지도 몰라요."

어머니는 나스차에게 이불을 덮어주고 부엌으로 나가 페치카 근처에서 잠시 걸음을 멈추고 페트루슈카가 자는지 귀를 기울였다. 페트루슈카는 어머니의 의도를 알아채고 코를 골기 시작했다. 잠시 후 다시 어머니의 목소리가 들려왔다.

"아마도, 그랬을 거예요. 나를 그런 눈길로 바라봤거든요. 그러나 절 좀 보세요. 내가 지금 어디 여자 같은가요? 그 사람이 외로워서, 그래서 누구든 사랑하지 않으면 안 됐던 거예요."

"그럼, 그 사람하고 키스라도 한 번 했겠군. 둘 다 그렇게 마음이 맞아 떨어졌으니." 아버지는 인정한다는 듯 말했다.

"그건 아니에요! 내가 원한 건 아니지만, 그 사람이 내게 두 번 입을 맞췄어요."

"당신은 원하지도 않았는데, 그 사람이 그랬단 말이오?"

"모르겠어요. 그 사람 말이, 아내로 착각했대요. 내가 부인을 좀 닮았다며."

"그럼 그 사람도 날 닮았소?"

"아니요. 안 닮았어요. 당신을 닮은 사람은 아무도 없어요. 당신은 내게 하나밖에 없는 사람이에요, 알료샤."

"내가 유일하다고? 하긴, 셈은 항상 하나부터 시작하지. 그 다음에는 둘, 셋."

"그리고 그 사람은 내 볼에 입을 맞췄지, 입술에는 아니에요."

"어디가 됐든 마찬가지지."

"마찬가지라뇨, 아니에요, 알료샤. 당신은 우리가 여기서 어떻게 살았는지 알기나 해요?"

"뭘 아냐고? 난 전쟁 내내 전투를 했고, 옆에서 죽어가는 사람을 수도 없이 봤소. 당신은 몰라."

"그래요, 당신은 전투를 했지만, 난 여기서 당신을 그리워하며 넋 나간 사람처럼 슬픔에 손조차 움직이기 힘들었어요. 그래도 일은 열심히 해야 했어요. 애들을 키우고, 파시스트들을 막아내기 위해 나라에 공헌도 해야 하고."

어머니는 조용조용 이야기했다. 하지만 그녀는 마음이 아팠고, 페트루슈카는 그런 어머니가 측은했다. 그는 어머니가 구두 수선공을 위해 옆집 전기난로를 고쳐주기도 했다는 걸 알고 있었다.

"사는 것도, 당신에 대한 그리움도 견뎌내기 힘들었어요." 어머니가 계속 말했다. "만일 견디지 못했다면 난 아마도 죽었을 거예요. 그랬을 거예요. 난 알아요. 하지만 애들이 있잖아요. 알료샤. 내겐 뭔가 좀 다른 위안이 필요했어요. 기쁨 같은 거요. 그래서 잠시나마 쉴 수 있게요. 어떤 사람이 말하더군요. 나를 좋아한다고. 그 사람은 내게, 당신이 언젠가 그랬던 것처럼 나를 사랑스럽게 대해줬어요."

"어떤 사람이라니, 또 그 세몬 예브세예비치 말이오?" 아버지가 물어보았다.

"아뇨, 다른 사람이에요. 그 사람은 우리 공장 노동조합 지역위원회 지도원인데, 부상을 입어 후송된 사람이에요."

"제기랄! 이 작자는 또 누구야! 그래서, 어떻게 됐어, 그 자가 마음을 좀 달래줬나?"

페트루슈카는 이 지도원이라는 사람에 대해 처음 들었고, 자신도 그를 모르고 있다는 사실에 놀랐다. "어라, 그런데 엄마가 어느새." 그는 혼잣말로 중얼거렸다.

어머니가 아버지에게 대답했다.

"그 사람에게서는 아무것도, 아무런 기쁨도 느낄 수 없었어요. 처음엔 너무 힘들어서, 그래서 그 사람에게 끌렸던 것 같아요. 그런데 그 사람과 가까워지자, 그리고 아주 가까워지자 냉정을 찾았어요. 같이 있으면서도 집안일이 걱정됐고, 그 사람이 가까워지도록 허락한 걸 후회하기 시작했죠. 그러곤 깨달았죠. 난 당신에게서만 평온과 행복을 느낄 수 있고, 당신이 돌아오면, 그때 편히 쉴 수 있을 거라고. 당신 없이는 난 아무데도 몸을 둘 수 없고, 아이들에게도 잘 할 수 없어요. 알료샤, 우리와 함께 살아요. 잘 살 수 있을 거예요!"

페트루슈카는 아버지가 말없이 침대에서 일어나 담뱃불을 붙이고 의자에 앉는 소리를 들었다.

"그 사람과 아주 가까워지고 나서는 몇 번이나 만났소?" 아버지가 물어보았다.

"딱 한 번이에요, 그리고 더 이상은 만나지 않았어요. 얼마나 더 만나야 하나요?" 어머니가 대답했다.

"얼마나 만나야 하는가는 당신이 결정할 문제고." 아버지가 말했다. "그럼 당신은 왜 당신이 우리 아이들의 엄마고, 내게 유일한 여자였다고 말하는 거요, 이미 오래 전부터⋯⋯."

"그건 사실이에요, 알료샤."

"사실이라니, 뭐가 사실이오? 그 사람의 여자이기도 했으면서, 아니오?"

"아니에요. 그 사람하고는 그런 적 없어요. 그럴 마음도 있었지만, 그럴 수 없었어요. 당신 없인 견딜 수 없을 것 같아 내 옆에 아무라도 있어주길 바랐어요. 너무 힘들고 괴로웠어요. 그러자 아이들도 사랑할 수 없었어요. 당신도 알잖아요. 내가 모든 걸 참아낼 수 있다는 걸. 아이들을 위해서라면 내 뼈라도 아까워하지 않는다는 걸요."

"잠깐만!" 아버지가 말을 가로막았다. "당신 말대로라면, 이 지도원인가 뭔가 하는 사람에게 당신이 잠시 실수를 했고, 그 사람에게서 아무런 위안도 받지 못했는데, 그런데도 당신은 이렇게 멀쩡히 살아 있지 않소."

"그래요, 이렇게 죽지 않고 살아 있어요."

"그러니까, 당신은 지금 거짓말을 하고 있다고! 당신 말이 맞는다고 생각해?"

"모르겠어요." 어머니가 나지막이 속삭였다. "난 아는 게 적어서."

"그래. 아는 거야 내가 더 많지. 산 경험도 내가 더 많고." 아버지가 말했다. "에이, 이런 몹쓸 사람아!"

어머니는 말이 없었다. 아버지가 잇달아 숨을 몰아쉬는 소리가 들렸다.

"전쟁이 끝나고 이렇게 집에 돌아왔건만 당신은 내 마음을 난도질하는구먼. 할 수 없지. 그럼 이제 그 세몬이라는 작자와 같이 살지 그래! 날 아주 우스갯거리로 만들었어. 난 사람이지 장난감이 아니라고."

아버지는 어둠 속에서 옷을 입고 신발을 신기 시작했다. 그리고 석유등에 불을 붙이고 책상에 앉아 시계를 찾았다.

"4시군." 아버지가 혼잣말을 했다. "아직은 어둡군. 여편네는 많아도 쓸 만한 아내는 하나 없다는 말이 맞지."

집안은 조용해졌다. 나스차는 나무 침대에서 얌전히 자고 있었다. 페트루슈카는 따뜻한 페치카 위에서 베개에 파묻혀, 코를 고는 걸 잊고 있었다.

"알료샤!" 부드러운 목소리로 어머니가 말했다. "알료샤, 용서해줘요!"

잠시 후 페트루슈카는 아버지의 신음소리를 들었고 곧이어 유리가 깨지는 소리를 들었다. 페트루슈카는 커튼에 난 구멍 사이로 아버지와 어머니가 있는 방을 들여다보았다. 방은 어두웠지만 석유등에 불이 타고 있었다. '아버지가 등 유리를 깨버렸네.' 페트루슈카는 생각했다. '유리는 구할 수가 없는데.'

"여보! 당신 손을 베었어요. 피가 나잖아요, 어서 장롱에서 수건 가져오세요."

"조용히 해!" 아버지가 소리쳤다. "당신 목소린 듣고 싶지도 않다고. 애들이나 깨워. 당장 깨우라고! 깨우라는 말 안 들려! 자기들 엄마가 어떤 사람인지 다 말해줄 거야, 애들도 알아야 할 거 아니야!"

이때 나스차가 놀라서 소리를 지르며 잠에서 깼다.

"엄마!" 나스차가 엄마를 불렀다. "나 엄마한테 가도 돼?"

나스차는 밤에 엄마 침대로 가서 그녀의 이불 밑에서 몸을 데우는 걸 좋아했다.

페트루슈카는 다리를 밑으로 하고 페치카에 걸터앉아 모두를 향해 말했다.

"지금이 몇 신데 안 자고 있어요! 왜 잠을 깨우는 거예요? 해도 뜨지 않았고, 밖은 아직 어두운데! 왜 이렇게 시끄럽게 하는 거예요! 불은 또 왜 켜놓구!"

"나스차, 자라, 아직 더 자야지. 엄마가 금방 갈게, 응. 그리고 페트루슈카, 너도 더 자고. 이제 그만 조용히 해라."

"엄마 아빤 무슨 얘기를 그렇게 오래 해요? 아버지는 또 왜 그러세요?"

페트루슈카가 다시 말을 꺼냈다.

"내가 왜 그러는지, 네가 무슨 상관이냐! 이 놈은 안 끼어드는 데가 없구만!" 아버지가 화를 내며 대꾸했다.

"아빠, 등 유리는 왜 깨셨어요? 엄마는 왜 놀라게 하는 거예요? 보세요, 엄마가 얼마나 말랐는지, 버터는 나스차에게 주고, 감자도 버터 없이 드신다고요."

"너는 네 엄마가 나 없는 사이에 무슨 짓을 했는지 알고나 있니?" 아버지는 마치 어린애처럼 투정하는 말투로 소리쳤다.

"알료샤!" 류보피 바실리예브나는 낮은 소리로 남편을 막아섰다.

"알죠, 다 안다고요!" 페트루슈카가 대답했다. "어머니는 아버지 때문에 매일 울었어요. 아버지가 걱정돼서요. 그런데 아버지가 오고 나서도 계속 우시잖아요. 아무것도 모르는 건 아버지라고요!"

"넌 아직 아무것도 모르고 있어!" 아버지가 화를 냈다. "제기랄, 저런 놈이 어디서 나타났지!"

"모르긴요, 다 안다고요. 모르는 건 아버지예요. 할 일도 많고 살 일이 걱정인데, 아버지는 멍청이처럼 계속 화만 내고."

말을 마친 페트루슈카는 베개에 머리를 묻고 소리 없이 울기 시작했다.

"니가 아주 집안을 좌지우지하는구나." 아버지가 다시 말을 꺼냈다. "될 대로 되라지. 그래 니가 이 집 가장 노릇 하며 잘 살아봐라."

페트루슈카가 눈물을 닦더니 아버지 말에 응수했다.

"아버지는 나이도 많고 전쟁터에도 갔다 왔으면서 무슨 말씀을 그렇게 하세요. 내일 신체 불구자 조합에 한번 가보세요. 거기에 하리톤이라는 아저씨가 판매원으로 일하고 있는데, 빵을 달아서 팔면서도 아무도 속이지 않아요. 그 아저씨도 전쟁터에 갔다 왔어요. 가서 한번 물어보세요. 모두에게 다 얘기해준다고요. 나도 들었어요. 그 아저씨의 부인은 아뉴타라는 사람인데, 운전을 할 줄 알아서 빵을 배달해요. 마음씨가 착해서 빵 한 조각도 훔치지 않는대요. 그 아줌마도 남자를 사귀었대요. 그 남자는 훈장도 받았는데, 한쪽 팔이 없어요. 그래도 공산품을 파는 가게의 책임자로 일하고 있대요."

"그렇게 할 얘기가 많니! 잠이나 자려무나. 벌써 날이 새려고 하는데." 어머니가 말했다.

"잠을 못하게 하는 게 누군데요. 그리고 날이 새려면 아직 멀었어요. 이 한쪽 팔이 없는 아저씨랑 아뉴타 아줌마가 친해졌어요, 그래서 두 분 다 살기가 좋아졌죠. 하리톤 아저씨는 전쟁터에 있었고요. 나중에 하리톤 아저씨가 집에 돌아왔고 아뉴타 아줌마를 혼내기 시작했죠. 하루 종일 화를 내고 밤에는 술만 마시고, 아뉴타 아줌마는 울기만 했죠. 아무것도 먹지 않고. 아저씨는 화를 내다 내다 결국 지쳐서 아뉴타 아줌마를 용서했대요. 그러면서 이렇게 말했대요. '그런데, 당신은 고작 그 외팔이뿐이었소, 순진하긴. 사실 난 말이지, 당신 말고도 글라슈카라고 있었고, 아프로시카도 있었고, 마루시카도 있었고, 당신하고 이름이 같은 뉴슈카*도 있었고, 그리고 막달린카라고도 있었지.' 그리고 웃기 시작하자 이번엔 아뉴타 아줌마도 웃으면서 아저씨를 칭찬하더래요. 하리톤 아저씨는 좋은 사람이고, 그런 사람은 세상에 없다고요. 독일군도 때려잡았고, 여자는 하도 많아 주체를 못할 지경이었다고요. 하리톤 아저씨가 우리에게 다 얘기해준 거예요, 빵 배달하면서요. 아저씨와 아줌마는 지금은 아주 사이좋게 잘 살고 있어요. 그런데 하리톤 아저씨가 또 웃으면서 이렇게 얘기했어요. '근데, 실은 내가 마누라에게 거짓말을 한 거야. 글라슈카니, 뉴슈카니, 아프

---

\* 아뉴타의 애칭

로시카니, 그리고 또 막달린카니 하는 이런 여자들은 다 지여낸 거지. 군인은 조국의 아들인데, 그런 쓸데없는 생각을 하면 되나. 적들을 쳐부술 생각을 해야지. 내가 일부러 마누라에게 겁을 좀 주려고 그랬지.' 아버지, 잠이나 주무세요. 불이나 끄구요. 유리가 깨져 그을음이 생기잖아요."

이바노프는 페트루슈카의 이야기를 듣고 겁이 덜컥 났다. '아니, 이 자식이! 얘가 이러다가 마샤 이야기도 꺼내는 거 아니야.'

페트루슈카는 피곤했는지 이내 코를 골기 시작했다. 이번엔 진짜로 잠이 든 것이다.

페트루슈카는 날이 훤히 밝아서야 잠에서 깼다. 그는 자기가 이렇게 늦게까지 잠을 잤고, 아침부터 해야 할 집안일이 있었다는 걸 깨닫고 깜짝 놀랐다.

집에는 나스차 혼자만 있었다. 아이는 방바닥에 앉아 어머니가 오래 전에 사준 그림책의 책장을 넘기고 있었다. 나스차에겐 다른 책이 없었기 때문에 매일 이 책만 보고 있었다. 나스차는 마치 책을 읽을 줄 아는 양 손가락으로 글자를 짚었다.

"왜 아침부터 책 가지고 장난이니, 제 자리에 갖다 놔!" 페트루슈카가 여동생에게 말했다. "어머니는 공장에 가셨어?"

"일하러 가셨어." 나스차가 책을 덮으며 조그만 소리로 대답했다.

"아버지는 어디 가셨지?" 페트루슈카는 집안을 이리저리 살폈다. "가방도 가져가셨어?"

"응, 가방도 가지고 나가셨어."

"무슨 말 안 하셨어?"

"아니, 아무 말 안 하고, 입하고 눈에다 뽀뽀만 해줬어."

"그래……." 페트루슈카는 골똘히 생각에 잠겼다.

"나스차, 일어나!" 그는 동생을 일으켜 세웠다. "씻고 옷 입혀줄 테니 밖으로 나가자."

그 무렵 아이들의 아버지는 역에 앉아 있었다. 그는 벌써 보드카 2백 그램을 마시고 여행자 식권으로 식사도 했다. 지난 밤 그는 마샤와 헤어졌던 도시로 돌아가기로 결심했다. 그곳에서 그녀를 다시 만나 다시는 그녀와 헤어지지 않으리라고. 한 가지 문제는 머리카락에서 자연의 냄새가 나는 이 목욕탕 종업원의 딸보다 자신이 나이가 훨씬 많다는 것이었다. 그러나 일이 어떻게 될 지는 그곳에 가보면 알게 될 것이다. 앞날의 일은 알 수 없는 것이다. 그럼에도 이바노프는 마샤가 자신을 보고 조금이라도 기뻐해주길 바랐다. 그걸로 충분했다. 이는 자신에게 가까운 사람이 있다는 것을, 게다가 아주 괜찮은, 활발하고 착한 마음씨를 가진 사람이 있다는 걸 의미한다. 가보면 알겠지!

어제 그가 왔던 방향으로 떠날 기차가 도착했다. 그는 배낭을 들고 기차를 타러 갔다. '마샤가 날 기다리지는 않겠지.' 이바노프는 생각했다. '그녀는 내가 결국 자기를 잊게 될 거라고 했지. 우리가 다시는 보지 못할 거라고. 하지만 이제 난 그녀에게 영원히 돌아갈 거야.'

그는 객실로 들어가지 않고 차량 회랑에 멈춰 섰다. 기차가 떠날 때 이 소도시를 마지막으로 한번 살펴보고 싶었다. 전쟁 전부터 그는 여기서 살았고, 아이들도 이곳에서 태어났다. 떠나온 집도 다시 한 번 보고 싶었다. 그의 집은 기차에서 보였다. 집 앞의 길이 철도 건널목으로 이어졌고, 기차는 바로 그곳을 지나가기 때문이다.

기차는 시동을 걸고 조금씩 역의 선로 전환기를 지나 넓은 가을 들녘을 향해 나아가기 시작했다. 그는 차량에 설치된 손잡이를 잡고 서서 자신의 고향이었던 도시의 집과, 건물과, 창고들, 그리고 소방서 망루를 바라보았다. 멀리 높이 솟아 있는 두 개의 굴뚝이 그의 눈에 들어왔다. 하나는 비누공장의 것이고, 다른 하나는 지금 류바가 프레스 작업반에서 일하고 있을 벽돌 공장일 것이다. 자기 식대로 살라지 뭐, 나는 나대로 살 테니. 어쩌면 그는 그녀를 용서할 수 도 있었다. 그러나 그런들 무슨 의미가 있는가? 어차피 그의 마음은 그녀에 대한 배신감으로 가득 차 있었다. 외로움과 남편과의 이별, 전쟁의 시간을 견디지 못하고 다른 사람과 함께했던 아내를 그는 용서할 수 없었다. 그리고 류바가 세묜인지, 예브세이인지와 가까워진 것이 사는 게 힘들고 가난과 외로움이 그녀를 너무 힘들게 했기 때문이라는데, 이것은 이유가 될 수가 없었다. 단지 그녀의 감정을 보여주는 것일 뿐이다. 모든 사랑은 무언가에 대한 필요와 외로움에서 시작하는 것이다. 사람이 아무런 부족함도 느끼지 못하고 외로워지지도 않는다면 결코 다른 사람을 사랑할 수 없다.

이바노프는 객실로 들어가려 했다. 잠이나 잘 생각이었다. 아이들을 남기고 온 집을 다시 한 번 보려는 생각은 그만두었다. 공연히 마음 아프고 싶지 않았다. 그는 건널목이 아직 멀었는지 확인하려고 앞을 보았다. 건널목은 바로 앞에 있었다. 여기서 철길은 시골에서 시내로 이어지는 길과 교차한다. 이 흙길 위에는 마차에서 떨어진 밀짚과 건초더미, 버드나무 가지와 말똥이 흩어져 있었다. 이 길은 일주일에 두 번 장이 서는 날을 제외하면 늘 인적이 드물었다. 이따금 농부가 건초를 가득 실은 마차를 끌고 시내로 나가거나 반대로 시골로 돌아오곤 했다. 지금도 마찬가지였다. 시골길은 횅했다. 단지 저 멀리 이 시골길로 이어지는 시내 쪽 길을 따라 두 아이가 뛰어오고 있었다. 한 아이는 조금 크고 다른 아이는 그보다 작았다. 큰애는 작은애의 손을 잡고 따라오길 재촉했고, 작은애는 짧은 다리를 열심히 놀렸지만 큰애를 따라가기에는 힘겨워 보였다. 시내 끝에 자리한 집 근처에서 멈춰 선 그들은 역 쪽을 바라보며, 그리고 가야할지 말아야 할지 망설이고 있었다. 이때 열차가 건널목을 지나치자 그들은 기차를 따라잡으려는 듯 곧장 기차를 향해 뛰기 시작했다.

이바노프가 타고 있던 기차가 건널목을 지나갔다. 이바노프는 객실로 들어가 누우려고 바닥에 두었던 배낭을 집어들었다. 다른 승객의 방해를 덜 받는 상단 침대에 누울 작정이었다. 그런데 이 두 아이가 하다못해 기차의 마지막 차량이라도 따라잡았을까? 이바노프는 기차에서 고개를 내밀어 뒤를 바라보았다.

손을 맞잡은 두 아이는 아직도 건널목을 향해 난 길을 따라 뛰고 있었다. 그들은 둘이 동시에 넘어졌다 다시 일어나 또 앞으로 뛰었다. 큰 아이는 남은 한 손을 들어올려, 얼굴은 기차가 가는 쪽으로, 즉 이바노프가 있는 쪽을 바라보며 누군가를 향해 손을 흔들어댔다. 마치 자기에게 돌아오라고 이야기하는 것 같았다. 그러다 둘은 다시 넘어졌다. 이바노프가 자세히 보니, 큰애는 한쪽 발에는 털장화를, 다른 한 쪽에는 덧신을 신고 있었다. 그래서 그렇게 자주 넘어진 것이었다.

이바노프는 눈을 감았다. 기진맥진해서 넘어지는 아이들을 더 이상은 애처로워 바라볼 수가 없었다. 이 순간 갑자기 그는 가슴이 뜨거워지는 걸 느꼈다. 그의 내부에 갇혀 평생을 힘겹게 뛰고 있던 심장이 그의 전신을 뜨거움과 전율로 휘감으며 밖으로 튀어나오려는 듯했다. 갑자기 그가 예전에 알던 모든 것이 좀 더 정확히, 그리고 더욱 현실적으로 느껴졌다. 예전에 그는 다른 사람의 삶을 자기의 이기심과 개인적인 이해관계라는 울타리 속에서 바라봤다. 그런데 이제 갑자기 타인의 삶이 열린 가슴을 통해 다가왔다.

그는 열차 계단에서 다시 한 번 기차의 꼬리 쪽을, 기차에서 멀어져가는 아이들을 바라보았다. 이 아이들은 다름 아닌 그의 아이들, 페트루슈카와 나스차였다. 아이들은 아마도 기차가 건널목을 지나칠 때 그를 알아보았을 것이다. 페트루슈카는 집으로, 엄마에게로 돌아오라고 손짓을 했을 것이다. 그는 다른 생각에 잠겨 그들을 무심히 바라보았고, 그들이 자기 아이들이라는 사실을 모르고 지나쳤던 것이다.

이제 페트루슈카와 나스차는 기차에서 멀찌감치 떨어져 레일 옆 모래 길을 달리고 있었다. 페트루슈카는 여전히 어린 나스차의 손을 잡고 그녀가 따라오지 못하면 손을 잡아당기며 재촉하고 있었다.

이바노프는 배낭을 기차 밖으로 내던졌다. 그리고 열차의 맨 아래 계단으로 내려섰다. 그리고 아이들이 자기를 따라 달리고 있는 모랫길로 뛰어내렸다.

| 작가소개 |

## 알렉산드르 푸시킨 Alexander Pushkin(1799-1837)

러시아의 시인 · 소설가 · 극작가. 모스크바 출생. 러시아 근대문학의 아버지. 부친은 퇴역 장교로 문필활동을 했으며, 유서 깊은 명문귀족의 후손이었고, 그의 모친은 표트르 대제(大帝)의 총신 한니발의 증손녀로 아프리카인의 피를 이어받았다. 유년시절에 카람진, 주코프스키 등 러시아 낭만주의 시인들의 영향을 받으며 자랐고, 1811~1817년 수도 페테르부르크 근교의 리체이(귀족전문학교)를 다니는 동안, 그 곳의 자유주의적 기풍과 미래의 데카브리스트(귀족혁명주의자)들과의 교유가 그의 사상형성에 기반이 되었다.

리체이를 졸업한 1817년부터 그는 페테르부르크의 외무성에 근무하면서, 〈녹색 램프〉 등 문학서클 활동에 참가해 농노제 타도 등 자유주의 사상을 피력하는 작품을 발표하는데, 당대의 혁명적 사상가였던 차다예프에게 보내는 〈차다예프에게〉(1818년)와 〈농촌〉(1819년) 등 푸시킨의 초기 시들이 이 무렵에 완성된다. 1820년에 푸시킨은 최초의 장시(長詩) 《루슬란과 류드밀라》를 완성하는데, 같은 해에 정치적인 시들이 문제가 되어 남부 러시아로 유배되고, 키시뇨프와 오데사 등에서 생활한다. 푸시킨은 이 무렵에 장시 《카프카즈의 포로》(1822년)와 《바흐치사라이의 분수》(1823년) 등 낭만주의적 특성이 강한 작품들을 썼다.

1825년 12월 데카브리스트들의 봉기가 실패한 이후, 푸시킨은 황제 니콜라이 1세의 사면을 받고 수도로 귀환해, 다시 문단활동에 의욕적으로 참여한다. 미완성 소설 《표트르 대제의 흑인 노예》(1827년), 장시 《폴타바》(1828년)가 이 시기에 완성된다. 1830년, 콜레라가 창궐하는 바람에 발이 묶여 어쩔 수 없이 석 달을 보냈던 '볼지노의 가을'부터 푸시킨은 창작활동의 전성기를 맞이하는데, 이 해에 중편 《벨킨 이야기》를 탈고하고, 1823년 시작한 운문소설 《예브게니 오네긴》도 완성한다. 생애의 마지막 시기에 푸시킨은 〈스페이드 여왕〉(1834년)과 장편소설 《대위의 딸》(1836년) 등을 완성하면서 19세기 러시아 리얼리즘 문학의 초석을 쌓았다.

1837년 1월 27일 푸시킨은 사교계에서 아내 나탈리아와 염문을 뿌리던 프랑스 망명귀족 단테스와의 결투에서 부상을 입고, 이틀 후 38세의 젊은 나이로 생을 마감한다. 이 결투는 명백히 그의 진보적인 사상을 두려워했던 전제정권이 짜놓은 함정이었다고 한다. "푸시킨은 우리의 모든 것"이라는 표현처럼 근대 이후 러시아 문학의 모든 장르와 유파는 모두 푸시킨에 의해 정초되었다고 해도 과언이 아니다.

### 니콜라이 고골 Nikolai Gogol (1809-1852)

러시아의 소설가·극작가. 우크라이나 폴타바 현의 소로친치 출생. 폴란드-우크라이나계 하급귀족 집안에서 태어났다. 어릴 때부터 문학과 그림, 연기에 뛰어난 재능을 발휘했으며, 열아홉 살이 되던 해에는 당시 러시아제국의 수도였던 페테르부르크로 올라가 말단 관료 생활을 하기도 했다. 젊은 시절 고골의 꿈은 진정으로 국가와 시민에 봉사하는 훌륭한 관료가 되는 것이었다. 그러나 수도에서의 관료생활은 순탄치 않았으며, 그이후로 인류에 봉사할 수 있는 또 다른 길이 작가라는 사실을 깨닫고, 본격적인 창작의 길에 접어든다.

고골은 고향에 전해 내려오는 설화를 바탕으로 쓴 자신의 첫 작품집 《지칸카 근처 마을의 야화》(1931~32년)가 인정을 받으면서 평론가들로부터 '러시아문학의 새로운 주인공'이라는 찬사를 받게 된다. 이어 1835년에는 〈비이〉, 《타라스 불리바》 등 낭만주의적 색채를 띤 단·중편소설들을 묶은 작품집 《미르고로드》와 '페테르부르크 이야기'를 담은 작품집 《아라베스크》를 연이어 출간하면서 작가로서의 명성을 이어간다. 특히 1836년 4월에는 희곡 《검찰관》이 황제의 특명으로 페테르부르크의 알렉산드르 극장에서 초연되어 열광적인 갈채를 받게 된다.

고골의 대표적 단편소설인 〈코〉(1836년)와 〈외투〉(1842년)는 부패한 러시아 사회에 대한 고발이며, 특히 러시아 관료주의에 대한 냉혹한 풍자인데, 이 작품들을 통해 작가는 러시아의 비판적 리얼리즘의 전통을 확립했다는 평가를 받고 있다. 1836년 이후 고골은 관제 비평가들을 비롯한 보수 세력들의 극렬한 비난에 시달리게 되면서, 로마 등 주로 외국으로 거처를 옮겨 생활하게 된다. 이 시기에 쓰인 장편소설 《죽은 혼》의 1부는 고골의 문학적 역량이 총집결된 작품이라 할 수 있으며, 1842년 출판돼 문단의 절대적인 호평을 받는다. 그러나 그 후 다시 해외에서 보낸 십여 년간의 세월동안 작가는 커다란 정신적인 고통을 겪게 된다. 《죽은 혼》의 2부를 집필하기 시작하나 실패하고, 결국 극심한 우울증에 빠져 단식을 단행하기도 한다. 푸시킨과 더불어 러시아 근대문학을 개척한 작가 고골은 결국 1852년 43살의 나이로 모스크바에서 생을 마감했다.

### 안톤 체호프 Anton Chekhov (1860–1904)

　러시아의 소설가·극작가·의사. 러시아 남부 항구도시 타간로그 출생. 조부는 돈을 벌어 자유의 몸이 된 농노였고, 아버지는 타간로그에서 식료품 가게를 운영했다. 포악한 성격의 부친이 파산하여 모스크바로 도망가고, 가족이 해체되는 불행한 유년을 보내면서도 체호프는 고학으로 중학 과정을 졸업하고 모스크바대학 의학부에 입학한다.

　체호프는 대학생활을 하면서도 가족의 생계를 위해 가벼운 콩트작품을 잡지에 기고하면서 작가로서의 길을 시작하게 되는데, 대학을 졸업할 무렵에는 〈관리의 죽음〉(1883), 〈카멜레온〉(1884), 〈애수〉(1885) 등과 같은 뛰어난 단편들을 발표하며 유명한 단편 작가가 되었다. 그는 작품 활동을 하면서 개업의로서 의료 활동도 병행했다.

　가난한 유년과 청년 시절의 체험은 체호프를 책 속에 삶을 그리는 작가로만 머물게 하지 않았다. 그는 정신적 행복에 앞서 실질적이고 물질적인 행복의 토대가 필요하다고 느꼈다. 그는 가난한 민중들에게 자신의 의술을 베푸는 것 외에, 도서관, 극장, 병원, 학교 등 공공기관의 건설에 남다른 관심을 기울이고 직접 참여도 했는데, 이러한 사회적 토대가 발전할수록 인간의 정신적 행복 또한 커진다는 그의 굳은 신념 때문이었다. 그의 참여 속에 모스크바에 최초의 도서관이 건립되었고, 그의 노력 끝에 모스크바에 피부 전문 병원이, 그리고 모스크바 근교에 농민의 자제들을 위한 학교가 세 곳에 문을 열었다. 실제로 체호프는 자신의 문학적 재능보다 의학적 지식에 훨씬 긍지를 가졌다고 하며, "내 직업은 의사예요. 가끔 시간이 날 때면 글을 쓰기는 하지만"이라고 말했다고 한다.

1891년 대흉작으로 극심한 기아가 발생했을 때, 체호프는 기아구제 운동에 적극적으로 참여해 봉사활동을 펼쳤으며, 1892년 6월에 콜레라가 창궐하자 톨스토이, 코롤렌코 등과 함께 무료 진료와 학교 건립 등 다양한 사회봉사 활동을 한다. 그러나 이렇게 바쁜 와중에서도 체호프는 〈상자 속 인간〉, 〈6호실〉, 《갈매기》 등과 같은 대표작을 이 무렵에 완성한다.

1898년 모스크바 예술극장에서 공연한 희곡 《갈매기》가 대성공을 거둔 뒤, 지병인 폐결핵을 치료하기 위해 얄타 지방으로 거처를 옮긴 체호프는 이곳에서 주로 희곡 창작으로 시간을 보낸다. 이 '얄타 시기'에 나온 작품으로는 《바냐 아저씨》, 《세 자매》, 《벚꽃동산》등 희곡작품과 유명한 단편 〈개를 데리고 다니는 여인〉등이 있다. 1901년에는 여배우 크니페르와 결혼하지만, 그들의 결혼 생활은 그리 행복하지 못했다. 1904년 6월 체호프의 병세는 극도로 악화되었고, 독일 남서부 삼림지대인인 슈바르츠발트에 있는 조그만 요양소로 옮겨져, 그곳에서 숨을 거두었다.

### 이반 부닌 Ivan Bunin (1870-1953)

러시아의 시인·소설가. 러시아의 남부도시 보로네쥐 출생. 영락한 귀족 집안의 아들로 태어났다. 볼셰비키 혁명에 부정적이었던 그는 1920년 프랑스로 망명했으며 1953년 파리에서 사망했다. 1933년에는 러시아인으로서는 처음으로 노벨 문학상을 수상한다.

부닌은 시인으로 문단에 데뷔했지만, 그가 보다 뛰어난 문학적 재능을 발휘한 장르는 단·중편소설이었다. 그 가운데 〈안토노프카 사과〉, 〈마른 골짜기〉, 〈형제〉, 〈샌프란시스코에서 온 신사〉, 〈아들〉, 〈가벼운 숨결〉, 〈창의 꿈〉 등이 부닌이 혁명 이전에 발표한 주옥같은 단편소설들이다.

사랑을 주제로 한 많은 단편소설에서 부닌은 무엇보다도 여성과 자연에 내재된 아름다움의 의미와 사랑의 신비로움을 표현하려 했었다. 하지만 이는 인간 인식의 영역 밖에 존재하는 것임을 확인할 뿐이며, 이런 아름다움을 구현하고 있는 실체로서의 여성 또한 부닌에게는 어떻게 규정할 수도 이해할 수도 없는 특별한 존재로 인식된다.

부닌이 여성과 사랑의 문제를 바라보는 방식은 이전의 문학적 전통으로부터 독립되어 있다. 부닌은 자신의 문학적 스승인 톨스토이나 체호프와는 달리, 이러한 문제들을 사회적 환경과 당대의 도덕관으로부터 독립된, '진공'의 상태에서 바라본다. 따라서 여성과 사랑에 대한 부닌의 생각에는 일정정도 이상화와 낭만적 요소가 존재한다고 할 수 있다.

여하튼 부닌에게 있어서 사랑은 인간 삶의 궁극적인 의미이다. 부닌은 소설의 모든 주인공들에게 '무엇 때문에 사는가'라는 질문을 던지는데, 그들은 다름 아닌 사랑 속에서 이 지상에서 살아가는 의미를 확인하고 있으며, 그들에게 사랑은 인간이 지상에서 얻을 수 있는 최대의 행복이다. 어린 고등학생(《미차의 사랑》), 젊은 장교(《엘라긴 장교의 삶》), 퇴역 장군(《파리에서》) 등 창작의 전·후기에 등장하는 다양한 주인공들은 나이와 사회적 지위는 다르지만, 심리적 상태에서는 모두 동일한 사람들이라고 할 수 있다. 힘겨운 고독 속에서 살아가던 이들은 사랑을 통해 자신에 대한 확신과 삶에 대한 희망을 확인해간다.

부닌의 주요 작품으로는 시집 《낙엽은 지고》(1901) 중편소설 《시골마을》(1910), 에세이집 《저주받은 세월》(1925), 자전적 장편소설 《아르세니예프의 생애》(1930)와 단편소설집 《어두운 오솔길》(1946) 등이 있다. 〈추운 가을〉(1944)은 이 단편집에 수록되어 있다.

### 알렉산드르 쿠프린 Aleksandr Kyprin (1879~1938)

러시아의 작가. 러시아 남부 펜자 출신. 가난한 관리의 집안에서 태어났다. 10년의 군사학교 교육을 받고, 4년간 보병 연대에 근무하다 전역한 쿠프린은 러시아 각지, 특히 남부 러시아의 여러 지역을 전전하며 여러 직업에 종사했다. 1900년을 전후로 그는 체호프, 고리키 등과 친교를 맺는데, 특히 고리키의 소개로 문학단체인 '즈나니예(지식)' 그룹의 일원이 된다. 작가로서 그는 1905년 장편소설 《결투》를 발표하여 주목을 받기 시작한다. 혁명이 일어나자, 1919년에 해외로 망명한 그는 주로 파리에서 생활하며 17년간을 외국에서 보내고, 1937년 병든 몸으로 러시아로 귀국한다.

그가 작가로서 가장 정력적으로 활동한 시기는 1905년에서 1907년까지, 즉 1차 러시아혁명이 발발한 후, 러시아 사회가 변화에 대한 희망으로 한껏 부풀어 있던 시기였다. 반면 망명 이후에는 작품 활동이 저조해졌고, 몇몇 작품 외에는 특별한 작품을 발표하지 못했다. 한마디로 그는 러시아 비판적 리얼리즘의 계열에 속하는 작가라고 할 수 있다. 그의 작품들 대부분은 작가가 살았던 당대의 사회적인 문제들을 다루고 있다. 〈몰로흐〉는 부르주아적 '진보'에 대한 통렬한 비판이고, 〈결투〉는 제정시대 군대에 대한 폭로이며, 〈구덩이〉는 매춘의 문제를 드러내기 위해 쓰인 작품이다.

그의 작품들에서는 체호프와 고리키, 특히 톨스토이의 영향이 강하게 나타나고 있다. 그는 삶의 현상을 아주 구체적이고 생생하게 묘사한 작가로, 자기가 직접 체험한 것만을 작품에 옮겼다. 그의 독자들은 민주주의적 성향의 광범위한 대중들이었다. 그의 작품에는 러시아의 평범한 지식인들, 즉 가슴이 따뜻하고 양심적이며 삶의 모순으로 인해 쉽게 상처를 받는 사람들과 다채로운 형상의 평범한 시민들의 모습이 그려지고 있다. 그는 반복적으로 발견되는 어떤 집단 심리와 직업 심리를 묘사하고자 노력했던 작가이다. 그의 창작이 보여주는 삶에 대한 낙관주의와 인도주의, 뛰어난 묘사력, 풍부한 문체는 그를 오늘날에도 러시아에서 가장 많이 읽히는 작가 가운데 한 사람으로 만들고 있다.

### 레오니드 안드레예프 Leonid Andreev (1871~1919)

러시아의 극작가·소설가. 러시아의 남부 도시 오룔 출생. 관리의 아들로 태어났다. 페테르부르크 대학을 거쳐 모스크바 대학 법학부를 졸업한 후 여러 신문에 풍자적 정론을 발표하며 문학 활동을 시작했다. 고리키를 알게 되면서 출판사 '즈나니예(지식)'를 중심으로 활동하는 작가 그룹에 참여한다. 고리키와 톨스토이로부터 긍정적인 평가를 받은 바 있는 초기 작품들은 19세기 러시아 문학의 전통을 잇는 작품들로, 당대의 국가체제와 재판제도, 교회 등을 비판하고 소시민 사회의 비정함과 위선을 폭로하는 내용이다. 특히 이 작품들에서는 억압받는 자들에 대한 동정적인 시선이 잘 나타나고 있는데, 작가는 사회악을 극복하기 위한 방법으로 혁명적인 수단보다는 도덕적인 정화와 인간적인 화해에 호소하고 있다.

한편 이 초기 작품들에서도 인간 이성에 대한 불신과 인간의 맹목적이고 파괴적이며 동물적인 본능에 대한 공포가 표현되고 있다(《심연》도 그중 한 작품이다). 그는 일체의 폭력을 거부하는 것에서 잘 드러나듯, 사회적, 철학적인 문제를 제기하고 언제나 이 문제들을 추상적인 도덕의 관점에서 해결하려 했다.

 1905년 1차 러시아혁명을 전후로는 혁명을 긍정적으로 다루는 작품들을 쓰기도 했지만, 그 이후에는 보통 혁명가를 무정부주의자로, 혁명을 허무주의적 반란으로 묘사되는 작품들을 발표한다. 또 후기로 갈수록 그의 작품들은 비관적인, 때로는 염세적이기까지 한 색채를 더해 간다. 《인간의 삶》을 비롯해 연작으로 쓰인 일련의 희곡들은 인생이란 과거의 무의미한 반복에 지나지 않고 세계는 인간이 이성적으로 결코 파악할 수 없는 불가지의 대상이란 것을 보여준다. 1차 세계대전과 1917년 혁명을 배경으로 쓰인 말년의 작품들은 아이러니와 그로테스크, 환상 등 표현주의적인 특징들을 보여주고 있다. 러시아에서 10월 혁명이 일어나자, 망명하여 핀란드에서 사망했다. 대표작으로는 소설 《사탄의 일기》와 《붉은 웃음》, 희곡 《인간의 삶》, 《뺨 맞는 그 자식》 등이 있다.

### 미하일 숄로호프 Mikhail Sholokhov(1905~1984)

러시아 소설가. 돈 강(江) 중류 지역의 뵤쉔스카야라는 카자크 마을에서 출생. 점원, 영지 관리인 등 다양한 직업을 전전했던 랴잔 출신의 아버지와 카자크 혈통의 어머니 사이에서 태어났다. 김나지움에 다니던 숄로호프는 1918년 고향에 밀어닥친 혁명의 와중에 학업을 중단하고 1922년 모스크바로 가서 회계원, 가옥 관리인 등 다양한 직업에 종사하면서 신문에 짧은 글을 투고하다가 1926년에 다시 낙향하여 고향에서 생애의 대부분을 보냈다.

돈 강 지방의 순박한 농민들의 삶이 볼셰비키 혁명과 내전을 겪으면서 산산이 파괴되어 가는 과정을 일련의 단편 속에 사실적으로 그려낸 《돈 지방 이야기》(1926) – 〈망아지〉가 이 작품집에 포함되어 있다 – 로 숄로호프는 일약 문단의 중심에 서게 된다. 그 후 돈 지방 카자크 촌락을 중심으로 제1차 세계대전 이전부터 혁명과 내전을 거쳐 1922년까지 그들이 겪었던 비극적인 역사와 운명의 변전을 그린 대서사시 《고요한 돈강》(1928~1940)으로 숄로호프는 스탈린 상을 두 번 탔고(1935년과 1941년에), 1965년에는 노벨문학상을 수상한다. 두 작품에는 역사와 인간을 바라보는 작가의 따스한 시선, 인간과 선의 승리에 대한 궁극적 믿음을 전제한 휴머니즘이 진하게 느껴진다. 이밖에 주요작품으로 1920~30년대 농촌 집단 농장화의 지난한 과정을 그린 《개간된 처녀지》(1932~1959)와 제2차 세계대전 종군기인 《그들은 조국을 위해 싸웠다》(1943~1959) 등이 있다.

**콘스탄틴 파우스토프스키 Konstantin Paustovsky**
**(1892~1968)**

러시아 소설가. 모스크바 출생. 모스크바 국립대학 재학 시절 1차 세계대전이 발발하여 위생병으로 참전했으며, 내전 기간 중에는 키예프, 오데사, 카프카즈, 모스크바 등지에서 저널리스트로 활동했다.

그에게 최초의 문학적 성공을 가져다 준 중편소설《까라 부가즈》(1932년)에서는 사회주의 건설의 주제를 역사적 사실에 기초한 저널리즘적이고 서정적인 문체로 기술하고 있다. 이후 30년대에 연이어 발표한《콜키스》(1934),《흑해》(1936),《북쪽지방 이야기》(1938),《여름날》(1937),《메쇼라 지역》(1939),《이삭 레비땅》(1937) 등의 중편소설들에서는 자연의 아름다움, 역사와 인간, 예술가의 생애 등 다양한 주제를 다루고 있지만, 낭만주의적 정조 속에 인간의 내밀한 심리를 시적 언어로 그려내는 그의 독특함이 반복적으로 나타난다.

이러한 파우스토프스키의 작품 세계는 당시 소비에트 문단의 지배적인 경향과는 거리가 있는 독자적인 세계였다. 2차 세계대전을 전후한 시기에도 파우스토프스키는 자신의 이러한 입장을 고수하며 〈하얀 무지개〉, 〈비 오는 새벽〉(1945), 〈10월의 밤〉(1946)과 같은 서정적 단편들 속에서는 전후(戰後)에, 삶과 미래에 대한 희망을 회복해 가는 주인공들의 모습을 잔잔히 그려내고 있다. 〈눈〉(1944) 역시 이러한 작가의 특성을 잘 보여주는 작품이다.

전후에 파우스토프스키는 자신의 대표작이라고 할 수 있는《인생에 대하여》(1945-63)의 집필을 시작한다.《머나먼 시절》(1945),《불안한 청춘》(1955),《불확실한 시대의 시작》(1957),《큰 기다림의 시간》(1959),《남(南)으로의 질주》(1960),《방랑의 책》(1963) 등 6부작으로 이루어진 '대서사시'를 통해 작가는 혁명 이후 격동의 소비에트 시대를 인간의 가치와 도덕적 신념을 잃지 않고 살아가는 인간의 모습을 자전적 소설의 형식으로 그려내고 있다.

### 안드레이 플라토노프 Andrey Platonov(1899~1951)

러시아의 시인·극작가·소설가. 러시아의 남부도시 보로네쥐에서 출생. 아버지는 그곳 철도국 노동자였으며, 플라토노프는 10남매의 장남이었다. 그는 보로네쥐 시내에 있는 교회부설 학교에 입학하지만, 부모를 대신해 어린 동생들을 보살피며 가사를 도와야 했던 힘든 유년기를 보냈다. 작가가 "삶이 나를 어린아이에서 바로 성인으로 만들어 버렸다"고 이야기한 것처럼 이런 유년의 경험은 〈귀향〉의 페트루슈카의 모습에도 나타난다.

철도종합기술대학에서 공학을 공부하며 지역 신문사 기자로도 활동했던 때가 작가의 창작 초기에 해당된다. 이 시기에는 철학 에세이와 공상과학류 단편소설이 작품의 주류를 이루는데, 이 작품들에서는 러시아 혁명에 고무된 젊은 프롤레타리아 출신 작가의 세계변혁에 대한 파토스를 느낄 수 있다. 1922년 대학을 졸업한 플라토노프는 보로네쥐 도 소속 토지개량 기술자로 일하게 된다. 1921년에서 1922년 사이, 러시아 남부지방을 휩쓸며 60만 명 이상의 인명을 앗아간 대기근이 직접적인 계기가 되었다. 그 후 1927년 모스크바로 이주해가기까지 플라토노프는 토지간척 사업과 댐과 발전소 건설에 참여하여 민중들의 물질적 삶을 향상시키기 위해 매진한다.

1926년에서 1927년 사이, 플라토노프는 보로네쥐에서 모스크바로, 다시 탐보프로 전근 명령을 받게 되고 이때 소비에트 관료주의 세계와의 마찰이 심화된다. 이즈음부터 30년대 전반기까지 집중적으로 쓰인 일련의 중·장편 소설들은 '풍자적 철학소설'이라고 부를 수 있다. 《그라도프 시(市)》, 《비밀스러운 인간》, 《체벤구르》, 《구덩이(코틀로반)》, 《행복한 모스크바》, 《잔》 등에서 작가는 혁명 이후 소비에트 사회의 현실과 미래를 독특한 사상과 필체로 그려내고 있다.

1930년대 중반 이후 플라토노프의 작품은 사회 풍자성이 크게 약화되고 문체 또한 단순하고 직설적으로 탈바꿈한다. 1929년과 1931년에 각각 〈회의하는 마카르〉와 《저장용》의 사회비판적 내용으로 비평계로부터 호된 비난을 받았던 전력과 소비에트 예술계의 사회주의 리얼리즘의 공식화가 사회적 원인이라고 할 수 있을 것이다. 한편 이 시기에 쓰여진 〈프로〉, 〈포투단 강(江)〉, 〈아름답고 광포한 이 세상에서〉, 〈조국에 대한 사랑 혹은 참새의 여행〉 등과 같은 주요 단편소설에서는 사랑, 자연, 고향과 같은 보편적 주제를 다루는 작가의 성숙된 면모를 확인할 수 있다.

〈귀향〉은 1946년 〈이바노프의 가족〉이란 제목으로 처음 발표되었는데, 이 작품 역시 주인공 이바노프의 우유부단한 모습이 문제시되어 당대 비평계로부터 정치적 오류라는 비판을 받는다. 〈귀향〉에서 플라토노프는 당대 문단에서 전선(戰線)의 상황에 비해 소홀히 다뤄졌던 후방(後方)의 고통, 그리고 주인공 이바노프의 '심리적 귀향'의 여정을 세밀하게 그려내고 있다.

| 러시아 문학 사조 개관 |

### 고전주의 Classicism

　러시아 고전주의는 18세기 후반에 발생하였는데, 서유럽 고전주의의 영향 하에 표트르 대제의 개혁을 계승한 러시아 계몽주의 이데올로기의 이상을 예술적으로 표현하였다. 러시아 고전주의는 사회 풍자적 경향(A.D.칸테미르의 풍자문학)과 현실의 구체적 반영과 민족적 테마를 선호하는 경향(A.P.수마로코프의 비극) 등을 특징으로 한다.
　러시아 고전주의에서는 영웅서사시, 송시, 우화시, 풍자시와 같은 시 장르가 중요한 위치를 차지했다. M.V. 로모노소프와 수마로코프의 작품은 러시아 고전주의의 전성기의 모습을 반영하고 있다. 예컨대, 로모노소프의 송시는 고결한 애국적 파토스와 철학적 주제를 담아내고 있으며, 수마로코프의 비극은 고대 러시아의 역사적 사건을 기반으로 계몽군주의 이상, 시민의 의무, 국가에의 봉사의 필요성을 강조하고 있다.
　러시아의 계몽적 고전주의의 전통은 18세기 말~19세기 초에 이르러 A.N. 라지시체프의 산문, G.P. 제르자빈의 시, 데카브리스트 시인들의 시민적 서정시 등에서 발생한 감상주의와 리얼리즘의 맹아로 작용하기도 했다. 그 외의 러시아 고전주의의 주요 작가로는 B.K. 트레치야코프스키, D.I. 폰비진 등이 있다.

### 감상주의 sentimentalism

감상주의는 18세기에서 19세기 초까지 서유럽과 러시아에서 유행하던 문예 사조로 감정에 호소하는 특징을 가지고 있으며, 봉건 제도의 모순과 상층 귀족의 도덕적 의식과 밀접히 연관되어 있다. 문학사조로서의 감상주의는 18세기 후반 문학 및 예술 속에서 계몽주의적인 이성우월주의 위기로 인해 형성된 흐름이었다. 그리하여 고전주의적인 사고가 개인의 경험과 감정을 문학으로부터 제외시킨 것에 비해 감상주의 시대의 작가들은 개인의 감수성을 맹목적으로 숭배하였으며, 또한 인간 특유의 개성과 심지어 개인의 탈선까지도 관심을 집중시키려 하였다.

감상주의 전성기에는 리차드슨, 루소, 스턴의 주요 작품이 러시아어로 번역되어 대단한 인기를 끌었다. 카람진은《학문, 예술, 계몽에 관한 제언》,《작가는 무엇이 필요한가?》등과 같은 글을 통해 러시아 감상주의의 미학적 강령을 완벽하게 작성해냈다. 1770~1780년대 사이에 V.A.레브쉰, N.F. 에민 등 러시아 감상주의자들의 작품이 창작되지만, 카람진의 작품(《율리야》,《참회》, 특히《가련한 리자》)만이 폭넓은 호응을 얻었다.

감상주의 시대에는 기행문 장르가 유행했는데, 특히 카람진의《러시아 여행자의 편지》는 로렌스 스턴의《감상적인 여행》에 비견되는 작품이다. 그러나 카람진은 스턴과는 달리 실제적인 사실과 사건, 인물의 묘사에 관심을 쏟았으며, 특히 개인적 지각의 프리즘(카람진은 이 작품을 '자기 넋의 거울'이라 불렀다.)을 통해 외적 인상을 전달하려 노력하였다.

전반적으로 볼 때 러시아의 감상주의는 주코프스키, 바추시코프, 푸시킨의 낭만주의 작품을 준비하던 단계이기도 했다

## 낭만주의 Romanticism

러시아 낭만주의의 발생은 국가와 개인 정서에 대한 자각이 고양됨으로써 이루어졌으며, 1812년 조국전쟁이 끝나고 난 후 초기 10년간 독특한 형태를 지녔다. 러시아 낭만주의는 시민적 낭만주의(푸시킨과 르일레예프 등 데카브리스트 시인들의 정치적 서정시)와 철학적이고 심리적인 경향의 낭만주의(주코프스키와 바튜시코프의 시)로 분화되어 발전해 나가는데, 초기 낭만주의자들 사이에 나타나는 공통적인 특징으로는, 개인의 첨예한 감정, '인간의 내면세계와 마음의 비밀스러운 삶(평론가 벨린스키의 표현)'의 지향 등이 있다. 러시아 낭만주의 초기 단계에서 푸시킨의 낭만적 서사시들(《카프카즈의 포로》, 《바흐치사라이의 분수》, 《집시》은 가장 주목할 만한 작품이다.

1820년대는 주코프스키와 바튜시코프에 의해 발라드, 비가(悲歌), 서정적 명상시 등 전통적인 낭만주의 시작품들이 발표되면서 낭만주의가 러시아문학의 주도적인 경향으로 자리 잡게 된다. 이 시기에는 고골과 레르몬토프의 초기 낭만주의 작품의 출현에도 주목할 필요가 있는데, 이들의 작품은 러시아 초기 낭만주의의 시민적 경향과 심리철학적 경향을 종합한 성격을 지닌다.

특히 레르몬토프의 낭만주의 작품은 1820~1830년대의 여러 경향의 발전의 완성이자 종합이라고 할 수 있다. 그는 나폴레옹 전쟁을 노래한 시 《보로지노》(1838)와 이반 대제 시대를 다룬 역사시 《상인 카라시니코프의 노래》(1838)에서는 조국에 대한 애국심을, 낭만적 서사시 《수도사》(1840)에서는 자유에 대한 열렬한 동경을 노래하고 있으며, 서사시 〈악마〉(1841)에서는 전형적인 낭만주의적 주인공의 형상을 창조하고 있다.

## 사실주의 Realism

러시아에서 사실주의는 19세기 20~30년대에 푸시킨의 창작(《예브게니 오네긴》,《보리스 고두노프》,《대위의 딸》과 후기 서정시)과 그리보예도프의《지혜의 슬픔》 그리고 크르일로프의 우화에 의해 그 기초가 다져지며, 곤차로프, 투르게네프, 오스트로프스키와 같은 작가들에 의해 발전된다. 이들은 문학작품을 통해 당시 러시아의 발전을 저해하는 농노제와 지배 계급의 문화와 생활양식을 철저하게 비판했다. 이러한 사회·비판적 원칙은 러시아 문학의 가장 큰 특징이라고 할 수 있는데, 무엇보다 고골의《검찰관》,《죽은 혼》 등에서 그 전형적인 모습을 보여준다. 이른바 '작은 인간'(가난한 하급관리와 민중)에 대한 연민과 동정, 농노제와 관료제에 대한 항의와 증오로 구체화되는 러시아의 사실주의 문학은 그래서 '비판적 사실주의'라는 이름으로 불리기도 한다. 이 용어는 사실주의가 실제로 사회관계의 모든 체계를 비판적으로 분석하고 이해하면서, 당대 사회 체제의 모순을 파헤친다는 점에서 적합하다.

러시아 사실주의 문학의 도전적인 문제제기의 첨예함과 담대한 비평정신은 특히 톨스토이와 도스토예프스키의 창작에서 나타났는데, 이들은 19세기 말에 이르러 세계문학의 중심인물이 되었다. 이들은 새로운 구성원리를 지닌 사회심리소설과 서술전개의 구조 속에 유기적으로 도입되는 철학적·도덕적 문제의식, 인간의 심리를 그 심층에서 드러내는 방식을 통해 세계문학을 풍부하게 하였다. 톨스토이가 민중 생활의 광대한 흐름을 인간 감정의 내밀한 역동성과 결합하여 묘사하면서 세계를 상호연관과 통일성 속에서 보여주었다면, 도스토예프스키는 물신주의에 빠진 비정상적인 세계 속에서 인간정신의 분열과 파편화를 형상화하였다.

러시아 사실주의 문학은 인간의 삶이 이루어지는 사회적 관계를 중시하고, 인간의 다양한 측면을 심층적으로 다루려 하였다. 그리고 삶에서 제기되는 구체적인 과제에서 출발하여 그 해결을 모색하였고, 이러한 와중에 삶의 가장 본질적인 것을 포착하려고 노력하였다. 러시아 사실주의 문학은 사회악과 부정을 비판하며 단순한 형식 속에서 세부묘사의 진실을 드러내려 했다. 19세기 러시아 문학은 바로 이와 같은 창작방법의 토대 위에서 세계문학의 무대에 주인공으로 등장하였고, 바로 여기에 19세기 러시아 사실주의의 세계적 의의가 있는 것이다.

### 상징주의symbolism

러시아에서 상징주의가 대두된 것은 1893년 메레지코프스키가 〈현대 러시아 문학의 쇠퇴 원인과 새로운 제 경향에 대하여〉를 발표하면서 부터이다. 문학을 문화적 힘이라고 정의한 이 논문에서 저자는 러시아에는 위대한 민족 문학이 없다고 선언하고 문학의 내용을 빈약하게 만들고 언어를 더럽혔다는 이유로 문학의 사회정치평론적인 교훈주의를 비난한다. 세속문학은 종교적인 국민이 이해할 수 없다고 주장하면서 메레지코프스키는 형이상학적 관념주의와 상징주의를 옹호하고 예술의 주관적인 인상성과 문학의 신비한 내용의 확대를 주창했다. 이 논문은 러시아 상징주의 발달의 이정표가 되었다.

이 시기의 러시아 문학에는 당대의 사회·역사·문화적 양상을 반영한 이질적인 두 가지의 큰 흐름이 있었다. 그 하나는 고리키가 펴냈던 잡지 《즈나니예》를 중심으로 활동을 펼쳤던 부닌, 쿠프린, 안드레예프 등이 주도한 이른바 '신사실주의 문학'이었다. 또 다른 흐름의 중심에는 상징주의 시문학운동이 있었는데, 발몬트, 솔로구프, 기피우스 등 상징주의자들은 러시아 사실주의의 전통에 반대해 도덕적·사회적 요구로부터 예술을 해방시키고, 아름다움과 개성의 자유를 강조하는 새로운 예술양식을 창조하려했다. 이 그룹의 대표자들은 1860~70년대를 풍미했던 유물론적 예술관과 실증적 공리주의에 입각한 사회학적 비평에 의해 배격 당했던 '예술을 위한 예술'의 복원을 자신들의 과제로 천명하였다. 러시아 상징주의 시문학 운동은 전통적인 러시아 사실주의에 대한 안티테제로서 등장했던 것이다.

상징주의가 러시아 시문학 운동에서 지배적인 위치를 차지했던 시기는 상징주의계열의 잡지인 《예술세계》가 창간된 1898년 무렵부터, 구밀료프와 그로제스키를 중심으로 한 새로운 모더니즘 유파인 아크메이즘이 대두하기 시작한 1912~13년 무렵까지 15년 정도의 짧은 기간이다. 그러나 풍부하고 아름다운 시어들을 음악적으로 결합시키며 순간적인 인상과 기분, 경험의 세계를 섬세하게 표현함으로써, 특히 러시아 시문학사에 커다란 기여를 하였다.

대표적인 상징주의 소설로는 메레지코프스키의 《그리스도와 적그리스도》, 솔로구프의 《작은 악마》, 브류소프의 《불타는 천사》 등이 있다.

러시아대표단편문학선 **아름답고 광포한 이 세상에서**

**초판 1쇄 인쇄일** | 2013년 10월23일

**초판 1쇄 발행일** | 2013년 10월30일

**지은이** | 안드레이 플라토노프 외
**옮긴이** | 최병근
**편 집** | 김재범
**디자인** | 임예진
**표지디자인** | 김남영
**펴낸이** | 강완구
**펴낸곳** | 써네스트
**출판등록** | 2005년 7월 13일 제313-2005-000149호
**주 소** | 서울시 마포구 동교동 165-8 엘지팰리스 빌딩 925호
**전 화** | 02-332-9384     **팩 스** | 0303-0006-9384
**이메일** | sunestbooks@yahoo.co.kr
ISBN 978-89-91958-80-7 (세트)
ISBN 978-89-91958-83-8 (04890)     값 11,000원

이 책은 신저작권법에 따라 보호받는 저작물이므로 무단 전재와 복제를 금하며, 내용의 전부 또는 일부를 재사용하려면 반드시 저작권자와 도서출판 써네스트 양측의 동의를 받아야 합니다.
정성을 다해 만들었습니다만, 간혹 잘못된 책이 있습니다. 연락주시면 바꾸어 드리겠습니다.

---

이 도서의 국립중앙도서관 출판시도서목록(CIP)은 서지정보유통지원시스템 홈페이지
(http://seoji.nl.go.kr)와 국가자료공동목록시스템(http://www.nl.go.kr/kolisnet)에서 이용
하실 수 있습니다. (CIP제어번호 : CIP2013020948)